EL
OLOR
DE LAS
ORQUÍDEAS

EL OLOR DE LAS ORQUÍDEAS

MARIANA GARCÍA LUNA

HarperCollins*México*

HarperCollins *México*

© 2022, HarperCollins México, S.A. de C.V.
Publicado por HarperCollins México
Insurgentes Sur No. 730, 2° piso,
03100, Ciudad de México.

D.R. © HarperCollins México, 2022.
© Mariana García Luna
Publicado mediante acuerdo con VF Agencia Literaria

Diseño de forros: Genoveva Saavedra / aciditagraphic.
Diseño de interiores y cuidado de la edición: María Teresa Solana/Grafia Editores
s.a. de c.v.
Ilustraciones de portada: vectortwins (follaje); Anna Holyph (fondo abstracto);
Yuliya Derbisheva VLG (orquídeas) y Lilkin (vestido de novia) / ©Shutterstock,
Inc.

Esta novela se terminó de escribir gracias al apoyo de la Ley de Estímulo Fiscal a la
Creación Artística del estado de Nuevo Léon y de Alfa Corpora-tivo (2014-2015).

ISBN Rústica: 978-1-4002-4533-8

Primera edición: diciembre de 2022

Para Néstor, mi padre

PRIMERA PARTE

Raquel

UNA RÁFAGA DE aire helado se desliza por la piel sedosa de una anaconda. Suavemente se filtra entre sus curvas, las rodea. Trepa por su cabeza dormida al tronco de un árbol caído. Recorre su aspereza hasta llegar a sus ramas; cruje junto a ellas, las brinca de una en una y las deja flotando a su paso. Silbando frío en la noche tibia de la selva, sube y baja estremeciendo a escarabajos y hormigas, plantas, plumas amarillas y verdes de las aves que descansan. Tierra húmeda, pieles blancas, morenas, inertes, cuerpos ensangrentados, sin vida, cristales rotos, pisos de metal, alas rotas de aluminio y cobre. Pedazos de espejo en el corredor de un avión estrellado, en ellos unos ojos: unos ojos azules, y en ellos, yo.

Esa noche conocí a Carmina, la única sobreviviente de la tragedia. Esa noche volví a verme. Fue necesario que ese accidente ocurriera para que me sacara del letargo en el que, quién sabe cuánto tiempo, llevaba sumergida. Me había acostumbrado a vagar por la selva en forma de aire cuando después de muchos intentos no logré comunicarme con mi esposo. Poco a poco mi cuerpo se fue reduciendo a nada y me dejé vencer: me había acostumbrado a ser un fantasma en el Amazonas. El reflejo de mi imagen sobre los vidrios rotos de aquel avión me regresó la conciencia.

Pero esta historia no inicia con el accidente, ni con la aparición de la pequeña Carmina ni con Nana y Santiago ni con aquel mundo idílico, ni siquiera empieza con mi muerte: empieza muchos años atrás, no puedo calcular cuántos porque he perdido la noción del tiempo, solo sé que comienza con una historia de amor: la de Alejo y Raquel. Y Raquel soy yo.

LIMA

La medianoche ya había surcado el cielo de Lima. La brisa veraniega se colaba por las puertas entreabiertas de mi balcón. Las cortinas bailaban cadenciosas a su paso y yo, con la luz apagada de la habitación, veía mi imagen en el espejo iluminada por la luna llena. El viento jugaba con los largos rizos de mi pelo rubio; su aliento refrescó las gotas de sudor que comenzaron a aparecer sobre mi frente. Pero el viento no llegó a mis manos, o si llegó ellas ni lo sintieron; no eran gotas, eran marismas las que escurrían por entre mis dedos. No podía controlar los nervios: esperaba impaciente que todos en la casa durmieran para escaparme al jardín y encontrarme de nuevo con él, como casi todas las noches desde hacía un año.

Me acomodé la crinolina de tul del vestido, que estaba muy de moda por esa época, y retoqué mi maquillaje. El pelo le gustaba alborotado: lo dejé como estaba. Los minutos se alargaban y alargaban; por la hora sabía que Alejo ya estaría esperándome.

Por fin los ronquidos de mi padre aparecieron. Había perdido en el polo y su yegua se había lastimado. Como en otras ocasiones, quizás en el afán de ocultar su malogrado orgullo, sabía que se refugiaría en las profundidades del sueño. Sentí pena por Marsella, pero por un segundo respiré aliviada. Caminé descalza por los pasillos oscuros sobre las alfombras, con los zapatos en la mano, tratando de hacer el menor ruido. Aunque semejante concierto, seguramente, llegaba hasta las habitaciones de las empleadas. Recé para que ninguna de ellas tuviera buen oído. Nunca entendí cómo mi madre pudo dormir a su lado durante tantos años; o tal vez no lo hizo y prefirió guardar su malestar antes que herir la vanidad de su esposo.

Con la orquesta sinfónica encubriéndome llegué hasta el fondo del jardín. Bajo la pérgola, sentado sobre una banca de madera, Alejo me esperaba.

No era la primera noche que nos encontrábamos en ese lugar, sin embargo, y aunque ya fuera parte de mi rutina, la angustia por ser descubierta me destempló los nervios y apenas lo abracé me eché a llorar.

11

—¿Qué te pasa, Raquelita? —me preguntó con un tono entre tierno y preocupado.

—No puedo más —contesté y hundí mi cabeza en su pecho.

Me abrazó muy fuerte, me dijo al oído que no me preocupara, que ya encontraríamos una solución.

Alejo y yo nos conocimos de la manera más romántica que cualquier novela rosa pudiera relatar. Caminaba por el Puente de los Suspiros con una sombrilla en la mano: el sol inclemente de aquel día de verano no había consentido ni garúa ni neblina. El olor de los jazmines y de las rosas paseaba su delicada fragancia por todo el parque. La brisa del mar apenas era perceptible. Los niños jugaban a la pelota mientras sus madres y nanas disfrutaban de la tranquilidad de aquella tarde en Barranco, cuando un fuerte y repentino viento se dejó caer. Mal día había elegido para estrenar el regalo que recientemente mi tía Lola me había traído de China: una sombrilla preciosa, de encaje blanco y seda azul, con unas pequeñas mariposas pintadas a mano. Lola era mi tía preferida, a pesar de que solo la veía una vez cada dos años porque vivía en España con el resto de la familia de mi madre. El tiempo que pasábamos juntas cuando venía de visita era toda una aventura para mí. Me llevaba de un sitio a otro de la ciudad, de la playa al campo, de Unamuno a Flaubert, de los turrones de Jijona a los alfajores argentinos. Cada regalo suyo llevaba implícita una historia, por lo que aquella sombrilla china representaba mucho más que el simple objeto que se usa para cubrirse del sol.

Esa tarde, mi querida prenda fue víctima de la furia de un celoso viento. En el intento de sujetar mi vestido se me escapó. Corrí tras ella, pero un instante después descubrí, para mi vergüenza, que le había dado de frente en la cara a un joven. Apuradas, Maruquita y yo llegamos hasta él. Se había caído de sentón al recibir el impacto. Nos asustamos mucho porque el joven no podía quitarse la sombrilla de la cara, al parecer una de las varillas se le había clavado en el pómulo derecho.

—Ya, no se preocupe, señorita, un poquito de sangre, nomás —dijo, hablándome de usted y en un tono que trataba de ocultar a toda costa que aquello le estaba provocando dolor. Como había caído justo al entrar al puente y este no era muy ancho, entre mi nana y yo lo ayudamos a que se apoyara en la barandilla de madera, y así dejar pasar a los transeúntes. Le pedí a Maruquita que corriera a la casa a llamar a mi papá para que mandara una ambulancia del hospital.

—Pero niña, ¿estás segura? —mi nana dudaba de dejarme sola con aquel caballero de overol azul y aspecto desaliñado—. Anda, anda, apura... —y en un susurro, para que el joven no me escuchara, exageré—: que se desangra. —Maruquita salió a toda prisa.

—No se preocupe, todo estará bien —lo consolé, sentada a su lado derecho, ayudándolo a sostener la sombrilla.

—Disculpe mi... atrevimiento —el joven habló pausadamente: no le era fácil hablar con el armatoste

encima—, pero… ¿podría sentarse del otro lado? Es…
de mala educación no mirar a los ojos mientras… se tiene una conversación.

Con el objeto entre nosotros no podíamos vernos, y yo
ni siquiera había reparado en ese hecho. Me pareció gracioso su comentario, un poco fuera de lugar (además, me
daba cuenta de que le dolía articular las palabras), pero no
sé si fue la forma en que lo dijo, que me hizo gracia.

—Claro, claro, perdone… —me levanté sacudién-
dome el vestido.

Me senté a su lado izquierdo y por fin pude ver su
rostro, por lo menos una parte.

—Ah… así está mejor —sonrió y emitió un queji-
dito—. Gracias. Permítame… presentarme. Me llamo Alejo, ¿podría saber el nombre de… tan distinguida
dama?

Los colores se me subieron. Me pareció tan apuesto
y cortés. Tenía unos ojos color miel bellísimos, que res-
plandecían sobre su piel bronceada y su cabello oscuro.

—¿Ah?, ya, claro, me llamo Raquel —me sentí una
tonta. Y fingiendo que haberlo conocido no me alteraba el pulso para nada, le pedí que se tranquilizara, que
era mejor que no hablara para evitar cualquier movimiento de la varilla.

Una mujer mayor con un niño de la mano pasaron a
un lado. Se sorprendieron muchísimo. El pequeño empezó a llorar.

—Oh, no te preocupes, todo está bien —intenté
calmarlo.

14

—No pasa nada, solo estamos jugando —le dijo Alejo, sacando un caramelo del bolsillo de su overol. El niño lo tomó con su *manito*; la abuela lo agradeció, preguntó si podía ayudar en algo, pero le aseguramos que la situación ya estaba controlada. Se retiraron más tranquilos y el chiquito, sonriendo, sacudió su *manito* para decirnos adiós.

La ambulancia llegó pronto; el paramédico me reconoció y me dejó subir con él.

Estuve a su lado todo el tiempo que permaneció en el hospital; ser la hija del dueño y director de este me daba algunos beneficios. Lo operaron, le suministraron antibióticos y analgésicos y él nunca se quejó. Por fortuna, aquel accidente no tuvo graves consecuencias, solamente le quedó de recuerdo una pequeña cicatriz, que nunca me cansé de besar.

Alejo tenía un gran sentido del humor. Las carcajadas, impropias de una señorita como yo, hicieron que algunas enfermeras, de esas malencaradas por su labor de limpiar cómodos y fluidos malolientes, nos mandaran guardar silencio a cada rato. Pero hubo otras, junto conmigo, que le celebramos sus ocurrencias.

—Pero mira nada más qué nos trajo el gato —bromeó cuando una enfermera bajita y simpática llegó con los molestos implementos para curarlo—. ¿Ya me toca mi baño de esponja?, no me voy a querer ir de aquí, me tienen bien *engreído*[1] —continuó bromeando con la

[1] Consentido, mimado.

enfermera del siguiente turno. Ah, pero cómo me hizo reír cuando salió de la cirugía. Estaba mareado por la anestesia, hablaba entre dientes y parecía desubicado.

—Doctor, por favor ya no tome porque lo estoy viendo borroso. —Quienes estábamos a su lado no pudimos contener la risa, incluido el cirujano.

Desafortunadamente, los comentarios malencarados y cargados de fluidos malolientes no tardaron en llegar a oídos de mi padre. No me prohibió visitarlo en el hospital: de algún modo creía que yo había provocado el accidente, pero me advirtió que en cuanto lo dieran de alta no volvería a verlo. Mi padre era un buen hombre, sin embargo, su condición de «miembro de la alta sociedad con apellidos de abolengo» le había llenado la cabeza de prejuicios. Era cierto que Alejo no era un hombre rico ni descendiente de aristócratas, como a mi padre le hubiera complacido, pero era educado, amable y emprendedor.

Por primera vez en mi vida lo desobedecí: no me importó tener que ver a mi enamorado a escondidas. Todas las tardes inventaba un montón de pretextos para poder salir de la casa, pero mis padres empezaron a sospechar; con la ayuda de Maruquita, Alejo y yo comenzamos a vernos por las noches bajo la pérgola cubierta de begonias en el jardín de la casa. Nos refugiábamos entre los limoneros y los naranjos, las buganvilias y los rosales, los cerezos, las higueras y los manzanos; el ruido del agua de las fuentes atenuaba el sonido de nuestras voces y las copas de los árboles encubrían nuestras siluetas. Mi madre era amante de la naturaleza, y si de algo estaba orgullosa era de su magnífico jardín, era un verdadero oasis escondido entre los cerros de arena de Lima; ahí, yo también, cada noche escondía mi secreto.

Ya había pasado un año. Aquella noche, mientras esperaba a Alejo, no supe por qué estaba más nerviosa de lo normal, supongo que presentía que muy pronto nuestro destino iba a tomar rumbos inesperados.

La luz estaba encendida. Un sudor frío me recorrió de arriba abajo y la saliva se me atoró en la garganta. La sangre dejó de fluir por mis venas por una milésima de segundo, o por lo menos así lo sentí, cuando escuché las voces de mis padres y la de mi nana salir de mi habitación. Estuve a punto de echarme a correr por las escaleras y regresar de nuevo a mi escondite, pero supe que había llegado el momento y era hora de afrontarlo. Respiré profundamente, sequé el sudor de mi cara con los dedos y el de las manos con el vestido, tomé aire nuevamente y con pies decididos entré. Maruquita, sentada sobre la cama, sollozaba; mi madre, más pálida de lo habitual, esperaba sentada en el sillón de flores; mi padre estaba parado junto a una de las puertas abiertas del balcón, de frente a la noche y de espaldas a mí. Al verme, mi nana y mi madre corrieron a mi lado; mi padre permaneció quieto en su sitio, ni siquiera volteó; pude notar su enfado en las venas saltadas de su mano, cuando con dureza se sostuvo del marco de la puerta.

—Ay, mi niña, no pude evitarlo—me dijo Maruquita mientras me abrazaba, luego me dio un beso y se fue.

Con un tono dulce y solidario mi madre me abrazó, acarició mi pelo y me dijo:

—Se asustó mucho cuando no te encontró. Lo siento, Raquelina.

No tuve tiempo de decir nada, mi voz se quedó a medio camino al oír la áspera y contenida voz de mi padre.

—Arregla todas tus cosas, Raquel. La próxima semana viajas a París, vas a pasar una temporada con tu abuela.

«¿A París?, ¿con mi abuela? ¿Tan grande era el desprecio de mi padre por Alejo?», pensé.

Permanecí callada. Mi madre, con los ojos enrojecidos, me hizo una seña para que no hablara. Mi padre no volteó a verme en ningún momento. Después de lo que dijo salió de la habitación dejándonos a mi madre y a mí tan sorprendidas como angustiadas.

Tuvo que ser un inesperado ataque de insomnio el culpable. Según me contó mi madre, esa noche mi padre despertó sobresaltado debido a una pesadilla; después de todo su yegua herida lo tenía preocupado. Como no pudo volver a conciliar el sueño bajó a la cocina a tomar agua. Al pasar por mi recámara sintió una brisa húmeda que salía por la puerta abierta, quiso entrar a darme un beso y cerrar el balcón, como hacía cuando yo era pequeña. Entonces descubrió que yo no estaba ahí: la luz del baño estaba apagada también. Al no encontrarme por toda la casa, fue a preguntarle a Maruquita. Cuando esta empezó a tartamudear, cuando unas gotas de sudor le aparecieron sobre la parte superior del labio, mi padre sospechó que algo no andaba bien; fue fácil para un hombre tan imponente como él sacarle la verdad a una sencilla nana.

Con esfuerzo, mi madre lo convenció de no armar un escándalo a esas horas de la noche. Valiéndose de lo mucho que a mi padre le importaba su imagen ante los demás, lo hizo desistir de la idea de ir a golpear a Alejo o de hablar a la policía. Interrogarían a Maruca, me esperarían en mi recámara y ya tomaría cartas en el asunto. Pero mi madre nunca imaginó su reacción. Nunca le pasó por la cabeza que pudiera tomar una decisión como aquella. Mi padre, por alguna razón que yo desconocía, detestaba a mi abuela, a su propia madre. Delante de él no se podía ni mencionar su nombre. Mientras estuve en París tuve el tiempo suficiente para descubrir las razones de su odio y de su silencio.

Maruquita fue la encargada de llevarle la noticia a Alejo. Le escribí una carta contándole todo. Me tenían vigilada día y noche, por lo que me era imposible escapar. Solo volvimos a vernos una vez más, y únicamente de lejos, cuando el día que recibió mi carta fue a buscar a mi padre para hablar con él.

Mi padre, sin permitirle un paso más allá de la puerta de entrada, lo trató mal; desde las escaleras escuché los gritos e improperios que le lanzó, llamó a la policía y estos, como si se tratara de un delincuente, se lo llevaron a empujones. Quise correr detrás de él, tomarlo de la mano y huir adonde nadie nos pudiera encontrar, pero sabía que eso solo lo perjudicaría. En ese momento mi padre estaba tan furioso que hubiera hecho cualquier cosa para alejarlo de mí.

No escuchó mis súplicas ni mis argumentos para defenderlo. Alejo solo me llevaba un par de años, pero su vida había sido dura y su rostro mostraba la experiencia de alguien mayor. Cuando él tenía tan solo cinco años y vivía en Trujillo, su madre murió inesperadamente. Estaba en la cocina terminando de lavar los platos del almuerzo cuando le vino un fuerte dolor de cabeza. Alejito jugaba en el piso con sus soldaditos cuando la vio caer. La llevaron al hospital, pero aquella embolia había sido fulminante. Su padre y él se mudaron a Lima con la abuela, la única pariente que les sobrevivía. A los pocos meses el papá murió también. Dicen que de tristeza, porque nunca pudieron esclarecer el motivo de su fallecimiento. Años después la abuela también murió; Alejo estaba en plena adolescencia y se había quedado solo en el mundo. Sus padres le heredaron una modesta suma de dinero y su abuela, previsora, le había dejado la pequeña casa en la que vivían en Lince. Gracias a eso Alejo no se quedó en la calle, pero sí tuvo que salir adelante con sus propios recursos. Su espíritu fuerte, su inteligencia y tenacidad lograron que se graduara de la carrera de Ingeniería Civil, para lo cual tuvo que trabajar muchas horas de albañil para pagar sus estudios.

Pero nada de lo que yo pudiera decir servía ya. Mi padre se sentía burlado, ofendido, para él mi enamorado no era más que un *cholo*[2] oportunista.

A la semana siguiente estaba viajando hacia París y en mi cabeza revivía una y otra vez las últimas palabras de Alejo: mientras los policías se lo llevaban a la fuerza él no me despegaba la mirada, y con esos ojos cubiertos de cólera que yo tanto amaba, y con esa voz que me hacía temblar, no se cansó de gritar que lucharía por mí. Y todos, incluido mi padre, escucharon su promesa. «Lucharé por ti, Raquelita».

PARÍS

París de noche, arropada de nieve y luces. Sonidos guturales, animados por un acordeón que salían del radio del auto, acompañaron mi recorrido del aeropuerto a casa de mi abuela. Una borrosa Torre Eiffel pasó por la ventana: mi vista, perdida en el océano, seguía inundada por sus mares.

Mi abuela no fue a recibirme. Me envió un chofer sombrío y triste, largo como una garrocha que, más tarde descubrí, hacía juego con el resto de personas y cosas que habitaban la mansión.

El ruido de la inmensa reja de hierro por donde entramos hizo que me estremeciera y un presentimiento de desasosiego me invadió.

[2] Mestizo.

Y ahí estaba yo, sola, parada en medio de un enorme recibidor esperando a mi abuela: el chofer había desaparecido con mi equipaje sin que lo notara. Dos escaleras monumentales, alfombradas de rojo, se abrían a cada lado de la estancia y se juntaban arriba, en lo que yo imaginé un largo y sinuoso pasillo. Por una de ellas apareció mi abuela. Bajó callada, observándome, tal vez queriendo encontrar los rasgos de su hijo en mí, pero lo que ella buscaba no lo encontraría afuera, sino adentro. Mis rasgos físicos, inclinados hacia el lado español de mi madre, no reflejaban mi carácter, el cual, hasta ese momento, solo había mostrado unas cuantas gotas de rebeldía: se encontraba dormitando en el limbo. El carácter me surgió más adelante, pero sin ínfulas aristocráticas, de su lado francés. Cuando llegó junto a mí se detuvo; pude ver un atisbo de asombro en su rostro y mirándome fijamente murmuró: «Tus ojos… son… tan azules». Me abrazó por un momento, tal vez un poco más largo de lo que yo hubiera esperado, me dio un beso en cada mejilla y en un mal español dijo: «Bienvenida, Rachèle, esta ahora es tu casa». Mi padre me había acostumbrado a hablar en francés con él desde que era pequeña, por lo que ese idioma me resultaba tan natural como el español; en su mismo lenguaje le di las gracias, y como no se me ocurrió otra cosa que decir, elogié las pinturas y tapices que colgaban de las paredes de su mansión.

En los días siguientes mi abuela y yo nos vimos en contadas ocasiones, y cuando lo hacíamos permanecíamos calladas la mayor parte del tiempo. Ella ni siquiera intentaba verme a la cara, con la mirada perdida en quién sabe dónde me preguntaba únicamente si había dormido bien, si la comida había sido de mi gusto, tonterías así. Me parecía raro que no indagara los motivos por los que aparecí así tan de repente en su vida, tampoco hacía alusión a mi papá; algo comentó acerca de mi mamá, que le parecía una buena mujer, no lo recuerdo con exactitud, porque lo dijo muy al aire, como para sus adentros, olvidándose de que yo estaba ahí. Todo me hizo suponer que tanto mi abuela como yo llorábamos, cada una, en su rincón: yo por Alejo, pero ¿y ella?... No podía imaginar siquiera el verdadero motivo.

Alrededor de un mes me costó salir de esa rutina de lamentos y llantos, de refugiarme en la única carta que tenía de Alejo (aprovechando un descuido de mi padre averigüé la dirección de mi abuela y se la pasé a mi nana; la carta llegó un par de días después que yo). Salía de mi cuarto solo cuando el hambre me era insoportable, y entonces del refugio de mi habitación pasaba al de la cocina.

La cocinera fue la única persona con la que me relacioné durante ese mes, y no precisamente por la conversación, sino por sus reconfortantes caldos y sopas. No solo calmaban el frío de mi cuerpo, también me calentaban el alma; aunque después regresara a mi habitación a seguir rumiando mi tristeza.

Pero un día, el tedio y la curiosidad me vencieron. Dejé mi habitación y me entregué a la tarea de conocer hasta el último rincón de aquella lúgubre casa. Recorrí fastuosas salas; habitaciones abigarradas de antigüedades, de lienzos originales y alfombras lujosas, casi todos mostrando rostros ariscos y situaciones sombrías; jardines que, estaba segura, hasta en primavera, por más arbustos podados con formas de animalitos, rosales llenos de color y fuentes con querubines, lucirían sin vida, descoloridos.

Entonces caí en la cuenta de que me había convertido, como todos los objetos y seres que habitaban esa mansión, en la pieza faltante de la colección de desdichas que mi abuela parecía haberse encargado de ir recolectando, lentamente, con el transcurrir de los años.

Un espejo enorme con un grueso marco chapado en oro fue el causante.

En uno de mis recorridos lo descubrí en una sala muy peculiar. De entrada, me llamaron la atención sus puertas: dos tablas macizas de ébano labradas que mostraban horripilantes rostros deformes, agonizantes. Me estremecí y salí corriendo. Pero la curiosidad me ganó; días después regresé decidida a averiguar qué se encontraba detrás de aquellas imágenes dantescas. Nada, adentro solo se palpaba el vacío. En el interior de aquella pequeña habitación de techos muy altos no había muebles ni alfombras ni pinturas de los ancestros; el frío calaba hondo desde el piso de mármol gris y las paredes de yeso. El enorme espejo rectangular colgaba de la pared frente a la entrada, gobernando aquella soledad.

Me acerqué a él como hipnotizada: se presentó mi imagen. No la reconocí. No me encontré en aquel cuerpo de clavículas saltonas y huesos que podían hasta contarse: los ojos hundidos parecían haber derramado su azul sobre los párpados; levanté la mirada para comprobar lo estropajoso que lucía mi cabello, y ese leve movimiento me bastó para encontrarlos. Unos ojos enormes, grises, suplicantes me miraban intensamente. Un grito de mi voz me hizo reaccionar y de inmediato me volví.

Ahí estaba ella, sobre un lienzo colocado en la parte superior del marco de la entrada que no había visto con anterioridad. Era un retrato de mi abuela. Lo supe porque sus ojos, aún jóvenes, guardaban ya la tristeza que la acompañaba todos los días. Su vestido color plomo, su pelo estirado en un chongo, el collar de perlas que usaba todos los días, sus labios apretados reflejaban a la viuda joven perfecta.

El espejo y el cuadro eran los únicos objetos en aquella sala vacía. No alcancé a adivinar los motivos de mi abuela para tener un sitio así, pero a pesar del susto, verme como me vi y ver lo que vi me ayudaron a recuperarme. Ahí dejé mis últimas lágrimas; me negué a seguir su ejemplo.

Esta no sería la única vez que un espejo me ayudaría a despertar.

Durante el tiempo que me mantuve encerrada en mi habitación me aficioné a pasar horas sentada en un sillón tipo columpio que colgaba de una esquina de la terraza. Me cubría con una manta de pelo de angora color fucsia: su calidez, sedosidad y brillo me alejaban por un momento del invierno. La cocinera, quien ya se había encariñado conmigo, se encargaba de mandarme termos de un chocolate caliente y espumoso que me abrigaba el paladar, y, también, el corazón. Así, meciéndome suavemente, viajaba sin cerrar los ojos hasta mi rincón secreto en Lima, y de tanto en tanto alimentaba los recuerdos con las agridulces palabras de los poetas.

Desde ahí, la imagen solariega de la entrada principal de la mansión con su camino de piedra custodiado por árboles enclenques, muertos en la batalla contra el frío, y su enorme portón de hierro, se me presentaba como el patio de una cárcel de la que jamás podría escapar.

Sin embargo, el movimiento de los que salían y entraban en la casa llamaba mi atención, apartándome de mi ensimismamiento. Dejaba volar la imaginación e inventaba historias para cada uno de los personajes que desfilaban por ahí; por supuesto, ninguno sufría más que yo. La que algunas veces me ganó, además de mi abuela, fue esa extraña mujer que hacía las veces de su dama de compañía y ama de llaves. Nunca la vi mover los labios: parecía hablar a través de la mirada. Daba indicaciones a los jardineros, al chofer o a las sirvientas siempre con una ceja levantada y con el dedo índice firme, cortando el aire.

Desde mi observatorio fui testigo de los esfuerzos que el viejo jardinero egipcio hacía para prolongar la vida de aquel jardín que sucumbía al mal tiempo; de cómo un mundo de gente iba de un sitio a otro para mantener en orden una mansión en la que no vivía nadie.

Y fue de esta manera, también, que descubrí una particular rutina de mi abuela: salía temprano por la mañana y regresaba entrada la noche. Siempre a la misma hora y los mismos días.

Llevaba ya más de un mes en París y ni siquiera había intentado salir de la mansión. Aunque no tenía idea de adónde iba mi abuela en sus salidas, a la mañana siguiente de lo sucedido con el espejo salí corriendo para alcanzarla y le pedí que me llevara con ella. No sé por qué, pero cuando me preguntó que adónde quería ir, le respondí que al lugar al que ella iba cada martes y viernes. No se sorprendió cuando se lo mencioné y solo preguntó si estaba segura. Un movimiento afirmativo de cabeza y un sí en voz alta la convencieron. A partir de ese momento mi vida cambiaría para siempre.

El chofer sombrío y triste y largo como garrocha nos abrió la puerta del auto. Se llamaba Gaspard; por su altura, supuse, estaba un tanto encorvado y tenía una nariz que me recordó inmediatamente aquel poema de Quevedo: *Érase un hombre a una nariz pegado, érase una nariz superlativa, érase una alquitara medio viva…*

Este hombre, que al principio me causó desconfianza, quizá más por su aspecto lóbrego que por otra cosa, al final resultó tener el corazón más noble. Nos tomamos mucho cariño.

Mi abuela y yo hablamos poco durante el recorrido. No mencioné nada acerca del espejo, el cuadro y la sala pequeña, pero mi ánimo había cambiado considerablemente y estaba impaciente por conversar. Sin embargo, los únicos comentarios que intercambiamos fueron respecto al clima y al paisaje. Mi abuela seguía perdida en su taciturno vivir.

Un hospital. Mi abuela iba al hospital Èmile de Montaigu. Era un edificio de estilo neoclásico, antiguo, pero muy bien conservado. Al final de sus siete pisos, en el tejado se asomaban las típicas ventanas europeas con buhardillas, y al nivel del suelo, sobre la banqueta, se encontraba rodeado por arbustos cubiertos de nieve.

Me sorprendí al ver el nombre de mi padre luciendo sobre la fachada. Mi abuela me sacó del error al instante en que lo mencioné: su nombre honraba la memoria de su fundador, mi abuelo.

Conocía muy poco sobre mi familia paterna. Mi padre era tan hermético con su pasado que solo me había dejado ver algunos esbozos de su vida. Pese a eso fue muy cariñoso, y dentro de su recta educación no podía negar que me había *engreído* mucho. Como mi madre lo adoraba y le era fielmente leal (o lealmente fiel), tampoco me contó muchas cosas; lo indispensable para que un ser humano conozca de dónde viene, pero no demasiado como para saber adónde va.

Antes de que alguien notara la lágrima que estaba por salir de uno de mis ojos secos, apreté los párpados por unos segundos para impedir su fuga: estaba decidida a no quedarme hueca ni deshidratada.

Mientras caminábamos por los pasillos y la gente saludaba a mi abuela, me contó cosas acerca de mi abuelo;

no tenía idea de que también había sido médico, y por lo que pude percibir de las personas a quienes mi abuela me iba presentando, había sido muy respetado y querido. Al morir, ella heredó sus tres hospitales. Años después, cuando mi padre cumplió la mayoría de edad, le exigió su parte correspondiente de la herencia. Esta consistía en las ganancias de la venta de uno de los hospitales, además de una considerable fortuna, proveniente del lado materno que, aunque mi padre intentó rechazar, mi abuela, valiéndose de sus influencias, le hizo llegar de todos modos.

No volvieron a verse. Mi madre fue la encargada de informarle, de vez en cuando, sobre la vida de su único hijo. Así se enteró de que había estudiado la carrera de Medicina en España, que fue en donde lo conoció, cuando visitaba a sus parientes; de su viaje a Perú; de la boda con más de seiscientos invitados en el Country Club de Lima; de mi nacimiento; de que, como su padre, él también era director de su propio hospital, entre otras noticias que se sucedieron a lo largo de esos años. Por supuesto, también fue ella quien le avisó de mi llegada.

Al principio no entendí por qué, a pesar del distanciamiento impuesto por mi padre a su propia madre, no dudó en enviarme con ella, pero las dudas se me aclararon en cuanto estuve allá: de alguna manera sabía que yo estaría bien a su lado, y supuse, sin necesidad de un análisis profundo, que pretendía que dentro de la aristocracia francesa encontrara un buen partido para casarme y me olvidara de Alejo. Nada más alejado de mis intenciones.

No estábamos ahí porque mi abuela padeciera alguna enfermedad, aparte de la melancolía. Estábamos ahí porque mi abuela era la dueña. Por lo menos estos fueron mis primeros pensamientos, pero cuando me llevó a un cuartito en donde me dio un delantal rosa para ponerme encima del vestido y ella se puso otro, entendí que ese no era el principal motivo. Mi abuela trabajaba como voluntaria con niños y ancianos en fase terminal. *Madame* Julienne de Montaigu se convertía, cada martes y viernes, en otra persona: su rostro, su actitud, hasta el tono de su voz cambiaban radicalmente, convirtiéndola en la mujer más compasiva que yo hubiera conocido. El resto de días y horas lo pasaba recluida en su mansión encabezando su colección de desdichas.

Esos días en el hospital me abrieron la puerta a un nuevo mundo. Nunca me había sentido tan útil y comprometida con algo. Un sentimiento desconocido me embargaba, era como una especie de enamoramiento, no de una persona, porque yo seguía amando a Alejo, esto era distinto. En una ocasión le insinué a mi padre mi deseo de estudiar Medicina, pero él se negó rotundamente: defendía la idea de que las mujeres estaban hechas para el matrimonio, la casa y los hijos.

Un cosquilleo en la boca del estómago me empujaba a no conformarme con ser solamente voluntaria; no sabía cuánto tiempo iba a permanecer en Francia, pero mientras estuviera ahí iría a la escuela de enfermeras. Esta vez no había un «no» por delante.

Mi abuela estuvo de acuerdo. Desde entonces empezó a sonreír los jueves y uno que otro domingo también.

«Pronto estaremos juntos», rezaba la frase final de, ¡por fin!, la nueva carta de Alejo. Habían pasado más de treinta días desde que tuviera noticias de él (una eternidad para los enamorados). Empezaba a perder el apetito —y el sentido común—, cuando por fin, una mañana, la ansiada carta llegó. Rápidamente rompí el sobre; decía que me amaba, que me extrañaba como loco. Mi corazón palpitó acelerado por la alegría. Después me contó el motivo de su tardanza. Un suspiro profundo me llenó de serenidad.

A la semana de haberme marchado de Lima, un profesor de su universidad lo llamó para ofrecerle un trabajo. Por ese entonces, Perú se encontraba en pleno crecimiento, y debido a las secuelas ocasionadas por la Segunda Guerra Mundial el mundo se veía necesitado de petróleo y sus derivados para el desarrollo de la industria. Siendo Perú un país petrolero, el gobierno pondría en marcha un proyecto de construcción de una refinería en la Amazonía peruana, en Iquitos.

Alejo no lo pensó dos veces. Aceptó sin renegar. Todo fue muy rápido. Apenas tuvo tiempo de renunciar a su empleo y unirse al equipo de ingenieros que participarían en tan magno proyecto.

Se instalaron en tiendas de campaña a las orillas de la ciudad, ya que la refinería estaría ubicada a catorce kilómetros de Iquitos, en el margen izquierdo del río Amazonas. El trabajo conllevaba ciertos riesgos debido a la abrupta geografía. Para desplazarse de un sitio a otro había que hacerlo en embarcaciones y a pie, además de sortear todos los inconvenientes y peligros de la selva. Pese a eso, Alejo se mostraba ilusionado: el futuro se le presentaba lleno de oportunidades, de aventuras, y sobre todo, aunque en ese momento resultara paradójico, ese futuro lo acercaba a mí.

Le resultaba un tanto complicado ir seguido al correo, y cada carta podía tardar semanas o más en llegar a su destino, si en la travesía no se perdía alguna. Alejo procuraba escribirme en sus momentos de descanso, para en la primera oportunidad llevar juntas las cartas al correo de Iquitos. En aquella ocasión envió cinco, pensó que por lo menos una llegaría. Y así fue.

Me preocupé un poco cuando mencionó los peligros de su nuevo trabajo, pero estaba tan entusiasmado que cuando le respondí no quise opacarle la ilusión con mis temores. En ese momento no supe por qué, pero al leer las palabras «selva» y «Amazonas» me estremecí. Mas mi espíritu aventurero empezaba a asomarse y segundos después una sensación de paz me invadió. Al cerrar la carta me sentí feliz. No solo por el hecho de saber que al otro lado del mundo había un hombre bueno que prometía luchar por mí, sino por tener la certeza de que algo grande me esperaba a su lado.

Cinco meses. El sol nos calentaba de nuevo. El invierno se alejaba poco a poco de la mansión: el pasado se derretía junto con el hielo y la escarcha. Los árboles dejaban de ser esos flacuchos deprimidos y comenzaban a regalarnos su verde sonrisa.

Mi abuela y yo pasábamos juntas mucho tiempo en el hospital. Los martes y viernes se habían convertido en lunes, miércoles, jueves, hasta en sábados distraídos también. Resultaba increíble que atender el sufrimiento ajeno nos apartara del propio, otorgándonos cierta satisfacción. Era muy doloroso ver a los pequeñitos luchando por sus recién estrenadas vidas, así como ser testigos de quienes se aferraban a sus ya cansados y maltrechos cuerpos; era una contradicción que ayudar a aminorar un poco ese dolor, ya fuera por la compañía o por los cuidados, nos hiciera sentir vivas, egoístamente vivas. Hasta ese entonces mi abuela había vivido su voluntariado como una especie de «salva culpas», o por lo menos esa era la impresión que me daba, porque a pesar de que aún no se había atrevido a contarme sobre su pasado, y aunque yo no alcanzaba a comprender del todo el motivo de su peculiar comportamiento, en algunas frases o acciones me lo dejó ver. Sin embargo, mi entusiasmo y mi entrega la contagiaron. Gracias a ese sufrimiento compartido ella y yo comenzamos a ser amigas. Habíamos sido dos desconocidas unidas por la sangre; ahora nos unía la compasión. Quién me iba a decir que precisamente ella sería mi principal aliada para completar mi historia de amor; una historia de amor que no terminaría a pesar de mi muerte.

Las ocho y quince de la mañana de un jueves. Gaspard y yo esperábamos a mi abuela en el auto para ir al hospital, como todos los días. Algo inusual en nuestra rutina: siempre era a mí a quien esperaban. De pronto, la voz áspera de la señorita Armelle rompió el silencio matinal:

—*Madame* Julienne se encuentra indispuesta, no podrá salir. —Sin esperar respuesta levantó una ceja, alzó el dedo índice e hizo una seña a Gaspard para que nos marcháramos.

La orden tajante de la señorita Armelle nos dejó mudos una parte del trayecto. Hasta que reaccioné y sacudí de mi cabeza la idea de haber salido de un cuartel militar.

Me di cuenta de que era la segunda vez, desde que estaba en París, que me encontraba a solas con Gaspard. En esos meses algo había cambiado también en él, no estoy segura, pero ahora que lo recuerdo me parece que se veía más sonrosado; el aspecto gris y sombrío empezaba a dejarlo para las muecas de la señorita Armelle.

Nunca supe cuántos años tenía Gaspard, podía haber tenido cuarenta, cincuenta, hasta sesenta; era de ese tipo de hombres que pueden tener cualquier edad, y que por más que se les observa uno nada más no atina. Le causaba mucha gracia mi inquietud por conocer su edad; siempre me respondía de la misma forma: «Qué importa la edad, uno es lo que es hasta que se muere…». Y con esa frase me tenía ocupada días enteros tratando de descifrarla. Qué razón tenías, querido Gaspard. Lo que desconocías es que uno no es lo que es hasta que se muere, después de la muerte aún sigues siendo tú. Aunque a estas alturas supongo que ya te habrás enterado.

Esa mañana, adornada por un bello sol y un cielo clarísimo, aprovechando la ausencia de mi abuela, le propuse que me llevara a conocer París, ya que en todo ese tiempo nada más la había visto de lejos.

—Pero *mademoiselle* Rachèle, ¿y el hospital, y sus clases, y *madame* Julienne?... ¿Qué va a pensar de mí? —Las palabras se le atropellaban en la garganta, mientras me veía por el retrovisor del automóvil.

—Nada, Gaspard, no va a pensar nada... ya hablaré con ella. No te preocupes. Anda, que me muero por subir a la Torre Eiffel, conocer Montmartre y viajar en el metro.

—¡¿El metro?! Una señorita como usted no puede viajar en el metro... No, no, no... Usted va a hacer que me despidan.

Pero a pesar de la oposición de Gaspard por hacer mi voluntad, ese día fue uno de los más felices de su vida. Lo sé porque él mismo me lo dijo.

Lo obligué a subir todas las escaleras que nos encontramos por el camino, a comer *crêpes* en la calle, a bajarnos y subirnos del metro, a bailar cancán afuera del Moulin Rouge (y eso porque era de día), pero sobre todo a reír como niños pequeños. Fue maravilloso descubrir una risa tan inocente en un hombre de incalculable edad. En ese instante extrañé como nunca a mi Alejo, tal vez porque sus risas eran similares, o porque la Ciudad Luz es la más romántica del planeta; me sentía feliz. Todo cobraba sentido. A pesar de las circunstancias que me habían llevado a esa parte del mundo, supe que ese momento y ese lugar eran justo en donde tenía que estar. Mi alegría era de una tranquilidad feroz, pero la imagen de mi abuela no se había despegado de mí en todo el día. Estaba segura de que algo pasaba.

Cuando el atardecer iluminó el Sena y ya cansados caminábamos por una orilla, mientras saboreábamos un helado de chocolate, tomé de un brazo a Gaspard y le pregunté:

—Gaspard, ¿qué le pasa a mi abuela? ¿Por qué no quiso salir hoy?

La incomodidad en su rostro respondió a mis sospechas. Se tocó la cabeza, tomó su boina y la estrujó entre las manos. Después de una pausa larga contestó:

—Hoy es el aniversario luctuoso de tu abuelo —pronunció esta frase tuteándome, con un tono que percibí paternal.

—¿Hoy? Pero ¿cómo? ¿No se supone que es dentro de unos días? En el hospital todos están vueltos locos organizando el homenaje.

—Perdóneme, *mademoiselle* Rachèle, pero no soy yo quien debe responder a sus preguntas.

En el recorrido de vuelta nos acompañaron los sonidos guturales emitidos al compás de un acordeón, como los que me habían dado la bienvenida; esta vez, como aquella, Gaspard y yo no pronunciamos palabra, aunque ahora por motivos diferentes.

La mansión permanecía callada, bajo una noche de luna escondida, como aquellas en las que se intuyen irremediables tormentas. El inmenso portón de hierro chirrió al darnos paso; la saliva se me atoró en la garganta. Gaspard se estacionó enfrente de la entrada principal y me abrió la puerta del auto para ayudarme a bajar.

—Buenas noches, Gaspard —dije rompiendo el silencio y dudando de que en verdad pudieran ser buenas noches—. Gracias por el paseo.

—Buenas noches, *mademoiselle* Rachèle —contestó Gaspard con el mismo tono de duda—. Gracias a usted.

En el interior, la mansión permanecía aún más callada. Algunas lámparas de débil luz iluminaban la entrada y las escaleras. Subí por ellas y mis manos empezaron a sudar. Guiada por un impulso me dirigí a la sala del espejo. Tenía la certeza de que ahí la encontraría. Un súbito ruido, proveniente de aquel lugar, le dio la razón a mi presentimiento. Empujé los rostros deformes sin atreverme a mirarlos.

Y ahí estaban, las dos, la del retrato y la de carne y hueso, enfrentándose. Llegué justo en el momento de la contienda. Mi abuela tenía un abrecartas en la mano y con él apuñalaba una y otra vez a la mujer del cuadro, a la mujer que había sido ella. Me impactó ver su rostro descompuesto: sus ojos, que en los últimos meses se habían colmado de una mirada serena, estaban hinchados, irritados; su elegancia y pulcritud de siempre se habían perdido en las marañas de su cabello y en las severas rasgaduras de su vestido gris; su collar de perlas favorito se encontraba desparramado por el salón. Con una voz que apenas alcanzó a salir de mi garganta cerrada la llamé:

—¿Abuela? ¿Abuela? —Y mientras lo hacía me acercaba a ella con temor de recibir un navajazo, pero también de que se lastimara.

Me respondió con una mirada de auxilio, como si ninguna palabra fuera suficiente para expresar la amargura de su alma. Creí que me había visto, pero en realidad no reparó en mi presencia, parecía ausente. No fue hasta que sintió mi mano sobre su brazo y mi voz cerca de ella que me miró fijamente a los ojos, después volteó a ver el cuadro destruido que con dificultad sostenía en una mano, y observó que en la otra el abrecartas permanecía firme y al acecho. Entonces los dejó escapar: abrió sus palmas y los objetos cayeron con estruendo al piso. Me estremecí. Mi sobresalto aumentó cuando sentí el cálido aliento de mi abuela en mi oído, susurrando: «No puedo más». Se dejó caer sobre mí. Primero pensé que quería abrazarme, pero pronto me di cuenta de que estaba a punto del desmayo. La sostuve lo más fuerte que pude para no dejarla caer, pero en el intento las dos terminamos en el piso. No tenía idea de lo que le sucedía, pero comprendía perfectamente su sentir: ese cansancio extremo por llevar a cuestas una montaña.

Y ahí, sentadas sobre el frío mármol gris, cuando hubo recuperado las fuerzas y la calma me contó su historia, su secreto.

—Estaba tan enamorada… de tu abuelo… era un hombre muy atractivo y encantador. ¿Sabes? Tú sacaste sus ojos… los más azules… los más transparentes. —Las palabras salían lentas de su boca—. Tenía fama de tener los ojos más lindos de París. Nuestras familias se conocían de tiempo atrás, pero yo apenas era una niña cuando él empezaba a incursionar en las fiestas de sociedad. Tuvieron que pasar muchos años para que él se fijara en mí. Terminaba la carrera de Medicina cuando eso pasó. Nos reencontramos en una de esas fiestas, a las que yo tenía poco de comenzar a asistir. Desde entonces fuimos inseparables. El apellido De Montaigu era de los más respetados en la sociedad francesa; mi familia, sobre todo mi padre, que pasaba por una mala racha económica, estaba muy complacido con la relación. A mí lo único que me importaba era él, y yo era inmensamente feliz. Èmile de Montaigu era mi Èmile.

Pronunció su nombre con un suspiro por delante, y permaneció unos momentos en silencio, mientras sus ojos hablaban del pasado que no quería olvidar.

Después, al tiempo que se acomodaba el peinado, continuó con la historia.

—Me eligió a mí. De entre todas las bellas y delicadas señoritas de la alta sociedad, me eligió a mí. Nunca entendí bien por qué.

—Abuela, pero si tú eres una mujer muy bella y muy buena —dije asombrada y tomándola de las manos.

—Gracias, querida —contestó viéndome con ternura—, pero, aunque mi familia también era de apellidos muy respetables, mi padre estaba teniendo graves problemas financieros y en aquellos tiempos eso pesaba sobremanera en las uniones matrimoniales. Sin embargo, tu abuelo se enamoró de mí y nuestra boda fue uno de los eventos más importantes de la década. No sé qué cosas tuvo que hacer mi pobre padre para pagar semejante costo. Pero valió la pena porque la unión de nuestras familias lo benefició grandemente: realizaron negocios muy fructíferos.

«Vivimos felices muchos años, a pesar de que tuve dificultades para quedar embarazada. Llegamos a pensar que Dios no quería mandarnos hijos. El día que nació tu padre fue el más feliz de nuestras vidas. Èmile estaba tan orgulloso de su vástago, de que carne de su carne llevara su nombre... Le encantaba tomarlo en brazos y presumir ante los amigos: "Este caballerito será médico como su padre", y el *bebe*, como si entendiera a la perfección sus palabras, reía con su boquita sin dientes y con sus pequeñas manos acariciaba su barba».

«Se adoraban, "mis Èmile" —como yo los llamaba cariñosamente— se adoraban. Éramos una familia envidiable. Hasta que apareció ella. Una mala mujer, de esas que se cortaban el pelo a la moda masculina, usaban vestidos cortos con el pecho vendado para disimular su naturaleza, y fumaban cigarros en largas boquillas. Fue ella quien lo embrujó. Él me amaba, pero ella le robó la voluntad».

«Llegó comportándose como cualquier colega de tu abuelo —continuó mi abuela con los ojos encendidos—; ser la única médica en el hospital la hacía sentirse superior. A las demás mujeres nos veía por encima del hombro, como a unas tontonas. Cuando la conocí no sentí celos, parecía un muchacho con ese espantoso pelo negro a lo *garçon*. Jamás pensé que Èmile, mi Èmile, pudiera fijarse en ella».

Yo escuchaba a mi abuela con asombro y la veía con todo ese amor por un hombre que ya no estaba, y me veía a mí, sintiendo lo mismo por un hombre que estaba a miles de kilómetros de distancia. La duda y el miedo de perder a Alejo me invadieron por un segundo, pero los deseché al recordar las palabras de las pocas, pero sinceras cartas que él y yo intercambiábamos. Concentré mi atención en la voz de mi abuela y recé para que eso no me pasara a mí.

—Sentí que me iba a morir —mi abuela veía fijamente las perlas que se encontraban en el suelo—. ¿Sabes? Este collar me lo regaló el día que supo que estaba embarazada… por eso es que siempre lo llevaba conmigo —dijo esto tomando una perla entre sus dedos, después volteó a verme y repitió: —Sentí que me iba a morir. Fue terrible escuchar de sus propios labios que se había enamorado de otra mujer. Tenía tiempo intentando decírmelo, pero cada vez que se decidía no encontraba la manera de hacerlo: no quería lastimarme. Sin embargo, se negaba a seguir llevando una doble vida. Por lo que prefirió decirme él mismo la verdad, antes de que me enterara por otro lado. ¿Sabes? Èmile de Montaigu era un hombre de honor. Pero mientras sus palabras entraban golpeando mi cuerpo, reviví todas esas situaciones que quise ignorar: aquella noche cuando llegó tan tarde con la excusa

41

de que el partido de bridge se había alargado, y la otra en la que un paciente se había puesto muy grave, y la otra una cena de… y la reunión con… y el paciente que se murió en la madrugada… y el médico que no llegó… Cuando reaccioné, la furia contenida en ese momento estalló. Me abalancé sobre él, chillando como una loca, golpeándole el pecho, preguntando a gritos ¡¿por qué?!, ¡¿por qué?! La elegancia y las buenas maneras se fueron por debajo de la puerta, por las ventanas, y enloquecí: le grité una y otra vez: "¡Te voy a matar! ¡Te voy a matar!". Tu abuelo trataba de detenerme, de calmarme, pero lo que yo sentía era imparable: un sentimiento desconocido me carcomía las vísceras. Desgraciadamente no reparé en que mis gritos llamaron la atención de los habitantes de la casa. Yo estaba de espaldas a la puerta del despacho. De pronto, Èmile me tomó fuertemente de los brazos y me gritó un "¡cállate!" rotundo, haciendo una seña con la mirada para que volteara: tu padre, con sus apenas doce años, observaba, atónito, aquella escena. Gaspard y Armelle llegaron tras de él, pero era demasiado tarde: mi hijo, mi pequeño hijo había escuchado que su propia madre quería matar a su padre. No dejó que me le acercara y salió huyendo. Èmile corrió para alcanzarlo.

«Armelle se quedó junto a mí, consolándome. La histeria me consumía: ahora no solo perdería a mi esposo, también a mi hijo. Y el llanto y la angustia no cesaban. No sé cómo explicarte todo el dolor que sentí, mi querida Rachèle, la desesperación puede vencer hasta al más prudente».

«Ella me lo había advertido, pero no hice caso de sus palabras, pensé que solo eran suposiciones de una solterona. Yo confiaba ciegamente en mi marido».

«Armelle y yo nos conocíamos desde mucho tiempo atrás, habíamos crecido juntas. Su madre fue mi nana y ella mi compañera de juegos. Cuando me casé la traje conmigo como mi dama de compañía. Era mi confidente. Ella empezó a notar las llegadas tarde de tu abuelo; me lo mencionó varias veces, le parecía sospechoso, pero cada vez que lo hacía yo me enfadaba con ella. Una noche, como no podía conciliar el sueño, esperando a que Èmile apareciera, fui a buscarla a su habitación. Ahí me contó algo acerca de una mujer que hacía muy buenos "trabajos" alejando mujeres de mala sangre de maridos débiles de voluntad. Me enojé muchísimo y le grité que jamás volviera a insinuar nada sobre mi esposo y mucho menos sobre hechiceras».

«Pero como te digo, mi linda Rachèle, la desesperación, la angustia por perder lo que se ama nos trastornan la mente. Después de la confesión de Èmile y de que tu padre nos descubriera peleando, estaba segura de que mi vida perfecta no regresaría jamás. Pero tenía que intentarlo. Le pedí a Armelle que me llevara con aquella mujer».

«Gaspard fue quien nos llevó. El lugar se encontraba en un barrio muy pobre y sucio, con callecitas estrechas llenas de lodo. La noche nebulosa las hacía parecer interminables. En ningún momento vacilé, lo único que me importaba era recuperar a mi marido, a mi familia… de la manera que fuera».

«Después de un largo trayecto las lágrimas se me habían secado en el rostro, pero en mi interior un fuego imposible de extinguir me impedía serenarme».

«Varias calles antes de llegar a nuestro destino tuvimos que bajar del auto porque solo era posible acceder a pie. Caminamos entre el lodo y la neblina hasta esa pequeña casucha en donde se encontraba la mujer más hermosa que yo hubiera visto. Era de una belleza extraordinaria, y contrastaba aún más entre tanta miseria. Tenía los ojos ligeramente rasgados, de un color violeta, con unas pestañas muy oscuras y rizadas. Su tez era blanca, su cabello negro, largo y ondulado. Llevaba un vestido lila muy vaporoso y un collar de piedras grandes. Las manos y las muñecas lucían un sinfín de anillos y pulseras. Era imposible no notarla. Pero, además, emanaba un olor que no te puedo definir, pero es ese tipo de aromas de los que no te quieres despegar y se te quedan en la memoria para siempre».

«Apenas entramos fue directamente hacia mí, como si me esperara; con una dulce voz nos invitó a sentarnos. Gaspard y Armelle, haciendo gala de su buena educación, decidieron aguardar afuera».

«Adentro, no solo ella contrastaba con el exterior, su pequeña vivienda también: había velas encendidas por el suelo, sobre la mesa, que desprendían un reconfortante aroma a vainilla y una luz muy agradable; los muebles eran escasos, de sencilla madera, todo lucía limpio… el sitio era hasta acogedor. Y su voz era tan dulce, tan hipnótica… como la de las sirenas. Tomó mis manos; estaban heladas. Las frotó; luego las volteó palmas arriba. Solo le bastaron unos segundos para descubrir que mi destino estaba marcado por la tragedia. Sus increíbles ojos violeta no pudieron disimular. "No sufras, Julienne, yo te ayudaré", me dijo, y yo le creí, pronunció mi nombre de tal manera, aunque no recordaba habérselo dicho, que yo le creí. Me cortó las uñas de los dedos del corazón y un mechón de pelo, y se fue tras una cortina de cuentas de colores. Pasó el tiempo, mucho tiempo… tal vez veinte minutos, una hora o dos… no lo sé. La mezcla de aromas en el aire me empezó a sofocar; ya no solo era vainilla: una marea de olores suaves y fuertes se mezclaban en el aire, algo así como entre albahaca, clavo de olor, anís y pétalos de rosa. Por fin, su bella imagen apareció entre las cuentas. Caminó suavemente hacia mí con una botella de vidrio color ámbar entre las manos. Me la entregó con delicadeza, y con unas melódicas palabras me indicó lo que tenía que hacer con el líquido que contenía. Salí de ahí literalmente hechizada, tocando la textura sedosa del lazo rojo que colgaba del cuello de la botella. Gaspard me tomó del brazo y juntos iniciamos el regreso. Armelle nos alcanzó minutos después. A pesar de mi estado hipnótico noté que la mujer la detuvo a la salida y le dijo algo al oído. Más tarde Armelle me repetiría sus palabras: "Esto se pudo haber evitado"».

Mi abuela permaneció callada un momento, su rostro denotaba que lo peor estaba por venir. La tomé de las manos como para infundirle confianza y alentarla a continuar. Apretó suavemente mis manos en señal de que entendía mi gesto y prosiguió.

—Solo tenía que darme un baño con ese líquido de aroma exquisito a hierbas, untar unas gotas sobre una torunda de algodón, para después frotarla sobre un retrato de Èmile y pensar en él. Eso era todo.

La calma que mi abuela parecía haber retomado se convirtió en un llanto continuo, inagotable… era un río sin piedras, ansioso por llegar al mar. No dije nada, simplemente dejé que se desahogara, que expulsara el dolor en ese mar en el que mis palabras ya no servían de consuelo.

—Fue esa mujer. Fue ella quien me dio la noticia —pronunció mi abuela recuperándose un poco—. Ocurrió en la tercera noche desde que Èmile se fuera de la casa. Cuando descubrió que nuestro hijo había presenciado la pelea se fue tras él, y después de tranquilizarlo y dejarlo dormido se marchó. Tenía tres días sin saber nada de tu abuelo. Hasta que esa noche, en la madrugada, apareció su amante en la mansión. La recibí en el despacho de mi marido, como la dueña y señora, pero en cuanto vi su rostro, que pretendía aparentar dureza, comprendí que no buscaba guerra. Èmile había muerto. Un infarto había terminado con su vida mientras hacían el amor, solo un par de horas antes. Mi cuerpo no soportó la noticia y me desmayé. Cuando reaccioné, Antoine, el mejor amigo de Èmile, intentaba reanimarme; ella se había marchado.

«Únicamente Antoine, que era director de uno de los hospitales, además de colega de tu abuelo, supo la verdad. Su amante recurrió a él en busca de auxilio, pero cuando llegó ya no había nada que hacer. Fue él quien lo declaró muerto».

Mi abuela respiró hondamente y continuó:

—Antoine fue el encargado de ayudarme a encubrir el desliz de tu abuelo: había una honra que resguardar. Mi hijo había perdido a su padre, yo, a los dos, pero de ninguna manera permitiría que Èmile creciera con una imagen negativa suya: el ejemplo del padre forma el carácter de un hombre; era muy niño para comprender semejante situación, por lo que estuve dispuesta a proteger a mi hijo hasta las últimas consecuencias.

«Desde entonces tu padre me odia, Rachèle. Creció con la idea de que su propia madre había matado a su padre. Me era imposible revelarle la verdad, y nadie, nadie debía enterarse de que una noche como hoy, pero de hace treinta años, mi esposo moría en brazos de otra mujer. El honor de Èmile de Montaigu se mantendría intacto. Decidí callar. Entre Antoine, Gaspard, Armelle y yo hicimos creer a todo el mundo que tu abuelo había muerto días más tarde en su propia casa… en su cama».

«Una semana después del entierro, una terrible noticia terminó por llenarme de culpas, de dolor. Encontraron a la amante de Èmile desangrada en la tina de baño: se había cortado las venas. No pude soportarlo. Yo solo quería recuperar a mi marido, separarlo de esa mujer. Jamás imaginé que un baño de hierbas aromáticas pudiera ocasionar tal tragedia. ¡Nunca quise matarlos! ¡Y yo los maté! ¡Yo los maté!».

Mi abuela se levantó bruscamente del suelo y comenzó a gritar. Yo me paré también, imitándola por impulso. Traté de abrazarla para tranquilizarla, pero no me dejó.

—Abuela, tú no tienes la culpa, tú no hiciste nada… —dije alzando la voz para que me escuchara, pero no lo hizo. El ruido intenso del dolor no se lo permitía.

Una y otra vez repetía: «¡Yo los maté! ¡Yo los maté!». Entonces empecé a llorar; la impotencia de no poder ayudarla a mitigar su dolor me hizo compartirlo. Y lloré por ella, por mi padre y por mí. Reviví cada palabra que me había contado, reviví cada gesto de mi padre cuando llegué a mencionarle su nombre, cuando pregunté por su infancia, por mi abuelo. Mi llanto surtió efecto en ella. Se me acercó y las dos, abrazadas, lloramos sin poder parar. De pronto sentí una mano en mi hombro que me cortó el llanto. Era la señorita Armelle. Con delicadeza tomó del brazo a mi abuela y mientras la dirigía hacia la puerta, con un tono de voz desconocido para mí, que asomaba cierta ternura, dijo:

—No es bueno que *madame* Julienne siga aquí. Este sitio le trae muchos recuerdos… Era el despacho de *monsieur* Èmile.

Y mi abuela, dócilmente, se dejó llevar.

Una pequeña pluma azul cayó sobre mi nariz y me hizo cosquillas. Volteé hacia arriba y vi que, sobre una rama, un periquito albiazul brincaba de un lado a otro de la cabecita verde de su compañera, mientras entonaba una melodía para lograr su atención. Dos colibríes revolotearon sobre mi vestido de aire en su baile de cortejo, y muy cerca de mis pies una hembra de jaguar, con fuertes rugidos, empezó a llamar a su macho; este, contagiado por las cálidas ondas emitidas por ella, le devolvió el rugido aún con mayor potencia. Las flores y las palmas parecían rozarse unas a otras ayudadas por las manos del viento, y la tierra, blanda por las lluvias, se ofrecía como el lecho ideal. Miré de un lado al otro, y de pronto me di cuenta de que la única alma en esa exuberante vegetación era la mía. Mi esposo dormía el pasado en la selva, con el espíritu pegado a la carne, ¿y yo?... sin poder tocarlo. El calor, el vapor de la lluvia, las gotas tardías que caían de las ramas sobre mi cuerpo nebuloso, trajeron a mi mente vagos recuerdos de un despertar. Sin embargo, aún me era imposible entender lo que me pasaba. La vida y la muerte estaban unidas en una confusa amalgama.

Ahora, desde aquí, todo luce más claro... solo el tiempo se ha vuelto incalculable. ¿Será porque ya no importa?... Lima, París, Iquitos son recuerdos tan nítidos como lo es la certeza de mi amor por Alejo.

Pero no desviaré el curso de esta historia, el vestido, el Amazonas, mi muerte, Carmina, Nana, Santiago, aparecerán en su debido momento.

Después de la confesión de mi abuela, la relación entre ella y yo se hizo mucho más profunda; ya no éramos nada más parientas consanguíneas ni amigas unidas por la compasión a los enfermos, ahora empezábamos a ser confidentes. Su historia no solamente respondió muchas de las preguntas que durante toda mi vida me formulé, también me abrió los ojos a un mundo desconocido para mí: el de las pasiones humanas. Hasta entonces mi vida había sido simple, rodeada de comodidades, sin grandes preocupaciones; con una educación estricta y sobreprotegida. El amor era el que había conocido a través del cariño de mis padres y de los cuentos de príncipes y princesas. Todo siempre bajo un halo rosado que me hacía concebir la vida como un cadencioso oleaje, como una sábana blanca de seda que se desliza sobre la piel, como el viento que acaricia el cabello, como los besos tibios bajo las noches limeñas en el rincón de un jardín. No sabía que el amor pudiera matar, matar metafóricamente: estaba segura de que no había sido un hechizo el que acabara con la vida de mi abuelo. Me costaba creer que aquel sentimiento maravilloso pudiera transformarse en un monstruo de tres cabezas capaz de dominar, con sus pensamientos nefastos, la cabeza que sigues siendo tú.

El recuerdo de mi historia con el paraguas, tan rosa, me hace sentir incómoda. Culpable. Aunque pensándolo bien, no tendría por qué disculparme de las condiciones favorables en las que crecí, ni por cómo se dio mi romance, ya es suficiente con ser un fantasma anclado en el Amazonas que no tiene idea de cómo terminará esta historia.

Una tarde de domingo, mientras tomábamos una limonada fría para atenuar el calor del verano, mi abuela por primera vez me preguntó por Alejo. Me ruboricé y casi le escupí en la cara el trago de limonada que justo en el momento de su pregunta estaba llevando a mi boca. Reímos a carcajadas, pero después, y en un tono más serio, me volvió a preguntar por él. Mi abuela estaba enterada de que recibía cartas suyas, aunque hasta ese día ni ella se había atrevido a preguntar ni yo a contarle. Solo conocía los hechos que mi madre le había confiado antes de mi llegada. Ni por teléfono ni por carta pudieron tocar el tema; siempre supusimos que mi padre la vigilaba, y a pesar de que él se negaba a hablar conmigo, se mantenía pendiente de mi situación.

Le conté mi historia. Cuando terminé de hablar ya era de noche. Las luciérnagas iluminaban el jardín y la temperatura había descendido un poco. Mi abuela se levantó de su silla de mimbre, se acercó a darme un beso, y después de darme las buenas noches me dijo: «*Chérie*, ya encontraremos una solución». La misma frase que un día me dijera Alejo… Sonreí.

La vi marcharse entre los rosales. Y mi pensamiento voló sobre las sombras de los árboles de la mansión hasta mi rincón secreto en Lima, nuestro virginal rincón acurrucado bajo la pérgola de begonias. Al recordarlo, una sensación desconocida recorrió mi piel: sentí como si el dedo índice de Alejo acariciara con suavidad el largo de mi columna.

Desperté en París una noche de verano.

Abrí los ojos. No únicamente a través de la verdad de mi abuela, esta fue solo un parteaguas: allá afuera un mundo que exigía emancipación se levantaba. Allí adentro, una mujer escondida en la piel de una chiquilla interrumpía su cándido sueño.

Todos esos meses enclaustrada en la mansión, en el hospital, en el dolor ajeno, en mí misma, me habían mantenido ciega. Empezaban a ocurrir muchos cambios en la sociedad europea. Venían sucediéndose desde que habían terminado las guerras, y cada día los gritos de libertad se escuchaban más fuerte. Por esa época las mujeres también gritaban. Estaban ansiosas de ser protagonistas de sus propias historias y no solo actrices secundarias de sus hogares. Deseaban ser miembros activos de la sociedad y no ser relegadas por los hombres. Ser libres… como ellos.

Así pensaba Monique. En los descansos fumaba un cigarro tras otro, mientras caminaba contoneándose en su uniforme entallado por los pasillos del hospital. Aunque éramos de la misma edad parecía mayor: no pasaba desapercibida para ningún hombre. Toda una tarde me dediqué a contemplarla y a observar las reacciones de ellos. No los conté, pero ni uno solo se resistió a sus encantos. Era un imán.

—*Ma chérie*, ¿te das cuenta?… Todos los hombres son iguales, y no lo digo por despecho. ¡Mejor para mí! Conoces a uno y ya los conoces a todos. ¡Y a mí me gustan todos! —dijo con su voz ronquita.

—¿Quieres decir que a todos los tratas igual? —Mis preguntas sonaban bobas, pero tenía que hacerlas. Mi mente tenía la imperiosa necesidad de entenderla… aunque no sabía bien por qué o para qué.

—*Exactement!* Todos quieren lo mismo, yo se los doy por un tiempo, hasta que me canso. Ellos no tienen idea de lo que deseo en verdad, y tampoco me importa. Yo solo quiero divertirme.

—¿Y qué es lo que quieres, Monique?... ¿Casarte?...

Me arrepentí de mi pregunta inmediatamente después de haberla formulado. Mi nueva amiga francesa lanzó tal carcajada, como si le hubiera contado el chiste más gracioso del mundo. Se fue riendo por el pasillo sin dejar de mover las caderas y arreglándose el cabello.

Monique me llamaba «la dama etérea»; yo creía que era por el éter que usábamos para adormecer a los pacientes, pero cuando le preguntaba la razón se alzaba de hombros y me decía: «No lo sé, *chérie*... así te veo». Y no se equivocó.

Esa noche, la noche en que desperté, y que esta vez no fue por medio de un espejo, Monique y yo estábamos de guardia. La tranquilidad vagabundeaba por los pasillos del hospital. Mientras yo le escribía una carta a Alejo, Monique se limaba las uñas; de vez en vez hacía uno que otro comentario al que yo respondía con una diplomática sonrisa: cuando escribía me gustaba internarme en ese mundo en el que solo Alejo y yo éramos protagonistas. Monique, aburrida de verme perdida en mis letras y añoranzas, sin decir nada se levantó del sillón y salió de la sala de descanso.

Las doce de la noche. Monique no había regresado. Los pasillos del hospital seguían inquietamente serenos. Me había quedado dormida después de la extensa carta que escribí y me pareció muy raro que todo siguiera igual. Miré el reloj de la pared como para comprobar que, efectivamente, había pasado el tiempo, y esperé un rato a que ella apareciera, pero no lo hizo. Fui a buscarla, me sentía un poco culpable por haberla ignorado.

La busqué en la sala de recuperación, en la cafetería, en la guardería, pregunté a las otras enfermeras, y nada, nadie la había visto. Empecé a preocuparme; el silencio del hospital no hacía más que aumentar mi nerviosismo, cuando de pronto, caminando por el pasillo de los consultorios escuché unos murmullos. Me pareció oír el ronroneo de un gato, muy suave, a lo lejos. Todas las puertas del pasillo estaban cerradas, solo una parecía entreabierta, la única por donde escapaban los ronroneos y murmullos. Conforme me acercaba el sonido se iba aclarando, hasta que me pareció que se convertía en la voz ronquita de Monique. La prudencia me hizo demorar mis pasos; me acerqué ignorante de lo que descubriría, pero llena de curiosidad, con delicadeza empujé un poco la puerta que ya estaba abierta.

Entonces los vi. Dos cuerpos desnudos. Inmediatamente cerré la puerta, pero la imagen quedaría grabada en mi mente por el resto del verano, de todos mis veranos. Monique, sentada sobre la camilla de exploración, abrazaba con sus piernas blancas la espalda de un hombre moreno. Él le besaba los senos, mientras sus manos rodeaban su cintura. Y los dos al unísono juntaban sus cuerpos en una danza frenética, en ese baile en el que estorban los invitados.

Con la turbación en el rostro, en la piel, corrí a refugiarme a la sala de descanso. Un ardor en las mejillas, en las manos, me recorría; se deslizaba hasta mis piernas y de ahí hasta los dedos de mis pies. Una marea de sensaciones nuevas subía y bajaba por todo mi cuerpo. Había visto a Monique haciendo el amor. Un instante me bastó para dejar que los restos de infancia que aún permanecían en mí se desvanecieran.

Cuando Monique regresó me encontró acurrucada en el sofá. Sin pronunciar palabra sacó de su bolsa una cajetilla de cigarros, me ofreció uno, el que tomé por inercia ya que nunca había fumado, encendió ambos cigarrillos, dio una calada honda al suyo y suspiró. Su pelo negro, lacio y corto estaba despeinado, sus labios intensamente rojos, su tez rosada, y sus ojos parecían desprender chispas. Lucía radiante. Un ataque de tos repentino causado por mi ignorancia en el arte del fumar nos sacó del trance de ese embarazoso momento. Monique, atacada de la risa (como casi siempre que estaba conmigo), se acercó para darme palmadas en la espalda, y yo, gracias a la tos, el humo y la risa, pude esconder mi turbación.

No podía creerlo. ¡Alejo vendría a París!

Me llamó una tarde por teléfono desde Iquitos. Había dejado el campamento por unas horas debido a cuestiones del trabajo. Por desgracia yo me encontraba en el hospital, y fue mi abuela quien atendió su llamada. Aunque me entristeció no haber hablado con él, comprendí que nada pasa solo porque sí: Alejo no estaría mucho tiempo en la ciudad, tenía que aprovechar la ocasión, se armó de valor y le confesó a mi abuela sus deseos de venir a verme. El idioma no fue impedimento. En sus ratos libres, Alejo se había dedicado a estudiar francés, y a pesar de sus limitaciones pudo comunicarse en el idioma.

Ella estuvo de acuerdo con su venida.

En sus cartas, Alejo nunca mencionó nada. Siempre decía que pronto estaríamos juntos, mas no cuándo o dónde o cómo. En nuestras cartas planteábamos posibles soluciones, pero la imagen de mi padre aparecía una y otra vez entorpeciendo nuestros planes. Sin embargo, él, calladito, había estado ahorrando. Llevaba ya casi el año trabajando en la selva. Las jornadas eran agotadoras y las condiciones extremas, pero su ánimo nunca decayó: trabajaba por mí, por nosotros, por el desarrollo de su país. Y en las horas extras, cuando más cansado se sentía, pensaba en mí y en venir a París. Por supuesto esto me lo dijo cuando por fin estuvimos juntos.

Las noches anteriores a su llegada se hicieron eternas, parecían jugar con mi prisa, con mi ansiedad. Sus minutos se volvieron en contra del tiempo y se negaban a alcanzar el amanecer. Las horas se llenaron de preguntas con infinidad de respuestas que saturaron mi habitación y mi cabeza. ¿Qué pasaría ahora? ¿Alejo me querría igual que antes, menos, más?... ¿El hecho de que viniera nos aseguraría un futuro juntos? ¿Qué pensaría mi abuela de él?... ¿Y si mi padre se enterara?... No, no, no, solamente imaginarlo me daba dolor de estómago. Para encontrar refugio leía una y otra vez sus cartas, eran mi consuelo. Las emociones se me acumulaban en el corazón, y la felicidad y la angustia se disputaban el primer lugar.

Esas noches de eterna espera amanecieron con un sol caliente y diáfano.

El día que Alejo llegó a París fue el más caluroso de ese verano; como si el calor amazónico hubiera venido con él. Los cuerpos sudorosos caminaban por la ciudad sin hallar consuelo en la sombra, los perros jadeaban en las esquinas y los más afortunados encontraban alivio en las fuentes. En la mansión no era distinto. Todos habíamos reducido, al mínimo permitido por las normas de aquella sociedad, nuestra vestimenta. La clase y el recato de mi abuela se habían ido a esconder a la nevera, dejándola con un sencillo vestido blanco de algodón, que a la luz del sol mostraba su avejentada pero aristocrática figura.

Y aunque el calor corría por entre los pliegues de mi vestido, yo me encontraba tan feliz que las gotas de sudor me provocaban ligeras cosquillas. Me había esmerado en mi arreglo para ir al aeropuerto a recibir a Alejo y ninguna canícula me iba a estropear el día. Le pedí a Gaspard que abriera todas las ventanas del auto, y enfrentándonos al verano recorrimos las ardientes calles parisinas.

Solamente me bastó verlo. Todas las dudas se disiparon. Alejo caminaba de prisa hacía mí. Yo sorteaba a la gente para encontrarlo, mientras nuestros ojos y manos trataban de alcanzarse. Parecíamos los mismos de un año atrás, sin embargo, el amor juvenil que había surgido en un parque limeño había madurado a través del tiempo, de la distancia, de las cartas que no solo permitieron mantenernos en contacto, sino que ayudaron a que creciéramos juntos y que al término de la lectura de cada una el deseo por la cercanía aumentara… El deseo. Una gota de sudor recorrió mi escote y bajó hasta mi ombligo. Su piel tostada por el sol de la selva brillaba como una vara de canela fina. Estaba más delgado y sus ojos color miel parecían verdes. Y ahí, a mitad de su mejilla derecha, seguía esa cicatriz que yo amaba con toda mi alma. No sé si fue el clima, París, el amor, pero apenas nos vimos, ahí, delante de todos, nos besamos como nunca lo habíamos hecho: su boca reclamó mis labios buscando en ellos el consuelo que calmara su ansiedad. Mi boca se entregó sin ningún reparo, casi sin pudor. Sus manos en mi espalda me apretaron hacia él con firmeza, y mi cuerpo, libre de cualquier atadura, obedeció; y por un momento todas las delicias del mundo se unieron en un par de labios, hasta que una tosecita incómoda, proveniente de la garganta de Gaspard, nos apartó.

Con el rubor en los rostros hice las presentaciones.

Durante el camino de regreso nada más nos tomamos de la mano, y el viento que entraba por las ventanas abiertas del auto nos calmó los meses, las noches y los días en que no nos vimos.

Alejo se removía en el asiento, estaba muy nervioso por conocer a mi abuela, a cada instante me preguntaba cómo debía comportarse, si debía saludarla de mano, si abrazarla (lo cual era su costumbre), si darle de besos. Yo solo le respohdía que fuera él mismo. Alejo era muy alegre y cariñoso, cualidades que siempre le admiré. Me era difícil entender cómo una persona que había sufrido tanto podía ser así. Había crecido prácticamente solo, sin embargo, parecía que el cariño que había recibido de sus padres y de su abuela había sido tanto que, aunque le duró poco, le sirvió para el resto de sus días.

Yo también me sentía inquieta, *madame* Julienne tenía una educación muy formal y era partidaria del protocolo, y aunque Alejo era respetuoso, no estaba acostumbrado a los convencionalismos sociales. Yo deseaba que se ganase a mi abuela por quien era, detestaba la idea de hacerlo pasar por un mico bien portado. Lo calmé recordándole que ella no era la reina de aquel país, y confié en que mi novio, mi amoroso novio, saldría bien librado de aquella situación.

Una sonrisa muy grande lo iluminó al conocerla. La abrazó con firmeza y al tiempo que lo hacía pronunció: «abuela». Ella, que no estaba acostumbrada a los arrumacos, se sonrojó, pero su sonrisa complaciente bastó para delatarla.

Tres días habían pasado desde nuestro reencuentro. El tiempo se nos escapaba de las manos. A pesar de que mi abuela era muy prudente y discreta, también seguía siendo muy conservadora; una cosa era que permitiera nuestro romance, pero otra muy distinta era que nos permitiera algo más. Nos tenía muy vigilados. Por lo que las oportunidades para estar solos eran escasas. Teníamos tanto de qué hablar, tanto que decirnos y miles de caricias por recuperar, pero si no era la señorita Armelle, eran la cocinera, mi abuela, el jardinero... ojos sobraban en aquella mansión.

Esa tarde, después del almuerzo, pedimos permiso a mi abuela para salir a pasear «solos». Ella le pidió a Gaspard que nos llevara, y un tono de «están bajo tu custodia» recayó sobre su persona.

Recorrimos la ciudad en el auto. Los Campos Elíseos y el Arco del Triunfo pasaron delante nuestro. Todas aquellas terrazas de los cafés repletos de gente, de parejas acarameladas, probablemente declarándose su amor, y nosotros dando vueltas bajo la mirada de un leal chofer. Yo apreciaba muchísimo a Gaspard, pero en esas circunstancias su presencia me resultaba desesperante. Sabía que solamente cumplía las órdenes de su patrona, que tal vez hasta para él era incómodo el papel de chaperón, pero en el vocabulario de mi abuela parecía que la palabra «solos» significaba «bajo la mirada de alguien más que no fuera ella». A pesar de todo lo que había vivido, las normas de la época (que empezaban a relajarse con las nuevas generaciones) seguían importándole. Además, aunque mi padre y ella no se hablaran, de alguna manera él confiaba en que bajo su tutela yo estaría segura. *Madame* Julienne no podía permitir que algo me ocurriera.

Pero mi necesidad de estar a solas con Alejo crecía cada vez más; cuando por fin bajamos del auto y continuamos el paseo a pie, se me ocurrió. Tomando como pretexto el calor, fingí desmayarme. Alejo, alarmado y tratando de sostenerme, le pidió a Gaspard que buscara ayuda, y mientras este lo hacía, le guiñé un ojo y salimos corriendo. Atravesamos muchas calles en donde se quedaron resonando en el aire los gritos de Gaspard: «¡*Mademoiselle* Rachèle!», «¡*Monsieur* Alejo!», pero en ningún momento nos detuvimos. Corrimos tomados de la mano, riendo a carcajadas como niños traviesos, esquivando parisinos y turistas, doblando en cada cuadra por esquinas diferentes, viendo cómo los adoquines pasaban presurosos bajo nuestros pies, hasta que topamos de frente con una iglesia; esa calle no continuaba, o doblabas a la izquierda o a la derecha. Fue solo un instante de confusión, y en esos segundos el destino se volvió a manifestar. A veces me pregunto qué hubiera pasado si hubiéramos seguido por la izquierda.

El olor a pan recién horneado perfumaba el ambiente, seguramente una *boulangerie* se encontraba cerca, aunque no recuerdo haberla visto. Nosotros ya no reparamos en nada, ni en las construcciones de principio de siglo ni en las tiendas ni en las macetas de los balcones. La calle estaba vacía. Ahí, Alejo me volvió a besar. No como en nuestro rincón en Lima, no como en casa de mi abuela. Nos besamos como un hombre y una mujer que se aman, que se desean, que se han descubierto como hombre y mujer. Con los ojos cerrados nos dejamos llevar por todas aquellas sensaciones, tocando por primera vez nuestros cuerpos abrazados por la delgada textura de nuestras ropas.

No paramos hasta que, en la necesidad de buscar un sitio para recargarnos, mi espalda chocó contra una ventana. Para nuestra sorpresa, la ventana resultó ser el vidrio de un escaparate.

No supimos cómo llegamos a él o de dónde salió. Pero ahí estaba. Fue la primera vez que Alejo lo vio. Yo hacía mucho tiempo que lo había visto, pero lo había olvidado.

Era precioso, era imposible. El vestido de novia con el que soñé innumerables noches durante mi infancia lucía en el aparador de una tienda de antigüedades enclavada en aquel rincón parisino.

Cuando cumplí ocho años mi padre me regaló una hermosa muñeca vestida de novia; en ese mismo instante me olvidé de todas las demás de mi vasta colección y se convirtió en mi favorita. Desde entonces, y hasta cerca de los doce años, soñé infinidad de veces que yo era la muñeca y me casaba en un bosque, con un gran banquete y muchos invitados; y yo bailaba y bailaba en medio de ese bosque presumiendo la belleza de mi vestido. Lo curioso, y hasta desconcertante, era que el vestido de mis sueños era muy diferente al de mi muñeca; el vestido era como el del aparador. Idéntico.

Rápidamente le conté la historia a Alejo y entramos al lugar.

Una música suave en el fondo nos recibió. El profundo olor a incienso me hizo estornudar varias veces, pero a pesar del ruido nadie salió a nuestro encuentro. Temerosos, nos aproximamos hacia donde se encontraba el vestido para observarlo de cerca. Era el único objeto en el aparador. La tienda se encontraba abarrotada de bellas y extravagantes piezas. Del techo pendían flamantes candiles y lámparas de hierro, de cobre, de cristal, todas ellas encendidas. Las paredes lucían diferentes tipos de estanterías de madera en las que se encontraban infinidad de artículos. De tanto que ver la vista se perdía en nada. Y el vestido, solitario e inmóvil en su lugar, parecía flotar lejos de aquel bullicio de antigüedades.

No era blanco. La tela de color marfil recordaba los vestidos de antaño, y la larga cola suponía el estatus de a quien podría haber pertenecido. Una abotonadura impresionante engalanaba la espalda: unas finas perlas hacían la vez de botones desde la parte alta del cuello hasta por debajo de la cintura. El pecho y las mangas estaban confeccionados con un encaje bellísimo; era blanco, pero desprendía unos tonos dorados, como si la urdimbre se hubiera tejido con hilo de oro.

—Parece el vestido de una princesa. ¿No es así?

Una voz de la que no escuchamos sus pasos pronunció estas palabras. Alejo y yo pegamos un brinco y dimos media vuelta para ver de quién se trataba.

—Perdónenme, no quise asustarlos —contestó un hombre de rasgos árabes realmente apenado.

—No se preocupe, nosotros también estábamos distraídos —comentó Alejo, y yo me sorprendí de la buena comprensión que mi novio tenía del idioma; se le notaba el acento, pero me parecía maravilloso el esfuerzo que había hecho por aprender francés—. Bello el vestido, ¿ah?… Mi novia luciría muy hermosa con él —dijo abrazándome, mientras yo sentía que los colores se me subían a la cara y contemplaba en el rostro de aquel hombre una sonrisa de complicidad.

—Sí, nos llamó la atención el vestido y esta singular tienda. La verdad es que nos hemos perdido —continué diciendo para cambiar un poco la conversación—, pero nos interesaría mucho saber de dónde vino o a quién perteneció. Es muy bello.

El hombre rascó su canosa cabellera, puso cara de «aquí va de nuevo la historia» y, después de pensar un poco, comenzó a hablar.

—Hace muchos años, mi abuelo llegó de Turquía y se estableció en esta ciudad —ahora sabía que era turco, o por lo menos descendiente de turcos—. En Estambul él ya se dedicaba a la venta y compra de antigüedades, pero debido a ciertos problemas, que bueno, mmm… ustedes saben, secretos de familia relacionados con faldas, hicieron que saliera huyendo de su ciudad natal.

El turco carraspeó y bajó la vista; Alejo y yo aprovechamos ese instante para mirarnos con complicidad: secretos de familia.

—Meses después —continuó—, cuando las aguas se calmaron y él se estableció en París, le pidió a su madre que le enviara algunos de los objetos que tenía en su tienda de allá, para empezar un nuevo negocio aquí. Ella así lo hizo. Mandó por barco las piezas de más valor, pero algo raro ocurrió en el viaje, o en el momento de la descarga. No lo sabemos. Cuando mi abuelo empezó a revisar el envío encontró un bello baúl de procedencia desconocida para él. Era de buen tamaño y de madera labrada con un trabajo exquisito, por lo que era casi imposible que pasara desapercibido. Lleno de curiosidad y con un poco de ansiedad logró romper el candado que lo mantenía cerrado, y ahí adentro, protegido contra todo, encontró el vestido de novia.

«Durante unos días mi abuelo intentó ponerse en contacto con alguien que le ayudara a dar con la dueña de tan fina prenda, pero fue inútil, nadie conocía su procedencia. Así que se quedó con él».

—Entonces, ¿eso quiere decir que la historia de este vestido es una incógnita? —pregunté llena de curiosidad.

—Así es. Ni mi abuelo ni mi padre ni yo hemos tenido el honor de descifrar el misterio.

Mi enamorado había puesto mucha atención a la historia, algunas frases o palabras tuve que explicárselas, pero en general había entendido todo.

—Pero, se encuentra a la venta ¿no? —preguntó con interés.

—No. Mi abuelo nunca quiso venderlo. Primero porque tenía la esperanza de que su dueña apareciera algún día, y en segundo lugar porque el vestido le trajo suerte. Las personas siempre entran a la tienda a verlo, pero como no lo pueden comprar se llevan por lo menos una que otra cosita de las muchas que tenemos por aquí.

—¿Podemos ver el baúl? —pregunté casi interrumpiendo la charla de aquel hombre. En mi cabeza flotaban mil preguntas sin respuesta porque estaba segura, después de haberlo visto de cerca, de que aquel era el vestido de novia que había llevado puesto en mis sueños.

—Claro. Pasen por aquí.

Atravesamos un pequeño y hermoso patio hasta llegar a una gran sala. Parecía como si Estambul hubiera encontrado refugio en esa construcción parisina. En medio de cojines y tapetes de vistosos colores, el baúl formaba parte de la decoración. Me acerqué a él, palpé sus grabados, lo olí, lo abrí; era muy bello, pero nada, no me decía nada. Nunca lo había visto, era un objeto totalmente nuevo para mí.

—Es hora de irnos, Raquelita —dijo Alejo sacándome de mis pensamientos—. Gaspard debe estar loco buscándonos.

Dimos las gracias a aquel hombre, y justo cuando salíamos por la puerta de la tienda, un Gaspard fingiéndose serio y enfadado apareció. Con abrazos y mimos le quitamos el falso enojo y le hicimos prometer que no se lo diría a mi abuela.

Alejo salió fascinado de aquella tienda, fascinado con la historia que el turco nos había narrado, y mientras intentaba explicar a Gaspard lo ocurrido, yo ideaba otro plan para volvernos a escapar. Muchas conversaciones, y ciertas situaciones, habían quedado pendientes con el descubrimiento de aquel misterioso y bello vestido de novia.

No fue necesario inventar otra excusa para escaparnos. Lo que sucedió a continuación aceleró el tiempo de tal manera que los acontecimientos tan soñados como esperados sobrevinieron cual cascada.

Cuando Alejo y yo llegamos a la mansión después de nuestra fuga y del descubrimiento del vestido, no bien habíamos bajado del auto, la señorita Armelle corrió a recibirnos.

—¡*Allez, allez, mademoiselle Rachèle!*... su abuela los espera en la biblioteca, deprisa, es importante.

Alejo y yo, preocupados, salimos corriendo sin hacer averiguaciones. Encontramos a mi abuela con el teléfono en la mano. Apenas me vio, su rostro pasó de ser una mueca de angustia a una de alivio, y atropellando sus palabras, que no llegué a entender, me pasó el auricular.

Era la voz de Maruquita. Mi padre estaba enterado de la presencia de Alejo en París.

La respiración se detuvo en mis pulmones.

Esa mañana mi madre había despertado pensando en Alejo. Su intuición le hizo preguntarse sobre su paradero; le parecía extraño no haber tenido la más mínima noticia suya en todo ese tiempo. Para esas alturas era lógico que yo ya hubiera conocido a alguien o que por lo menos tuviera pretendientes o amigos, y sin embargo, eso no parecía haber ocurrido. Sin hacer comentario alguno a mi padre, esperó a que este se fuera a trabajar. En cuanto lo hizo telefoneó a París. No fue necesario un interrogatorio exhaustivo para que la verdad surgiera: la llamada de mi madre casi fue hecha solo para confirmar lo que ya sabía; la voz temblorosa que atravesó el océano delató a mi abuela. Antes de colgar, mi madre la tranquilizó prometiéndole guardar el secreto. Su intuición le decía que Alejo era el hombre indicado para mí. Se lo dijo a Maruquita cuando se lo contó.

Nunca imaginaron que, tras la puerta de la cocina, mientras ellas preparaban un *chupe*[3] de camarones, mi padre escuchaba su conversación. Había regresado a casa mucho más temprano de lo acostumbrado: deseaba sorprender a su mujer con un almuerzo en el nuevo y exclusivo restaurante francés que habían abierto en Lima. El ramo de flores que mi padre llevaba en la mano quedó tirado en el suelo y sus gritos volaron por toda la cocina, incluso llegaron hasta el fondo del jardín en donde el jardinero, asustado, dejó sus herramientas entre las flores y corrió a ver qué sucedía. Encontró a Maruquita roja como tomate, sudando a chorros, y a mi madre tratando de calmar la ira de su esposo con falsas explicaciones. Pero un grito más sonoro fue a dar a su presencia, por lo que no tuvo más remedio que dar la media vuelta y regresar a sus labores. Él no supo por qué horas más tarde mis padres salieron de la casa con maletas. Pero yo

---

[3] Platillo típico de América del Sur.

sí. A pesar de las amenazas de mi padre con despedirla y de haber arrancado los cables del teléfono, Maruquita se comunicó conmigo.

No le fue fácil porque primero tuvo que conseguir un aparato, y segundo, pronunciar las palabras que mi madre escribió, junto con el número de teléfono, en un papelito que logró meter en su delantal cuando se despidieron.

Fue justo en ese momento cuando Alejo y yo llegamos a la mansión. Y mientras mi nana me contaba lo ocurrido, mi padre emprendía un largo viaje para separarme, nuevamente, del hombre que yo amaba.

No bien terminé de escuchar las palabras de mi nana, el teléfono se deslizó de mi mano. Y en ese instante un reconocimiento llegó con lucidez a mi mente: le temía a mi padre. Lo amaba, ¿cómo puede una hija no amar a un padre que le ha proporcionado cuidados y mimos?, sin embargo, sabía que su soberbia, o aquello que le había ganado las antipatías de medio mundo, no había sido gratuito. Mi padre era de armas tomar.

Alejo, confundido al verme paralizada, tomó el aparato y fue él quien terminó de escuchar las explicaciones de Maruquita. Después de que hubo colgado, con una voz firme y serena exclamó:

—Raquel, un día te dije que encontraríamos una solución a nuestro problema y te fallé, por eso estuvimos un año separados. Pero también te hice la promesa de que lucharía por ti. Esta vez no voy a permitir que nadie nos aleje, ni siquiera tu padre.

Dicho esto, salió de la biblioteca dejándonos a mi abuela y a mí totalmente confundidas. Pasaron unos minutos y regresó.

Mientras se nos acercaba comenzó a hablar.

—Raquelita, había estado esperando el momento oportuno para hablar contigo, con ustedes —dijo volteando a ver a mi abuela, haciéndola partícipe de sus palabras—, y ese momento es precisamente hoy, esta noche.

Sin perder el control ni la serenidad en la voz, pero con un brillo muy especial en los ojos, se acercó a mi abuela, le tomó las manos y en su mal francés pronunció:

—Abuela, ¿sería usted tan amable de concederme la mano de su nieta para casarme con ella?

Atónita, mi abuela volteó a verme, después volteó a verlo a él y por toda respuesta dijo:

—*Oui, oui.*

Entonces Alejo se acercó a mí. Cuando lo tuve enfrente se hincó. Las piernas me temblaron. Tomó mi mano izquierda y a continuación me preguntó:

—Raquelita, ¿me harías el honor de ser mi esposa?

Con lágrimas en los ojos, con un temblor del cuerpo entero le contesté:

—¡Sí!

Entonces, del bolsillo de su pantalón sacó una cajita azul. Un delicado anillo de oro y plata con un pequeño brillante encima apareció al abrirla. Alejo, con las manos tan temblorosas como las mías, torpemente lo sacó y lo puso en mi dedo. Se incorporó y nos abrazamos entre sollozos y risas, y justo cuando estaba por besarme, volteó hacia a mi abuela como buscando su aprobación. Ella, tan emocionada como nosotros, con un movimiento de su mano y volteando hacia otro lado, dio permiso para que ese beso tan anhelado sucediera.

Los preparativos para la boda empezaron justo en ese momento; aunque no teníamos idea de la hora en que mis padres llegarían, mi abuela no estaba dispuesta a esperar que la cólera de su hijo nos separara: estando casada ya no tendría ninguna injerencia sobre mí; además, yo ya era mayor de edad.

Esa noche nadie descansó, empezando por los empleados de la casa y siguiendo con el montón de durmientes a los que *madame* Julienne despertó. «Será una boda relámpago, pero no por ello dejará de ser digna de una Montaigu», aseveró mi abuela, alzándose las faldas y disponiéndose a dar órdenes.

El primero en llegar fue el padre Pere, un catalán de barbas grises y de amplia calva, que encontró refugió en París durante la persecución del clero en la guerra civil española. Desde su arribo se convirtió en confesor y amigo de mi abuela: juntos trabajaron sin descanso atendiendo heridos y moribundos en los hospitales Montaigu durante la Segunda Guerra Mundial.

El padre Pere dispondría todo lo necesario para que la misa se oficiara en la capilla de la mansión. Y siguiendo la costumbre, también habría de confesarnos y darnos una plática resumida sobre el matrimonio.

Mientras Alejo y yo permanecíamos con el cura, en la cocina los olores y los sabores se unían para confeccionar los exquisitos platillos que se servirían en el banquete. Por los corredores la gente iba y venía con flores, manteles... yo solo escuchaba el ir y venir de los pasos, el abrir y cerrar de puertas, el ir y venir de las palabras del padre Pere. No podía evitarlo, me sentía feliz, pero al mismo tiempo el temor de enfrentar a mi padre me angustiaba. Alejo parecía notar mi preocupación y de vez en cuando tomaba mi mano o pasaba su brazo por mi espalda; era su forma de decirme: «No te preocupes, todo saldrá bien».

No tenía idea de que mi abuela y Gaspard habían salido de la mansión. Me enteré cuando lo encontré sobre mi cama. Ahí estaba, esperándome pacientemente, tendido a lo ancho y largo. Era mi vestido de novia.

—¡Abuela! Pero ¿cómo...? —exclamé sorprendida. Solo un par de horas atrás lo había visto en el escaparate de aquella peculiar tienda de antigüedades, y ahora ¿era mío? Y yo que pensaba usar un sencillo vestido color crema que tenía en el ropero—. ¡Debió costarte una fortuna! —añadí, recordando la oposición del abuelo del turco a venderlo.

Mi abuela me abrazó con fuerza, después me tomó de los hombros y viéndome con ternura dijo:

—No importa el cómo, ahora es tuyo. ¿Sabes? El dinero no compra el amor, pero si con él se puede aportar a la felicidad de los que se aman, la dicha no será únicamente de dos. Todo hombre o mujer que se precie de tener nobles sentimientos se sentirá feliz de ser cómplice de una buena historia de amor.

—Lo siento, *mademoiselle Rachèle,* tuve que romper mi promesa, pero fue por una buena causa. —Gaspard se justificó, los ojos le brillaron y los labios esbozaron la sonrisa más grande que yo le hubiera visto a ser humano alguno.

La peinadora y la maquillista llegaron muy temprano por la mañana, cuando el sol apenas comenzaba a desperezarse. A insistencia de mi abuela y Alejo, logré dormir un par de horas, pero las ojeras en mi rostro revelaban el poco descanso; un maquillaje en manos de expertas era justo lo que necesitaba. La boda se había programado para el mediodía; tendríamos el tiempo suficiente para arreglarnos de pies a cabeza.

Mientras una chica me pintaba las uñas, otra peinaba el rebelde cabello de mi abuela, y justo cuando un fuerte tirón le hizo pegar un grito, entró la señorita Armelle. Fue entonces que me percaté de su ausencia: no la había vuelto a ver desde que nos diera aviso de la llamada de Maruquita. Se dirigió a mi abuela, como siempre en silencio, haciendo pequeñas inclinaciones de cabeza en señal de saludo a las demás mujeres que nos encontrábamos ahí. No escuché lo que le dijo. Únicamente pude observar cómo una mueca en el rostro de mi abuela aprobaba sus palabras. De salida, la señorita Armelle pasó juntó a mí y me regaló una sonrisa. Fue un momento extraño:

algo había sucedido justo en mis narices y no me había dado por enterada. Cuando pregunté a mi abuela si pasaba algo, ella solo contestó: «Nada, nada, cosas de viejos».

Como tenía asuntos más importantes en qué pensar, olvidé de inmediato el incidente. Solo mucho tiempo después lo recordaría.

Un aroma a vainilla y pétalos de rosas me invadió en cuanto el vestido tocó mi cuerpo. Pero en un instante se esfumó y en mi mente quedó la duda: ¿habría sido el recuerdo de un aroma proveniente de mi memoria? O quizá solo el viento que había traído el olor de las rosas del jardín… Durante unos segundos pensé en esas posibilidades, después no le di más importancia y continué vistiéndome.

Estaba de pie frente al espejo. Vestida de novia. Un mareo. Un brazo detuvo mi caída. Era la señorita Armelle.

—Debe ser el cansancio… o el calor —le dije—. Por favor, no comente nada con mi abuela o con Alejo. —Con un movimiento de cabeza y apretando los labios me indicó que no lo haría.

Muy cerca ya el mediodía. Muy cerca mis padres también.

El viaje desde Lima a París era muy largo y con varias escalas y transbordos: primero Panamá y Miami, luego Nueva York y de ahí hasta el aeropuerto parisino de Le Bourget en un Boeing 707 de la línea aérea Pan

American. Ya habían pasado casi tres días desde que mi padre se enterara de que Alejo estaba en París, y con la diferencia de horas nos era imposible adivinar cuándo llegarían. Pero todo estaba listo: la capilla iluminada con velas y flores blancas; unos violines que tocaban la *Marcha nupcial*; hasta algunos amigos y conocidos estaban ahí: Monique y otras compañeras de la escuela de enfermería, los directores de los hospitales con sus esposas, y por supuesto mi abuela, la señorita Armelle y Gaspard. Y todos observándome, esperando a que diera el primer paso, a que me decidiera a entrar y caminar por la alfombra roja que me conduciría hasta Alejo, ataviada como una princesa antigua. El clima se unió a nuestra lista de cómplices, ayudándome a llevar con portento y soltura aquel majestuoso vestido. Siendo el clima de París tan voluble, aquella mañana caliente se había transformado en un fresco mediodía. Y ahí estaba él, hermoso. Con un elegante terno azul oscuro, esperándome con su bella sonrisa. Pero algo me paralizó. Sabía que en cualquier momento mi padre haría su aparición y ya no habría vuelta atrás. ¿Estaba dispuesta a enfrentarlo? ¿A romper lazos con él porque estaba segura de que no me perdonaría jamás y por ende tendría que separarme de mi madre también? ¿Estaba dispuesta a enfrentar el futuro? ¿A irme a vivir a la selva, con las mínimas comodidades? ¿Amaba tanto a Alejo como para que nada de eso me hiciera cambiar de opinión? Y la claridad llegó a mi mente; una sola respuesta apareció: sí. Entonces, mi pie derecho inició el recorrido hacia el altar. Mi vista se fijó en la mirada serena de Alejo, y así llegué hasta él, segura de que hacía lo correcto.

El padre Pere lo anunció primero en latín, como era la costumbre en aquella época, pero por alguna razón, quizá de empatía, lo dijo después en castellano, y lo hubiera dicho también en catalán, si no hubiese sido porque mi abuela le hizo un gesto que interrumpió su políglota oratoria:

—Por el poder que me confiere la Iglesia os declaro marido y mujer. Que lo que une Dios no lo separe el hombre. Puedes besar a la novia, hijo.

Alejo acercó su rostro al mío y me besó. Con lágrimas en los ojos devolví su beso y pasé los brazos por su cuello. Los dos reímos, y el eco de nuestras risas resonó en el lugar, como si estuviéramos solos. Los vítores nunca aparecieron: dos figuras perdidas entre los rayos de luz del mediodía permanecían de pie cerca de la puerta de la capilla y guardaban silencio, igual que el resto de los presentes, quienes los observaban con sorpresa. Una sombra desapareció; la otra avanzó hacia nosotros y conforme se adentraba pude distinguir el rostro de mi madre.

No volví a ver a mi padre. Para Èmile de Montaigu su única hija había muerto; su soberbia le haría llorar mi muerte dos veces.

Mi madre cometió el único acto rebelde de su vida, si así se le puede llamar: quedarse conmigo el día de mi boda.

El tiempo parecía no haber pasado, nuevamente el Atlántico se encontraba debajo de mis pies. Pero esta vez no estaba sola: el hombre que amaba, mi esposo, dormía recargado sobre mi hombro. Aunque yo estaba igual de cansada, me era imposible conciliar el sueño; en mi cabeza se repetían una y otra vez las imágenes de los últimos días: el encuentro con el vestido, la llamada de Maruquita y la declaración de Alejo, la boda, mis padres, la despedida... La despedida. Un Gaspard de indescifrable edad emocionado, sin disimular el llanto me abrazó como a la hija que nunca tuvo; las únicas palabras que salieron de su voz quebrada fueron: «*Merci, merci*». Aunque yo era la que se sentía agradecida. La señorita Armelle, abandonando su armadura, me abrazó suavemente y me dijo algo así como que todo estaría bien, pero lo dijo casi en un suspiro por lo que no pude entenderle; el jardinero egipcio me regaló una rosa y la cocinera nos preparó crepas para el camino. Todos con sonrisas y lágrimas.

Mi abuela, mi adorada Julienne de Montaigu, mostró su mejor sonrisa hasta que llegamos al aeropuerto. Ahí, ni ella ni yo pudimos aguantar más y nos abandonamos al dolor que la separación nos producía; a la alegría de lo vivido y de las promesas de un futuro de bisnietos corriendo entre la selva y las calles parisinas.

Las lágrimas subieron conmigo al avión; con ellas, todos los momentos que pasé en París y que le dieron sentido a mi vida.

Mi abuela prometió ir a visitarnos a Iquitos, pero no pudo cumplir su promesa: meses después de mi partida murió mientras dormía. Según palabras de Gaspard, no pudo soportar, una vez más, el desprecio de su hijo. Mi padre no solo no puso un pie en la capilla cuando nos casamos, ni siquiera entró en la mansión o esperó para hablar con ella. Desapareció de la misma manera en la que había llegado: intempestivamente. Aguardó a que su esposa volviera de la boda al hotel en el que se hospedaron para regresar a Lima. Luego, mi madre me contaría en una carta que mi padre se había sentido doblemente traicionado por mi abuela.

Qué hombre tan ciego fue Èmile de Montaigu. Agradecí muchas veces por su ceguera; debido a ella conocí a una de las mujeres más maravillosas de mi vida: *madame* Julienne de Montaigu, mi abuela.

Lloré muchas noches su ausencia abrazada a mi Alejo, y al sentir su calor, sus brazos rodeándome, las lágrimas se me escapaban con más fuerza, porque gracias a ella yo podía refugiarme en el torso tibio del hombre al que amaba.

ENTRECAPÍTULO
UNO

Cierra los ojos. ¿Para qué, si lo que quiero es verte, ah? Anda, para que sientas mi voz. Siento tu piel. ¡Alejo! Ya, ya, ya los cierro. Hay un jaguar que camina sigiloso, en medio de la noche busca a su presa, la huele en el aire, sigue su aroma; está confundido, es un olor diferente, un olor que viene de lejos, muy, muy lejos; no es de su tierra... Raquelita, ¿qué me estás contando?... No lo sé, amor. ¿Cómo no lo sabes? No, de verdad que no lo sé; lo soñé anoche. Vaya, creo que la selva ha inflado tu imaginación, ¿ah? ¿Quieres saber el final? Si me haces el favor. Yo también. ¡Oh, Raquel! Lo siento cariño, me desperté antes de que terminara. Deberías dormir, linda, ya está por amanecer; no has descansado del todo desde que llegamos de París. Es increíble ¿nocierto? Hace un año yo estaba aquí solo, deseando con toda mi alma que estuvieras conmigo; me refugiaba en el trabajo de la selva para llegar fulminado por las noches y dormir sin que tu ausencia me doliera tanto; y ahora estás aquí, en mi cama, en nuestra cama, y puedo tocar tu piel y besarla y... ¿Raquelita?... ¿Raquelita?... Mi vida, ¿ya te dormiste?... Ya pues, duerme tranquila, nomás. Yo me encargaré de espantarte los jaguares y las pesadillas.

Alejo

Ya. Ahora te lo cuento todo. Un ratito nomás, deja que me reponga, que este Hércules cuasi octogenario todavía aguanta un piano, pero no de cola. Además, las emociones revolotean por mi pecho, no sé si chillar o dar brincos de alegría. Cuando se me ocurrió, no pensé en qué estado se encontraría, solo me dejé guiar por esa voz, aquella que…

Pero anda, toma el matecito. Yo también te acompaño con uno, nos hará bien relajarnos.

Me gustaba verla dormir. Tenía un puchero por boca. Me parecía tan gracioso… Fue lo primero que le noté cuando la conocí.

Cursaba mi último año de la carrera de Ingeniería Civil en Lima. Como bien sabes, tuve que mudarme con mi abuela paterna cuando mis viejos murieron; ella era la única pariente que me quedaba en el mundo. Y a Trujillo nunca volví.

Como no era pudiente ni señorito de sociedad tuve que trabajar para pagarme los estudios. Me conseguí un trabajo de albañil. Era una labor muy ruda, pero yo era joven y fuerte —ahí sí que hubiera podido cargar un piano de cola—; además, me interesaba conocer la construcción desde los cimientos.

En ese tiempo Lima estaba pasando por una etapa de auge económico. Fue cuando se construyeron los grandes edificios del gobierno. Justo yo trabajaba en la construcción del Ministerio de Educación, ese majestuoso edificio de veintidós pisos, el más alto de todo el Perú, cuando conocí a Raquel.

Una tarde, al salir de la obra, fui a dar un paseo por Barranco; quedaba lejos de mi rumbo, pero me gustaba subirme al tranvía y después caminar por el Puente de los Suspiros, ese puentecito de madera que unía sus dos barrancos, y bajar a la playa. Gozaba viendo los caserones afrancesados, con sus jardines de invierno y enormes portales, y soñaba con el día en que yo también pudiera tener una casa como aquellas. Era pobre pero ambicioso, ¿ah?

En esas andaba de soñador, bajando las escalinatas que me conducían al Puente de los Suspiros, cuando la vi. Caminé a paso lento para observarla; ella ni se dio por enterada de mi presencia. Era la mujer más bella que yo había visto en mi vida, te lo juro. Rubiecita, de ojos azules y mejillas sonrosadas, parecía una muñeca de porcelana. Y me llamó aún más la atención porque en la mano llevaba una sombrilla azul tejida. Nadie andaba por ahí con un accesorio como aquel; eran los años cincuenta, no finales del siglo XIX. Pero ella caminaba ajena a todo. Conversaba con una mujer que usaba un uniforme negro, seguramente su nana. De pronto un ventarrón tremendo se dejó caer. Yo acababa de poner un pie en el suelo de madera del puente cuando sentí que algo se estrellaba en mi cara, y una aguja larga y muy, muy picuda se me clavó. Por un momento pensé que me atravesaría el ojo, pero por fortuna fue un poquito más abajo. Aunque yo sentí que me atravesaba la cabeza completa. Me caí con la sombrilla cubriéndome el rostro.

Ahí empezó todo. El *chancacazo* fue duro, pero valió la pena. Fue el pretexto para conocer a la mujer que me cambiaría la vida.

Y a eso se debe mi pequeña cicatriz.

Resultó que era una *pituquita*, una niña rica de apellidos rimbombantes y toda la cosa. Pero con una sencillez que pocas veces he visto hasta en la gente que no tiene ni un clavo. Su trato era tan dulce que me dejó «enmielado» para la eternidad, y no me importó tener que verla a escondidas, porque su viejo, un médico francés muy famoso y respetado en la sociedad limeña, por cierto, dueño del hospital donde me atendieron, no creía en aquello de que el amor no tiene edad ni clase social. Todo un año nos vimos a escondidas.

No creas que eso me hacía sentir muy feliz. Pensaba en mis padres y en mi abuela, y agradecía que no pudieran ver a su Alejito discriminado por no tener suficiente plata en los bolsillos. Pero Raquel valía la pena, qué te digo. Me *engreía* mucho. Siempre fue muy considerada y consciente de mi situación. Jamás me exigió nada, y esa manera de aceptarme me llenaba de ganas de convertirme en un hombre mucho mejor. Su confianza en mí era absoluta. Cosa seria, pues. Tanto creyó en mí que no tuvo reparos en venir a la selva, a pesar de que las condiciones no se acercaban mínimamente a las que ella estaba acostumbrada. No debió... no debí... Si hubiera obedecido a su padre... a lo mejor ahora todavía estaría viva.

Me lo he repetido hasta el cansancio, fue un accidente, pero creo que ni un solo día he podido dejar de sentirme culpable... Si Raquel no se hubiera casado conmigo...

Ya. No sé por qué no te conté esto antes. Seguro debí hacerlo, pero simplemente no podía. Recordar el pasado me hubiera roto, y tú me necesitabas. Me aferré a ti. Solo así pude continuar, aunque en mi soledad volvía a ella una y otra vez. Era como vivir en dos planos, uno en el que estabas tú, y el otro en el que su recuerdo cobraba vida. Yo la he mantenido con vida hasta hoy, hasta este momento; llámalo amor, lealtad... ¿Culpa?... ¿Crees?...

No quiero ponerme tristón. Mejor continúo contándote la historia. ¿En qué estaba?... Ah sí, sí... el vestido. Bueno, es una larga historia pero creo que todavía tenemos tiempo, aún es temprano... ¿Te sirvo más mate?... Es una lástima que ni una sola fotografía se salvara del incendio; podrías ser testigo de la belleza de mi Raquelita para que no creas que son exageraciones de este viejo romántico.

Llegué a Iquitos con el corazón hecho trizas. Tenía ilusión por ese trabajo en la selva y la aventura me atraía, pero no podía dejar de pensar en Raquel, en cómo me había maltratado su padre. Me entraba una cólera cuando lo recordaba, pero también unas ganas inmensas de demostrarle lo mucho que valía, y estaba decidido a hacerlo. Aunque lo que más me importaba era estar con ella de nuevo, ver su rostro, su puchero, escuchar su voz, reírnos de nuestras tonterías… La extrañaba muchísimo. Por eso me entregué con ahínco al trabajo. Me importaban un pepino los zancudos, el calor, la humedad, las lluvias constantes, los peligros de la selva, haría lo que fuera necesario para ganarme el respeto de mi amada Raquelita. No sabes lo humillante que puede ser para un hombre que te ninguneen, que te traten como a un *cholo* que no vale ni medio céntimo. Yo sabía que ella me amaba, pero temía que allá en París se consiguiera un ricachón del gusto de su papá. La incertidumbre a veces me sofocaba más que el calor del Amazonas. Pero cuando leía sus amorosas cartas recobraba la paz.

No fue fácil, tú sabes lo duro que es vivir en la selva, bueno, aunque para ti debe ser lo normal, eras muy pequeña cuando llegaste aquí. Como te decía, fue difícil al principio, no únicamente por el clima, el trabajo era muy pesado, pero eso sí, me ganaba mi buena plata.

Poco a poco me fui acostumbrando a mi nueva situación, le tomé gusto a la naturaleza; cada amanecer era como la esperanza de una nueva vida, y los atardeceres me cobijaban de la soledad... No qué poeta ni qué disparates. La poesía nunca se me dio. Mi Raquelita, ella sí que sabía escribir. Me escribía unas cartas lindas. Conocí París antes de estar ahí. Recuerdo la primera carta que me escribió, una de mis favoritas. Me sé el inicio de memoria, ¿quieres escucharlo?

París de noche, arropada de nieve y luces.

Sonidos guturales, animados por un acordeón, que salían del radio del auto, acompañaron mi recorrido del aeropuerto a casa de mi abuela.

Una borrosa Torre Eiffel pasó por la ventana: mi vista, perdida en el océano, seguía inundada por sus mares.

Yo no sé si tú crees en señales o no, pero la misma mañana en que llegué a Iquitos supe que Raquel y París estarían mucho más cerca de mí de lo que yo hubiera imaginado: en una de las esquinas frente a la Plaza de Armas descubrí la Casa de Fierro, esa construcción que, bien sabes, fue diseñada a finales del siglo XIX por el mismísimo Gustave Eiffel. Era increíble que ahí, en medio de la selva amazónica, yaciera un pedacito de Francia; para mí fue como si Dios me hubiese guiñado un ojo. *¿Nocierto?*

Esa rara construcción desentonaba con el estilo europeo que caracterizaba a Iquitos. Por eso fue que, sin pensarlo, me separé del grupo y caminé como embrujado hasta ella. Me encontré con una gran casa de dos pisos sostenida por columnas de fierro forjado, con dos largos balcones que formaban una L y que daban, uno a la Plaza de Armas, y el otro a la calle Putumayo. Su techo era muy llamativo: rojo, de cuatro aguas; semejaba una pirámide sin pico y contrastaba con el resto de la estructura que era de color plateado. Bueno, qué te cuento, tú la conoces.

No sé qué me atrajo de ella; cuando leí la leyenda de la placa sobre la pared del lugar, entendí. Mi corazón empezó a latir como si un conjunto de negros de Chincha hubiera empezado a tocar el cajón y el bongó, y con una sonrisita bobalicona (esa que los enamorados no pueden ocultar) inspeccioné el sitio. Asomé la cabeza en la primera puerta que vi, vendían telas o algo así, pero no entré: la ansiedad por recorrer el lugar rápidamente me lo impidió. Después encontré una tienda de artesanías; tampoco entré porque al lado de esta descubrí las escaleras. Subí. El segundo piso era un restaurante, por supuesto francés. Como aún era temprano el lugar estaba vacío. Solo algunos hombres disponían las mesas y limpiaban. De pronto, un hombre alto, de barba y pelo rubios, salió de lo que supuse era la cocina, gritando y dando órdenes en un español mal hablado. Al verme parado ahí con mi ropa limpia, sencilla, sin ínfulas de nada, en medio de ese elegante salón, se me acercó y me dijo:

—*Garçon*… Eerr… Chico, en este momento ya no estoy contratando a nadie más. Ven otro día… ¡*Allez, allez!* Que hay mucho que hacer.

—Disculpe, pero no estoy buscando trabajo. Quiero… tomarme una cerveza.

Se me quedó viendo como preguntándose si yo tendría la plata suficiente para pagar un lugar como aquel.

—En ese caso tendrás que esperar unos quince minutos. Abrimos a las doce.

—Ya… eh… no tengo prisa —contesté inseguro, ya que no le había avisado a nadie dónde estaba.

Me tomé mi cerveza, la más cara que había tomado en la vida, desde aquel balcón francés con vista a la Plaza de Armas. Y mientras me la tomaba, observaba a los transeúntes, y podía ver en sus ojos esos destellos de ¿envidia? cuando me veían ahí, tan ocioso en pleno día de trabajo, disfrutando como lo haría un gran señor. Me sentí satisfecho e ilusionado, luego me arrepentí de mi pensamiento. Algo dentro de mí me decía que un gran señor no sería quien se sintiera orgulloso de provocar la envidia de los demás. Me espanté las reflexiones y recordé a mi enamorada: un día la traería a este fino restaurante.

Me llevé una buena reprimenda por parte de mi jefe, pero no me importó, había valido la pena: ese encuentro con Francia solo había sido el inicio.

Pasó algún tiempo para que regresara a la ciudad. El trabajo era bien pesado y nos tenía clavados en la selva. Empezábamos a trabajar de madrugada y el cansancio nos tumbaba en nuestros camastros apenas oscurecía.

Aunque le escribía cartas a diario a Raquel, no me daba chance de ir al correo, y eso me mortificaba. La distancia puede ser muy traicionera. No quería que se preocupara por mí, y tampoco quería que me olvidara, por lo que a la primera oportunidad, ya fuera porque le hacía el encargo a algún compañero o yo mismo iba a Iquitos, le mandaba el montón juntas.

Aquel día fui yo en persona. Mi supervisor me había mandado a recibir un material que estábamos esperando de Lima. Venía caminando por la calle tratando de ubicar la oficina postal, cuando un hombre, que venía distraído, chocó conmigo.

—*Pardon, pardon… excuse moi…* Eh, chico, pero si eres tú, el que no buscaba trabajo. —Era el francés, el del restaurante de la Casa de Fierro.

—Sí, soy yo, señor. No se preocupe, yo también venía distraído. ¿Viene a traer cartas para su familia en Francia? —No creas que se lo pregunté por chismoso; todo lo relacionado con aquel país me importaba. Se me hacía como si cualquiera que pusiera un pie allá podría conocer a Raquel.

—*Oui*, digo, sí… Tengo años viviendo aquí y no he terminado por acostumbrarme al idioma. Y tú, ¿a quién envías todas esas cartas? —dijo mientras entrábamos a la oficina de correos y observaba el manojo de cartas que traía en las manos.

—A mi enamorada, señor… está en París. —El pecho se me infló de orgullo.

—¿Tu novia es parisina, chico? —Se sorprendió.

—No, señor, es limeña, pero ahora está allá con su abuela. —No pude evitar que el francés notara lo amargo que aquello me ponía: un dejo de tristeza se escuchó en el tono de mi voz.

Eso que dicen sobre los franceses que saben mucho sobre el amor debe ser verdad, ¿ah? Porque por alguna razón, o tal vez porque le di pena, el francés me invitó a tomar una copa. Como era temprano y el material por el que había ido aún no llegaba, acepté. Y ahí, en la Casa de Fierro, le conté mi historia a ese desconocido que en el futuro sería mi amigo y mi cómplice.

Thierry Pruet no solo fue mi amigo, casi un hermano mayor, sino una pieza clave para que yo pudiera casarme con Raquelita: él me enseñó a hablar francés. ¿Cómo crees si no que me gané a su abuela?

Ya hace *hambrita*. ¿Te preparo unas tostadas con queso y mermelada?... Tengo un pan de anís buenazo. Ya, pues, está bien, échame una *manito* y trae las aceitunas.

Cuando vi todo esto por primera vez me pareció que había llegado al Paraíso, sin Eva, claro, y sí con muchos Adanes. Había escuchado hablar sobre el Amazonas, pero estar viviéndolo era abrumador. Toda esa vegetación, el colorido, los ruidos en la noche sabría Dios de qué bichos extraños; los enigmáticos habitantes de la selva, sus leyendas; un mundo fascinante con el que había soñado de niño y del que nunca imaginé ser parte; qué iba yo a pensar que un día contribuiría a su desarrollo y apertura al resto del país. El reto era tremendo, igual que los peligros; no obstante, la adrenalina que me provocaba era mucho mayor. Sentía que la buena suerte estaba de mi lado, nada podía ir mal: Iquitos me había recibido muy perfumado con su colonia francesa, una bella mujer me amaba y esperaba por mí en París. ¿Acaso podría poner en duda el significado de tan claras «coincidencias»?

Sin embargo, como el Paraíso, mi felicidad también fue muy corta.

¿Por qué no me fui?… Uff, ha pasado tanto desde que eso ocurrió; fue mucho, mucho antes de que tú llegaras, me cuesta calcular, ya que después de la muerte de Raquel anduve perdido en el tiempo. Sí, lo sé, es algo confuso, pero así es de compleja y sabia la mente humana: nos ofrece el olvido como remedio para el dolor. Nunca regresé a Lima, ni tampoco me interesó salir de aquí. Toda mi vida se derrumbó al perderla. Raquel era mi ilusión y con ella se fueron mis ganas de vivir. Me enfurecí con Dios; haberme quitado a mis padres cuando yo apenas era un chiquito no le había bastado, también se llevó a mi abuela, mi única pariente, cuando no tenía ni quince años, y sin embargo luché con todas mis fuerzas para que la tristeza no me dominara y decidí ser feliz y ser el hombre que seguramente esas tres maravillosas personas hubieran querido que fuera. Crecí con la idea de que desde el cielo me cuidaban, por lo que siempre me sentí protegido. Yo quería que ellos estuvieran orgullosos de mí, que supieran que nunca los olvidaría, guardé en mi mente los momentos más bonitos que viví con ellos, como cuando me llevaban al mar y jugábamos a brincar las olas o cuando algunas noches mi papá sacaba su vieja guitarra y nos cantaba valses peruanos. Y yo sentado en las faldas de mi mamá me sentía el niño más feliz del mundo. Mi abuela fue la mujer más amable que conocí, siempre tenía una sonrisa en el rostro y ayudaba a todo el que se le pusiera enfrente. «No te olvides nunca de dar los buenos días o las buenas tardes siempre con una gran sonrisa, ¿ya, mijito?», me decía cada vez que salía de la casa. Para ella, un buen saludo era fundamental para romper el hielo con cualquiera. Atesoré cada sonrisa, cada caricia, cada gesto, cada regaño hecho por amor. «¡Alejito!, eso no es correcto», apuntaba mi mamá con su índice; «¡Ande, vaya y pida una disculpa!», completaba mi viejo. Guardé todo lo que pudiera recordármelos para que en el momento en el que yo los necesitara estuvieran conmigo. Cómo explicarte; me aferré a lo que me habían enseñado, a lo que recordaba, y aun después de muertos seguí aprendiendo de ellos; imité sus alegrías, sus palabras bondadosas, sus miradas chispeantes, sus carcajadas… primero con pesar, hasta que un día todo eso ya era parte de mí.

Mi Raquelita nunca entendió cómo era que yo podía ser una persona tan alegre a pesar de la soledad en la que había crecido. Por eso siempre me decía que cuando nos casáramos me daría muchos hijos para que nunca más volviera a estar solo. Ella sabía cuántas ganas tenía de ser papá. Pero se fue. Y me enfurecí con Dios: ¿por qué ella?, por qué si yo había sido un buen hombre, si habíamos luchado tanto para poder casarnos… ¿Por qué?… Ahí, en su tumba, murió el hombre que ella amaba y surgió un ser mudo y gris, una sombra errante con el alma vacía y la carne pegada a los huesos.

Perdóname, este es un día importante y no quiero que estemos tristes: recordar la historia del vestido me ha hecho recordar todo lo demás. Han pasado tantos años…, sin embargo, aunque te parezca inverosímil yo la sigo amando. Para mí es como si estuviera viva. No puedo explicarte cómo. Mira, no soy un santo, ha habido mujeres que se me han insinuado, que me han buscado, hubo una, en la época en que perdí la memoria, que hasta me ofreció matrimonio. No era nada fea y bastante simpática. Lo intenté y no pude. No voy a entrar en detalles íntimos, pero cada vez que estaba con ella no podía dejar de encontrarle defectos. Dentro de mí sentía como si hubiese un hueco que no se llenaba con nada, pero que alguna vez estuvo llenito. Yo mismo no entendía lo que me pasaba. Lo entendí cuando recuperé la memoria. Sin embargo, ya me había convertido en el eterno soltero, casi ermitaño, si no hubiera sido por aquellas maravillosas apariciones que se dieron en mi vida. Eso sí, nunca me acostumbré a su ausencia. Aunque bueno, ahora… no sé… tú sabes…

Ya estoy saltándome trechos de la historia. No dejes que se me vaya el hilo, que tampoco tenemos tanto tiempo, ¿ah?

Raquel y yo estuvimos separados cerca de un año. En ese tiempo yo apenas salí de la selva. La aventura de construir una refinería en pleno Amazonas me emocionaba. Muchas cosas me sucedieron ese año, pero de todas ellas, que no valen la pena mencionar porque te las he contado infinidad de veces y porque a este paso nunca vamos a terminar, hubo una en particular —que no te conté— que marcó mi vida, o mejor dicho: fue una premonición de lo que sería.

Eran las tres de la tarde. Lo recuerdo perfectamente porque el sol estaba justo encima de nosotros, tratando de abrirse paso entre los enormes árboles. Y, además, porque volteé a mirar el reloj para calcular las horas que aún nos aguardaban. El trabajo, bajo esas condiciones, podía llegar a ser tan agotador que nos convertía en un montón de ociosos. Aún faltaba mucho. Estudiar la mecánica del suelo era una de las actividades más importantes en aquella empresa de nivel nacional, ya que había que precisar los elementos con los cuales contaba la tierra para predecir su resistencia. La construcción de la refinería iba a tomar varios años de esfuerzo, por lo que aquel inicio era vital: si nosotros fallábamos, todo el proyecto se venía abajo. Yo fui uno de los elegidos para comenzar esa magna empresa, pero así como me sentía orgulloso, la responsabilidad que había adquirido me era, en ocasiones, agobiante. Sobre todo porque no era fácil acostumbrarse al clima y a los insectos. No sabes cuánto me costó habituarme a este endemoniado clima.

Pero me gustaba el reto; me hacía sentir recontramotivado. Y ahí estaba yo, en pleno verano selvático, con cuatro compañeros más, intentando descifrar las entrañas del Amazonas.

¿Te das cuenta?... Estuve en el inicio de todo, ayudando a que se realizara el progreso. Ahora, en ese espacio que algún día fue imposible de penetrar, puedes ver la refinería, con sus calles bien trazaditas y sus *palmerazas* brindando sombra, y los hombres que van y vienen, trabajando arduamente para surtir de petróleo a esta parte del país. En algún momento nos creímos los héroes que el Perú necesitaba, hombres comprometidos con su patria, que arriesgarían su vida por el bien del progreso; hoy comprendo que muchas de esas ideas estaban equivocadas, que muchas de las cosas que yo creía importantísimas, en realidad no lo eran...

Como siempre, me sigo desviando del tema. Espérame un ratito, voy por agua, ya se me secó la garganta. ¿Quieres?

Te decía, eran las tres de la tarde y el calor era insoportable. Habíamos salido muy temprano del campamento, pero se nos habían pasado las horas descubriendo la variedad de monos, pájaros, insectos y plantas increíbles que habitaban la zona. Estábamos fascinados con todo lo que nos rodeaba, y un poco temerosos también, tengo que confesarlo; las cosas nuevas siempre nos dan miedo. Estábamos tan inmersos en nuestra investigación, recolectando tierra y todo lo que nos parecía importante, que nos perdimos. Era tiempo de secas, por lo que los terrenos se hacían extensos; lo que en temporada de lluvias había estado inundado, ahora era terreno firme; era fácil seguir caminando sin que ningún río nos detuviera. No nos dimos cuenta hasta pasado el mediodía, cuando el sol era tan fuerte que parecía traspasar la densa vegetación, y el hambre y la sed nos hicieron reaccionar. El líder del grupo intentó no ponerse nervioso, y como buen macho indicó, muy seguro de sí mismo, el camino de regreso. Estuvimos dando vueltas en círculos cerca de dos horas: siempre llegábamos al mismo lugar; fue cuando volteé a ver el reloj y me cercioré de la hora. Al levantar la vista, me pareció ver detrás de un árbol a una pequeña niña. Fue apenas un segundo, porque la imagen desapareció inmediatamente. Volteé a ver a mis compañeros para saber si ellos habían visto lo mismo que yo, pero estaban más ocupados tratando de elegir la ruta correcta. Me separé un poco del grupo tallándome los ojos, como para limpiarlos y cerciorarme de que mi vista estaba bien y no veía visiones. Tomé un poco de agua de mi cantimplora para descartar que fuera la sed la que me hacía imaginarme niñas pequeñas en aquella inhóspita selva. Se nos había informado que en algunas zonas del Amazonas habitaban grupos indígenas, pero que ahí no vivía nadie, ni siquiera los iquitos o los yaguas. Sobre todo estábamos muy atentos para no toparnos con los jíbaros; nos moríamos del susto nada más de pensar que nuestras cabezas pudieran terminar del tamaño de una manzana. Se suponía que habitaban más hacia el norte y en la selva del Ecuador, pero con ellos nunca se podía estar seguros; así que siempre andábamos con mucho cuidado. Nos habían avisado que aquella parte de la selva era totalmente inhabitable: nosotros teníamos que hacerla habitable para poder extraer el manto petrolífero. Nos dijeron un montón de cosas en aras del progreso, mentiras que ayudaron a muchos, pero que significaron el final para otros. En fin, se suponía que ahí no podía haber nadie, solo plantas y animales... No sé por qué no me asusté cuando vi a aquella niña.

Ya, ya... sé lo que me vas a decir, pero deja que termine de contarte la historia, pues.

Caminé hacia aquel árbol en donde creí haber visto a la niña, y seguí caminando y caminando, árbol tras árbol, pero ni rastro de ella. Mientras caminaba escuchaba a mis compañeros que gritaban mi nombre, el que a cada paso se hacía más difuso. Primero escuché «¡ALEJOS!» muy fuertes, después el «¡jo!» se perdió entre los ruidos selváticos. Creo que algo les contesté, pero no lo recuerdo, yo solo seguí caminando por el monte, como si algo muy potente me estuviera jalando hacia él. De pronto, la niña apareció corriendo de un árbol a otro. Me puse muy contento porque pude convencerme de que no estaba loco. Empecé a seguirla. Era muy rápida y reía mucho, yo le hablaba pero no volteaba a verme; sin embargo, de alguna manera hacía que la siguiera. Era morena clara, tenía el pelo castaño oscuro, muy largo, no estaba desnuda como la mayoría de los indígenas, usaba un vestido blanco, lo cual llamó mucho más mi atención, pero estaba descalza y corría como si la selva estuviera hecha de una suave y esponjosa alfombra. No sé cuánto tiempo corrí detrás de ella, el reloj se detuvo a las tres de la tarde, pero el sol empezaba a desaparecer de la selva cuando, por fin, la alcancé. Se detuvo delante de unos enormes ficus y empezó a entonar una canción en una lengua que no reconocí. Los árboles, como hipnotizados, movieron sus ramas para dejarnos pasar. Lo que mis ojos vieron ese día no tenía nombre. La sed y el hambre desaparecieron, la niña me tomó de la mano y juntos nos adentramos en aquella tierra de arenas tan blancas como la harina. Por mucho tiempo olvidé lo ocurrido, ya que mis compañeros me encontraron tirado en la selva con 40 °C de temperatura y delirando. Dicen que estuve a punto de morir, pero yo creo que, más bien, estuve a punto de renacer. Les conté mi historia, que por supuesto no creyeron; me dijeron que me dejara de idioteces, ¿tú crees?... Era imposible que un lugar como el que les había narrado no fuera visible a simple vista. Recorrieron más de diez veces aquella zona y nunca encontraron nada; tampoco vieron nunca a aquella niña de vestido blanco. Por un buen tiempo fui la comidilla. Se burlaban de mí y de «mi paseo por El Dorado», aquel legendario lugar construido todo de oro y que por siglos, primero los conquistadores y después los arqueólogos, han buscado. Más adelante me convencí de que aquello, efectivamente, había estado en mi imaginación.

Raquel nunca supo de esto, no se lo conté, ¿para qué preocuparla? ¿*Nocierto?* Tampoco quería que me creyera loco; además, como te digo, me convencí de que lo había soñado y lo olvidé.

Después los meses pasaron, las cartas entre Raquelita y yo iban y venían, a veces con mayor frecuencia, a veces teníamos que esperar un largo rato para poder leernos. Y mientras tanto el paisaje cambiaba: la refinería empezaba a tomar forma. De la misma manera en que podía palpar la transformación de la tierra, de la que era cómplice, dentro de mí algo también se transformaba. No sé, como que me sentía más seguro... importante.

Y por fin, después de todo aquel tiempo, mi visita a París ya era un hecho. ¿Y a que no adivinas quién me ayudó a llevar a cabo mi plan? Pues claro, *madame* Julienne; era nuestro secreto. Sería una sorpresa para Raquelita. Pero yo les tenía otra sorpresa: pediría su mano en matrimonio. Había conseguido un bonito anillo de compromiso, sencillo, pero bonito, bastante original, y a mi Raquelita siempre le gustó todo lo que fuera original. En ese tiempo había logrado juntar mi buena platita, aunque no tanto como para comprar un lujoso anillo; ya lo haría más adelante, estaba seguro de que la vida me sonreiría.

Me fui a París con mi anillo bien guardado en una cajita azul marino dentro del bolsillo de mi terno.

No hizo falta una gran presentación; apenas la vi, cuando entré en aquella *mansionaza* —te juro, parecía un museo—, olvidé lo recontranervioso que me sentía y corrí a abrazarla. Pese a lo que cualquiera hubiera supuesto, *madame* Julienne se dejó apapachar por este peruanito sin poner remilgos. Esa mujer escondía algo en sus ojos, una tristeza infinita. Sin embargo, su mirada chisporroteaba ternura; estaba seguro de que se debía a la presencia de Raquel. Además, me recordó a mi abuela, por eso no me resistí.

Los días en París fueron gloriosos, inesperados e inolvidables. Sí, así con todos esos adjetivos. Ahí fue donde la casualidad nos llevó a encontrarnos con el vestido. Huíamos de Gaspard, el chofer, para poder estar un momento a solas, cuando nos topamos con él, brillando en la vitrina de una tienda de antigüedades traídas de Oriente. Raquel estaba muy sorprendida, y me contó una historia que en ese momento me costó creer. Ella recordaba aquel vestido de sus sueños de niña. ¿Puedes creer, tú?... Como hipnotizados entramos a la tienda, la que resultó ser de un turco. Él fue quien nos aclaró la historia del vestido. Aunque decir que «nos aclaró» la historia no es del todo correcto, porque la verdad no sabía a ciencia cierta a quién había pertenecido.

Y justo esa noche, después de haber encontrado el vestido, el destino se nos adelantó. De alguna manera, que ya no recuerdo bien, el padre de Raquel se enteró de que yo estaba en París. En el momento en el que nos enteramos, Èmile de Montaigu volaba a Francia para separarnos. Entonces decidí cumplir la promesa que un día le hiciera a Raquel: nadie nos separaría, ni siquiera su padre. Fui por el anillo. Un temblor me recorrió el cuerpo cuando de entre mis cosas tomé la cajita azul: ¿estaba seguro de atreverme a aquello?... ¿Y si no resultaba ser un buen esposo?, ¿si no conseguía triunfar?, ¿y si el padre de Raquel tenía razón y yo no podía ofrecerle lo que ella se merecía? La mar de dudas aparecieron en mi mente. ¿Pero sabes qué me hizo decidirme y comportarme como el hombre que tenía y quería ser? El recuerdo del momento en que aquellos policías me sacaron a rastras de su casa. No hablo de orgullo. Hablo de lo que sentí al perderla. Con la misma seguridad con la que me presenté en su casa para hablar con su padre, a pesar de las consecuencias, fui y me le planté como todo un hombre y le pedí que fuera mi esposa.

No me creas, si no quieres, pero en ese mismo instante la abuela empezó a dar órdenes por aquí y por allá para que al día siguiente se realizara nuestro matrimonio. Y yo no sé cómo lo consiguió, pero para la medianoche Raquel tenía sobre su cama aquel misterioso y bello vestido de novia. *Madame* Julienne era una mujer de recursos.

Al día siguiente nos casamos. Y don Émile no llegó a tiempo para impedirlo.

Raquel y yo volamos a Lima un par de días después del matrimonio con destino a Iquitos. Íbamos cargados con montones de regalos que nos dio la abuela, pero sobre todo íbamos llenos de ilusiones de lo que sería nuestra vida juntos. Y en el portaequipaje del avión, bien seguro dentro de su baúl, iba el vestido de novia.

Raquel corría hacía mí sonriendo, muy contenta. Llevaba puesto su vestido azul celeste con flores que tanto me gustaba. Lo recuerdo como si hubiera sido ayer, y así tal cual te lo cuento. Yo me encontraba en la obra; Jorge, el ingeniero que trabajaba conmigo en ese momento, fue el que me avisó: «¿No es esa tu mujer la que viene atravesando el monte?». El sol brilló como nunca. Me quité el casco, los planos que tenía en la mano se los pasé a mi compañero y fui a encontrarme con ella. Era la primera vez que Raquelita me sorprendía en el trabajo. Me llamaba con la mano. Gritaba mi nombre una y otra vez, tan alegre como no la había visto antes. Sentí mariposas en la barriga, te juro. Me sentí más enamorado que nunca, viéndola correr hacía mí con esa felicidad. Y de pronto la vi caer. Me encontraba lejos aún para saber el motivo de su caída. Cuando comprobé que estaba bien, hasta me reí un poco y me burlé cariñoso de ella: siempre había sido un poco torpe. Pero tan pronto como cayó se levantó, y sin parar de sonreír, acomodando sus rizos, siguió corriendo hacia mí; eso sí, disminuyó algo su paso: me pareció que la caída le había dolido. Cuando estuvimos cerca, un brillo muy diferente, especial, brotó de sus ojos: se veía iluminada. A pesar de su pelo despeinado, del sudor en su cara por la carrera, de la tierra en su ropa por la caída, se veía más hermosa que nunca, resplandeciente. Me hablaba, pero yo no la escuchaba, estaba bobo mirando cómo sus labios se abrían y cerraban dejando ver sus blanquísimos dientes; sus manos delicadas se movían de arriba abajo, como siempre que hablaba con entusiasmo, y sabía que algo importante me decía, pero yo no podía dejar de admirarla, no solo porque fuera tremendamente bella, sino porque esa mujer me amaba. Me había elegido a mí como su compañero de vida. Vivía en la selva conmigo desde hacía un año, sin quejarse, como si aquel sitio hubiera sido siempre su hogar. Éramos tan felices...

De pronto una palabra saltó de entre su discurso: ¿había dicho la palabra «papá»?... ¿Yo?, ¿papá?...

—Sí, mi amor, ¡vas a ser papá! —Me repitió. La abracé muy fuerte, la cargué en mis brazos, la besé. No cabía de contento. Ella también reía y lloraba. Y así estuvimos hasta que el resto de mis compañeros, atraídos por nuestro júbilo se fueron acercando a felicitarnos. Y empecé a gritar para compartir mi alegría con todo el mundo, con los pájaros, con la selva: «¡Voy a ser papá!, ¡voy a ser papá!».

Mi jefe me dio el día libre para que pudiéramos ir a festejar. Juntos abandonamos la obra y nos fuimos a Iquitos.

El primer lugar que visitamos, podrás imaginar, fue la Casa de Fierro; moría de ganas de darle la noticia a Thierry. Él se alegró tanto que hasta destapó una botella de champán; por supuesto, Raquel solo le dio un sorbito a su copa. Y fue precisamente de Le Far Breton, el restaurante francés de nuestro amigo, de donde Raquelita habló a Lima para darle la noticia a su mamá. Ella se alegró muchísimo, y le dijo a su hija que creía que ese sería el pretexto ideal para visitarnos, pero sobre todo para que a su marido se le pasara el disgusto. Ese *bebe*, aseguraba, sería el que uniría de nuevo a la familia.

También habló con Maruquita: sabía que la nana estaría encantada con la noticia. Pero al colgar, su sonrisa se esfumó; había estado a punto de llamar a su abuela a París, como si por un muy breve momento hubiera olvidado que ella ya no estaba entre nosotros. Yo la abracé muy fuerte y al oído le susurré: «Raquelita, mi vida, tu abuela ya lo sabe. Seguro que está feliz y ya organizándolo todo para el bautizo». Ella rio recordando los ímpetus de su abuela por las tradiciones, las buenas costumbres y las normas sociales. Y los dos, con esa complicidad que nos unía, reímos recordando París. Thierry se nos unió, riendo de buena gana y llevando su copa de champán de un lado al otro para brindar con los comensales, los que gustosos también elevaron sus copas para felicitarnos.

Salimos de Le Far Breton con la puesta de sol. No habíamos caminado ni una cuadra cuando Raquel se empezó a sentir mal. No pudo decirme nada porque salió disparada hacia el restaurante, tapándose la boca con la mano. Fui detrás de ella, primero preocupado, pero después me calmé recordando que los primeros síntomas del embarazo eran las náuseas y los vómitos. Después de ese incidente se sintió mejor, tomó un poco de agua y le prometí un mate de hierbaluisa cuando estuviéramos en casa.

Nos dormimos temprano, comprenderás que la emoción nos había dejado agotados.

Supuse que era la medianoche cuando empecé a escuchar ruidos. Alargué mi mano, buscando el cuerpo de Raquel, pero ella no estaba en la cama. Me incorporé de inmediato y prendí la luz de la lámpara. En eso la vi acercarse, estaba muy pálida, venía tambaleándose y se agarraba el vientre con una mano. Me asusté. Rápidamente me acerqué a ella para sostenerla. Con un hilo de voz me dijo que no podía respirar y que veía todo borroso. En ese momento una corriente eléctrica recorrió mi cuerpo como una llamada de alerta: algo grave pasaba, esos no eran síntomas de embarazo. La acosté en la cama y a la hora de quitarle las pantuflas descubrí, para mi horror, que aquellos síntomas eran la consecuencia de una terrible mordedura de serpiente. Tenía muy hinchado y enrojecido el tobillo derecho. Como en una película, todas las imágenes del día se presentaron en mi memoria y recordé la caída. Debió de haber pisado una coral, una de las serpientes más venenosas del Amazonas. A nosotros nos habían instruido para poder diferenciar las clases de serpientes que existen y qué hacer en caso de mordeduras. Aquella era una de las peores: su piquete era casi imperceptible —si Raquel llegó a sentir algo seguramente lo achacó a la caída— y los síntomas podían presentarse muchísimas horas después. Todo ese año trabajando en el hospital de Iquitos, atendiendo tantos niños por mordeduras de serpientes y otros insectos, a Raquel no le había valido de nada. Confundió los síntomas con los del embarazo. Para esas horas tenía tantos malestares que no reparó en la hinchazón de su tobillo. Al darme cuenta de la gravedad del asunto, la cargué en mis brazos y me la llevé corriendo al hospital. Fue demasiado tarde, habían pasado más de doce horas. Empezó a convulsionarse justo cuando entré con ella a la sala de urgencias. Un doctor que se encontraba ahí, al verla corrió hacía a mí y sin decirme nada me la quitó de los brazos y empezó a hacerme una lista interminable de preguntas: que cuánto tiempo llevaba así, a qué hora había sido la mordedura, que si no había visto a la serpiente, que qué especie era, que qué me pasaba, por qué hasta ese momento la había llevado al hospital… Las preguntas siguieron hasta que el doctor, con Raquel en brazos, entró en un cuarto en donde dos enfermeras me sujetaron para no dejarme pasar. Me quedé forcejeando, perturbado. Y de nuevo esa corriente eléctrica sacudió mi cuerpo. Las piernas me flaquearon; me arrodillé frente a la puerta cerrada. Escuchaba la voz del doctor, de las enfermeras, no había calma. Raquel estaba adentro, mi Raquelita estaba adentro, sola, sin mí. Empecé a dar de golpes en la puerta, pero nadie la abría. Seguí golpeándola hasta que una enfermera salió. «Por favor, guarde la calma. Estamos tratando de hacer todo lo posible». Y entró de nuevo. ¿A qué se refería con eso de que «Estamos tratando de hacer todo lo posible»? ¿«Todo lo posible» para qué?… ¿Para salvarle la vida?… ¿Mi Raquelita estaba luchando entre la vida y la muerte?… Aquello me parecía inverosímil. Y de pronto me acordé: «Mi hijo», «nuestro hijo».

Llegó el amanecer y con él el día más terrible de mi vida. Habíamos pasado por tanto para estar juntos… me sentí en una pesadilla. Y como si yo fuera el que agonizaba, las imágenes de nuestra vida juntos bombardearon mi mente.

Al regresar de París alquilamos una bonita casa cerca de la Plaza de Armas. A Raquel le encantaba aquella plaza, le gustaba caminar tomada de mi mano por las noches y sentir la brisa que refrescaba esos calores. Raquel se adaptó muy fácilmente a la ciudad, mejor que yo, ¿tú crees?, a pesar de que no tenía las comodidades a las que estaba acostumbrada. Iquitos había sido, para su época, una ciudad moderna de estilo europeo gracias al comercio del caucho que había existido a principios de siglo. Y se podía vivir bastante bien, pero te recuerdo que mi sueldo no se comparaba ni un poquito con el de su papá. Aun así, nuestra casita era linda. La fachada estaba pintada de amarillo y blanco y tenía tres ventanas en forma de arco con puertecitas de madera. Sus balconcitos Raquelita los llenó de buganvilias, petunias, clavelinas, caléndulas, girasoles… toda una explosión de color a la entrada de nuestro hogar. Teníamos solo dos habitaciones, un baño, una cocina pequeña, sala-comedor y un patiecito al fondo para hacer nuestras parrilladas. La decoración se la tuvimos que agradecer a la abuela Julienne: nos había mandado de todo: muebles, edredones, cortinas, toallas, vajillas, una cama de matrimonio de hierro forjado… hasta una pintura enorme del abuelo, que nunca pudimos poner y permaneció todo el tiempo recostada sobre la pared de la habitación que no ocupábamos. No era una mansión, pero para nosotros como si lo fuera. No necesitábamos más.

Aunque el campamento estaba un poco lejos de la ciudad, no permití que Raquel se instalará ahí conmigo; me insistió mucho, pero me negué rotundamente. Yo quería protegerla de todos los peligros; prefería sacrificarme un poco, pero que ella estuviera lo más cómoda posible y segura.

Mi rutina era salir muy tempranito por la mañana y regresar junto con la puesta de sol. La mayor parte del tiempo Raquelita la pasaba sola. Pero ella era muy inquieta, la vocación de servicio que había descubierto en París y su amor por los niños la llevaron justo a integrarse como enfermera en el Hospital de Apoyo Iquitos. Prontísimo se hizo la enfermera más popular del pabellón infantil, tenía un gran carisma con los niños. Por supuesto también se ganó a los adultos, y... tengo que decirlo, me sentí celoso de alguno que otro doctorcito, pero nada de importancia. Siempre confié en ella. Sin embargo, su belleza y su bondad, estoy seguro, deben haber deslumbrado a más de uno.

Raquel fue muy feliz ayudando a la gente, sirviéndola. Ser enfermera era la gran pasión de su vida. Consolar el llanto de los pequeños, ayudarlos en su sufrimiento eran los motores de su día a día. Se sentía viva, útil y productiva, me decía eufórica. Y yo estaba muy orgulloso de ella. En las noches me contaba cómo aquel niño se había salvado de una terrible meningitis, cómo aquella pequeñita que después de haber pasado meses en el hospital había, milagrosamente, salido casi sin secuelas de una poliomielitis. Hablaba con rapidez, moviéndose de un lado al otro, llevando manos y brazos de abajo arriba, contando hasta los mínimos detalles; me contagiaba su entusiasmo. Me hacía tan feliz verla tan contenta. Pero también hubo muchas noches en que tuve que consolarla, enjugar sus lágrimas y escucharla hablar llena de dolor e impotencia por las vidas que no había podido salvar. Así era su trabajo: todos los días entre la vida y la muerte. Nunca imaginó que muy pronto entraría por la puerta de ese hospital para no volver a salir nunca más.

Y ahora me tocaba a mí vivir aquello, sin tener a nadie para consolarme. Raquel yacía fría e inerte, cubierta con una sábana blanca en una habitación del que había sido su segundo hogar durante ese año.

Me despedí de ella con un beso en los labios, los que aún se encontraban tibios, pero que no eran más aquel puchero que yo tanto amaba. Le sujeté la mano sin poder pronunciar ni una sola palabra. Estuve así horas, sin moverme, sin pensar, solo sintiendo cómo aquella frágil mano se iba enfriando. Repasé la suavidad y tersura de su piel, su muñeca fina, sus dedos delgados, sus uñas bien cortadas, su palma casi lisa, las líneas de la vida y del corazón: tenía un corazón muy, muy grande.

No me enteré si había alguna clase de protocolo para estos casos, supongo que el médico y las enfermeras se compadecieron de mí y por tratarse de Raquel dejaron que me quedara. No fue hasta que la luz del día empezó a entrar por la ventana que las dos enfermeras, que anteriormente me habían cerrado la puerta, fueron por mí.

—Ya es hora, ingeniero —me dijo la que parecía mayor, en un tono muy suave.

—Tenemos que prepararla —argumentó la jovencita, también intentando ser delicada.

—No, por favor. Solo un rato más.

Dije esto a sabiendas de que sería la última vez que la vería y que, al soltar su mano, al salir de esa habitación, al salir por aquella puerta de hospital, mi vida nunca, nunca sería la misma. Yo jamás volvería a ser el mismo: una serpiente se había llevado la mitad de mí.

Salí del hospital solo. La Plaza de Armas se encontraba vacía. La inercia me llevó a la casa de Thierry. Toqué a su puerta muchas veces, primero con golpes suaves, después, casi la derribé, hasta que un Thierry malhumorado, despeinado y en piyama la abrió.

Estaba pálido y cansado. Tan pronto Thierry se percató de mi estado, me tomó por los hombros y me llevó al interior de la casa. Me ofreció un poco de jugo de camu-camu. Lo tomé porque hasta ese momento me di cuenta de que no había bebido nada desde la noche anterior. Sentí cómo el sabor agridulce refrescaba la amargura de mi boca, y mientras bebía el jugo favorito de mi Raquel, Thierry empezó a interrogarme.

Permanecí callado mucho tiempo. Me perdí en los azulejos de la cocina del francés. Alguna vez me contó que habían sido traídos desde Portugal, cuando la opulencia de la época del caucho. Mi vista recorrió cada una de las ramitas pintadas en verde y los contornos circulares pintados en azul sobre fondo blanco, que contrastaban con el amarillo intenso de las orillas. Cualquier cosa para dejar que el tiempo pasara. Y es que simplemente no podía pronunciar aquella terrible frase. ¿Entiendes? Decirla era como lanzar una maldición que no tiene remedio. No me atrevía, quería retrasar ese momento lo más que se pudiera, tenía la necesidad de sentir aunque fuese un mínimo de esperanza, aunque sabía, muy bien lo sabía, que esta se había muerto también.

—Thierry, necesito llamar por teléfono —dije al fin, aún con la mirada clavada en los azulejos.

—*Oui, oui*. Claro, claro, ya sabes que esta es tu casa —contestó mi amigo, solícito y sin hacer preguntas.

De nuevo llamé a Lima, esta vez para borrar por completo y para siempre la alegría de la llamada anterior. Thierry estaba parado a mi lado cuando tomé el teléfono; tuvo que sentarse en la silla junto a la mesita del aparato para no caer al oír la noticia.

Esa misma noche los padres de mi esposa llegaron a Iquitos.

Yo debo haber sido muy ingenuo, porque pensé que la actitud de don Èmile sería otra, como debes estar pensando. Pero ni siquiera la muerte de su hija le quitó la armadura de orgullo que llevaba bien puesta. Ya me encargaría yo, sin proponérmelo, de desarmarlo, para dejarle el dolor más profundo que un hombre como él pudiera sentir.

Después de colgar el teléfono volví a guardar silencio. Thierry me acompañó sin pronunciar ni una sola palabra. Después de un buen rato se levantó de la silla, se me acercó y me dijo: «Tienes que descansar». Me llevó a una habitación, me tendió en la cama, me quitó los zapatos y se fue. Me quedé dormido.

Cuando abrí los ojos, un golpe fuerte y profundo me sacudió: era la realidad.

Aunque me gustan el vino y los licores, nunca fui un borracho, tú sabes. Pero ese día… de alguna manera mi cerebro tenía registrada la idea de que el alcohol podía mitigar el dolor. Busqué en la cocina de Thierry: encontré una botella de Pisco. Empecé a beber.

Lo que pasó después lo olvidé por mucho tiempo; tuvieron que pasar muchos años para recordar lo que sucedió conmigo luego de la muerte de Raquel.

Ya, lo siento, no puedo evitar las lágrimas. ¿Te das cuenta por qué no quise hablar de esto antes?… ¿Ahora lo entiendes?…

Nunca te lo dije, pero tú, a veces, me la recuerdas. Siempre me llamó la atención ese parecido, no físico por supuesto, sino ese no sé qué, ese modito de comportarse. Ese modo cariñoso de ser.

Ya, ya estoy mejor. La verdad es que hasta me siento liberado. Cómo nunca le hice caso a Nana. En fin…vejestorio necio.

Como te decía, olvidé todo lo que había pasado, aunque con el tiempo fui recordando cosas. Más o menos sucedieron así:

Los padres de Raquel llegaron por la tarde (o creo que ya era de noche). Para esas horas la botella de Pisco ya estaba vacía y yo caminaba sin rumbo y tambaleándome por las calles de Iquitos. Una vez más, la inercia me llevó hasta el restaurante de Thierry.

El lugar se encontraba lleno, la música y las luces al entrar hicieron que me detuviera. Estuve a punto de regresar por donde había venido, cuando la voz de mi amigo me encontró.

—Pero, Alejo, ¡mira cómo estás!… ¿Dónde te habías metido?… Te he estado buscando desde hace rato. Tus suegros ya están aquí.

Me dijo esto señalando hacia una mesa en donde, ciertamente, se encontraban don Èmile y su esposa… esperándome. Al verme, mi suegro se levantó de inmediato de su asiento y con la cabeza erguida se dirigió hacia mí.

—Alejo, solo quiero decirle que mañana nos llevamos el cuerpo de mi hija a Lima. —Su voz fue dura y cortante.

¿A Lima?… ¿puedes creer, tú? Ese hombre estaba loco. Y más loco estuve yo porque empecé a gritar. Le dije que eso no podía ser, que él no me iba a separar una vez más de mi Raquel, mi Raquelita; que ella amaba aquel sitio, amaba Iquitos y su gente la amaba. Ella no iría a ningún lado, se quedaría ahí, conmigo.

Cuando empecé a subir la voz, la madre de Raquel, con los ojos hinchados y rojos de tanto llorar, se acercó para tratar de calmarme. Lo mismo hizo Thierry, pero yo estaba fuera de mí. El dolor y la borrachera me volvieron incontrolable, no me reconocerías nunca. Yo mismo no sabía de dónde salía todo aquello. Con el coraje que infunde el alcohol, entremezclando situaciones y reclamos, sin importarme quién estuviera ahí, le solté la verdad acerca de la muerte de su padre, el aristocrático *monsieur* Émile de Montaigu. No hubo quién me parara. Y poco a poco noté cómo la armadura se le iba cayendo. Don Èmile se había enterado de la verdad y ya era demasiado tarde para pedir disculpas: su madre, *madame* Julienne, había muerto llevándose a la tumba el secreto de la verdadera causa de la muerte de su marido, todo para proteger la integridad de su hijo, sin importarle que él la creyera una asesina. Don Èmile, colérico, trató de defenderse negándolo, pero en el fondo sabía que era verdad. Y tanto lo supo que al día siguiente no se llevó a ningún lado el cuerpo de Raquel. La enterramos en el cementerio de Iquitos. Y ahí, él mismo pudo comprobar cuán amada era su hija, no solo por mí, sino por el pueblo entero. Todos los que pudieron estuvieron ahí: médicos, enfermeras, pacientes, amigos, vecinos, la niña que se curó de la poliomielitis, el pequeño que sanó de meningitis… En muy poco tiempo Raquel se había ganado el corazón de aquella selva.

Nunca más volví a ver a don Èmile. Pero siempre recordaré que después del entierro era otro hombre el que se marchaba tomado de la mano de su esposa.

La espalda se le había encorvado, su caminar era muy lento y los ojos se le habían hundido… cualquiera podría asegurar que sobre sus hombros llevaba una tremenda roca.

Sí, sí se despidió de mí. Lo hizo pidiéndome perdón y brindándome la mano que un día se negara a darme.

No pude soportar el vacío tajante de nuestra casa. Sus vestidos en el ropero hicieron que rompiera en llanto una vez más. La última taza de mate que había bebido aquella noche seguía ahí, sobre la mesa. Nuestra cama continuaba sin tenderse; nuestras fotos, inmóviles; «nuestros»… nunca más volvería a utilizar esa palabra. Salí de ahí.

Caminé hacia la plaza, me senté en una banca. La plaza estaba vacía. Me paré. Recorrí las calles sin gente, sin ruidos, hasta los perros callejeros se habían ido… Iquitos nunca había estado tan vacío. No sé cómo llegué a Belén. Era una noche sin luna y estrellas. Caminé un poco más hasta que las aguas me llegaron a los talones. Subí a una lancha que me llevó por sus canales entre la pobreza y la oscuridad. La lancha se detuvo en un palafito miserable que hacía las veces de cantina. Adentro solo había un hombre; no le vi el rostro: la luz rojiza mantenía en penumbra el sitio. Estaba limpiando vasos detrás de una barra. Me vio, y antes de llegar a él, ya había puesto un vaso de Pisco sobre la barra. Lo tomé y tomé muchos más. Y seguí tomando.

Al salir, los canales de Belén se unieron con el río Amazonas. Dos delfines rosados emergieron para saludarme y en las aguas turbias las pirañas nadaron eufóricas esperando que por lo menos una mano o un pie se me cayera al agua. De pronto la luna empezó a crecer hasta que la tuve frente a mis ojos cegándome con su brillante luz. Me vi obligado a voltear hacia el otro lado. Con la noche iluminada, claramente vi pasar por un lado mío al Yacuruna con una bella y joven mujer en brazos, desmayada o muerta; seguramente la llevaba a vivir con él a las profundidades del río. Me dio miedo.

Los perros comenzaron a ladrar y las calles de Iquitos se llenaron de ruido. De las veredas adoquinadas empezaron a crecer cerros, los que tenía que subir y bajar rápidamente para no caer. Me caí, me lastimé un tobillo; una enfermera con delantal rosa, cabello negro y labios rojos se acercó para ayudarme. Me llevó hasta mi casa, me sentó en una silla y sanó mi pie. No había luz, de los bolsillos de su delantal empezó a sacar velas; las fue prendiendo una a una por toda la casa. Hasta que descubrió el baúl. No me pidió permiso para abrirlo, simplemente lo hizo. La luz de una vela relumbró en sus ojos cuando vio el vestido. Lo sacó, lo llevó hacia su cuerpo y empezó a bailar. Ahí fue cuando volví a perder el control. Le arrebaté el vestido, le grité *lisuras:*[4] nadie, absolutamente nadie, podía tocar el vestido de novia de mi Raquel. Lo abracé muy fuerte, lloré sobre él y su olor a pétalos de rosa y vainilla. De pronto un calor muy fuerte empezó a sofocarme, las llamas de las velas se habían

[4] Groserías.

convertido en gigantes de fuego; la enfermera se había ido. Salí corriendo de la casa con el vestido en las manos. Corrí. Me subí a una barca y me interné en la selva, abrazado al vestido, me bajé y seguí corriendo hasta que mis piernas se rompieron y mis brazos no pudieron sostenerlo más.

Me hubiera gustado morir ahí. Pero ¿viste?, mi destino estaba marcado con una larga vida.

Así sucedió el incendio. Ya pues, no exactamente así, pero así lo recuerdo. La tremenda borrachera me provocó alucinaciones; supongo que de alguna manera yo inicié el fuego, aunque la verdad cómo pasó y cómo llegué aquí, eso sí que no lo recuerdo.

Yvy mar'e

Desperté en Yvy mar'e. Un hombre parado frente a mí me lo informó, cuando abrí los ojos. Me dolía todo el cuerpo; al parecer llevaba mucho tiempo acostado en la misma posición. El hombre me ayudó a sentarme. Al hacerlo, noté un vestido de novia colgado sobre la pared de la cabaña en la que me encontraba. Cosa seria, un vestido de novia. Quise decir algo, pero me hizo una seña para que guardara silencio, y tocándome el hombro me indicó que me calmara; aún estaba débil. Entonces, me contó lo sucedido.

Él y otro hombre me encontraron tirado en la selva, inconsciente, aferrado al vestido, como si este fuera el cimiento que me mantendría a salvo en un temblor. Entre los dos me cargaron y me llevaron a Yvy mar'e, su aldea. Jamás escuché hablar de ese sitio. «¿Sería otro país?», pensé. Y hasta ese momento me percaté del acento en la voz de aquel hombre blanco, que debía estar rondando los treinta, alto, de ojos y pelo oscuro, un español, sin duda.

—Me llamo Álvaro González —dijo el hombre como adivinando mis pensamientos—, soy español de origen, pero yvymareño de renacimiento.

No entendí nada. Me desmayé, o me dormí, no sé.

Cuando volví a abrir los ojos ya era de noche. La luz cálida de una lámpara alumbraba la habitación. El vestido seguía ahí, el hombre, no. ¿«Álvaro González» había dicho?… ¿Dónde me encontraba?, ¿qué sitio era ese?, ¿de quién era aquel vestido de novia y qué hacía ahí?… Algo se me removió en el pecho y empecé a llorar. Pero no entendía por qué, no sabía por qué lloraba. En eso una mujer morena de rasgos indígenas ataviada con un vestido blanco entró. Al verme llorar dejó lo que traía y se sentó a mi lado, me tomó de las manos y empezó a entonar una canción en una lengua desconocida para mí. Su voz era tan dulce que me calmó. Me sentí como un niñito consolado por su madre. No sentí vergüenza de que me viera llorar. Ella sonrió cuando me tranquilicé. Se levantó y fue por la bandeja con comida que había dejado en la entrada.

Tenía un hambre atroz. Comí con gusto todo lo que aquella bella mujer me ofreció: sopa de maíz, trozos de yuca asada y una bebida deliciosa que nunca en mi vida había probado. En ese momento Álvaro González entró en la choza.

—¡Vaya! Veo que por fin se ha despertado de su largo sueño. ¡Qué bien que ya esté comiendo! Nos tenía muy preocupados —dijo esto acercándose a la mujer, y pasándole el brazo por los hombros le dio un beso en la mejilla. Supuse que era su esposa.

—Sí, gracias —atiné a decir con un hilo de voz.

—Vale, entonces ya es hora de que nos diga quién es usted. Pero primero déjeme presentarle a mi mujer, a quien veo que ya conoció. Ella es Luana.

—Mucho gusto, Luana —contesté—. Yo soy Alejo.

Me sorprendí muchísimo al escucharme decir mi nombre, que salió tan natural, sin ningún esfuerzo. Intenté recordar otras cosas, pero no pude.

Luana y Álvaro estuvieron un rato más conmigo. Esperaron a que terminara de comer y me contaron algunas cosas sobre la selva, nada importante. No me preguntaron nada sobre mí. Me sentí bien al lado de ellos, se veían felices. A pesar de mi confusión, esa noche dormí en paz.

No tenía idea de cuánto tiempo había pasado. Las horas se me iban en dormir; solo despertaba para comer —eso sí no se me olvidó, ¿cierto?—. Un cansancio terrible me cerraba los ojos por más que tratara de mantenerlos abiertos. No se cuánto tiempo estuve así, solamente recuerdo que una tarde me desperté, abrí los ojos, miré el vestido que tenía enfrente de mí y me paré de la cama. Me acerqué a él, lo toqué, respiré ese olor a rosas que desprendía, pero nada me aclaró su procedencia. De pronto, reparé en que no sabía por qué me encontraba en la selva, ¿cómo había llegado hasta ahí?… Lo último que recordaba era ese paseo por Barranco y aquel ventarrón que arrojó al aire una sombrilla azul. Me acordaba de mis padres, de mi abuela, de la universidad, pero por más esfuerzos que hacía no lograba llenar los huecos. ¿Cómo había llegado a aquel lugar? ¿en qué momento había ocurrido?… ¿qué me había pasado para que lo olvidara?… El cuerpo me dolía, más por pasar tanto tiempo acostado que por otra cosa, pero esa fatiga que me tenía todo laxo había desaparecido. Lentamente, como si mis piernas estuvieran aprendiendo a caminar otra vez, avancé hacia la puerta. La abrí y al hacerlo una brisa cálida me recibió. El cielo estaba rosado: era un atardecer bellísimo. No se veía gente alrededor, no había ruido, únicamente los sonidos de la selva: canto de aves e insectos, el chillido de los monos, el viento rozando las ramas. Todo me parecía familiar, no entendía por qué: yo nunca había estado antes en la selva.

Frente a mi cabaña había otra muy parecida, pero de mayor tamaño. Avancé con un poco más de confianza, un olor muy agradable salía de aquella casa de madera. Salivé: el apetito se me había abierto. No bien llegué a la puerta, Álvaro salió a recibirme.

—¡Mi querido amigo, qué gusto verlo por aquí! —exclamó un Álvaro que parecía realmente contento de verme. Aquella enorme sonrisa no podía ser falsa.

—Ya, bueno, es que no podía seguir más en la cama —contesté un poco apenado.

—No se preocupe, hombre. Pero, pase, pase. Que llega justo para la cena, o comida, como dicen los peruanos.

Durante la comida, un hombre moreno y fornido llegó de visita. Era el otro que me había encontrado junto con Álvaro. Estaba preocupado por mí y quería tener noticias mías.

Estaba muy contento de verme bien. No sé por qué me sorprendía tanto la alegría de esos extraños. Me hacían sentir de lo mejor, pero tanta familiaridad me resultaba sospechosa.

Muy alegre salió este hombre, que después supe que era cubano, de casa de mis anfitriones diciendo que iría a avisarle a su mujer la buena noticia. «Ya regreso, chico, Mei tiene que enterarse de esto. Se va a poner feliz».

Él regresó, y no lo hizo solo, además de su mujer, una chinita muy simpática, lo acompañaban unas cuantas personas más. A la hora más o menos, tuvimos que salir de la casa porque ya no cabíamos; la noticia del extraño que por fin despertó había corrido por toda la selva. En la noche, a la luz de una fogata, de pronto me vi rodeado por un grupo muy surtido de gente; parecía que todas las razas del mundo se hubieran juntado ahí mismo. Había hombres blancos, negros, indígenas, mujeres rubias, morenas, pelirrojas, niños y niñas, todos vestidos de blanco, conviviendo como una gran familia, alegres de conocer por fin al extraño. Todos eran muy amables conmigo, y querían saber qué me había pasado; fue un poco perturbador. Álvaro se dio cuenta, se me acercó, me pasó el brazo por los hombros y dijo: «Tranquilo, amigo, todo va a estar bien», y pidió, con mucha cortesía, que se retiraran, que yo necesitaba descansar; ya habría tiempo para conocerme.

Esa noche no pude dormir, ¿quiénes eran esas personas?, ¿de dónde demonios habían salido?… ¿Cómo era que había llegado hasta ahí?… Las mismas preguntas sin respuestas. El vestido de novia me observaba callado e inmóvil.

A pesar de no haber dormido me levanté muy temprano, cuando todavía estaba oscuro. Necesitaba salir para conocer aquel lugar.

Todo se encontraba callado. La humedad matinal me despertó.

Caminé por aquí y por allá, con cierta precaución, claro. Todavía me sentía débil, pero sobre todo le temía a lo desconocido. ¿Cómo iba yo a saber que no había por ahí alguna tribu caníbal o algo por el estilo?… Esas gentes eran muy raras.

Lo que descubrí me sorprendió.

Yvy mar'e era una isla escondida en medio de la selva. La rodeaban kilómetros de árboles enormes y plantas que crecían en un terreno inundado en el que parecía imposible asentarse. Si lo sabía yo que era ingeniero civil. Cuando descubrí eso me asombré aún más de mi presencia en ese sitio. ¿Cómo diablos había llegado hasta ahí?…

Aquella aldea se componía de un conjunto de cabañas construidas, la mayoría, sobre pilotes que evitaban que el agua entrara en las casas en la época de lluvias —como las de Belén, pero bonitas—. También había puentes que las conectaban entre sí y que permitían cruzar los riachuelos sin problemas. Sus pobladores vivían cerca unos de otros, pero con suficiente espacio entre ellos como para vivir con privacidad. Cada cabaña tenía personalidad propia; me parecía que nada más viéndolas podías distinguir las nacionalidades de quienes las habitaban. En general sus viviendas eran sencillas y bonitas, cada una invitaba a pasar. Algunas tenían macetas con hierbas aromáticas a la entrada, como parte de la manera sustentable en que cultivaban sus alimentos, otras lucían las típicas mecedoras de madera o hamacas para descansar en los atardeceres. Lo más notable de todo esto era que Yvy mar'e pasaba desapercibida: a lo lejos lo único que se veían eran las palmeras, los enormes ficus y ceibas. Me era difícil comprender cómo un lugar así no había sido descubierto. Álvaro me dijo un día: «Los ojos humanos solo reconocen lo que han visto con anterioridad o lo que otros han confirmado como verdadero; una isla entera puede presentarse ante su vista, pero si la creencia generalizada es de imposibilidad, así será».

Como ingeniero civil podía darme cuenta de que aquella aldea, pueblo o lo que fuera estaba muy bien planeado; alguien con muchos conocimientos de ingeniería había logrado fusionar de una manera inteligente y respetuosa la comodidad y la funcionalidad con la naturaleza. Más adelante descubrí que Yvy mar'e era algo más que un conjunto de cabañas en donde vivía gente multicolor. Era verdaderamente una sociedad muy bien conformada, con estatutos, obligaciones y derechos para cada uno de sus habitantes. También descubrí, con más asombro y cierta vergüenza, que la honestidad y alegría de aquellas gentes, que me hicieron sospechar al principio, eran verdaderas. Solo el paso del tiempo me ayudó a sacudirme la desconfianza a la que estaba tan apegado. Aunque debo decirte que ni siquiera estaba consciente de eso. Triste el asunto. Los seres humanos están tan acostumbrados a actuar a la defensiva, a desconfiar, que cuando alguien se muestra sincero, lo primero que hacen es buscarle cinco pies al gato.

Ya pues, sé que la historia la has escuchado miles de veces, pero yo quiero contártela una vez más, para que nunca se te olvide. Dale gusto a este viejo, nomás.

Yvy mar'e o «tierra sin mal» en la lengua tupí, nació gracias al amor de un hombre y una mujer que habían sido condenados a vivir separados, únicamente por ser de razas diferentes. Como si se tratara de animalitos. *¿Nocierto?*

Sucedió a mediados del siglo XVI, cuando Brasil era colonizado por los portugueses. Muchos nobles habían tomado posesión de aquellas tierras esclavizando a los nativos. El hijo de uno de estos nobles portugueses se enamoró perdidamente de la hija de un guerrero tupí; cuando ella lo vio por primera vez supo que estaba condenada a sufrir por ese amor. Su romance comenzó despacio, siempre a escondidas, primero de ellos mismos, de sus miedos, inseguridades y prejuicios; después, cuando se dieron cuenta de que no podían vivir el uno sin el otro, empezaron a temer por las consecuencias: la muerte, una de ellas. Los tupí tenían la primitiva costumbre de comerse a sus víctimas de guerra, y los portugueses, de creer que las pieles oscuras han sido diseñadas por el Creador para trabajar de sol a sol, sin ninguna recompensa, por supuesto.

Y como todo apuntaba para que en algún momento fueran descubiertos por el padre de este o por el padre de aquella, el destino se encargó de ponerlos a prueba. Una noche, el noble, agobiado por el insomnio, sacó a pasear a sus perros falderos al enorme jardín del palacete. Después de un rato de que los chuchos hubieran olfateado por aquí y por allí, de haber hecho lo suyo en las reales matas, comenzaron a ladrar mientras se dirigían, corriendo, hacia el fondo del jardín. El noble salió detrás de ellos, sorprendido por la reacción atípica de sus fieles mascotas, y cuál no sería su sorpresa al ver que entre los matorrales estaban escondidos su propio hijo y la indígena. El portugués empezó a llamar a gritos a sus guardias, pero estos se encontraban muy lejos como para escucharlo.

El muchacho enfrentó al padre como un verdadero hombre que defiende el honor de la mujer a la que ama. Aprovechando el momento de histeria de su progenitor, que se desgañitaba llamando a sus soldados, el chico, sin perder tiempo tomó a su enamorada de la mano y corrió con ella por el inmenso jardín, por Sao Paulo, por Mato Grosso, por el Amazonas, hasta que salieron de Brasil y sin saberlo llegaron a algún lugar de la Amazonía peruana. Pero el miedo a ser descubiertos los mantenía en constante angustia: los portugueses eran expertos exploradores y los tupí conocían la selva a la perfección; si sus padres querían vengar su honra no cesarían hasta encontrarlos. Necesitaban hallar un sitio al que nadie pudiera acceder. Guiados por su instinto, por su necesidad de amarse con libertad, encontraron esta isla, que ni los mismos habitantes ancestrales de estas tierras supieron reconocer.

Ahí, agotados, pero repletos de la energía que da el amor, fundaron Yvy mar'e, su pequeño paraíso, la Tierra sin mal, la Tierra buena.

¿Por qué estaban en el jardín del palacete del portugués?... Simple: creían que era el sitio perfecto para esconderse, pensaron que sería el último lugar en donde los buscarían.

Ya sé lo que vas a decir, pero no, cuando me contaron la historia no recordé nadita, nada me pareció similar... aunque sí recuerdo haber sentido un escalofrío y que la piel se me ponía de gallina. Pero se lo achaqué a la brisa fresca del verano, nomás.

Construir su hogar en medio de la nada fue tarea dura. Pero contaban con sus manos y sus ganas; además, los dos eran seres preparados: ella conocía a la perfección la selva, las plantas medicinales, la agricultura;

él, todo el conocimiento que el Viejo Mundo le había proporcionado en sus años de estudio. Se complementaron muy bien. Sus ideas religiosas eran contrarias, pero encontraron un modo de fusionarlas; había algo en sus costumbres que les causaba inquietud. El canibalismo, a pesar de ser una costumbre muy arraigada en la cultura tupí, por ser la carne del enemigo fuente de valentía y sabiduría para el que la comía, resultaba un rito demasiado macabro para la sensibilidad de la hija del guerrero. Desde muy pequeña se cuestionaba sobre esas prácticas, pero era algo que mantenía en secreto; no podía ofender a su gente. Él, por su parte, no creía que los indígenas prescindieran de alma, que en nombre de Dios los europeos como él, como su padre, como tantos que conocía, tuvieran el derecho de tratar como inferiores a otros seres humanos, de esclavizarlos, de golpearlos porque era decreto del rey, a quien Dios había elegido rey para servirlo. Un Dios de amor no podía hacer semejantes barbaridades.

Pasó el tiempo, y Mateus y Yara, los enamorados, engendraron hijos e hijas, y estos no se casaron entre ellos, no. Lo que sucedió es que a este lugar «mágico» vinieron a parar, por casualidad o destino, personas que por diferentes circunstancias hallaron en Yvy mar'e su hogar. Con el paso del tiempo se congregaron personas de diferentes nacionalidades y razas, con diferentes costumbres y culturas, pero con un fin en común: vivir en paz y armonía. Eso sí, la única cláusula que se debe cumplir para vivir en la Tierra sin mal es la de no volver nunca más a salir de aquí, no regresar al mundo. Mateus y Yara se encargaron de legar a sus hijos, a sus nietos y bisnietos un pequeño Paraíso; quien quiera vivir en él tendrá que acatar esta regla hasta con la vida. Salvo una que otra excepción.

Como bien sabes, es casi imposible acceder a esta parte de la selva, se dice que el que llega aquí es porque Yvy mar'e lo permitió. Como en mi caso, por ejemplo. Me encontraron por casualidad, y el hecho de haber perdido la memoria por tanto tiempo no me daba alternativa a elegir: los yvymareños me aceptaron con mucho amor, sabían que algo terrible me había ocurrido para haber llegado en la forma en la que lo hice. Y no fue hasta muchos, muchos años después que pude aclararles a mis amigos, a mi nueva familia y a mí mismo, lo ocurrido.

Ya puedes imaginarte la sorpresa que era para el ingeniero que vivía dentro de mí lo que cada día descubría en ese lugar. Casas ecológicas, sustentables, que aprovechaban todo lo que la naturaleza tenía para ofrecerles, siempre respetándola. Aprovechaban el sol, la lluvia, la tierra, hasta la basura y los desechos. Sobre todo llamaba mi atención la manera en que aprovechaban el conocimiento de cada una de las personas que llegaron a vivir ahí. Holandeses, franceses, ingleses, alemanes, mestizos, indígenas, brasileños, portugueses, españoles, alguno que otro japonés y hasta uno que otro árabe dejaron su legado aquí, además de descendencia, por supuesto, lo que salta a la vista.

Al principio yo no hablaba mucho, comprenderás que tenía más preguntas que respuestas sobre mi vida, por lo que no tenía mucho que decir, y yo creo que ni ganas tenía de entablar conversaciones. Me dedicaba a observar la vida de los yvymareños. Si alguien te saluda por la calle y te pregunta cómo estás, ¿qué le contestas?: «Bien», y quizás hasta un «Muy bien», esbozas una sonrisa para enfatizar tus palabras, pero al seguir de largo la sonrisa se esfuma y regresas a ese humor de los mil diablos con el que amaneciste, o a esa tristeza que no puedes sacudirte del alma. Los yvymareños no hacen eso. Como te decía, yo al principio no hablaba mucho, y tampoco socializaba. Desde la cabaña que Álvaro me facilitó para recuperarme observaba todo en silencio, y muchas veces quienes pasaban por ahí no se daban cuenta de mi presencia. Los podía analizar a mi antojo. Me era inevitable, esos individuos me llamaban la atención. Ellos continuaban su camino con la misma sonrisa o, es más, si por alguna razón aquel día no se sentían al cien, después de haber recibido un abrazo o una palabra de aliento de su paisano, la serenidad volvía a sus rostros.

Sus voces eran claras, suaves, pero firmes. Como si fueran transparentes. «Alejo, espero que hoy te encuentres mucho mejor», «¡Alejo, qué gusto encontrarte!», me decían cuando se topaban conmigo, pero lo expresaban de tal forma que me hacían sentir de verdad que les importaba, que realmente deseaban que me encontrara mejor. No había sido cosa solo de la noche en que me conocieron, porque yo era el chico nuevo del barrio, ni tampoco por quedar bien con Álvaro, el líder del pueblo. No. Se alegraban de tenerme ahí. Y no es que en mi vida de antes no hubiera conocido gente buena, o gente que me apreciara, pero ese resplandor en sus rostros, como si hubieran encontrado el secreto de la felicidad, los hacía muy distintos a todos los seres humanos que yo había conocido anteriormente. Caminaban ligeros. Tampoco es que todo el tiempo estuvieran saltando como lumbreras, que no hubiera problemas o que algo no se malograra. Era su actitud ante las adversidades la que los llevaba a resolver de maneras más amables las situaciones. En palabras llanas: no hacían tormentas en vasos de agua. Además, no se tomaban las cosas personalmente. Esa fue una gran lección para mí. Cuando te pones en el lugar del otro lo entiendes, y sabes que su enojo, tristeza, confusión o lo que sea que le pase no tiene nada que ver contigo.

Poco a poco me fui soltando y empecé a dejarme llevar por la placidez que da saber que nadie te apuñalará por la espalda. Y que eres aceptado así, tal cual eres. Comencé a entender muchas cosas que nos han impedido a los seres humanos convivir en paz, y me fui integrando en aquella comunidad de gente feliz.

Entonces empecé a acercármeles. Caminaba por ahí nomás, como quien no quiere la cosa, y nunca faltó alguien que me invitara un juguito de maracuyá, una tortita de lúcuma, y entre sorbo y sorbo y probadita y probadita, me iban contando las fantásticas historias de sus antepasados, los propios y los de Yvy mar'e, y no creas que todos habían sido santos bajados del cielo, para nada. Me contaron que hasta un pirata malvado, corrupto y sucio que llegó con una espada atravesándole el estómago se curó, y tal fue su arrepentimiento al verse cercano a la muerte, que juró no volver nunca más a cometer semejantes delitos. Pero no solo eso, se quedó en Yvy mar'e y se convirtió en un gran líder hasta el día en que murió cerca ya a los cien años. ¿Y sabes qué?, me parecía y me sigue pareciendo extraordinario que acá no se juzga a nadie. Nadie tiene que saber los motivos por los que decides desaparecer del mundo si no quieres. El solo hecho de que llegues a esta bendita tierra es razón suficiente para que seas aceptado. Si la Pachamama lo hace, por qué no nosotros.

Como ves, en Yvy mar'e yo también encontré mi hogar, un hogar que me aceptó sin reparar en mi pasado, porque, además, ni me acordaba de él.

¿El vestido?... Claro, era una gran incógnita para mí. Lo veía todas las noches, todos los días, y no podía imaginarme cómo era que había llegado a mis manos. De lo que sí estaba seguro era de que una mujer tenía que ver con todo aquello. Me preguntaba si me estaría buscando, ¿por qué tendría yo aquel majestuoso vestido y no ella?... Al principio me obsesioné tratando de encontrar respuestas, pero poco a poco, conforme me iba integrando a la aldea, mis ocupaciones me empezaron a distraer; me acostumbré a verlo ahí, como un artículo de decoración.

Y el tiempo pasó, muchos años, y un día, al verme en el espejo me di cuenta de que mis ojos empezaban a brillar como los de los yvymareños. Hasta noté cierto resplandor en mi rostro. Sin embargo, había un dejo de tristeza que no me permitía ser del todo feliz. Las preguntas sobre el vestido empezaron a rondarme de nuevo.

Una mañana, mientras trabajaba en la huerta junto a una chica de piel morena clara y cabello largo y oscuro, ocurrió. La había visto todos los días desde aquella comida en su casa, cuando salí por primera vez de mi cabaña: era la hija de Luana y Álvaro. Tendría unos seis o siete años en ese entonces, yo no había reparado en ella, te juro. Ahora ya era toda una mujer.

Pues esa mañana trabajábamos juntos en el cultivo de la yuca. Estábamos cavando pequeños hoyos para la siembra. Algo me contaba y reía al hacerlo, y de pronto descubrí ese brillo en sus ojos, y entonces, como si una luz muy potente se hubiera encendido, recordé todo.

—¡Eras tú, ¿verdad?! —le pregunté conmocionado, y solté la pala que traía en las manos—. ¿Eras tú esa pequeña que me encontré en la selva? —insistí.

—Sí, Alejo, fui yo —me dijo con toda tranquilidad, dibujando una sonrisa que parecía expresar un «¡por fin!».

—¿Por qué en todo este tiempo no me dijiste nada?

La chica sopló un cabello que le caía en la cara, y sosteniendo en su mano un pedazo de tallo de yuca que estaba a punto de colocar en el hoyo que acabábamos de cavar, en un tono muy neutro, pero cálido a la vez, contestó:

—El olvido se te dio para que pudieras superar algo. No era yo quien tenía que entrometerse en tu proceso de curación.

—Siempre pensé que ese encuentro había sido una alucinación mía.

—Pues ya ves que no —dijo, acercándose para darme un abrazo.

De pronto me mareé: todo el pasado había llegado de golpe.

Abrí los ojos e inmediatamente sentí el gusto de la tierra en mi boca. Álvaro trataba de levantarme, pero ya no éramos tan jóvenes. Me incorporé para ayudarlo. La chica y él me llevaron a mi casa. Luana llegó corriendo para sanar mis heridas. Pero esas se habían abierto sin posibilidad de que se cerraran pronto.

Cuando estuve más tranquilo mis amigos me contaron lo que sabían. Aquel día en que yo me perdí en la selva fue terrible para ellos también porque creyeron que habían perdido a su pequeña hija. Después de haber pasado todo el día buscándola, esta llegó pidiéndoles ayuda para rescatar al extraño que había conocido cerca del Santuario de las Orquídeas. Los padres se alarmaron: ¿de dónde había salido el extraño?, ¿quién sería?… Se dirigieron al lugar que les indicó la pequeña, pero al llegar yo ya no me encontraba ahí: mis compañeros de trabajo me habían encontrado antes.

Álvaro y Luana no sabían qué pensar: su hija tenía una gran imaginación y una sensibilidad muy exacerbada… ¿lo habría imaginado?… Supieron que había sido verdadera la historia de la pequeña cuando, un par de años después, me encontraron. En cuanto la niña me vio me reconoció. Definitivamente, Yvy mar'e sería mi hogar: nunca nadie había aparecido ahí por casualidad dos veces.

Ya, acertaste: aquella pequeña niña era Natalia, la mamá de Nana.

Cuando les conté mi historia se conmovieron tanto que no fui el único que lloró: Álvaro, Luana y Natalia derramaron sus lágrimas junto conmigo. A ellos también les quedaban claras muchas cosas. Pero a pesar de la empatía que sentían hacia mí fue tremendamente difícil convencerlos para que me dejaran salir de Yvy mar'e. Necesitaba ir con urgencia a Iquitos a buscar mi casa, o lo que quedaba de ella. Les prometí que nadie me vería; me iría en la noche y sería sumamente cuidadoso. Prometí ni siquiera ir a ver a Thierry, aunque sabía que él podría ayudarme a esclarecer mi pasado. También estaba consciente de que la gente me daba por muerto; no quería espantar a nadie haciéndole creer que se le había aparecido mi fantasma.

Después de varias horas de discutir el asunto, por fin accedieron. Por supuesto, sería un secreto; ya el tiempo se encargaría de desvelarlo. El mismo Álvaro se ofreció a acompañarme: «Estás loco si piensas ir solo», dijo, y hacia Iquitos nos fuimos.

Volver tras mis pasos fue muy doloroso, te lo juro. Volver a sentir ese amor por Raquel… Recordar todo fue como revivir su muerte. Sin embargo, era algo que tenía que hacer.

No podía creerlo. La casa estaba ahí, en ruinas, tal como había quedado después del incendio, supuse. El amarillo de la fachada era ocre y el blanco, cenizo. Las puertitas de madera de las ventanas estaban casi consumidas en su totalidad; por supuesto, ya no había flores; solo quedaban cachos de macetas y tierra por aquí y por allá. Nadie se había atrevido a habitarla; quizá pensaron que yo podría volver un día, o les dio miedo. Las respuestas ya no importaban. Yo estaba ahí para rescatar lo que quedara de mi pasado con Raquel. Pero todo se había quemado; los restos de cenizas me lo demostraban. No había más vestidos, ni muebles ni cortinas ni el abuelo recargado sobre la pared, nada… Nuestras fotos, nuestros recuerdos, todo se había ido con ella. Pero asombrosamente el baúl estaba ahí; el precioso baúl tallado a mano en donde había sido encontrado el vestido de novia se hallaba intacto. Ni Álvaro ni yo podíamos creerlo: supimos que era un milagro. En medio de esa noche sin luna, entre los dos cargamos el baúl hasta Yvy mar'e: el único recuerdo de mi vida con Raquel.

Cuando regresé a la cabaña y vi el vestido se me aflojaron las piernas, una punzada se me clavó muy cerca del corazón y me cortó el aliento; caí de rodillas y lloré como no lo había hecho desde aquella terrible noche del incendio. Lloré todo lo que contuve ese tiempo que perdí la memoria; lloré porque me sentí culpable de haberla olvidado, de no haber podido hacer nada para salvarla. Lloré porque al recordarla la volvía a amar y sabía que viviría con ese amor para siempre. Fueron unos días terribles de tormentas e inundaciones.

Sin embargo, tenía que continuar. De alguna manera había encontrado una familia en aquel paraíso escondido. Cuando las aguas bajaron oculté el baúl con el vestido. No para olvidarla sino para que su presencia constante no me recordara lo que no pude hacer por ella. No hubo necesidad de pedirle a nadie que omitiera el tema; todos comprendieron, y nunca nadie lo volvió a mencionar.

El tiempo pasó y siguió pasando. Las yucas crecieron, nos las comimos y volvimos a sembrar infinidad de veces. Me salieron algunas arrugas en el rostro y en las manos, la barriga se me puso redonda y me empezaron a salir canas. El brillo de mis ojos, siempre yendo y viniendo, nunca se atrevió a quedarse: el recuerdo de la muerte inesperada de Raquel jamás se me fue del alma. Hasta que una mañana apareciste tú y la aventura más grande de mi vida comenzó.

ENTRECAPÍTULO
DOS

*Raquelita, ¿cuántos hijos quieres tener?... Ocho.
¡¿Ocho?!... Sí, mi amor, para que nunca te quedes solito.*

Raquel y Carmina

ESCUCHÉ SUS PASOS alejarse de mí. Su silencio quedó impregnado en aquel aire que yo ya no alcanzaba a respirar. La humedad ya no me tocaba, pero el frío se volvía insoportable. Un gran vacío me carcomía el vientre: tampoco había nada ahí.

¿La muerte?... Nunca pensé en ella; la sentía tan lejana como imposible. Sin embargo, ahí estaba yo sin poder llorar, inmóvil, inerte, amando más que nunca. Una luz suave y tenue empezó a acercarse; cuando la luz se intensificó cerré los ojos: no quería que me llevara, quería seguir al lado de Alejo, tenía que cuidarlo, ¿quién más lo haría sino yo?... Como pude me incorporé de aquella cama fría de hospital y salí tras el único amor al que le pertenecería eternamente.

Comencé a seguirlo. Estuve con él en cada momento, impotente, sin poder decirle que no me había muerto, que ahí seguía, que mi amor continuaba vivo, tan vivo como él. Pero no me escuchaba, nunca me escuchó. Mis intentos por hacerme visible fueron inútiles, necesitaba que se diera cuenta de mi presencia, pero no lo conseguí. También yo estaba confundida y desesperada, aquella situación era tan extraña... No conseguía comprender cómo era posible que no me viera, si yo estaba justo ahí, adonde él fuera, a su lado. Yo podía verme a mí misma, podía verme las manos, podía sentir la tela de mi vestido. ¿Por qué, entonces, Alejo no podía verme?... ¿En qué consistía la muerte?... Comencé a pensar que quizá la muerte era solo para los demás, porque yo me sentía tan viva como siempre. Tal vez un poco más ligera, con una sensación rara en el cuerpo: no lo sentía. No obstante, yo sabía que estaba ahí, o por lo menos tenía la ilusión de que mi cuerpo seguía conmigo. Aunque tal vez ya no estuviera, porque no había otra manera de explicar el cuerpo que claramente vi que guardaron en un ataúd y después enterraron varios metros bajo el suelo.

Intenté guardar la calma, lo único que me importaba en ese momento era Alejo; ya tendría tiempo de asumir mi condición. Porque si de algo estaba segura era de que jamás volvería a ser la Raquel de aquel cuerpo mitad francés, mitad español, que reposaba en aquella tierra peruana.

Vi a mi esposo llorar hasta que el cuerpo se le quedó sin agua; lo vi buscarme entre mis vestidos, lo vi salir de la casa faltándole el aliento. Lo seguí a Belén, lo vi beberse copa tras copa de Pisco hasta que perdió la razón y comenzó a hablar solo. Alucinaba. Estuve ahí cuando regresó y corrió a sacar mi vestido de novia del baúl. Lo vi prender velas por todos lados para aniquilar aquella oscuridad, sin importarle que las velas estuvieran cerca de las cortinas, muy juntas unas de las otras, en el suelo, sobre los muebles; él solo quería luz para contemplar el vestido. Lo abrazaba y lloraba sin poder contenerse, y yo ahí, con el alma rota, resquebrajada, sin poder ayudarlo, sin poder consolarlo. Las múltiples flamas de las velas comenzaron su candente ataque, todo empezó a arder: nuestros muebles, mis vestidos, nuestros recuerdos. Hice muchos intentos por sacar de ahí a Alejo, pero mi forma etérea me lo impidió. Como poseído salió de la casa, continuaba hablando solo, mas en ningún momento se desprendió del vestido. Tranquila de verlo salir, me encaminé detrás suyo, cuando de pronto noté el baúl. Continuaba con la tapa abierta, las llamas aún no habían llegado hasta él. Instintivamente corrí a protegerlo, sabía que ese baúl sería mi aliado para demostrarle a Alejo que yo seguía ahí. Lo abracé con mi cuerpo etéreo, sin saber si eso funcionaría, y no me aparté ni un momento de él. Solo lo hice cuando todo en aquella casa, mi hogar, se había convertido en cenizas. Fue entonces cuando me aparté del baúl y fui a buscar a Alejo, no sin sentir una profunda y muy honda pena.

Lo encontré inconsciente, tirado en el húmedo suelo de la selva, muy lejos de Iquitos. No me explicaba de qué manera había llegado hasta ahí. Me costó dar con él, pero tengo que admitir que mi nueva forma me permitió volar sobre las aguas del Amazonas e introducirme más fácilmente en la selva. Ya no tenía miedo de los animales, de los insectos; podía elevarme y buscarlo desde arriba, tuve momentos de verdadero placer, pero en cuanto empezaba a sentir un poco de felicidad recordaba la desdicha de Alejo y la culpa me hacía regresar. Yo amaba a mi esposo y no podría abandonarlo nunca. Lo encontré aferrado al vestido; me metí en él para sentir, por lo menos, la idea de su abrazo. Estuve con él hasta que dos hombres lo encontraron y se lo llevaron a su aldea.

Yvy mar'e me sorprendió. Era un lugar hermoso. Me hubiera gustado vivir ahí con Alejo, hubiéramos sido tan felices… Me alegraba por él, y yo lo seguiría cuidando por siempre. Pero el día que despertó fue el día más triste de mi vida —y de mi muerte—: Alejo me había olvidado por completo. Entonces yo también empecé a olvidarme de mí misma. Al principio comencé a ir detrás de él guiada por la inercia, por la costumbre, hasta que olvidé quién era yo, quién era él, qué hacía ahí, por qué nadie me veía y nadie me escuchaba, por qué no sentía ni hambre ni sueño ni frío ni calor, por qué nada me dolía, pero tampoco nada me alegraba, por qué no envejecía como los demás, por qué el tiempo se había detenido en mí, por qué. Me convertí en aire. Y así convertida en aire me fusioné con el Amazonas.

Me hice río, ceiba, ficus, lirio, helecho, orquídea, mariposa, delfín, guacamaya, hormiga, piraña, piedra, tierra, pero sobre todo, aire.

Una bola de fuego cayó sobre la selva. Un ruido ensordecedor despertó hasta a los muertos, entre ellos yo. Vestida de aire dejé que la intuición me guiara hasta aquel lugar en donde bailaban las llamas.

Espejos rotos, la luz de la luna en ellos, unos ojos azules, y en ellos, yo.

Así me descubrí, ese terrible accidente aéreo me despertó del letargo. Recordé quién era —o quién había sido— cuando vi todos esos cuerpos quemados, mutilados. El horror sacudió del fondo de mi ser la conciencia de saber que un día yo fui como alguno de ellos, que alguna vez tuve un cuerpo que había tenido vida y que por la mordedura de una serpiente ahora se encontraba entre el polvo y la tierra de aquella selva.

Los árboles ardían, las plantas, los insectos; el olor era insoportable, carne humana mezclándose con el olor del combustible, de los animales, del metal, del plástico, de la tela. Durante toda la noche escuché aquellos gritos que paulatinamente se fueron convirtiendo en murmullos. El silencio llegó con el amanecer. Una lluvia torrencial se había encargado de apagar el fuego en la madrugada.

Observé todo petrificada en un rincón. El miedo, el dolor, el asco me paralizaron. Simplemente fui una testigo inútil y silenciosa que dejó escapar los últimos suspiros de vida de aquellas almas que tuvieron la mala suerte de no morir instantáneamente. ¿Qué podía hacer yo?... Yo, que me había negado a abandonar la vida a pesar de estar más muerta que cualquiera de ellos. ¿Cómo podría haberles indicado el camino de la luz, cuando yo había cerrado los ojos para no dejar que su incandescencia me llenara de paz y dulzura?... ¿Qué podría haber hecho alguien como yo que se había convertido en aire, en nada?... Nada.

Y la nada siguió hasta que un tiempo después escuché un quejido muy leve que se confundía con el crujir de las ramas; era un sonido diferente, sin embargo, me parecía familiar. Con temor fui tras aquel quejido. Provenía del interior del avión, de una parte que había quedado casi intacta. Mientras avanzaba, el sonido se hacía más claro. Con mucho miedo seguí recorriendo el ruinoso pasillo, y de pronto mi vista se topó con aquel cuerpo pequeñito y maltrecho, pero con vida. Mi instinto materno rápidamente salió a relucir. ¿Qué hago?, ¿qué hago?, me repetía, desesperada, sin saber qué hacer. Muchas imágenes regresaron a mi memoria, recordé mi vida como enfermera, el hospital, los niños. Sí, pero entonces ¡yo estaba viva! ¡Por Dios! ¿Cómo iba ayudar a esta pobre criatura si mis brazos, mis manos, mis piernas eran de viento?... Lloré, lloré aire, alma y espíritu. Lloré más cuando recordé que con mi muerte también había truncado la vida de mi *bebe*. Las lágrimas siguieron fluyendo cuando la imagen nítida de Alejo regresó a mí cargada de un intenso amor. En eso, un jaguar saltó de detrás de uno de los asientos: tenía sangre en el hocico, parecía haberse dado un festín con alguno de aquellos infelices. Me asusté mucho, no podía permitir que le hiciera daño a mi niña. Sí, para mí, desde ese momento Carmina se convirtió en mi niña, mi pequeña, mi hija.

El jaguar sintió mi presencia, sus ojos amarillos, profundos, me miraron. Yo también lo miré fijamente. «Ni te atrevas», le dije, frenando bruscamente mis lágrimas. No sé de dónde me salió aquella fuerza, esa determinación que encrespó el lomo del animal. Salió huyendo. Me tranquilicé, mi papel de madre apenas empezaba.

Un poco más repuesta corroboré que no hubiera alguien más con vida. Pero no, todos estaban muertos, todos se habían marchado. Ahí no había nadie. Solo estábamos la pequeña Carmina y yo.

Estaba llena de cortaduras y moretones, tenía fiebre y deliraba. Me acerqué a ella y le canté canciones de cuna al oído. Su respiración se hizo más suave, comenzó a relajarse, y una idea me iluminó. Armada de voluntad, después de haberle prometido a Carmina, dulcemente, que la salvaría, corrí hacia Yvy mar'e. No perdería más el tiempo. Tenía que hacer que Alejo la encontrara: Carmina sería la hija que no le pude dar.

Cuando salí del avión me topé con el jaguar. Parecía esperarme, como si su instinto no le hubiera permitido marcharse, como si por un largo tiempo hubiera estado esperando a ese líder que lo ayudaría a cumplir su misión. La muerte y mi nuevo despertar me habían abierto la mente a pensamientos que en vida jamás se me hubieran ocurrido, pero en mi nuevo estado fluían sin que yo pudiera detenerlos. Era un conocimiento puro, tan simple como complejo. Lo miré fijamente a esos ojos amarillos e intensos que hablaban por sí solos. «Comprendo, no te haré daño si tú me ayudas», afirmé, segura de que aquel animal me entendía a la perfección. No fue hasta muchos kilómetros después que me di cuenta de que ahora tenía el poder de comunicarme con los animales. Me tranquilizó la idea de haber dejado a mi pequeña con un gran guardián.

Aunque Carmina estaba inconsciente yo estaba segura de que me escuchaba, algo me hacía sentir su presencia tan viva como la de cualquier ser. Mientras volaba hacia Alejo, yo le hablaba, la consolaba, le hacía creer que tomaba agua, que comía las frutas más dulces; a través de mi pensamiento la mantendría con vida.

Lo más difícil fue hacerle entender a Alejo que aquellas súbitas ideas no habían sido producto de su imaginación. El accidente había ocurrido muy lejos de la aldea, quizá en otro país, no lo sé, por lo que nadie en Yvy mar'e se había enterado, incluido él. Durante algún tiempo yo había intentado comunicarme con Alejo sin conseguirlo, después lo olvidé, pero el encuentro con Carmina me refrescó los recuerdos y mi intención se hizo más clara y urgente que nunca: ahora no me parecía tan importante hacerle saber a Alejo que él no había sido culpable de mi muerte, que yo estaba bien y que lo amaría siempre; ahora lo que apremiaba era que encontrara a Carmina, que la salvara. Ya llegaría mi momento.

No tenía ni la menor idea de cómo lo iba a hacer, no tenía a nadie para que me ayudara a averiguarlo, lo único que tenía era una determinación tan grande como el amor que sentía por esos dos seres. Recordé a mi madre, tan sumisa como intuitiva; me daba la impresión de que callaba porque en el fondo ella siempre sabía la verdad; detrás de esa mirada que parecía a veces triste se ocultaban las respuestas. En vida nunca la entendí, pero fue justo en ese momento, cuando las revelaciones se me presentaron con el sonido de su voz: «Raquelina, ¿por qué dudas?… Solo tienes que hacer caso de tu intuición». Guiada por eso que en vida nunca supe cómo usar, llegué a Yvy mar'e.

Mi intención nunca fue asustar a Nana, pero justo ella andaba de curiosa cuando yo entré. Se había metido sin permiso a la cabaña de Alejo. Él había construido una pared falsa para esconder el baúl, y por ende el vestido, pero esta pequeñita, haciendo gala de su increíble astucia, dio con el escondite, abrió el baúl y se midió el vestido. Bailaba con él arrastrándolo por toda la cabaña, se veía tan graciosa… Parecía no importarle que alguien la descubriera, lucía feliz sintiéndose como una princesa, cuando de pronto, al ponerse frente al espejo de cuerpo entero que Alejo tenía ahí, se llevó el susto más grande de su vida, el que le quitaría el habla por siempre.

Los espejos habían sido muy significativos para mí, y este no sería la excepción. Me paré enfrente de él y contemplé mi imagen, pero Nana no parecía percibirla; fue justo cuando ella se paró ante el espejo para verse con el vestido puesto que se me ocurrió. Por alguna razón ella no podía ver mi reflejo, y pensé que necesitaría materializarme de alguna manera. Me metí en el vestido. Al verse ella en el espejo, por fin mi imagen apareció. Mencioné su nombre muy bajito, ignorando si me escucharía, previendo no asustarla, pero el grito tan tremendo que pegó llamó la atención de los vecinos, dejándome saber el terror que sin querer le había causado. En un par de minutos varios hombres y mujeres abarrotaron la cabaña, entre ellos Alejo, que conmocionado le quitaba el vestido a la pequeña, exigiéndole que le explicara lo que había pasado. Nana no dijo ni una sola palabra. Nunca más volvió a hablar. Me afligí muchísimo, lo último que hubiera querido era lastimarla; nunca pensé que mis intentos por comunicarme con alguien para pedir auxilio para Carmina terminaran en semejante tragedia.

Aquel suceso conmovió mucho a Alejo; volver a ver el vestido le hizo recordarme, le hizo revivir el amor que nos tuvimos. Para mí también fue impactante y revelador verlo de nuevo. Estaba muy cambiado, había envejecido, sin embargo, yo seguía sintiendo al hombre del que me había enamorado. Aquella noche lloró abrazado al vestido una vez más, sin poder entender por qué tenía que haber sucedido aquello. Entre sollozos, Alejo hablaba, le hablaba al vestido, como si yo estuviera en él, y lo estaba, aunque él no pudiera percibirlo. Así me enteré de que ya tenía tiempo de que, al haber recuperado la memoria, había recuperado el amor por mí. Al amanecer concluyó que ese no sería el lugar para enterrar su dolor; arrastrando el baúl, sacó mi vestido de novia de Yvy mar'e y lejos, en la selva, lo enterró.

Ahí fue cuando empecé a susurrarle al oído que se dirigiera hacia donde estaba el avión. Le decía palabras lindas y suaves, tal como lo hacía cuando nos acurrucábamos en nuestra cama de Iquitos. Pero más de una vez insistió en regresar a la aldea. Yo insistí más; le decía que siguiera sus instintos; sabía que no podía escuchar literalmente lo que le decía, pero el suceso con el vestido lo había dejado tan sensible que esa misma sensibilidad había abierto la puerta de su intuición; del mismo modo yo había dejado que la mía fluyera. A fuerza de resistirse, y yo de persistir, se dejó llevar. Recordó la ocasión en que al perderse se encontró con la pequeña hija de Álvaro y Luand. En aquel momento desechó lo que la intuición le decía, por lo que esta vez, con un poco más de confianza, se aventuró en la selva.

Yo le iba indicando el camino: «Por aquí, mi amor», «Sigue recto», «Ahora a la derecha», «Sube a aquel bote, navega por el río», «Por favor, no te detengas». Él seguía mis indicaciones sin entender, diciéndose a sí mismo que estaba loco; sin embargo, su voluntad fue más dócil que su razón, y aun sin comprender por qué hacía lo que hacía se dejó llevar por lo que él llamó su «imaginación». Y mientras tanto mis pensamientos volaban hacia la pequeña Carmina, «Ya vamos», le repetía, «Ten paciencia», y continuaba cantándole las canciones que alguna vez Maruquita me enseñó. Al jaguar le pedía que me la cuidara, y sus ojos intensos aparecían en mi mente como diciéndome «No te preocupes, ella está bien».

Si alguien me hubiera contado esta historia cuando estuve con vida, jamás la hubiera creído posible. Ahora sé que la línea entre la vida y la muerte es muy delgada, y que tanto en la vida como en la muerte hay magia.

Por fin, dos días después, por la mañana, Alejo y yo llegamos al lugar del accidente. Mi amado esposo no podía creer lo que veía. El espectáculo era terrible, no solo por los destrozos del avión, sino por el olor a descomposición que emanaba de los cadáveres mutilados. Alejo tuvo que vomitar un par de veces y recuperar las fuerzas para entender por qué estaba ahí.

Tapándose la boca caminó entre los pedazos de todo lo que un día tuvo forma. No vio al jaguar; este, antes de que llegáramos, advirtió nuestra presencia y se marchó. Guiado por su presentimiento y después de corroborar que afuera todo lo que podía encontrar era muerte, subió a los restos del avión. Carmina seguía con vida, inverosímilmente seguía con vida. Alejo se acercó a la pequeña con miedo, con tristeza, con ternura, confundido. Estaba acostadita en lo que habían sido dos asientos. Dormía. Su piel blanca lucía grisácea por la cantidad de moretones, su pelo lacio de un castaño oscuro estaba enmarañado. Y a pesar de su mal estado, sus labios seguían siendo de color carmín. Ahí supe que se llamaba

Carmina; sus padres no habrían podido elegir mejor nombre que ese. Más adelante, Alejo se sorprendería al conocer el verdadero nombre de la pequeña. Empezó a creer que había algo más allá de la pura «imaginación», porque él ya la llamaba así.

Alejo se inclinó para percatarse de su respiración, y aunque era apenas imperceptible, fue suficiente para confirmar que aún continuaba con vida. Llevado por un impulso, venciendo todos los temores, Alejo la cargó en brazos. La pequeña pareció despertar, y entre el sueño y el delirio pronunció las palabras que le cambiarían la vida a mi amado esposo: «Papito, ¿ya llegamos?».

Alejo tuvo que hacer un esfuerzo para no caerse de la emoción. Caminó con Carmina en brazos sin detenerse hasta que llegó a Yvy mar'e, cruzó toda la aldea, todas las casas, de las que los habitantes salían extrañados al ver la escena, hasta que llegó a la casa del holandés, el médico de Yvy mar'e.

Pasaron varias semanas para que la pequeña se recuperara. Si hubiera sido por Alejo, no se habría despegado de ella por ningún motivo, pero a insistencia de Álvaro y Luana algunas veces accedía a dormir o a comer. De manera tan natural como espontánea Alejo asumió su rol de padre primerizo: a cada momento comprobaba la respiración de Carmina, al mínimo ruido despertaba de su letargo para confirmar que la pequeña estuviera bien, cuidaba cada detalle del proceso de sanación. En Yvy mar'e todas las enfermedades se trataban de forma natural; la homeopatía, la herbolaria, la acupuntura y el ayurveda habían sido llevados a la aldea por médicos que a pesar de tener bases científicas estaban convencidos de que en la naturaleza se encuentra todo lo que el ser humano necesita para estar sano. Ya algunos de ellos presentían las catástrofes que podrían traer en el futuro el exceso de químicos y antibióticos en el cuerpo. Sin embargo, hasta ese momento nunca nadie había necesitado de cuidados extremos o medicinas especiales, nadie, hasta que Carmina llegó y cambió el rumbo de los habitantes de ese paraíso perdido en el Amazonas.

Carmina llegó casi inconsciente al consultorio del holandés; en ese estado, la medicina homeópata no podía hacer mucho por ella. Ni siquiera Luana y Natalia, con toda su sabiduría chamánica ancestral, confiaban en sacarla rápidamente del trance. Y para esos momentos el tiempo era el que dictaba el destino.

Alejo estaba desesperado, «Hay que llevarla al hospital de Iquitos», repetía una y otra vez, pero el resto de los aldeanos se opuso; era imposible, estaba prohibido, nadie podía salir de Yvy mar'e, nadie podía poner en peligro el conocimiento de su existencia.

La vida de Carmina peligraba, Alejo tenía que tomar una decisión.

No tuvo mucho tiempo para pensar; esta vez no dejaría que esa vida que estaba en sus manos salvar se le fuera, no cometería el mismo error que conmigo, así se lo externó a sus amigos. Me dolió mucho saber que mi esposo sentía una culpa tan grande. En un arrebato, tomó nuevamente el frágil cuerpo de Carmina, y, sin decir nada, se dirigió a Iquitos. Luana y Álvaro intentaron persuadirlo, pero la mirada de Alejo bastó para que entendieran el dolor que habitaba en su alma. Ellos no solo comprendieron, se fueron tras él para apoyarlo.

—Vas a necesitar un plan, tío —le dijo Álvaro a Alejo, al mismo tiempo que tomaba la mano de su mujer.

—No sé cómo, pero te ayudaremos. —Luana completó la frase inicial de su marido haciéndole ver que no solo lo apoyaba, sino que confiaba en él.

Los cuatro marchamos a Iquitos con la intención de salvarle la vida a esa pequeña niña que nos había caído del cielo.

Fue un milagro. Eso es lo que todos los médicos del Hospital de Apoyo Iquitos exclamaron cuando vieron la extraordinaria recuperación de la única sobreviviente del terrible accidente aéreo.

Álvaro y Luna se hicieron pasar por extranjeros que estaban de excursión en el Amazonas y que habían conocido al ermitaño que vivía en la selva cuando se encontraron en el lugar del accidente. El ermitaño, por supuesto, era Alejo. Habían pasado más de treinta años desde que abandonara Iquitos, mucha gente que nos conoció ya no estaba, incluso algunos habían muerto, pero otros seguían sus vidas como si el paso del tiempo no hubiera sido lo suficientemente imperturbable. El director del hospital fue uno de ellos. No reconoció a Alejo al instante; su ceño fruncido y su mirada indagadora me hicieron pensar que intentaba por todos los medios recordarlo. Pero como el caso apremiaba no se detuvo a averiguar, lo importante en ese momento era salvarle la vida a la valiente pequeñita.

Las primeras setenta y dos horas fueron decisivas. Carmina se aferraba a la vida; no se daba cuenta de que se había quedado sola en el mundo. Cuando la noticia recorrió todo el país y nadie acudió a reclamarla supo que su destino era ser huérfana. Por supuesto que no lo advirtió, porque ni Alejo ni yo lo permitimos. Tal vez sus verdaderos padres no estarían más con ella, pero el destino nos había enviado a nosotros dos, a mi amado Alejo y a mí, a suplirlos. Sabíamos que Carmina siempre llevaría en su corazón ese hueco que llevan todos los que han sufrido a temprana edad la pérdida de los seres que les han dado la vida, pero el resto sería colmado por todo el amor que nosotros le daríamos, sin importar que parte de ese amor viniera desde la invisibilidad que me provocaba la muerte.

Cuando Carmina estuvo del todo bien, caí en la cuenta: había encontrado el modo en que me comunicaría con Alejo; pero estaba enterrado muchos metros bajo la tierra húmeda de la selva.

ENTRECAPÍTULO
TRES

Mi amor, estoy muy contenta. ¿Ah, sí?, ¿por?... ¡Tuve un día fantástico en el hospital! Ya, pues cuéntame... Le salvamos la vida a una niñita. La hubieras visto, pobrecita, llegó tan malita, de verdad parecía que estaba por abandonar este mundo. Lo que más tristeza me daba eran los papás: era su única hija. ¿Y, entonces, cómo fue, cómo se salvó? Ah, pues porque gracias al cielo la pudimos atender a tiempo; rápidamente entró al quirófano y el doctor Yupanki, el cusqueño, la operó sin chistar. Al principio yo temblaba por la conmoción, sigo sin poder acostumbrarme a las emergencias, pero a él, las manos no le temblaban ni un poquitito, el bisturí se movía firme y seguro. Me contagié de su seguridad y seguí sus indicaciones con igual precisión. Y la chiquita salió bien librada. Me da mucho gusto, Raquelita, me encanta verte tan contenta.

¿Sabes, mi amor? Tengo el presentimiento de que algún día nosotros tendremos una niña. Ya, ¿tú crees?... No solo lo creo, ¡estoy segura! Bueno, seguramente de los ocho hijos que quieres tener alguno tendrá que ser niña, ¿no?... ¿Acaso te estás burlando de mis habilidades intuitivas, corazón? Para nada, amorcito... No te rías, qué malo eres. Búrlate, anda, pero algo me dice que esta niña será muy especial. Ya lo verás.

SEGUNDA PARTE

Carmina

—¿QUÉ ES ESTO, papito?

—Se llama estetoscopio, princesa.

—Ah… ¿y para qué sirve?

—Para escuchar el corazón.

—¡Qué padre! ¿Me lo regalas?

—¿A poco mi princesa quiere ser doctora?

Entonces mi papá me alzó en sus brazos y comenzó a darme de vueltas. Recuerdo que nos reímos muchísimo. Eso es todo. Era yo muy chiquita.

Un día antes de subirnos a ese avión acompañé a mi papá al hospital. El edificio era *grandazo*, me parecía un gigante que dominaba el panorama y que en cualquier momento podría agacharse para devorarnos. Apreté su mano: sabía que junto a él nada me pasaría.

A pesar de haber nacido entre aquellos edificios, la Ciudad de México me intimidaba; mis papás se las veían negras para sacarme de la casa. Tenían que prometerme montones de dulces o idas al cine para convencerme de salir. Había algo en las multitudes, en los rascacielos que me angustiaba. No sabía por qué, mi memoria no llegaba a tanto, pero cuando algunas veces aquellas imágenes venían a mi mente, revivía ese sentimiento y se me revolvía con el recuerdo de mis padres.

Aquel día, ese *aparatejo* que tantas veces había visto colgado alrededor del cuello de mi papá llamó mi atención. Me encapriché con él; hice tal berrinche que logré que me lo regalara. Durante el viaje mi mamá no consiguió que me desprendiera de él ni dormida. Mi sensibilidad extrema empezaba a darme avisos.

Eso es todo lo que recuerdo antes de Iquitos, Yvy mar'e y de Alejo. Eso y el momento exacto en que me di cuenta de que existía. Tenía tres años, estaba aprendiendo a abrocharme las agujetas de los zapatos. Una neblina se fue esfumando hasta dejarme ahí, sola, en silencio, con la luz del sol clarísima y la laboriosa tarea de atarme los zapatos.

Por eso, siempre supe que Alejo no era mi verdadero papá. Pero mi cariño por él era así, como el de una hija a su padre.

El viejo estetoscopio seguía colgado de mi cuello, igual que cuando era niña. Sin embargo, no lo usaba más para jugar; los juegos se convirtieron en asunto

160

serio cuando comprendí que mi misión se encontraba en la de sanar vidas. Alejo lo salvó de entre los escombros, igual que a mí. Y no sería la última vez.

LIMA

Fue la misma carrera la que me curó; con tanto que hacer, con tanto que estudiar, empecé a olvidar la mascarilla, hasta que un día no la necesité más. Aunque al principio me costó adaptarme a mi nuevo hogar, poco a poco todo se fue poniendo en orden.

Mi vida en Lima era alucinante. La carrera de Medicina me tenía loquita, y cuando no estaba en el hospital me la pasaba durmiendo porque terminaba muerta después de las largas horas de guardia. Pero no me quejaba, la medicina era mi pasión: ¡por fin estaba haciendo lo que tanto deseé! Convencer a Alejo para que me dejara salir de Iquitos fue una labor titánica; no tenía cara para andar de quejosita.

Sin embargo, a pesar del paso del tiempo me seguía sintiendo intimidada por las grandes ciudades, y Lima, después de haber sufrido los años de terrorismo, con sus coches bomba que tanta destrucción dejaron, renacía con modernas construcciones por todos lados. Por lo que antes de convencer a nadie, primero tuve que convencerme a mí misma de que eso era lo que quería de todas maneras y no dejar que mi irracional temor a las metrópolis me apartara de mi misión. Me armé de valor y de una buena máscara de oxígeno, y así, cada vez que me entraba la angustia o el mareo me la llevaba a la cara, respiraba profundamente y me sentía mejor. Ni cuenta me di cuando no la busqué más en la bolsa; creo que pasaron semanas para que me cayera el veinte: había estado demasiado ocupada.

Estudiar Medicina no fue tarea fácil.

El primer año fue la muerte. Bueno, casi, si no morí fue porque era muy pesada y orgullosa. No me veía regresando a Iquitos con mi cara de fracasada. Tampoco estudiando las hierbas y las flores al lado del viejo Nieck Zondervan. No es que no creyera en su práctica, todos en Yvy mar'e, incluida yo, confiábamos plenamente en nuestro médico. A mí misma me curó de un montón de tonterías aquel seco holandés de gran corazón. Sí, porque eso son las enfermedades, tonterías que nosotros mismos fabricamos. Claro, eso no me lo creía nadie, pero yo sabía que era así. Siempre lo supe, era como una corazonada, que no sabes por qué es aunque muy dentro de ti sabes que es verdad. Pero yo quería salir de Iquitos, sobre todo, quería seguir el legado de mi papá. Y la verdad es que era bien curiosa y quería saber todo. Pobre de Alejo, cuántos momentos embarazosos no le hice pasar con mis constantes preguntas acerca de todo. Porque yo quería saberlo todo, todo. Y si algo siempre me causó mucha curiosidad era precisamente el cuerpo humano.

Un año entero estuve de rogona, hasta que por fin, un día, mi viejo accedió. No es que Alejo no quisiera que yo estudiara, lo que no quería era que me separara

162

de él. Me lo dijo una noche después de haber estado discutiendo toda la tarde y en la que terminé gritándole, sin querer, que él no era mi papá. Me arrepentí en el mismo instante, pero en vez de pedirle una disculpa me encerré en mi cuarto. Sentí tal impotencia ante su negativa… Me dolía que no comprendiera lo importante que era para mí. Cuando tocó a mi puerta más tarde, las emociones se me atoraron en la garganta. Lo bueno fue que se acercó muy cariñoso conmigo, se sentó a los pies de mi cama y bajó la guardia. «Discúlpame, amorcito, no me había dado cuenta». No esperé a que me dijera nada más, me lancé a su cuello y lo abracé todo lo que pude, le pedí disculpas y le dije que era el mejor papá del mundo. Entonces me lo dijo, entendía que no podría forzarme ni obligarme a seguir ahí con él como si tuviera cuatro añitos, ya tenía diecisiete, pronto sería mayor de edad y sería libre de ir adonde quisiera. Y ya conocía él mis ímpetus. Si aquello iba a ser así, entonces mejor que tuviera su bendición.

Él mismo me llevó a Lima, me llevó de tiendas, en donde compramos todo lo que iba a necesitar los primeros meses. Me instaló en una pensión en San Borja, en donde estuve solo seis meses antes de mudarme con Mila (ella también estudiaba Medicina, nada más que iba un semestre arriba de mí). Era una casa grande, limpia, tenía ya sus años, y se notaba que en alguna época había sido bonita. Doña Diamantina la conservaba tal cual como cuando su esposo vivía, que en paz descanse. No pude evitar sonreír cuando a la viuda le brillaron los ojitos al ver a mi papá. Pero él ni por enterado se dio. Se limitó a saludar amablemente, a pagar y despedirse, «Encantado de conocerla, señora». Creo que las emociones lo sobrepasaban, no solo dejaba a su única hija sola en aquel lugar, también volver a Lima lo había afectado. No me lo dijo, pero ni falta que hacía. Nos despedimos en la acera, con la puerta del taxi abierta, «Cuídate mucho», balbuceó. No pudo aguantar más y lloró desconsolado, como si nunca más me volvería a ver. Nos abrazamos. Yo también lloraba y al oído le decía que lo quería con toda el alma y le di las gracias una y otra vez, querido papá. A él ya no le salieron las palabras. Me soltó, sacó un pañuelo azul con rayitas blancas de su saco, se secó los ojos, y mientras subía al taxi me sonrió. Ay, mi viejito. No podía ocultar que a mí también la separación me dolía mucho, pero al mismo tiempo estaba feliz por lo que me esperaba.

No tenía idea de que me esperaba una paliza al orgullo. En la escuela de Iquitos yo era la mejor. Aquí resulté ser un piojo entre el montón de cerebritos que asistían a la facultad. Fue un *chancacazo* de miedo.

El primer examen que presenté fue el de Biología celular y molecular; fue la perdición. No entendía nada, pasaba las hojas y me preguntaba: «Pero, chica, ¿esto está en chino o qué?». Por supuesto, el resultado no se hizo esperar: mi primera nota fue un menos uno. El profesor, al no encontrar una nota menor decidió que un menos uno sería justo.

Lloré mucho ese día. No le hablé a Alejo, no quería decepcionarlo; no recuerdo haberme sentido nunca tan sola y perdida. Extrañé a Nana; cuando éramos niñas escuchaba mi parloteo sin la menor queja. Era curioso, la extrañaba a ella y no a mis compinches del colegio con quienes había pasado los últimos años. Ahí estaba yo sola con mi sueño hecho pedacitos por una maldita nota que decía que yo no tenía idea alguna de lo que implicaba la Medicina.

Era muy dramática; mis amigos me decían que en vez de haber estudiado Medicina debía haber sido actriz de telenovelas mexicanas. Al principio me molestaba, pero después nomás me reía.

Fue una lección grande para mí; tal vez en Iquitos yo habría sido la mejor, pero el mundo no era Iquitos, y si quería ser parte del mundo tenía que ponerme pilas. Me puse a estudiar como loca. No me importaba no dormir o incluso no comer. Eso sí, me quedaba dormida en todos lados: en el autobús, en clase, en la cafetería. Bajé como tres kilos en un mes, pero mi orgullo era el que me mantenía arriba, mi orgullo y los litros de café y montones de picarones que consumía. Ningún profesor, ni siquiera el doctor Galimberti, el más perro de todos, volvería a inventarme una nota tan baja en vista de no haber una peor.

Pero el asunto no terminó ahí ese primer año, no solo recibí una paliza en el orgullo, sino que casi me muero del susto, cuando, a finales del segundo semestre, viví la experiencia más espeluznante de mi vida.

Ese día me había quedado hasta tarde estudiando los huesos que forman el cráneo con el doctor Quispe; al día siguiente presentaría el examen final de Anatomía, una de las materias más pesadas. Me le pegué como lapa al doctor para que se apiadara de mí y «huesito tras huesito» me explicara el asuntillo. Específicamente estábamos enfocándonos en aprender sobre el temporal.

—Doctora Carmina —me gustaba cómo sonaba mi nombre acompañado del «doctora». Esa costumbre de «doctorear» a los alumnos desde el principio de la carrera me hacía sentir VIP: *very important person*—, vaya por favor al anfiteatro y traiga un temporal. Dígale a don Élmer que yo la mando y que mañana yo mismo se lo regreso —me dijo el doctor Quispe, sin ni siquiera voltear a verme, como si me pidiera que fuera a la cafetería a traerle un café.

Cerró el libro con ilustraciones y fotografías de cráneos en el que apoyaba sus lecciones. Se dirigió a su escritorio.

—¿Ahora? —le pregunté, y sentí que se me aflojaron las piernas— es que está a punto de oscurecer.

—¿Y qué? —Sonrió maliciosamente y fijó sus ojos en los míos— ¿no me diga que le tiene miedo a un montón de huesos?

Redondito, mi orgullo cayó en su juego.

—Por supuesto que no, doctor, cómo cree. Pero ¿es que no cierran ahora…?

—Y si se sigue tardando lo encontrará cerrado, y eso, me temo mucho, coleguita, no le beneficiará en sus notas finales. —Se pasó los dedos por el bigote. Me recordó a los villanos de las películas.

¿Acaso el doctor me estaba manipulando...?

Al toque nomás[5] ya estaba en el anfiteatro.

Don Élmer no aparecía por ningún sitio. Le grité, me asomé a su pequeña oficinita, pero nada, ni luces del viejo. Como no pensaba demorarme, decidí entrar rápidamente a buscar el dichoso temporal. Un día antes habíamos hecho una visita con mi grupo y el doctor Quispe nos había contado cómo don Élmer y sus ayudantes, después de disecar los cadáveres separaban los huesos, los limpiaban, los pulían, y al final los volvían a unir, colocándolos a modo de esqueletos. De esta manera, tanto los estudiantes como los maestros teníamos acceso a esas partes del cuerpo sin tener que recurrir, como en otros tiempos, al robo de cadáveres en los cementerios (práctica común entre los estudiantes de Medicina de entonces). Por cierto, de ahí surgieron un montón de leyendas urbanas. La cuestión es que gracias a los cadáveres que nadie reclama y que llegan a los anfiteatros de las escuelas de Medicina, los estudiantes pueden estudiar un fémur, una rótula, un temporal, etcétera. Qué penita por Miguel Ángel Buonarroti, si hubiera nacido en este siglo él tampoco se habría visto en la necesidad de ultrajar tumbas en aras del arte. Mira que hay que estar loco —o ser un gran artista,

[5] Al momento, de inmediato.

aunque es casi lo mismo—, para irse tras los muertitos con tal de estudiarles los músculos y las entrañas.

Me dirigí al lugar en donde recordaba que estaban colocados los esqueletos. Don Élmer seguía sin aparecer.

A la entrada había tres planchas en las cuales descansaban tres cuerpos desnudos, seguramente recién llegados, y quizás en espera de que alguien los reclamara: una mujer rubia, a la que le colgaba la melena; un hombre tan alto que los pies se salían de la plancha, y otro más con semejante barriga. El olor intenso y penetrante me hizo lagrimear. Unos pasos más adelante estaban los pozos en donde se pone a los cadáveres a nadar en formol. En las paredes había huecos, a modo de estantes, que contenían frascos con fetos y órganos. No había ventanas. La escasa luz del único foco existente, yo creo que de solo 10 watts, apenas alcanzaba a iluminar aquella parte del anfiteatro. Quise apurarme para salir lo más pronto posible, pero las piernas no me respondían. Aunque ya había estado antes ahí, y la impresión de ver cadáveres y partes que algún día fueron de un ser humano como yo es muy fuerte, no se comparaba a estar sola en esa sala llena de muertos. El silencio me aplastaba.

Caminé lentamente intentando llegar hasta donde se encontraban los esqueletos, cuando de pronto escuché un chirrido y la luz de aquel solitario foco se apagó. Don Élmer había cerrado la puerta del anfiteatro.

Me paralicé. Me quedé sin voz. No podía gritar, casi no podía respirar, simplemente no me podía mover. Me quedé ahí sin decir y sin hacer nada, el terror me consumía. Ni siquiera pensé si traía conmigo o no el celular; pasaron varios días para que eso se me ocurriera. No sé cuánto tiempo transcurrió, quizá solo algunos minutos, aunque para mí fue una eternidad. Y justo cuando sentía que me moriría, escuché que alguien gritaba mi nombre desde afuera. La débil luz se prendió, vi la imagen de un hombre alto viniendo hacia mí y por poco me desmayo pensando en que uno de los muertos de la plancha se había levantado. «No te asustes», me tranquilizó. Y me tomó de la mano para ayudarme a salir de la penumbra. Su mano era cálida, no quería soltarla, pero lo hice en el momento en que me di cuenta de que era la mano de un desconocido, *churro*,[6] pero desconocido. Él, comprendiendo mi confusión, la llevó hacia mi hombro para ayudarme a seguir caminando. No es que estuviera inválida, pero el susto me había dejado lela. Apenas avanzamos unos pasos por el pasillo el doctor Quispe apareció: venía caminando deprisa, los pocos pelos de la cabeza se le paraban, me pareció ver su rostro descompuesto, la sonrisa maliciosa había desaparecido. Intercambiaron palabras, se despidieron, el chico se despidió de mí; todo sucedió tan rápido, que yo, que apenas me recuperaba del trauma, no tuve ni oportunidad de darle las gracias. Además, me pareció que tenía mucha prisa porque se fue corriendo.

—Buen chico el doctor Santiago, ¿*nocierto*…? —me preguntó el doctor Quispe, al tiempo que me

[6] Guapo.

169

tomaba la mano, para cerciorarse de que mi pulso estuviera normal. Aunque no lo admitió, supongo que se sintió un poquitín culpable.

Santiago… Lindo nombre. Muy muerta del susto, pero mi corazón empezaba a latir otra vez.

Salimos del anfiteatro y el doctor Quispe me invitó a comer algo en la cafetería del hospital. Quería que me recuperara y contarme lo sucedido.

Resulta que esa misma noche, Santiago salía para Estados Unidos, en donde estaría de intercambio durante las vacaciones en el Hospital Infantil de Houston. Había ido a despedirse del doctor Quispe; en el camino se topó con don Élmer, que iba muy apurado a resolver un asunto crítico en su casa. Santiago comentó con el doctor la lamentable situación del viejo, y fue ahí donde el doctor se dio cuenta de mi tardanza. Santiago, sin siquiera pensarlo, salió corriendo. Afortunadamente encontró a don Élmer a tiempo para que le diera las llaves del anfiteatro, y así pudo sacarme de ahí antes de que me diera un síncope.

Yo sorbía mi mate de coca con anís por lo caliente que estaba, y escuchaba atenta la explicación del doctor. Sí, lamentablemente fue un momento horroroso, pero para entonces ya estaba pensando que quizás había valido la pena.

Aunque apenas lo vi un momento, Santiago me impactó. Mientras caminaba con su mano sobre mi hombro para salir de aquel lugar yo intentaba adivinar cómo ese hombre había llegado hasta mí justo en ese preciso instante. Se me ocurrieron varias ideas, pero lo único que no cambió fue el hecho de que Santiago, sin importar la razón, corriera para auxiliar a una desconocida. Para mí, eso no fue un simple detalle.

Terminé mis clases, aprobé todos mis exámenes, incluido el de *Anato,* me fui dos semanas a visitar a mi papá a la selva, regresé a Lima para aprovechar las vacaciones y seguir estudiando; no supe nada de él en ese tiempo. De repente lo recordaba y me entraba como una nostalgia y los «y si hubiera» se me presentaban para fastidiarme. Pero prontito me los espantaba, encogía los hombros, suspiraba y seguía con lo que estuviera haciendo: escuchar hablar a mi papá sobre las cosas que pasaban en Yvy mar'e; estudiar por centésima vez las láminas y dibujos de las estructuras de los tejidos del libro de Histología, para ver si por fin aprendía a diferenciar el intestino grueso del delgado; salir con Mila, Álex, Rossana y Juanco algún sábado por la noche al bar de moda (aunque esto último rara vez ocurría); si algo aprendí desde muy pequeñita fue a no vivir en el pasado. Disfrutaba mis días al máximo. Y de pronto, ahí por el segundo mes de vacaciones, una mañana, en mi Facebook encontré una solicitud de amistad. Sonreí. Miré su foto de perfil una y otra vez, por fin podía definir los rasgos de aquel rostro que ya se me había desdibujado. Era muy guapo. No recordaba que sus ojos y su pelo fueran tan claros, parecidos al color de la miel (cómo iba a hacerlo si lo vi con tan escasa luz). Lucía feliz con su bata blanca de médico. En su foto de portada Santiago aparecía con sus compañeros y algunos doctores, posando frente a la fachada principal del Hospital Infantil de Houston. Sobresalía entre ellos, no solo por lo *churrazo,* sino por lo alto; el gringo parecía él.

No sé por qué no confirmé su solicitud en ese mismo momento, tal vez por hacerme la interesante, por no darle tanta importancia. ¿Santiago? ¿Qué Santiago…? Cinco horas más tarde no aguanté más e hice clic. "Carmina es ahora amiga de Santiago y tres personas más". Me puse feliz. ¿Cómo dio conmigo…? Muy fácil de averiguar: los dos teníamos como amigo en común al afamado doctor Quispe.

Esperé todo el día a que se pusiera en contacto, pero nada. Fue hasta el día siguiente, al mediodía.

«¡Carmina! ¡Hola!», apareció en mi *inbox*. «Qué gusto. Hasta ahora he podido contestarte. Me tocó guardia y una noche muy movida. ¿Tú qué tal?, ya no estarás jugando con huesitos, ¿ah?».

En ese momento me encontraba justo en la computadora. Inmediatamente le contesté:

«¡Hola, Santiago! Ja, ja, ja. No, para nada, cómo crees. Semejante susto. ¿Qué tal Houston?».

Conversamos mucho rato, se me olvidó almorzar y casi pierdo una clase. Me tuve que ir corriendo y rogarle al profesor que me dejara entrar. Creo que la sonrisa de oreja a oreja que llevaba encima lo contagió, porque sin hacer muchas averiguaciones me dejó entrar nomás.

Solamente habían pasado veinte minutos desde que habían retrasado el vuelo a Iquitos, pero yo sentía como si el tiempo se hubiera detenido a propósito para darme chance de recordar todo lo que había vivido en Lima y que se había ido. No sabía cuánto tiempo más iba a esperar, me levanté del asiento y me fui a curiosear por ahí.

*** *

No recuerdo el accidente, tampoco cuando salí del hospital. Me contó Alejo que cuando recobré el sentido me asusté mucho. Cuando no reconocí a ninguna de las personas que estaban conmigo empecé a gritar por mis papás; como estos no aparecían mi llanto y mi desesperación se hicieron inconsolables. Además, no quería que nadie me tocara. Una enfermera regordeta y amable, ayudada por otra, tuvo que ponerme un calmante porque estaba muy alterada y podía afectar mi recuperación.

Alejo no sabía qué hacer. Pasó día y noche a mi lado, pero yo apenas lo miraba. Se le partía el corazón verme tan enfadada y triste. Además, era tan pequeña que no podía explicarme lo que había pasado de manera que yo pudiera entender. Pero, ¿cómo una niña de tan solo cuatro años iba entender que se había quedado huérfana?

Como nadie me reclamó, Alejo me llevó a vivir con él mientras se resolvía mi asunto.

Todo pareció indicar que estaba sola en el mundo y que mis únicos parientes habían perdido la vida en ese accidente. Me adoptó legalmente en cuanto pudo. Alejo sintió algo muy profundo por mí desde el momento en que me encontró toda maltrecha en los restos del avión, según me contó Natalia tiempo después. Su corazón se llenó de una ternura desconocida para él en cuanto me cargó. No sabía ni cómo tocarme para no hacerme más daño. Y mientras cuidaba de mí en el hospital, mientras los días pasaban y yo me iba recuperando, de alguna manera supo que yo sería su hija. Aunque el comienzo no fue nada fácil, como la misma Luana me lo haría saber años más tarde.

En el instante en que estuvimos solos en la casa, yo corrí a esconderme en un clóset. Estuve ahí durante todo ese día y toda la noche, no quise comer ni tomar agua. Alejo estaba recontrapreocupado. Álvaro y Luana llegaron para ayudarlo, pero solo consiguieron asustarme más. Fue la terrible sed que sentí la que me sacó de mi guarida a la mañana siguiente. Él se había quedado dormido en el suelo, esperándome; cuando salí, me acerqué a él con mucho cuidado y con mi *manito* lo toqué en el hombro.

—Me das agua, por favor —pedí con mi vocecita, y tan educadamente como mis papás me habían enseñado.

Alejo se despertó. Hizo un esfuerzo para no sobresaltarse y con cariño respondió:

—Claro que sí, amorcito. ¿Me esperas aquí o me acompañas a la cocina…? —Alejo deseó con todas sus fuerzas que me decidiera a acompañarlo, pero yo aún no estaba lista.

174

—Te espero aquí —y me abracé a la puerta del clóset.

Junto a ese clóset Alejo y yo compartimos nuestro primer almuerzo.

Los días pasaron y el miedo se me fue quitando poco a poco. Me fui acostumbrando a aquel hombre que parecía buena gente. Algunas noches me despertaba llorando, muy sobresaltada, y él llegaba corriendo hasta mi cama para consolarme.

—Son solo pesadillas, preciosa. No pasa nada, todo está bien —me pasaba la mano por el pelo. Y yo me abrazaba fuerte a él y le pedía que no me dejara sola.

No sé en qué momento empecé a verlo como mi papá. Nunca olvidé del todo a mis verdaderos padres; aunque era muy pequeña algo del amor que seguramente me dieron se quedó en mí, porque cada vez que sus nombres llegaban a mi mente una ternura inexplicable me conmovía, algo así como un abrazo largo y cálido. Sin embargo, Alejo se ganó mi cariño de una manera que me resulta difícil de explicar. Para mí él es mi papá, mi viejo. Ahora pienso, reflexionando en cómo se dieron las cosas para mí, en lo asombroso que es el sentimiento que podemos llegar a experimentar unos por otros, cuando la encargada de escogernos no ha sido la biología, sino nosotros mismos, a consecuencia de los pormenores que la vida nos presenta. Los lazos de sangre son fuertes, pero los lazos del amor incondicional, el que nace de la libertad de elegir, pueden serlo aún más. Yo no pedí que sucediera aquel accidente, y mucho menos perder a mis padres; elegí a Alejo desde el momento en que mi pequeño corazón empezó a sentirse contento con su presencia.

Mi primer día de jardín fue todo un suceso. Había pasado más de un año desde el accidente y ya me había acostumbrado a vivir con él y su rutina: todas las mañanas nos despertábamos tempranito (Alejo era muy madrugador), y después de desayunar salíamos a caminar por la selva. Mientras andábamos por ahí, entre los árboles y los riachuelos, haciéndose el misterioso me hacía prometer que no le diría nada a nadie de nuestras salidas secretas, porque si alguien se enteraba entonces ya no iba a poder visitar a Nana. ¡Ufff!, para mí eso era lo peor, pero yo era muy chiquita, y más de una vez se me escapó delante de la gente. Alejo armaba unos rollazos para salir del apuro. Me encantaban esos paseos con él, su conversación, y ese halo de misterio que hacía el triple de interesante nuestro recorrido. Y lógico, la selva en sí era ya toda una aventura; ese mundo de insectos imposibles, plantas frondosas y animales enigmáticos era recontraemocionante.

Alejo se asombraba de que no me diera miedo ninguno de aquellos bichos. El que se moría del susto era él, entraba en pánico cada vez que me veía con una araña en la mano, una chicharra o una hormiga. Una vez casi se desmaya de la impresión cuando me vio pegar la nariz a la de un pequeño murciélago que tenía su hogar sobre el tronco de un árbol. No me regañó, pero otra vez que me encontró con una serpiente colgada del cuello le dio una cólera… que me regañó tan fuerte que temí que me abandonara ahí mismo. Llorando a moco tendido le pedí perdón, él me abrazó muy fuerte y me pidió que nunca más lo volviera a hacer, mi niña hermosa. Yo cumplí mi promesa, nunca más (delante de él) volví a acercarme a criatura alguna. Nunca entendí por qué su miedo, no era normal para un hombre como él, ¿no cierto?… De hecho, nunca me quedaron claras muchas cosas acerca de su pasado. Alejo era muy bueno y cariñoso conmigo, pero era recontracerrado y nunca hablaba de su vida. Solo supe, y porque logré sacárselo a Luana, una de esas noches en Yvy mar'e en que después de comer salíamos a contemplar las estrellas, que Alejo había estado casado hacía mucho tiempo atrás, pero que su esposa había muerto. Eso fue todo. Una vez intenté hablarlo con él, pero se puso amargo y me dijo que las cosas del pasado se quedaban en el pasado. Ahora él vivía conmigo y era muy feliz, ¿de acuerdo? Yo también era muy feliz viviendo con él, pero no estaba segura de que él lo fuera del todo. En una ocasión, sin querer, lo escuché llorar. No podía dormir, y como no me gustaba perder el tiempo dando vueltas en la cama, salí a la terraza para tomar aire. En el camino escuché un ruido que salió de su habitación. Quise tocar a su puerta, pero me quedé ahí parada escuchándolo; sentí como si el corazón se me hubiera encogido. Entre sollozos parecía hablar con alguien. Sentí penita de oír su llanto, pero sobre todo me llamó la atención, ya que durante la comida había estado divertido como pocas veces. Al día

177

siguiente le pregunté si había dormido bien, me contestó con una gran sonrisa que sí, amorcito. Yo sabía que aquello no era verdad, no obstante, aprendí a respetar su silencio. Aunque me hubiera gustado mucho poder consolarlo como tantas noches él hizo conmigo.

Ese primer día de jardín, después de haber pasado un año completo a su lado, fue para mí tan terrible como para él. Las profesoras nos tuvieron que separar a la fuerza porque ninguno de los dos parecía dispuesto a soltar la mano del otro. Cuando por fin nos vimos a la hora de la salida, nos abrazamos tan fuerte que sin decir palabra pactamos en que no nos volveríamos a separar. Pero al día siguiente la historia comenzó de nuevo.

A Alejo le tomó menos tiempo superar el problema de la separación que a mí, pero al mes ya estaba adaptadísima: la escuela me parecía bien *paja*.[7] Me gustaba dibujar, recortar papeles de colores con las tijeras, jugar con otros niños, pero sobre todo, me encantaban los cuentos que la señorita Sandra, aquella maestra de mejillas sonrosadas y sonrisa fácil, nos narraba al final del día; gracias a ella empecé a interesarme por la lectura.

***

En la cafetería encontré picarones humeantes y dulces. Mi postre favorito. Sin poder resistirme pedí una orden con bastante chancaca, esa miel hecha con azúcar de caña, y me fui a sentar a un rinconcito junto a la

[7] Muy buena, magnífica.

ventana desde donde se ve la primera planta del aeropuerto Jorge Chávez. Ahí, saboreando esos arillos fritos de harina de trigo mezclada con zapallo y camote, mientras observaba a los turistas subir y bajar, ir y venir, dejé que los recuerdos continuaran. Aunque alguno de ellos me atoró el picarón en la garganta.

* * *

El segundo año de la carrera fue excelente. Mis notas subieron un montón y el grupo con Álex, Mila, Rossana, Juanco, y después el Marquito, se hizo más fuerte; pasábamos tanto tiempo juntos estudiando y en los laboratorios que parecíamos hermanos. Y con lo que yo siempre quise tener hermanos.

Pero lo mejor de ese año fue lo que ocurrió después, por primera vez en mi vida descubrí en mí sentimientos que no tenía idea que se podían sentir. En Iquitos había tenido dos o tres enamorados, pero nada que ver, esto era otra cosa. Ahora entendía a las chicas del instituto, y yo que me burlaba de ellas.

Santiago regresó. Y esta vez no tuvo que rescatarme de ningún evento escabroso.

El encuentro me tomó por sorpresa porque, aunque sabía que su regreso sería pronto y habíamos estado en constante comunicación, no me había dicho que ya estaba en la ciudad. Fue un domingo por la tarde, a finales de agosto, a un día de regresar a clases. Hacía mucho frío; aquel invierno limeño no era común, por lo que todo el asunto del calentamiento global ya no era solo un cuento. Sin embargo, el clima me parecía de lo más lindo, a pesar de no estar acostumbrada a las bajas temperaturas. Me traía un gustito de no sé qué, algo que hacía calentar mi corazón, quizás algún recuerdo guardado en el fondo de mi ser, del tiempo en que viví con mis padres en la Ciudad de México.

Aquella tarde, después de haber pasado toda la mañana estudiando, me recosté un momento a descansar. Cuando cerré los ojos, una imagen parecida a una película mental se me presentó: me vi muy pequeña, caminando tomada de la mano de mis papás. Había un pino enorme de Navidad en una gran plaza, y eso fue todo. Por más esfuerzos que hice por «ver» o recordar más detalles no lo logré. Una sensación de calidez se quedó en mis manos por un buen rato. Pero me puse bien nostálgica; Milagros, mi *roomie*, apareció justo en ese momento; afortunadamente para mí también había regresado antes del inicio de clases.

—¿Qué te pasa, flaca? Fijo, el día te puso melancólica —habló como era su costumbre, con ese tono tan desparpajado con el que tomaba la vida y se tumbó a mi lado. Sus rizos largos y rojos se le alborotaron al dejarse caer sobre el sofá.

Esbocé una sonrisa chueca, esas que salen cuando no tienes ni la más remota idea de qué contestar o simplemente porque no tienes ganas de dar explicaciones.

—Ya. Te entiendo, chica. Acostumbrada al calorcito selvático esto te ha de parecer el Polo Norte.

Me reí. Era graciosa la Mila.

—¿No te provoca alguito de comer? —contesté al fin.

Nos fuimos a un chifa buenazo en Miraflores. Ahí, entre arroz chaufa, verduras salteadas, chancho con tamarindo y la infaltable Inca Kola, le conté mi vida. Me sentí un poco extraña, en todo ese tiempo nunca le había contado a nadie mi historia. Pero la Mila se había ganado mi confianza, y ya era hora de desempolvarme. Por supuesto, de Yvy mar'e no dije ni media palabra. ¡Qué aliviada me sentí después de sacarme tal rollazo de encima!

Cuando salimos del restaurante empezamos a caminar por ahí nomás. Miraflores era un barrio bonito, uno de los mejores de Lima, con sus modernos edificios, sus casas coloniales, parques llenos de flores y calles repletas de restaurancitos que le daban un toque muy *chic*, «muy a la europea», puntualizaba mi amiga, que había pasado varios veranos de *backpack* por allá. Pero nosotras, por estar metidas en la facultad, apenas habíamos tenido chance de turistear por ahí. Animadas por aquel domingo libre y por el Pisco Sour que nos tomamos al final, paseamos felices e inmunes al frío.

De pronto, me di cuenta de que en la calle por la que pasábamos había muchas tiendas de antigüedades. La mayoría estaban cerradas, fijo, por ser domingo, pero un par se encontraba abierta. Jalé del brazo a Mila y emocionada le dije:

—¡Qué padre! —exclamé con espontaneidad la única expresión mexicana que se había quedado grabada en mi mente— ¡Vamos a ver!

—¡Pucha!, no, Carmina, qué aburrimiento ver cosas viejas. Mejor vamos a hablarle a los chicos para ir al cine.

—Tú háblales, yo voy a entrar —contesté decidida, sin hacer caso de su comentario.

Mila se quedó hablando afuera por el celular. Yo entré al sitio como hipnotizada. Todo me llamaba la atención, todo me parecía tan lindo, tan único… Me quería llevar conmigo cada objeto que iba encontrando. Siempre me gustaron las antigüedades, no sé por qué. La tienda estaba abarrotada de cosas bellas; apenas fijaba la vista en una cajonera, mis ojos ya estaban yéndose detrás de hermosos candelabros, vitrinas, comedores… hasta que se detuvieron frente a un espectacular ropero. Entonces caminé hasta él como si el mueble me hubiera lanzado un hechizo.

Era rojo vivo, laqueado. No es que tuviera un gran diseño, pero su sencillez y color me fascinaron. Pasé mis dedos con suavidad sobre él, imaginándome quién hubiera podido ser la dueña de aquello tan lindo, la época, sus vestidos, sus amores. Repentinamente el sonido de mi nombre me sacó de mis pensamientos.

—¿Carmina…? ¿Eres tú?

¿Santiago?, ¿mi superhéroe de carne y hueso estaba acá…? ¿Realmente era él? Una corriente eléctrica recorrió mi cuerpo.

—¿Santiago? —respondí con una pregunta y tratando de disimular el enorme gusto que me daba verlo, pero al mismo tiempo el disgusto de que no me hubiera avisado de su llegada. Se me hizo muy raro, pensaba que nuestra «amistad» daba para eso.

—Sí, soy yo. Entonces tú sí eres tú —dijo acercándose.

—Ah, perdón, sí, sí soy yo —los dos reímos.

Un miniespasmo apareció en la boca de mi estómago cuando fijó sus ojos en los míos y me saludó de beso.

—Tenía rato observándote, pero no estaba seguro de que fueras tú. Te ves tan… diferente. Quiero decir, la última vez que te vi estabas algo pálida y creo que tenías el pelo más corto. Y bueno, en tu perfil del *Face* creo que se ve más la cara del perezoso que traes en brazos que la tuya.

Me reí de buena gana. Era cierto, en esa foto tomada en la selva yo aparecía cargando a un hermoso oso perezoso que por nada quería soltarme, además llevaba lentes oscuros, así que con dificultad se me podría reconocer.

—Ay, ni me recuerdes. Qué experiencia más fea —contesté haciendo alusión a mi terrible experiencia en el anfiteatro—. Pero gracias a ti estoy vivita y coleando.

—Ojalá que mis futuros pacientes digan lo mismo que tú. Ya sabes que este año me gradúo…

—Es cierto… Pero cuéntame, ¿cuándo regresaste? —dije para desviar la conversación y que no notara la frustración que me causaba saber que no lo vería por la facultad.

Santiago se pasó una mano por el pelo, carraspeó, desvió la mirada hacia una mesa que se encontraba abarrotada de juegos de té de porcelana, se acercó a ella, tomó una taza con motivos floreados y sin voltear a verme, como si aquel objeto le hubiera arrebatado la atención contestó:

—Ah, creo que hace como una semana, nomás. No recuerdo bien, ya sabes, los días se pasan volando, la familia, los pendientes… —Santiago regresó la taza a su lugar, y caminando hacia mí, me preguntó—: ¿Te gustó el ropero, ah…?

Me pareció que actuaba raro, pero no le di importancia. Le seguí el rollo.

—Ya, sí pues, es que tiene algo que me fascina. No sé, tal vez su color…

—O tal vez será que sientes la vibra de la persona que lo tuvo antes —dijo en tono serio, interrumpiéndome.

—No sé si sienta su vibra, solo imagino quién pudo haber sido la dueña y qué cosas habrán pasado… Si este ropero hablara…

—Nos diría cosas espantosas —Santiago empezó a hablar imitando las voces de las películas de terror y engarrotando las manos a lo *Thriller*—, que la mujer se volvió loca porque el marido, enfermo de celos, la encerraba noches enteras para que no se escapara con el amante y…

—¡Ay, cómo eres! —le di un pequeño empujón—, pero mira que tienes imaginación, ¿ah?

Comenzamos a reírnos, a tontear como dos personas que, aunque apenas se conocen, no pueden evitar sentirse atraídas una por la otra, a sentirse nerviosamente cómodas. De repente, el ruido de las campanitas que avisan que alguien entró a la tienda se escuchó; pensé que era Mila, pero en su lugar apareció otra mujer. Su pelo largo y rubio brillaba como comercial de champú.

Su ropa de marca, fijo, parecía haber sido confecciona-da para su cuerpo de tenista rusa, mientras caminaba acercándose a nosotros con una destreza, en aquellas *botazas* cafés de tacón alto. Sus ojos azules ligeramen-te rasgados me barrieron de arriba abajo cuando estuvo frente a mí. Un nudo se me hizo en la barriga.

—¿Santi?, ¿mi vida? —dijo en tono de pregunta, tomándole un brazo a Santiago con sus dos manos—. ¿Sigues aquí…? Te estamos esperando.

«Su vida», ¿pues quién era esa tipa?…

—Ah, Delia, ya, perdona, es que… —Santiago se puso tieso, pude notar su incomodidad cuando lo tomó del brazo, pero no se quitó—, me encontré con Carmina, es alumna del doctor Quispe, el que me reco-mendó al Hospital de Houston…

Así supe que Santiago tenía novia y entendí que no me avisara de su llegada. En todo ese tiempo nunca men-cionó que tuviera enamorada o que saliera con alguien. Pequeño detalle. Me entró una cólera… y, lo peor, mis ilusiones se fueron por el water: *ipso facto* y sin miras de volver a verlas. Sí, éramos nada más amigos virtuales, conversábamos de esto y lo otro, y en más de una oca-sión, sus comentarios: «¿Ya ves?… eso te pasa por estar tan lejos. Si estuvieras acá conmigo, después de curar tu dedito sancochado yo te haría una rica comida, con velas, vino y todo el asunto»; sus bromas: «A mí se me hace que lo del *anfi* fue un plan tuyo bien trazado para que yo te sacara de ahí y tú no salieras de mi mente, ¿ah?», me de-jaron ver que sus intenciones iban más allá de la amistad.

Después de hechas las presentaciones, «Santi» y su flamante enamorada se marcharon. Yo me quedé con cara de papa frita a un lado de mi flamante ropero. Pero justo cuando salían por la puerta, Santiago volteó a verme, me sonrió con una mueca y bajó la mirada.

En ese momento, Mila entró emocionada porque ya había quedado con los chicos para vernos en el cine.

Esa noche, estando en el *Face*, decidí que tenía que hacer una limpia. Quité a todos mis «amigos», entre ellos a Santiago. Miré por la ventana, ¿por qué Lima siempre era tan húmeda y fría?

Cerca de dos meses después lo volví a ver. Nos topamos en la biblioteca. Quise esconderme, pero ya era demasiado tarde, se acercaba a mí con las negras intenciones de abrazarme.

—¡Carmina! ¡Qué gusto verte de nuevo! —dijo efusivamente, mientras yo me quedaba tiesa como palo, deseando que su «vidita» no anduviera por ahí.

—Ho… hola, Santiago —respondí algo confundida, y pensando en la desfachatez del tipo.

—Ay, perdona, no fui bueno disimulando el gusto que me da haberte encontrado, ¿ah? —me desconcertó más su sinceridad—. Vengo muy seguido a la biblioteca y no me había tocado verte, me pareció una verdadera sorpresa —continuó hablando sin que yo pudiera decir esta boca es mía—. ¿Sabes?… estoy investigando para mi tesis. Tratará sobre los mitos y realidades de las plantas medicinales de la Amazonía peruana, porque como tú sabrás, la gente no tiene para…

Ahí se detuvo, frunció la boca, me miró a los ojos, levantó las cejas: creo que se dio cuenta de que estaba hablando demasiado.

—Disculpa, de nuevo, no te he dejado ni hablar.

—No te preocupes, tampoco tengo mucho qué decir —dije con sorna, lo que, por supuesto, Santiago ni notó o se hizo el disimulado. Aunque la verdad, me había causado mucha curiosidad el tema de su tesis.

—Te invito un café y ahí conversamos, ¿cómo ves? —obtuve una invitación como respuesta.

Me costó rechazarlo. Llevaba unos *jeans* azul marino y un *polo*[8] negro que resaltaba su piel blanca y los músculos firmes y esbeltos de sus brazos. Sus ojos miel se clavaron en los míos como intentando hipnotizarme.

—Me parece que no tengo tiempo y que ya me tengo que ir —dije de la manera más hosca que pude, pensando en la desfachatez del tipo de andarme invitando cafés, cuando su despampanante enamorada, «su vidita», lo esperaba en alguna parte.

Por supuesto que no estaba celosa. Simplemente me di la media vuelta y me fui; quien se quedó con cara de papa frita ahora fue él.

Caminé apurada para salir lo más pronto de la biblioteca, el corazón me latía a mil, y no tenía idea de por qué —o no quería darme cuenta—. Cuando pude salir y el aire fresco me rozó la cara, me sentí mejor. Empecé a

[8] Playera.

187

caminar con lentitud y a pensar en lo que acababa de suceder. ¿Qué había sido eso?, ¿por qué me comporté de aquella manera? Me sentí una tonta completa. Santiago y yo habíamos sido solo amigos por *chat*.

Una vez más el sonido de mi nombre me sacó de mis cavilaciones.

—¿Car-mina? —pronunció Santiago tratando de reponerse; había corrido para alcanzarme—. Espera, por favor, sé que te debo una explicación.

—No te preocupes, no me debes nada, Santiago. —Le retiré la mano de mi brazo—. Tú y yo nada más éramos amigos virtuales. Fue todo.

Ya alcanzaba la calle, parecía que iba a llover, la gente buscaba algún techo para protegerse.

—Tienes razón, nada más éramos amigos, pero los amigos también se cuentan ciertas cosas, *¿nocierto?*… Y yo, bueno, omití lo de Delia porque…

Unas gotas de sudor frío aparecieron en la frente de Santiago, pero su rostro era serio.

—Por favor, déjame invitarte un café y te cuento. Además, va a empezar a llover y no quiero que te resfríes.

Lo pensé por un momento, pero decidí que no quería jugar con fuego.

—Lo siento, Santiago, pero a mí no me gusta salir con tipos que le ponen los cuernos, aunque sean virtuales, a sus enamoradas.

Auch, no terminé de pronunciar la frase cuando ya me estaba arrepintiendo de haberla dicho. ¿Qué parte de «amigos» no me había quedado clara? ¿Por qué será que cuando uno está frente al ser deseado se descomponen las neuronas?...

Hice el intento de irme, pero Santiago me detuvo con delicadeza del brazo. Y antes de que yo pudiera zafarme, me dijo: —Delia y yo terminamos justo la noche después de que nos encontramos en la tienda de antigüedades. —Y suavemente me soltó. Me quedé ahí parada nomás, escuchando la explicación de su rompimiento.

Resulta que la rubiecita despampanante le armó tremendo zafarrancho porque lo vio conversando conmigo. Santiago no pudo soportar otra más de las tantas escenitas de celos que durante cuatro años Delia le había montado. «Regia la cosa», exclamó después de contarme alguna de ellas. Aquella sería la última. O eso creía él. Desde antes de irse a Houston tuvo la intención de terminar con ella: «Te lo juro, pensaba cortar, pero estaba tan loco con lo de los trámites...». Además, las cosas no eran tan fáciles porque tenían mucho tiempo de ser novios. Se me quedó viendo. «No quería perderme la oportunidad de conocerte», con esta frase remató su explicación.

¿Típico rollo de mujeriego?... Quizás, pero Santiago tenía algo que me hacía creer en él. No sabía qué era, simplemente hice caso a mi intuición.

—Ya, está bien, ya que insistes, acepto tu café —le dije con una sonrisita traviesa.

Los dos reímos más relajados: Santiago no pudo evitar un suspiro; yo, mi repentino buen humor. Tomamos rumbo a la cafetería. Los faroles comenzaron a encenderse, parecían iluminar nuestro camino; ignorábamos que una gran historia de amor se empezaba a escribir por aquellos corredores de la universidad.

—¿Así que mitos y realidades de las plantas de la Amazonía peruana, ah?… ¿Te conté que me crié en Iquitos?…

—¿En Iquitos? ¡Ya, pues, no lo creo!… No me contaste… Ahhh… por eso tu foto con el perezoso, pensé que solo habías ido de vacaciones. Qué raro, no tienes acento de charapa. Esto sí que es una extraordinaria coincidencia. El año pasado, en las vacaciones, estuve allá investigando.

Como todo un caballero, Santiago me abrió la puerta de la cafetería, nuestros cuerpos alcanzaron a rozarse un poco, cuando al mismo tiempo unos chicos salieron apresurados sin fijarse que nosotros estábamos por entrar. Me estremecí; no solo las «coincidencias» parecían acercarnos.

Entre Iquitos e Yvy mar'e

—¿Alejito, estamos yendo a casa de Nana? —le pregunté mientras caminábamos por el monte.

Volteó a verme con unos ojos *grandazos*: no recordaba haber mencionado a la pequeña hija de Natalia.

—Amorcito, ¿cómo sabes tú de Nana?

—Fácil, he jugado muchas veces con ella.

Alejo no tenía idea de lo que yo estaba hablando.

—¿Has jugado con ella?… ¿dónde?, si es la primera vez que vamos a ir a su aldea.

—Ash, pues en las noches, en mis sueños. ¿Qué tú no juegas en tus sueños? —contesté como cansada de tanta pregunta ociosa.

—Ah, en tus sueños… —contestó Alejo, sintiéndose aliviado con mi respuesta.

Cuando llegamos a Yvy mar'e solté su mano y salí corriendo en busca de mi amiga. Alejo corrió detrás de mí, extrañado de ver que conocía el camino. Llegamos juntos a su casa. No hubo necesidad de tocar a la puerta, en el momento en que iba a hacerlo ella la abrió, sus ojos redondos y oscuros me recibieron con una chispa muy singular: sonrió; en mi inocencia me le abalancé con un efusivo abrazo. «¡Nana, Nana, ahora yo he venido a jugar a tu casa!», grité llena de emoción. Alejo estaba realmente confundido. Natalia observaba la escena callada y tranquila. Nana correspondió a mi abrazo, nos tomamos de la mano y nos fuimos corriendo a buscar un lugar, lejos de los adultos, para seguir con nuestros juegos. Hacía rato que ya nos conocíamos.

La amistad con Nana se dio de una manera muy natural para mí, nunca me importó que no hablara, porque nos comunicábamos desde otro nivel. Pero cuando me hice mayor entendí, y al racionalizar el asunto dejé de fluir con lo que era natural. En la adolescencia las cosas entre las dos se pusieron tensas y yo me convertí en una pesada y una cínica. La quería mucho, de eso estaba segura, pero ya no podíamos convivir. Cada día se me hacía más difícil entender o permanecer en ese estado «zen» que caracterizaba a los yvymareños. Yo quería estar en la onda, ser *cool,* salir con chicos, tener enamorados, viajar. ¡Yo quería comerme el mundo! Aunque en ese momento no tenía plena conciencia de que también me comía nuestra amistad. Y, además, estaba hasta la coronilla de guardar secretos: no podía contarle a nadie sobre mi mejor amiga. En el jardín de infantes siempre pensaron que era mi amiga imaginaria porque, obviamente, siendo una niñita me era muy difícil no mencionarla siquiera; y por supuesto, no podía decir ni pío de Yvy mar'e. Yo quería llevar una vida «normal», ser aceptada por mis compañeros de la secundaria que ya empezaban a catalogarme como «rarita». Dejé de verla y no volví más a la aldea.

Alejo no estuvo de acuerdo, ni por asomo, mi amor, quizá porque para él guardar secretos ya era parte de sus costumbres, pero no para mí. Los tiempos eran otros. Mi infancia fue alucinante, *padrísima,* ¿qué niño no hubiera querido crecer viviendo una constante aventura? ¿rodeado de magia, de seguridad, de amor?... pero no era la realidad. Empecé a detestar la doble vida que llevaba, los pretextos que tenía que poner a mis amigos cada vez que faltaba a alguna fiesta o cuando no encontraba argumentos para explicar lo que «hacía en mi tiempo libre», o cómo era que hablaba varios idiomas sin nunca haber tomado clases o sabía cosas muy puntuales de otros países sin haber viajado, que les contara, me pedían. Aunque nací en la era de internet (la mejor fuente de datos), las situaciones a veces se me confundían, como cuando dices una mentira para salvarte de algo, pero se hace tan grande que terminas creyéndotela y luego ya no sabes cómo desenredar la madeja que hiciste bolas. Además, la adolescencia puede ser una etapa cruel.

Me dolió no volver a ver a Nana, aunque no lo admití. En mi defensa alegaba que Nana y todos en Yvy mar'e estaban pasados de moda y eran unos pesados. Alejo insistió un tiempo, pero terminó por respetar mi decisión, «Si es lo que quieres, lo aceptaré».

***

Estaba feliz porque pronto volvería a verla. Aunque ese vuelo de *mier*... *coles* no tenía para cuando salir; que cambiaran dos veces el horario de salida empezaba a sacar groserías de mi cabeza. Y me daba una pena con todos los turistas que venían desde tan lejos. Me pregunto, ¿qué hubiera pasado si el vuelo retrasado no hubiera sido este, sino aquel por el que pude enterarme de la terrible noticia? ¿El resultado habría sido el mismo?... ¿habría podido evitar algo?

Con todo, no podía dejar de recordar lo feliz que fui en mi niñez. Ir a Yvy mar'e era, en cierto modo, como retroceder en el tiempo, pero a la vez como vivir en el futuro. La Tierra sin mal, la Tierra buena, no era una metrópoli futurista de enormes rascacielos, naves espaciales, robots o ciudades intraterrenas y toda la parafernalia que proponen las películas de ciencia ficción. El futuro era la naturaleza. Punto. Y una fusión exacta entre ella y las necesidades del hombre.

Yvy mar'e había sobrevivido a la terrible época del terrorismo senderista sin ser vista ni tocada, mientras los *terrucos*[9] tenían amedrentado al resto del país. Esta pequeña comunidad atemporal e incluyente era un verdadero milagro. Por supuesto, yo era una niña, una púber que brincaba entre los árboles y las flores de la mano de su mejor amiga, así que no reflexionaba mucho sobre eso. Yo simplemente era feliz viviendo en nuestro paraíso escondido. Fue hasta que crecí y empecé a ver la realidad, el contraste, a estudiar la historia del Perú, que caí en la cuenta de lo afortunada que había sido. Mientras el país sufría una de las etapas más violentas de su historia, yo vivía sin miedo ni preocupaciones. Es cierto que de pronto, entre los traslados de Iquitos a la aldea veía soldados, pero no me atemorizaban, Alejo jamás dijo, hizo o insinuó algo para que yo me sintiera insegura. No cuestioné el «están para proteger la selva»; en mi mente los veía como a los héroes que defendían árboles, delfines y monos.

Los tiempos empezaron a cambiar, la modernidad traía con ella grandes comodidades e inventos que nos permitían estar comunicados con personas en todas partes del mundo. Sin embargo, Yvy mar'e permanecía tan aislada como si un gran domo invisible y a prueba de ruidos la cubriera: los yvymareños descansaban sus días en la más profunda de las quietudes. Los ruidos del progreso no llegaban hasta sus oídos, eran los ruidos de

[9]Terroristas.

los mieleros, esos pequeños pajarillos con su agradable *bssbssb-bssb-ssb* de los pájaros imitadores que pretenden hacerse pasar por monos, y el canto de infinidad de aves que los despertaban cada mañana.

Una de las promesas que Alejo tuvo que cumplir —y yo después— fue nunca llevar noticias del exterior ni nada que pudiera cambiar su modo de vida —aunque a veces esto fue casi imposible, si no, de qué otro modo hubieran podido protegerse de los *terrucos*, por ejemplo—. Los yvymareños confiaban en la magia del lugar de la misma manera que los creyentes creen en su iglesia, tenían fe en aquello que siempre repetían: los ojos no pueden ver lo que el corazón no esté preparado para sentir.

Pero, de todos modos, estar alertas les ayudó a resguardarse.

En la aldea no existían celulares, televisión, internet, computadoras, reproductores digitales de música, hornos de microondas y todas esas monerías que le encantan al humano. Pero no por ello era una sociedad retrógrada; al contrario, era una sociedad que tenía bien puestas las pilas desde siglos atrás. A su modo era muy desarrollada. Aunque cada persona que llegó tuvo que adaptarse, las aportaciones que traía consigo fueron fundamentales para mantener ese desarrollo y progresar. Porque la diferencia principal entre la Tierra sin mal y las sociedades «civilizadas», me decía mi papá, no estriba en los avances tecnológicos, sino en la evolución mental y espiritual. Tenían una tecnología increíble desde ¡uf!, aunque no necesariamente la que el mundo exterior podría considerar como «tecnología». Pero ese es todo un tema.

En mi etapa de rebeldía me dejé impresionar por todo lo que el mundo tenía para ofrecer (y tampoco se puede negar que hay cosas muy chéveres). Pero mientras vivía en la capital del país, estudiaba Medicina y tenía contacto con mucha gente, no podía dejar de hacer comparaciones. Me encantaba vivir en Lima, me encantaba esa sensación de libertad, caminar por la avenida Pardo, con sus banquitas y sus árboles, o por el malecón de la Costa Verde mirando al mar; pero cada día me costaba más lidiar con ciertos conceptos que me parecían de lo más absurdos, y sí, ciertamente, por decirlo de una manera muy ligera, pasados de moda. En Yvy mar'e nadie pareció nunca disgustarse porque aquellos dos *hombrones* alemanes bailaran tomados de la mano al ritmo de la música de una vieja grabadora negra, la que cargaban con energía solar. Eran buenazos imitando a Michael Jackson, o eso decían ellos. Quienes tenían poco tiempo de haber llegado a la aldea lo confirmaban, y el resto se lo creía todito y aplaudía efusivamente el *moonwalk*, los giros imposibles y los frenéticos movimientos de cadera. Todos disfrutamos muchas tardes escuchando la contagiosa música que aquellos gentiles hombres compartían con nosotros. Yo adoraba a mis tíos Gunter y Hans. Eran recontraatentos, siempre tenían algún detalle para mí y para mi papá cuando íbamos de visita; ya fueran galletas con forma de animalitos, *cakes* de lúcuma o cualquier otra cosa preparada por ellos. También elaboraban su propia cerveza;

era *amargaza*. Los únicos capaces de beberla eran ellos dos. Pero como les gustaba compartirla, preparaban un jarabe de raíces de rábano dulce —cosechado en su huerto— que, al agregarlo a la cerveza, no solo le quitaba lo amargo, sino que le confería un sabor delicioso. Ellos decían que así se acostumbraba en su país. A Alejo lo ponía feliz esa bebida, y yo le rogaba que me dejara probarla, pero me decía, con toda seriedad, que no era una bebida para niños, acto seguido me guiñaba un ojo y luego me dejaba probar un poquitito.

Gunter y Hans no solo trajeron música moderna y aquella cerveza amarga, también trajeron consigo una idea más sofisticada para construir paneles solares, además de la noción de otro tipo de amor; entonces Yvy mar'e salió de la penumbra para convertirse en una sociedad ahora sí completamente «iluminada».

Cecilia y Arnau llegaron unos años después que yo. Aparecieron en Yvy mar'e cuando ella estaba embarazada de gemelos; más tarde, Nana y yo usaríamos de muñecas a ese hermoso par de hermanos. Ella había sido una famosa actriz en Italia, y él, cantante en Francia; el arte tampoco faltó nunca en la aldea.

A cuentagotas aparecía la gente en este paraíso, todos con diferentes razones y talentos, pero todos con la idea de crear un mundo mejor. Nadie llegó nunca a Yvy mar'e por casualidad; era como si de alguna manera este lugar de la Tierra tuviera el poder de elegir a sus habitantes.

Mi vida al lado de Alejo fue de lo mejor; si el destino me quitó a mis padres se encargó de darme al mejor papá que pude haber tenido en el lugar más fantástico del planeta. Por otro lado, siempre tuve la sensación de sentirme protegida y amada. Era algo que no podía explicar con la razón, solo lo sentía y era innegable. En muchas ocasiones, mientras corría por la espesura de la selva, mientras brincaba como mono entre los frondosos árboles, mientras que los miles de bichos multicolores estaban ahí donde yo estaba sin hacerme el menor daño, sentía que no tenía de qué preocuparme. Era como si supiera que nada malo podía ocurrirme. Esperaba algún día poder entender, así como que Nana no me guardara rencor.

SECRETOS Y VERDADES

Aunque el romance con Santiago empezó rebién, la mosca (literal) en la sopa no pudo faltar. Más de una vez la rubiecita despampanante —vaya que era despampanante la muy *conchuda*—, armó tales ardides que nos separó. Me daba cuenta de que confiar ciegamente en mi enamorado no era tan fácil: los antecedentes. Pero ¿por qué creemos más en lo que dice otra persona que en lo que nos confiesa el amor de nuestras vidas, ah? El orgullo, ese bicho que pica peor que cualquier insecto oculto en el Amazonas.

La tal Delia, cuando se enteró de que «Santi» traía enamorada nueva, no se quedó con cara de papa frita como yo aquel día —aunque, a lo mejor sí, quién sabe.

No estuve ahí para comprobarlo—, rapidito nomás se puso a tejer su red de intrigas: que si estaba embarazada, que si su abuelita había pescado una terrible enfermedad, que sin él ella se moriría… cualquier dramón para engatusarlo.

Pero lo peor e inverosímil fue que en pleno siglo veintiuno la familia de Santiago y la de Delia, amigas de toda la vida, desearan la unión de sus primogénitos desde sus nacimientos. Como en el siglo *churrocientos* y en las telenovelas. Entonces, el asunto se puso feo: no es nada fácil competir con los parientes.

Santiago y yo superamos lo del falso embarazo, igual que el montón de trampas que la ex nos tendió; pero que su propia familia se haya interpuesto en nuestra relación fue cosa seria. Sucedió en mi tercer año de carrera, el más difícil de todos, no tanto por las materias: la vida se me vino abajo cuando me enteré de la verdad oculta entre Delia y Santiago.

Aquella mañana me costó mucho levantarme. Santiago y yo habíamos pasado casi toda la noche hablando por teléfono. Llevaba ya seis meses fuera de Lima haciendo su servicio social, precisamente en Belén, el barrio más pobre de Iquitos (¿casualidades?, ¿coincidencias?); teníamos poco tiempo para hablarnos, incluso a veces para escribirnos. A pesar de los inconvenientes nos manteníamos en contacto y diariamente nos mandábamos, por lo menos, un mensaje de texto (acá afuera la tecnología era cheverísima). Sin embargo, la semana anterior a esa noche, Santiago… desapareció. Durante casi siete horribles días no supe nada de él, hasta aquella noche. Había estado tan preocupada, que el alivio que sentí al escucharlo hizo que apenas pusiera atención a sus explicaciones: que si el celular se le había perdido, que si fueron de expedición… no me importó: él estaba bien. Su ánimo era contagioso, y conversamos toda la noche:

—Carmi, la selva es recontrafascinante. Y de haber sabido que tú vivías acá, rápidamente me hubiera dejado caer hace un montón.

—Ya pues, flaquito, pero tienes que cuidarte, ¿ah? Que también la selva puede ser traicionera si no estás bien atento.

—No te preocupes, flaqui, debes saber que estoy vacunado contra el mal de ojo, malos augurios, malas vibras, pensamientos malsanos y cualquier contratiempo malintencionado que le pueda surgir a cualquier malcriado malpensante, incluidos bichos y alimañas.

No pude más que reírme. La angustia se me disipó en un dos por tres con las simplezas que se le ocurrían a mi amor y que me mataban de la risa.

—Pero ya, hablando en serio, estoy sorprendido con la cantidad de plantas medicinales que hay por acá. Hice una cita para la próxima semana en el IIAP… Sí lo conoces, ¿no? El Instituto de Investigaciones de la Amazonía Peruana.

—Lo he visto de camino al aeropuerto, pero nunca entré.

—Ah, ya, claro. Bueno, quedé de verme con una doctora, para lo de mi tesis, y se mostró muy interesada. Ya te contaré. Oye, pero bueno, Carmi... te he extrañado mucho...

Por un momento pensé en reclamarle, iba a salirle con el típico «sí, cómo no, si me hubieras extrañado me hubieras llamado antes», pero lo pensé mejor y decidí no echar a perder el momento.

—¿En serio? ¿Cuánto?

—Mucho. Muchísimo.

—¿Hasta dónde?

—Uf, nos quedaríamos sin gasolina, pues.

—Ya, dime, anda... ¿hasta dónde?

—Uy, de aquí... —Santiago se quedó pensando; quería ponerle suspenso a la cosa— ¡hasta el árbol que está afuera del Centro de Salud!

Nos reímos a carcajadas.

—Y yo... —ahí iba la mía— ¡hasta la puerta de mi cuarto!

Me encantaban esas bobadas con las que podíamos pasar horas muertos de la risa. La vida en esos momentos era tan fácil, tan sencilla... como cuando me paraba a orillas del río en la madrugada simplemente para dejarme acariciar por el viento fresco de la selva y el perfume de la madera húmeda. No había necesidad de escondernos ni de fingir ser interesantes o sofisticados, podíamos ser simplemente nosotros, dos personas que se sienten tan extremadamente cómodas la una con la otra que pueden volverse niños para jugar juntos el juego de la vida.

—Carmi… te extraño —repitió Santiago, pero ahora en un tono con el que pude imaginar nítidamente su sonrisa provocadora.

—¿Cuánto? —mi tono tampoco era de broma. Empecé a juguetear con mi pelo.

—Mucho. Muchísimo —ahora usó esa voz grave y profunda que me ponía la piel de gallina.

—¿Ah, sí? ¿Y qué extrañas de mí?

—Tu boca.

—¿Qué más?

—Y tu piel, y tu aroma…

—¿Ajá?

—Tu cuello.

—¿Sí?

—Tu espalda.

Y Santiago fue bajando poco a poco hasta hacerme sentir tal calor como si hubiera estado ahí conmigo.

La noche se nos hizo nada. Nos fuimos a dormir cuando por mi ventana el azul oscuro se convertía en claro y ligero.

Desperté sintiéndolo junto a mí. Haber pasado la noche juntos, aun en la lejanía, nos había acercado un poco más. Me sentía *felizaza*. Aunque la felicidad no me iba a servir de pretexto para llegar tarde a clases. Me duché rápidamente, me puse unos *jeans*, un *polo* de rayas azules con blanco, recogí mi pelo en un chongo, tapé mis tremendas ojeras con corrector, coloreé mis mejillas pálidas con rubor rosa y unté mis labios con un poco de *gloss*; me encantaba que a esas alturas mis labios siguieran siendo carmesí. No hubo tiempo para maquillar los ojos ni para desayunar; salí corriendo.

En el elevador me encontré con la única persona que jamás hubiera imaginado toparme, y menos a esas horas de la mañana.

—Hola, querida… creo que vas apurada, ¿ah?

—Señora, ¿cómo está? —le contesté a la mamá de Santiago, totalmente sorprendida y desconcertada con su presencia.

—Disculpa, Carmina, que venga tan temprano a importunarte. Pero tengo que hablar algo muy serio contigo. Es acerca de Santiago, como podrás suponer.

Eran las nueve de la mañana y la señora estaba vestida y maquillada como recién salida del salón… Lucía tan elegante como para ir a un cóctel. Su saco azul celeste, haciendo juego con sus pantalones, resaltaban sus ojos color miel; me recordaron los ojos de Santiago.

—No se preocupe, señora, pero no me asuste. ¿Le pasa algo?… porque yo… —ahí me interrumpió. No pude decirle que había estado hablando toda la noche con él y sabía que se encontraba en perfectas condiciones a pesar de haber desaparecido una semana, aunque no estaba segura de que ella estuviera al tanto. Me jaló con cuidado del brazo y me encaminó a mi departamento.

—Será mejor que hablemos en privado, linda. —Su «linda» no me convenció… Pero no tuve más remedio que dejarme llevar.

Cuando estuvimos adentro le ofrecí un mate, que no supe si aceptó de buena gana para darme por mi lado o porque tenía ganas. Preparé dos infusiones de té verde con rosas.

La señora permaneció callada un momento; mientras daba pequeños sorbitos a su mate observaba mi departamento. De buena suerte que un día antes lo había limpiado. Era pequeño, pero moderno y cómodo. Mila y yo lo teníamos muy bonito, con sus plantitas por aquí y por allá, con muchas fotos de nosotras y de nuestras familias (bueno, yo solo con mi papá y con Santiago, claro); algunas litografías de los artistas contemporáneos favoritos de mi *roomie* adornaban las paredes que habíamos pintado en rojo y azul celeste, una combinación que vimos en una revista de arquitectura mexicana y que nos encantó.

—Lindo el apartamento, Carmina, te felicito —dijo por fin la mamá de Santiago.

—Gracias. Sí, me gusta.

—Mira, no quiero ser malcriada, en verdad siento mucho tener que venir a importunarte, pero tienes que saber algo acerca de mi hijo —dejó la taza sobre la mesita, se incorporó en el sofá, se tomó las manos y empezó a jugar con su anillazo de matrimonio.

Mis ojos se abrieron como dos platillos chinos.

—Sé que esto te va a sonar raro, tú eres una chica moderna y tal vez te cueste entenderlo…

Me empezaba a impacientar, tenía ganas de gritarle: «¡Al grano, señora, al grano!». Pero su calidad de progenitora de mi enamorado me lo impedía. Jerarquías.

—Santiago está comprometido para casarse.

Lo lanzó. Mi taza seguía muy caliente y casi se me cae al suelo. La coloqué sobre la mesa y se me derramó un poco.

—Carmina, lo siento mucho, en verdad, lo siento —siguió hablando porque yo no podía ni abrir la boca—. Me costó mucho venir a decirte esto. Por supuesto, Santiago ni se imagina que estoy aquí, pero es que él no sabe cómo decírtelo.

—¿Decirme qué? —por fin pronuncié palabra—. No entiendo por qué usted me está diciendo todo esto. ¿De dónde ha sacado semejante mentira? —El tono de mi voz era brusco, contenido, era una tetera a punto de explotar. Me sorprendí.

Me levanté y me dirigí a la cocina: necesitaba meter mis dedos quemados bajo el chorro de agua. La señora se fue detrás de mí. Ella continuó hablándole a mi espalda.

—Déjame que te explique, Carmina. Entiendo que te molestes. Es verdad que mi hijo te ama, pero en la vida hay obligaciones y responsabilidades más importantes que el amor.

—No entiendo de qué me está hablando —cerré la llave abruptamente y me di la vuelta—. ¿Qué puede ser más importante que el amor que se tengan dos personas?

—Los lazos sanguíneos, hija, el patrimonio familiar.

No podía creer que aquella mujer me estuviera diciendo eso. Yo, que en carne propia experimentaba lazos aún más fuertes que los de la sangre.

—Señora, con todo el respeto que usted me merece por ser la madre del hombre al que amo, le pido que se deje de rodeos y termine lo que tiene que decirme o se marche. —Me llevé la mano a la cabeza, empezaba a dolerme: mi paciencia llegaba al límite.

—Delia Velarde y Santiago están comprometidos para casarse.

Tragué en seco.

—Sé que Santiago no te ha dicho nada, pero es la verdad. Fue una promesa que hizo a su padre moribundo. Mi marido quería que ellos dos se casaran para que las empresas que con tanto sacrificio había perpetuado se mantuvieran en la familia. El padre de Delia es nuestro socio al cincuenta por ciento. Si no se casan, Emmanuel Velarde se va a marchar. Lo amenazó cuando rompió con ella y lo volvió a hacer ahora que sabe que anda contigo.

—Pero eso es tan… ¡retrógrado! —casi grité y caminé hacia la sala, con unos deseos tremendos de salir corriendo por la impotencia que sentía—. Parece salido de una telenovela mexicana. ¡Estamos en un país libre! ¡En, en… en el siglo veintiuno!

La mujer me siguió. Suspiró. Me vio con unos ojos que parecían querer darme la razón, pero luego, dirigiéndose a la puerta, dijo tajante:

—Tal vez, pero así son las cosas. Santiago tiene que cumplir, no puede abandonarnos a su madre y a sus hermanas. Pero, sobre todo, no puede fallarle a su padre. Él lo prometió.

No bien la madre de Santiago se marchó, tocaron el timbre de mi departamento. El ruido hizo que me sobresaltara, la taza que llevaba en las manos rumbo a la cocina saltó por el aire. Se rompió en cachitos, igual que mi corazón.

Delia, la rubiecita despampanante, apareció en el marco de mi puerta.

—Hola, Carmina. ¿Cómo estás?… —Saludó con el tono más amigable de su repertorio. No pude dejar de notar, también, su perfecto maquillaje, su pelo rubio, cortado ahora en capas largas y onduladas muy a la moda, y su olor a perfume caro, cuando la «invité» a pasar.

—¿Qué cómo estoy?… No sé, imagínalo tú —cerré la puerta aguantando las ganas de aventarla—. No creo que sea coincidencia que llegues justo después de que la mamá de Santiago se ha ido.

—No, no, claro que no. Sabemos que eres una chica lista, jamás te tomaríamos por una ingenua. Vengo porque quiero explicarte algunas cosas. Sobre todo quiero disculparme por los malos ratos que te hice pasar. Pero es que si tú supieras…

Ahí, Delia se detuvo, parecía que quería llorar. ¡Me llevaba el tren! Esa mujer quería descargar sus lágrimas de cocodrilo conmigo, y yo sin poder soltar ni una maldita lágrima.

—No vengo a hacerte teatritos, Carmina —pasó por enfrente mío, se sentó en el sofá y puso a un lado su gran bolsa de marca. Yo me quedé parada—. Solo vengo a decirte que lo que Sara te contó es cierto —se refirió a la mamá de Santiago con toda familiaridad. Sentí un escalofrío—. Si busqué con tanta insistencia a Santiago no fue porque yo siguiera enamorada de él o encaprichada. Lo hice porque mi papá me obligó. Yo no lo amo, pero si no me caso con él, no sé de lo que mi padre sería capaz.

¿Que no lo amaba?… ¿Era posible esto?… Ahora sí que me encontraba atrapada en medio de una tragicomedia.

—¿Me estás diciendo que todos esos numeritos que le hiciste a Santiago no fueron más que provocados por las exigencias de tu papá? —me levanté del sillón en el que me acababa de sentar.

—Sí, Carmina. Así es.

—Ya. No me lo creo.

—Sé que es difícil de creer, pero es la verdad. Es más, la última vez que hablé con Santi se lo volví a decir.

¿Habló con él?, ¿cuándo?, ¿por qué yo no estaba enterada?… ¿por qué lo seguía llamando «Santi»?… La boca del estómago me ardía, igual que mis dedos quemados momentos antes.

—¿Cuándo hablaste con él? —pregunté tratando de esconder mi cólera.

—La semana pasada. ¿No te lo dijo? —Hizo la pregunta poniendo una cara de boba…

—¿La semana pasada? —pregunté, recordando su desaparición— Pero ¿cómo?, ¿cuándo?, ¿dónde hablaste con él?

208

Delia pareció percibir mi confusión y la angustia que empezaba a trastocarme.

—¿No te contó que estuve en Iquitos? —respondió con esta pregunta que se me clavó en alguna parte del cuerpo que no pude identificar. El dolor se había generalizado.

—No, no me lo dijo. Para qué decirme tonterías, ¿no crees? Sus razones tendrá —contesté, tratando de reponerme de la impresión y de salvar mi dignidad.

—Claro, sí, entiendo. Pero, disculpa, esto no es ninguna tontería. Santiago y yo estamos comprometidos para casarnos cuando regrese. —No supe interpretar el tono de su voz ni la sonrisa chueca que mostró al terminar la frase.

¡Exploté! Ya había sido demasiado. Aunque la mamá de Santiago me lo acababa de decir, escucharlo de Delia fue lo peor.

—¡Eso no puede ser! Santiago me ama a mí. ¡Y tú bien lo sabes!

—Cálmate, Carmina. No he venido a pelear —se levantó, tomando su bolsa—. Solo he venido a informarte. Esta vez no estoy inventando nada. La misma mamá de Santiago te lo ha confesado todo.

—¿Sabes qué?… ¡No te creo nada! ¡No les creo nada! Largo de mi casa. ¡No vuelvas a aparecer por aquí!

Saqué a Delia a empujones. No podía aguantar más. Regresé a mi cuarto, que había dejado hecho un desorden aquella mañana por salir corriendo, y me tumbé en la cama a chillar. Creo que en mi vida había llorado tanto. Era el fin del mundo, todo se derrumbaba. No podía creer que aquello me estuviera pasando. ¿Sería todo una farsa?… Pero no podía ser, la mamá de Santiago no podía prestarse para semejante cosa. Y Santiago, ¿sería posible que me hubiera estado mintiendo todo este tiempo? En eso mi celular empezó a sonar. Era él. El aparato sonó insistentemente. No tenía ánimo para hablarle. La duda ya había sido sembrada.

«Aló, Carmi, flaca, flaquita. Contesta, pues. ¿Estás muy ocupada?… Ya, bueno, solo hablé para decirte lo mucho que te amo, que te extraño. Me encantó pasar la noche contigo, aunque ahora estoy pagando las consecuencias del desvelo, ¿ah? Pero no importa, todo sea por pasar un tiempito juntos, aunque sea de lejos. Te llamo más tarde, ¿ya? Te amo. Chau, chau».

Santiago había dejado un mensaje en mi buzón de voz. Sonaba tan tranquilo, tan contento… ¿sería posible que una persona fuera tan cínica como para engañar sin tener remordimiento alguno?

Al anochecer el teléfono volvió a sonar, y yo seguí sin poder contestarlo.

Tres llamadas más. Las doce de la noche, lo apagué y me dormí. Estaba exhausta.

Desperté como si hubieran bailado la danza de la anaconda encima de mí. Me dolían la espalda y el cuello, los brazos, las piernas… con esfuerzo levanté la cabeza para asomarme a la ventana. Lima lucía gris, deprimente, nublada.

Había faltado el día anterior a la universidad, no podía quedarme otro día en cama, tenía que cumplir con mis obligaciones. La palabra cumplir hizo que se me revolviera la barriga. Con todo salí de prisa. El celular lo mantuve apagado. No supe nada de él en dos días.

El tercer día después de la funesta confesión apareció ante mi puerta. Me quedé paralizada. Se me abalanzó con un efusivo abrazo. «Tenía miedo, tenía miedo de que algo te hubiera pasado», repetía. «¿Por qué no contestaste mis llamadas?, ¿por qué no me llamaste? ¿Qué tienes, mi amor?, ¿qué te pasa, por qué no dices nada, pues?, ¿no te da gusto verme?…».

Santiago lanzaba sus preguntas con verdadera angustia. No podía estar fingiendo, él realmente me quería. Entonces, cuando comprendí su temor, cuando caí en la cuenta de que estaba frente a mí, de que había hecho un viaje relámpago solo para cerciorarse de que todo estuviera bien conmigo, para comprobar que nada malo me había pasado, me derrumbé. Ni siquiera yo, que lo amaba como lo amaba, había hecho el intento de ir a buscarlo cuando desapareció. Entonces, lo abracé, lo besé, nos besamos con tal pasión… como no recordábamos haberlo hecho antes. Nos acariciamos, nos abrazamos, nos quitamos mutuamente la ropa, desesperadamente; hicimos el amor. Después de todo, el mundo no se había acabado.

Desnudos, abrazados debajo de las sábanas, le conté lo que había sucedido.

El mundo comenzó de nuevo a desmoronarse. Todo aquello era verdad.

* * *

Recordar no era precisamente el ejercicio más sano cuando intentaba vivir en el presente. Sin embargo, ¿cómo vivir con plenitud cuando uno va cargando por ahí un costal llenito de papas? No estaba enojada por el retraso del vuelo, hasta esperaba que se retrasara un poco más para continuar con mis reflexiones. Siempre estuve tan ocupada, tan distraída, que no me había dado el tiempo para recapitular todo lo que había vivido. Mi vida estaba por dar un giro de ciento ochenta grados, así que me era muy útil hacer una limpieza profunda, sacar de dentro de mí todo aquello que ya no servía y agradecer todo lo que me había llevado a estar justo ahí.

EL VIEJO YUMA

Nana tenía el pelo suave, muy largo, castaño oscuro. Me podía pasar toda una tarde peinándoselo; era mejor que peinar a las muñecas, aunque igual que ellas, Nana también permanecía muy calladita. Su silencio nunca me molestó. Nos comunicábamos, se podría decir que de manera telepática, pero como yo era un loro parlanchín me gustaba hablarle. Al crecer, fui perdiendo esa facultad, aun así, junto a ella yo podía pensar en voz alta: no me juzgaba, no me callaba. Sus ojos negros se abrían *grandazos,* como si se fueran a salir de sus cuencas, en

212

el momento en que me escuchaba decir algún disparate o una idea le parecía genial. No obstante, no dijo nada cuando le advertí, con puntos y comas, que no volvería más por Yvy mar'e. Su indiferencia me dolió. Pudo haber hecho un gesto, una mueca de desaprobación, pero solo atinó a lanzarme una de sus lánguidas miradas, darme la espalda y marcharse tan suave y lentamente que pareció levitar. Ser tan claridosa muchas veces me trajo problemas, pensaba que la franqueza era una virtud muy aceptada, pero la verdad es que no. No se puede ser literalmente franco sin ofender, sin lastimar, o mínimo incomodar al otro. A pesar de todo, Nana, en su sabiduría, percibió que la sinceridad de mis palabras no las convertía en verdaderas. Ella nunca discutió, nunca tuvo necesidad de atacar ni de defenderse, parecía estar por encima de todo aquello. Simplemente se retiró y dejó que fueran las experiencias de la vida las que me dieran la lección. Por supuesto, tuvo que pasar mucho tiempo para que yo lo entendiera.

Nunca supe por qué no hablaba, ni me lo pregunté ni se lo pregunté. Fue hasta mucho después que empecé a cuestionarme. Para mí era natural hablar con ella sin palabras, yo la conocí en mis sueños antes de verla por primera vez, todo lo demás salía sobrando. Supe que tenía voz porque en una ocasión la escuché pronunciar mi nombre. Ese día jamás lo olvidaré, fue el día que marcó nuestros destinos; el primer indicio de en quienes nos convertiríamos en el futuro surgió de aquel momento.

Teníamos doce años, ya no éramos niñas, pero tampoco mujeres; la pubertad es una edad muy rara. Caminábamos tomadas de la mano por toda la aldea, ella con su vestido blanco, descalza, y su cabello suelto; yo con mis *shorts* de colores, *polos* de Pikachú, zapatos deportivos y mi pelo, suelto también, pero corto y recogido por ambos lados con ganchitos de mariposas. Yo era muy curiosa y me gustaba averiguar a qué se dedicaban los habitantes de Yvy mar'e. En eso Nana era igualita que yo, metíamos las narices en donde no nos llamaban. La mayoría nos recibía con agrado, algunos, como los tíos Hans y Gunter, *Willkommen!,* hasta galletitas y jugo de cocona nos ofrecían. Pero hubo otros que, sin ser groseros, sí fueron bastante hoscos, o más bien era que no sentían predilección por un par de niñas entrometidas. Uno de ellos, un tipo que raramente pronunciaba palabra, en más de una ocasión nos echó. No le gustaba que anduviéramos merodeando por ahí, pero nos llamaban tanto la atención su casa como él mismo, que Nana y yo nos ingeniábamos para espiarlo sin que se diera cuenta. Algunas veces lo logramos, otras no. Lo malo era que cuando nos atrapaba iba con el cuento a nuestros padres, y ellos, en castigo, nos prohibían vernos. «Pero ¿vosotras de qué vais? No podéis estar molestando a la gente», nos reprendía el abuelo de Nana. «Que sea la última vez, ¿ah? O tomaré medidas más severas», me amenazaba mi papá. Era lo peor que nos podía ocurrir. Nana y yo esperábamos ansiosas el fin de semana para estar juntas otra vez, porque entre semana yo tenía que ir a la escuela y aparentar que llevaba una vida normal en Iquitos. Sin embargo, nuestra curiosidad podía más, y cuando las aguas se aquietaban volvíamos a nuestro pasatiempo favorito: espiar la casa del viejo Yuma. Era un hombre que venía de Pakistán o de la India, no lo recuerdo, aunque decían que su padre había sido un indio norteamericano. Era flaco, al punto de parecer desnutrido, alto, moreno, con unas enormes ojeras violáceas. Se había ganado el cariño de la gente, sobre todo de los adultos; casi nunca hablaba, pero cuando lo hacía las reflexiones más emotivas e inspiradoras salían de su boca —o eso es lo que decían los mayores—; era el filósofo, el místico de Yvy mar'e. La gente lo respetaba y admiraba, pero él era un hombre solitario, por lo que si salía de casa no había nadie que vigilara, más que nosotras, claro. Su casa era muy bella, de un piso, con desniveles. Las paredes estaban pintadas, algunas en anaranjado y otras en color crema; del techo colgaban enormes faroles de estilo morisco y los pisos lucían tapetes multicolores y cojines bordados en magenta, lila, verde, amarillo, morado… como en un cuento oriental. No había muebles, solo mesitas pequeñas por aquí y allá con juegos de té; taburetes para sentarse; lámparas de colores; candelabros. Y los libros, había cientos de libros acomodados en estanterías de madera sobre las paredes. Aquel lugar era tan acogedor… Nos parecía sumamente extraño que el viejo Yuma pudiera tener todas esas cosas,

¡estábamos en la selva! Nadie supo responder cómo es que aquel hombre había podido llenar su casa con tales tesoros. ¡La curiosidad nos atormentaba! cada vez que rondábamos por ahí descubríamos algo nuevo. Lo que más nos llamaba la atención era aquella enorme jaula para pájaros ubicada en el centro de la sala que contenía un árbol. La única vez que pudimos escabullirnos al interior de su casa descubrimos que en las hojas de aquel árbol se hallaban escritas con tinta negra cientos de frases. No tuvimos tiempo de leer lo que decían, justo en ese momento el viejo nos descubrió, y sin esperar ninguna reprimenda de su parte salimos corriendo.

Pero aquella tarde nuestra rutina de entrometidas sufrió un giro inesperado. Tal vez se rindió a nuestra curiosidad o se cansó de estar solo, no lo sé; el viejo Yuma fingió no darse cuenta de nuestra presencia, hizo como que se iba, y pudimos entrar. «Yes!», grité bajito, mientras chocaba la palma de mi mano con la de Nana: nos creímos las mejores espías de la selva y sus alrededores, sin asumir que había sido su propia decisión; éramos unas pubertas creyéndose listillas, después de todo. Dejó que entráramos y husmeáramos entre sus cosas, sus libros, sus recuerdos, sus costumbres. Mi amiga y yo estábamos fascinadas. Fingimos tomar té en aquellos lindos vasitos de vidrio con incrustaciones de piedras, danzamos por la sala como bailarinas árabes y después, cansadas de reírnos, nos dirigimos a la enorme jaula. Nos intrigaban aquellas frases escritas en diversos idiomas; yo estaba *metidaza* tratando de descifrar una de ellas cuando de pronto escuché que gritaban mi nombre: «¡Carmina!». La voz desconocida me hizo reaccionar: era Nana avisándome que el místico nos había descubierto. No alcancé a discernir si me asusté más por haber escuchado la extraña voz de mi amiga o por la inesperada llegada de aquel sujeto, al que hacíamos vagando por algún lugar de la selva. Mi corazón latió aceleradamente, me coloqué enfrente de Nana, como para defenderla, pero no supe qué decir. Entonces, él habló:

—¿Os he permitido entrar en mi morada y aún así tenéis miedo? —hablaba un español raro, parecido al del abuelo de Nana—. He consentido que husmeéis mis cosas y toquéis mis tesoros, y ¿aún así me consideráis vuestro enemigo?…

Nos entró una vergüenza… Entonces, me armé de valor y hablé:

—Perdone, señor Yuma. No queríamos fastidiarlo.

—Mas lo habéis hecho —repuso de una manera tranquila, a pesar de la incómoda situación que le provocaba tenernos ahí.

—Mi amiga y yo solo queríamos conocer su casa… —dije sin saber qué más decir, consciente de que no era toda la verdad, lo que queríamos era conocer sus secretos.

—Lo que vosotras queréis no es conocer el lugar en donde moro, vosotras deseáis saber sobre el lugar en donde escondo mis secretos.

¿Acaso era adivino el viejo?… Hablaba como si leyera mis pensamientos.

—Pero nunca tendréis acceso a él, porque ese lugar no existe aquí, sino aquí —dijo esto señalando con el índice primero el entorno, y después, su cabeza.

De pronto, Nana se puso delante de mí, dio unos pasos y con su mano le tocó delicadamente la sien, justo en donde él había colocado su dedo índice antes. Después posó la mano sobre su propia sien, para posteriormente llevarla a la mía. Nana lo había dicho todo: queríamos saber.

—La jaula contiene al árbol del conocimiento —dijo, y echó una carcajada que nos sorprendió—. Es mi pequeña broma antirreligiosa —siguió explicando. Ni Nana ni yo entendimos la broma, pero nos reímos junto con él: no queríamos pasar por ignorantes—. Os he visto curiosear mis libros, ¿habéis hallado alguna respuesta?

—¿Respuesta? —pregunté confundida.

—Si vais a los libros es porque pretendéis encontrar algo en ellos —contestó de una forma serena, serenísima. Parecía que el mal rato había pasado y le daba gusto tenernos ahí.

—No se me había ocurrido —respondí rascándome la cabeza.

Y él continuó: —Todo esto que veis aquí no es más que la sabiduría del mundo convertida en palabras. La alquimia, la ciencia, la medicina, la física cuántica, las religiones, las teologías, filosofías, todo el conocimiento de la humanidad contenido en un puñado de letras. ¿No os parece magia pura?…

Nana y yo nos volteamos a ver, y sin decir palabra, para no interrumpir su discurso, movimos la cabeza de manera afirmativa.

Sentados en aquellos coloridos cojines y tomando un exquisito té, el hombre nos habló por horas acerca del contenido de aquellos libros; nos contó sobre libros tan antiguos que hoy se están convirtiendo en modernos, con nombres tan difíciles de recordar que, al segundo de haberlos aprendido se resbalan de la memoria como si hubieran estado untados con mantequilla. Nos habló sobre la vida y la muerte, sobre Dios, sobre la realidad de quienes verdaderamente somos. Y cuando el sol ya tenía rato de haberse marchado, Yuma guardó un profundo silencio y cerró los ojos. Nosotras lo imitamos. Momentos después prosiguió: «Vosotras habéis venido aquí para que yo os enuncie los secretos que se encuentran ocultos en mi mente. No os defraudaré, habéis sido perseverantes. Os merecéis saber. Los secretos de mi mente son los secretos que guarda mi corazón, que es vuestro mismo corazón. Todos los seres humanos lo compartimos; aquello que parece secreto no es más que lo que no deseamos ver ni escuchar, puesto que el secreto radica», hizo una pausa para intensificar el suspenso, suspiró profundamente y continuó «... en que no hay secreto. Solo basta buscar en el lugar preciso para que os sea revelado».

Nana y yo lo escuchábamos asombradas, mi corazón latía presuroso, como si, efectivamente, reconociera que todo aquello era verdad. Y por un instante me pareció sentir que nuestros tres corazones empezaron a latir al mismo tiempo, como si se hubieran sincronizado. Entonces, el viejo Yuma comenzó a reír de nuevo, nosotras lo seguimos, seguras de que esta vez sabíamos el origen de nuestra risa.

¿Lo más increíble?... Yuma no pronunció ni una sola palabra durante la tarde que pasamos con él.

Poco tiempo después, el místico desapareció. Desde entonces nunca nadie ha vuelto a verlo. No dejó ni una nota, no se llevó nada con él, seguramente adonde iba —o adonde regresaba—, nada de lo que poseía le servía ya.

Esa tarde nos marcó para siempre, aunque intelectualmente no entendimos ni la cuarta parte de lo que se nos confió. Nana, que desde pequeña había sentido un llamado a lo espiritual, decidió que ese sería su camino; yo, que desde pequeña había tenido la intención de salvar vidas y continuar con el legado de mi padre, decidí con más fuerza dedicar mi vida a la medicina. Era aún muy joven para entender el campo abismal que existía entre la ciencia y la espiritualidad, sin embargo, supe que de alguna manera las uniría.

Nana y yo hicimos un pacto que nos obligaba a cumplir con lo que nos pedía nuestro ser interno. Escucharíamos nuestro llamado, y nada ni nadie nos alejaría del compromiso que adquirimos aquella tarde, escuchando la sabiduría del viejo Yuma.

Después del encuentro con el sabio empecé a intuir el sentido de mi vida; el accidente aéreo, que Alejo me encontrara, solo fueron factores para que yo llegara esa tarde a ese conocimiento. No es que tuviera un destino especial o una misión que cumplir, nada por el estilo. Continué siendo una niña como cualquier otra (o bueno, casi), crecí como una chica del siglo XXI, con mis metidas de pata y toda la cosa. Sin embargo, debajo de mi personalidad trastocada por la adolescencia, de mis amores y desamores, de mis triunfos y fracasos, siguió escondido el tesoro que logré salvaguardar de aquella vivencia: cuando empecé a estudiar Medicina, sobre todo cuando tuve mis primeros pacientes, comprendí su sentido: no se trataba de salvar al mundo ni de salvar a nadie; se trataba de empezar por mí, de salvarme a mí, entonces tendría paz para ayudar a otros.

Descifrar aquel encuentro me llevó años: el conocimiento no se adhiere a la corteza cerebral como si se tratara de ventosas, solo se asimila, se aprehende a través de la experiencia. Y así fue para mí.

***

Como el vuelo seguía retrasado, me fui a curiosear al *Duty Free*. Aunque corría el peligro de llenarme de cuanta cosita innecesaria. Después, con dulces de coca, chicha y maca, un llaverito del astronauta de las líneas de Nazca, una loción y dos perfumes, regresé a sentarme en mi lugar de siempre en la sala de espera. Me gustaba que nadie ocupara mi sitio: a esas alturas, ya me había apropiado de aquel asiento. Un chico extremadamente alto, con sombrero vaquero, se sentó frente a mí, no me quitaba la vista de encima; no dijo nada. Evité mirarlo de frente, saqué mi celular y me hundí en los estados del Facebook.

LARCOMAR

Otros seis meses pasaron para que Santiago y yo nos volviéramos a ver.

Aquella mañana, después de haber hecho el amor como nunca y de haberme confesado la verdad, lo boté del departamento; apenas tuvo chance de vestirse. Solamente porque no me gustan los escándalos dejé que se pusiera sus *jeans*, se abrochara la camisa, metiera los pies en los zapatos, sin calcetines, por supuesto —ya tendría todo el tiempo del mundo para hacerlo—, y se largara. Estaba furiosa… sus razones no me aclararon nada, al contrario, me dejaron aún más confundida. Me sentía traicionada.

Me llamó montones de veces, «Carmi, Carmi, contesta, pues»; me mandó cartas, correos, intentó contactarse conmigo de muchas formas, hasta le envió mensajes de texto a Mila pidiéndole que me comunicara, pero yo estaba profundamente herida. La desconfianza me carcomía. Y ese maldito secreto que no pudo o no quiso esclarecer empeoró las cosas. No obstante, seis meses más tarde yo seguía enamorada de él. No es que estuviera enganchada por un fulano, ese algo que intuía muy dentro de mí desde que lo conocí me gritaba. No podía descifrarlo, mi mente racional me decía que no debía confiar en él, que me había mentido descaradamente, que… y que…, muchos motivos suficientes como para mandarlo a volar directito y sin escalas a la misma Conchinchina. Pero no pude; como siempre, tenía que seguir mi instinto, mi corazón. Fui yo quien lo llamó, para sorpresa mía y de él. Antes de buscarlo me cercioré de que estuviera de regreso en Lima y de que la dichosa promesa de su matrimonio no hubiese sido ya cumplida.

El tono de voz le cambió al escucharme; me contestó tan cariñoso como siempre, como si ese tiempo no hubiera pasado nunca. Yo también estaba emocionada, a pesar de mis sentimientos encontrados. Reprimiéndolos, le dije que quería hablar con él, que necesitaba explicaciones.

Lo cité en Larcomar, ese centro comercial en Miraflores que nos gustaba tanto; necesitaba un sitio llenito de gente para poder controlarme.

Cuando llegué, él ya estaba ahí, parado contra el barandal, mirando el océano. La tarde estaba despejada, el sol brillaba con intensos tonos naranjas y el viento soplaba frío, pero suavemente sobre su cabello. Mi corazón se aceleró y detuve mis pasos. Lo amaba, estaba segura, sin embargo, no sabía si podría perdonarlo. Tenía miedo. Continué avanzando, y como si me hubiera presentido, volteó a verme. Aún me faltaban varios metros para llegar a él; no esperó a que fuera a su encuentro. Caminó hasta a mí con una gran sonrisa en el rostro, y cuando me tuvo delante abrió los brazos. En mi mente había ensayado distintas escenas de nuestro reencuentro: yo, resentida, mirándolo con desprecio;

yo, enojada, gritándole groserías; yo, lanzándome entre sus brazos para llorar desconsoladamente… Pero no pasó nada de eso. Simplemente abrió los brazos y con delicadeza me abrazó. Cuando se dio cuenta de que no me retiraba, de que mis brazos seguían colgados a los lados de mi cuerpo, me apretó un poco más fuerte, pero con ternura. Su aroma me hizo temblar: olía a él. Despacio subí mis brazos hasta su espalda: lo abracé; nos quedamos enlazados por un buen rato. Estábamos juntos de nuevo. Escuchaba el rumor de la gente ir y venir; el rumor de las olas allá abajo del acantilado; la música proveniente de algún local; las risas… nada me apartaba de Santiago. Hasta que ese bicho, el orgullo, me recordó por qué estaba ahí. Me separé con brusquedad.

—Lo siento, Carmina. Sabes que nunca me resistí a abrazarte —dijo Santiago bajando el rostro y juntando sus manos, pero sin dejar de mirarme.

—Está bien, no hay problema —al contrario de él, yo alcé la cabeza, pero desvié la mirada. Me alisé la blusa, me acomodé el pelo y empecé a caminar.

Me guio hasta un lugar apartado de la bulla. Un lugarcito muy *bacán*[10] estilo europeo con vista al mar. Me sentí triste: ¿por qué me llevaba a ese rinconcito tan romántico justo en ese momento?

Santiago empezó a hablar sin parar, a contarme sobre los mates buenazos que preparaban ahí, a informarme

[10] Excelente, muy bueno.

de que la dueña era novia de uno de sus amigos, de que las mezclas las traían de varias partes del mundo: té verde chino con flores y cítricos; te rojo con vainilla y pétalos de rosa y…

—Ya, qué bien… —lo paré en seco, cuando estuvimos sentados.

—Perdona, ya sabes… los nervios. Tenía tantas ganas de verte…

—Al grano, Santiago. No vine aquí para que me cuentes la historia del té ni para que me digas que me extrañas —aventé el menú, que había estado ojeando, sobre la mesa.

Santiago se inclinó hacia atrás: mi reacción tan brava lo tomó desprevenido. A mí también.

Sus ojos se desviaban de mi mirada hacia cualquier otra parte, no podían fingir la pena que sentían. «No debí haberte ocultado nada, Carmi», dijo por fin, bajando la cabeza y moviéndola de un lado a otro en un gesto negativo.

Una y otra vez repitió que lo sentía mucho, pero yo, aunque podía percibir la sinceridad de sus palabras, no podía comprender por qué me había mentido; pensaba que nos teníamos toda la confianza del mundo. Santiago, acercando su cuerpo como para estar lo más cerca de mí, me dio la razón: «Lo sé, flaquita». De *tontonazo* no se bajó; tenía la estúpida idea de arreglarlo todo él solo sin necesidad de afligirme, sin necesidad de hacerme pasar un mal trago. ¡Como si yo fuera una taradita incapaz de comprender! Tenía fuego en la boca del estómago.

Tomé aire y miré por la ventana: una fina línea de sol dividía el horizonte, los grises del cielo empezaban a tragarse las últimas luces del día; no se pronosticaba lluvia, pero la tormenta era irremediable.

—¡Hola, bienvenidos! ¿Puedo tomar su orden? —Una chica bajita con el pelo recogido en una coleta y una tremenda sonrisa nos interrumpió.

Perdiendo la mirada en la lista de mates ordené un té de jazmín. Mi voz sonó fría y cortante. Santiago se conformó con un café americano.

La chica recogió veloz y en silencio nuestros menús y se retiró: se había dado cuenta tarde de que había llegado en mal momento.

—No sé qué me duele más, Santiago, que me hayas mentido o tu desconfianza...

—Carmina —pronunció mi nombre con mucha seriedad—, si yo te hubiera dicho desde un inicio que estaba comprometido para casarme no me hubieras tirado *ni bola* —se me quedó viendo a los ojos buscando mi respuesta.

—Ya, pues... no... ¡ese no es pretexto! —me exalté.

—Sí, tienes razón de estar enojada —continuó Santiago tratando de calmarme—. Te entiendo. Fui egoísta, pero ponte en mi lugar, pues, aunque sea por un segundo. ¿Qué se supone que debía hacer?... Mi padre me puso entre la espada y la pared cuando me hizo prometerle que me haría cargo de todo, que me casaría con Delia... ¿Qué podía hacer, Carmina?... ¡Mi padre se estaba muriendo! Y yo lo amaba...

Guardamos silencio. La situación no era fácil. Santiago se llevó la mano en puño hacia la boca y se quedó mirando al suelo; yo apreté los ojos un instante e inhalé el aroma del mate que me acababan de servir. Por un lado, entendía lo difícil que había sido para él; por el otro, el engaño, la traición... no los podía perdonar.

Hasta ese momento habíamos estado prácticamente solos en el sitio, no nos dimos cuenta de que de pronto el local se había llenado. Grupos de chicos por aquí y por allá, parejas de enamorados reían tomados de la mano. Todos en ese maldito lugar del té parecían personificar la alegría del mundo, hasta la música había subido el volumen. Solo nuestro rincón permanecía gris, como si el atardecer nos hubiera envuelto a nosotros también con sus deprimentes tonalidades de grises. Entonces, sentí una cólera apoderarse de mí, ese fuego en la boca de mi estómago se propagó por todo mi cuerpo. Y con toda la intención de lastimarlo contesté:

—Y yo te amaba a ti —lo dije en pasado, como si en verdad mis sentimientos se hubieran quedado en ese tiempo. El desconcierto en sus ojos me hizo arrepentirme, pero ya era tarde—. Entiendo que no la tenías fácil; si tan solo hubieras confiado en mí. Tuviste mucho tiempo para contármelo —me justifiqué.

Me juró y me recontrajuró que hizo el intento montones de veces de decirme la verdad. Pero nunca encontró el momento. —Éramos tan felices... —dijo con una enorme nostalgia, confirmando que aquello que habíamos vivido jamás regresaría.

Cuando le pregunté por la visita de Delia a Iquitos repitió lo mismo que ya me había dicho antes, pero esta vez con una voz cansada, fastidiada, mirando fijamente la taza de café que sostenía entre sus manos: que no la vio, que nunca habló con ella mientras estuvo ahí, que no tenía idea de que Delia estaba en Iquitos. Tamborileó, impaciente, los dedos sobre la taza… Sus razones, de nuevo, no me eran suficientes. Me crucé de brazos, recostándome sobre la silla. ¡¿Por qué no quería contarme que no la vio porque él estaba en quién sabe dónde?!… ¡Ese maldito secreto volvía a relucir y de nuevo se negaba a esclarecerlo! Y con todo, Santiago pretendía que yo le creyera ciegamente. Estaba loco.

—Lo siento, Carmina. Todavía te amo, y mucho, pero no puedo decirte más. Hice una promesa que no puedo romper.

¡Pero a mí sí me podía romper!, ¿ah? Resistí lo más que pude, sin embargo, para ese momento las lágrimas ya eran incontenibles.

—No me gusta verte así, Carmina —intentó tomarme las manos, pero las quité *al toque*—. Créeme si te digo que yo también estoy roto por dentro.

Los ojos se le enrojecieron, intentó decir algo sin conseguirlo: la voz se le quebró, pasó saliva. Un segundo después respiró profundamente, y volviendo a tomar mis manos y mirándome fijamente a los ojos dijo que yo era el amor de su vida, que jamás se cansaría de decirme cuánto me amaba, que le gustaría pasar el resto de sus días conmigo. Sin embargo, aunque él mismo moría por aclararme ese asunto, le era imposible, por lo menos por ahora.

—Si aún me amas, si aún crees que pueda haber algo entre nosotros, tendrás que confiar en mí. Si no, no hay más de qué hablar.

Santiago tomó su taza de café: estaba vacía. Pidió a la mesera que le trajera otra. Yo permanecí callada, intentando por todos los medios contener el llanto y el dolor sin lograrlo: las lágrimas me salían sin esfuerzo.

—Sé que te herí, flaquita —sus ojos me sonrieron y brillaron al llamarme de ese modo cariñoso—, y siempre me arrepentiré de no habértelo dicho antes, perdóname. Pero si llegaste a conocerme sabrás que soy un hombre íntegro; no te mentí por mujeriego o por infiel; te mentí por miedo a perderte. Hoy tengo miedo de perderte para siempre, pero si no puedes perdonarme ni tampoco confiar en mí…

No dejé que Santiago continuara con su *speech*. Tenía razón en lo que decía, pero yo necesitaba explicaciones, ¡necesitaba saber! ¿Cómo podía confiar en él cuando tuve que enterarme de la manera más humillante de su pasado? El orgullo me levantó de la mesa; Santiago se quedó hablando solo.

Era ya de noche en Larcomar; el tumulto y la bulla afuera habían disminuido; el cielo ahora era negro, negrísimo. Las olas del mar arremetían furiosas, igual que las olas que salían de mis ojos. Sería la última vez que vería a Santiago.

* * *

«Pasajeros del vuelo 505 con destino a Iquitos, favor de pasar a la sala B2 para su abordaje».

Cuando escuché el llamado para abordar por el altavoz, me pareció que se trataba de mi propia imaginación, algo así como quien alucina un oasis en medio del desierto debido a la deshidratación. Empezaba a temer que me quedaría ahí para siempre.

Tenía que apurarme; hubiera sido el colmo que me dejara el avión. ¿Por qué tenían que llamar justo cuando estaba al otro lado de la sala B? ¿Justo cuando se me había ocurrido ir a comprar ese otro llaverito de las líneas de Nazca que no me decidí a llevar en su momento? Y todavía tenía que ir a recoger mi vestido, que tan buena gente la señorita de la aerolínea me hizo el favor de cuidar. Linda me iba a ver cargando mi vestido de novia por todo el aeropuerto de Lima, ¿nocierto?

ENTRECAPÍTULO
CUATRO

Es noche sin luna, el jaguar se pierde entre las sombras, sus ojos amarillos como dos linternas alumbran el camino. Ese olor que no puede desprenderse del hocico lo jala, lo llama; sabe que no se encuentra lejos ya de su presa: el aroma es cada vez más intenso. Raquelita, ¿te pasa algo?, es la cuarta vez esta semana que sueñas lo mismo. No, mi amor, estoy perfectamente; no te preocupes, de seguro es el felino que llevo en el interior. Ya pues, no sigas, que no quiero llegar tarde al trabajo, ¿ah? ¿Y que pasaría, señor Alejo, si solo por hoy llegara usted tarde? ¿Acaso no sería buena excusa tener que calmar los ímpetus de su felina esposa?... Ya pues, ya, con esas proposiciones, qué más puedo yo hacer: ¡ven acá! Deja que te muestre el tigre que hay dentro de mí, qué digo tigre: ¡león!

Santiago

SIEMPRE FUI ULTRAORDENADO y pulcro, según yo sin llegar a la obsesión, aunque Carmina me decía que me faltaba solo una rayita. Como sea, siempre me gustó tener el consultorio como un zapato recién lustrado, así que cada mañana, a falta de empleada doméstica, yo mismo me afanaba para que todo estuviera bien limpito para recibir a mis pacientes. En esas estaba, acomodando frascos, sacudiendo el polvo, cuando escuché un ruido seco y profundo, como si un costal de papas se hubiera caído de un segundo piso. El sobresalto me hizo tirar el frasco de ampicilina que traía en la mano y no tuve tiempo de limpiar el contenido derramado en el suelo porque salí corriendo al lugar en donde me pareció que se produjo el costalazo. No tardé ni un minuto en darme cuenta de lo sucedido: un hombre se había desmayado justo en la recepción (si es que a ese trecho se le podía llamar así). No me pareció tan extraño el desmayo como el aspecto del tipo: aunque Iquitos era una zona turística, en el Centro de Salud de Belén en donde yo realizaba mi servicio social era raro toparse con algún extranjero, la mayoría eran habitantes de la zona. Pese a todo, ahí estaba ese hombre de aspecto nórdico tirado en el suelo. Era bastante alto, pelirrojo, de complexión mediana, ya entrado en años; le calculé entre sesenta y setenta. En el momento en que me agaché para revisar sus signos vitales, volvió en sí. Lucía demacrado, sudaba y tenía los ojos tremendamente irritados; tal vez porque se sintió amenazado se deslizó abruptamente hacia atrás sobre sus piernas, aún sin poder levantarse.

—*Oh, don't worry. Don't be afraid, I'm a doctor* —le dije en inglés, pensando que me entendería. El hombre, acorralado entre la pared y mi presencia, comenzó a gritar en un idioma desconocido para mí. Se veía realmente asustado. Primero pensé que su estado podría deberse a alucinaciones provocadas por el suministro de alguna droga, o por la abstinencia de esta. Tampoco parecía ser esquizofrénico, ardía en fiebre; además, tenía la camisa manchada de sangre y restos de sangre seca en los orificios de la nariz. De pronto, me di cuenta del color de su piel, y en un primitivo impulso de sobrevivencia me eché para atrás. Estuve a punto de resbalarme, pero rápidamente logré conservar el equilibrio. Aquel hombre tenía la piel amarilla: ictericia. Era muy pronto para deducir un diagnóstico, necesitaba pruebas de laboratorio, sin embargo, todo parecía indicar fiebre amarilla. Yo estaba muy empapado de los síntomas de las enfermedades endémicas, no por nada había estudiado tantísimo para sacar sobresalientes en los exámenes y poder elegir el lugar donde hacer el servicio social; siempre quise que fuera en la selva. Tenía años estudiando, no solo las plantas medicinales del Amazonas, sino, también, las enfermedades infecciosas de las zonas tropicales. Ese hombre parecía estar en una etapa muy avanzada de la enfermedad, seguramente no se había atendido a tiempo. Me alarmé mucho; hasta ese momento no había escuchado ninguna noticia de algún brote; sin estar seguro del todo de lo que el extranjero hubiera podido padecer, corrí a cerrar las puertas y ventanas del pequeño Centro de Salud. Cuando el hombre se volvió a desmayar le inyecté paracetamol (agradecí tanto mi terquedad al exigir que este analgésico me lo proporcionaran no únicamente en tabletas, sino también en solución inyectable para casos de emergencia) con la esperanza de que le bajaran la fiebre y el delirio; así estaría más relajado y tal vez hasta podría pararse para acostarlo en una camilla; a mí solo me resultaba imposible. Le acomodé una almohada bajo la cabeza. Lo ausculté cuidadosamente, le tomé el pulso, escuché su corazón: tenía bradicardia. Encontré, además de la sangre, restos de vómito en su ropa. Mi ritmo cardíaco se aceleró: quizá mi diagnóstico era correcto. Le saqué sangre para mandar a hacer las pruebas serológicas en cuanto pudiera, le puse un paño de agua fría en la frente, y después de hacer lo que pude para brindarle los primeros auxilios, corrí al teléfono para avisar de la posible contingencia.

No pude ni abrir la boca, ni una sola palabra salió de mi garganta, un golpe en la nuca me lo impidió.

Desperté con un tremendo dolor de cuello, confundido, no tenía idea de lo que estaba pasando. El hombre frente a mí, en un español con acento, me pedía que no dijera nada. ¿Qué iba a yo a decir, si aquel pelirrojo me apuntaba con una pistola?

EL INICIO

—No, Santiago. No puedes venir conmigo —me dijo mi viejo de una manera firme—. Mientras yo estoy fuera el hombre de la casa eres tú, si no ¿quién cuidará de tu madre y de tus hermanas en mi ausencia, ah?

A mis seis años este encargo se grabó en mi mente como la misión de mi vida. Mi papá, aquel *hombrazo* de un metro ochenta y cinco y una seguridad en sí mismo aún mayor, me confiaba su más grande tesoro: su familia.

Ese viaje suyo de negocios a Japón nos unió a ambos en una complicidad tácita, y ni una palabra más.

Lo admiraba un montón. Podía comportarse implacable y rectamente hasta las últimas consecuencias en los negocios; pero en casa, a pesar de su firmeza, solía ser bastante cariñoso. Pasaba largos ratos con nosotros enseñándonos las cosas que traía de sus viajes: obras de arte, antigüedades, aparatos de última tecnología o piedras que por su singularidad recogía en la calle, el campo, los ríos o donde fuera. Esto último nos encantaba porque a cada piedra le inventaba una historia y nos hacía conocer el mundo. Era buenazo contando cuentos. Tenía imaginación el viejo. Y como era un hombre culto, de mundo, le sobraban las anécdotas; nos tenía las horas de lo más recontraentretenidos. Lo segundo que más amaba, después de su familia, era a su Perú; jamás vi a nadie cantar el himno con tal pasión, aunque fuera enfrente del televisor al inicio de un partido de fútbol. Se sentía sumamente orgulloso de ser peruano. «Hijito, yo no solo soy un hombre de negocios, yo llevo en alto el nombre de nuestro país adonde voy. Hay que demostrarles a esos gringos que acá también hay gente pensante», decía con toda convicción, y para mí no cabía la menor duda. Lo máximo los domingos era ir a comer anticuchos o cebiche a la playa. Cómo disfrutábamos esas salidas. En esos momentos parecíamos la familia perfecta, mis tres hermanas, mis papás y yo; aunque la realidad no era exactamente esa. Siempre intuí que entre mis padres no existía un gran amor, por lo menos no uno apasionado, pero cada vez que mi papá hablaba, mi mamá no podía esconder el brillo en los ojos, el orgullo que sentía de ser su esposa. Nunca entendí por qué se casaron, o más bien por qué siguieron juntos. Eran tan diferentes… La cosa entre ellos siempre fue muy fría, respetuosa, pero hasta ahí nomás. Creo que los prejuicios, el «qué dirán» o las tradiciones les impidieron buscar su felicidad cuando se dieron cuenta de que no eran el uno para el otro. Se conformaron con guardar las apariencias y seguir con aquella vida cómoda que habían heredado. Me ponía triste saber que mis padres estaban juntos más porque les convenía que por amor. Pero su matrimonio nunca fue tema de discusión, así que yo solito sacaba mis propias conclusiones, jurándome a mí mismo no terminar de igual manera. Aunque estuve a punto.

Eso sí, mi papá siempre fue muy discreto y jamás me enteré si tuvo amantes. Hasta donde recordaba nunca faltó una noche a casa o a alguna reunión familiar. Pero quién sabe, a lo mejor en sus largos viajes por el mundo conoció los placeres del amor. Nunca sabré la verdadera historia, la otra vida de este hombre que, al morir, me hizo prometer que continuaría con su legado, sin importar que dicha responsabilidad fuera en contra de mi naturaleza y de mi propio ser. Por amor me había atado un grillete bien gordo al tobillo. Regia la cosa.

Ese grillete fue el mayor obstáculo de mi vida. Por él perdí a la mujer que amaba, pero ¿cómo abrir dicho artefacto cuando la llave se encontraba oculta en el fondo del subconsciente?

Terminar con Carmina me dolió en el alma; la muerte de mi padre me afligió muchísimo, pero verlo sufrir me causaba tal impotencia que, después de todo, fue un consuelo verlo partir. Murió sonriendo, parecía aliviado de dejar ese cuerpo que tanto sufrimiento le había provocado.

Carmina me dolió en lugares que supe que existían solo por haber estudiado el cuerpo humano. No tenía idea de lo que era amar a una mujer hasta que ella llegó a mi vida con esa manera tan diferente de comportarse, educada, pero espontánea; divertida y profunda, valiente, pero tierna; misteriosa y sencilla; dramática, pero coherente, y sobre todo apasionada. Amaba verla concentrada intentando entender hasta la última coma del tratado de Anatomía; amaba el sonido de su voz cuando me llamaba «flaqui, flaquito»; amaba sus labios eternamente rojos, jugosos como una pitaya. Amaba cómo era yo cuando estaba con ella, cómo éramos los dos cuando estábamos juntos.

Nuestro rompimiento fue tan abrupto, tan inesperado que no lo vi venir. Tenía la loca idea de que todo se arreglaría solito, así nomás, pero la fregué. ¿Qué podía hacer? Mis obligaciones me llamaban. Había intentado tapar el sol con un dedo… pésima elección. Estaba condenado desde los seis años a cumplir una promesa, a comportarme como el hombre que mi padre había criado.

Nunca imaginé que un giro inesperado me daría la vida que ni siquiera me había permitido soñar. Y cuando estuve resuelto a luchar por ello, el complot entre mi propia madre y Delia echó abajo todos mis planes de insurrección.

Por más que mis papás se hicieran los occisos ignorando mis habilidades, la carrera de Medicina era mi verdadera pasión. Mi viejo me sentó en su silla de director y presidente de la compañía casi casi desde que nací. Siempre obvió los tremendos bostezos que pegaba cuando intentaba enseñarme cómo funcionaban las cosas en la empresa, las finanzas, la administración... Tuve que aprender *business* de todas maneras. «Es tu patrimonio, hijito, y de tus hermanas», me decía, como si ninguna de las chicas fuera lo suficientemente hábil para tomar su lugar. Mi papá parecía surgido de la edad de piedra. «Usted es un hombrecito y debe responder como tal». Y yo me lo creí todito.

Cuando él murió, fue mi mamá la encargada de recordarme una y otra vez que mi deber era sacar adelante la empresa familiar. Susana y Sabina vivían en su propio mundo, habían nacido juntas y juntas se irían. A ellas el tema les importaba un pepino. Se dedicaban a las artes y se casaron con un par de intelectuales más pesados que chanchos en engorda. Sofía estaba loca por tomar mi lugar, pero nunca la dejaron. Ni mi papá ni mi mamá, y después, su marido. Vivía con la mirada triste, a pesar de ser mamá de dos bellas mellizas. Y yo, aunque el menor, fui el único varón. Regia la cosa.

No me quedó otro remedio que prometerle a mi mamá, con señal de la cruz incluida, que si me dejaba estudiar Medicina, terminando me casaría con Delia y retomaría mi puesto en la compañía. Qué serían seis añitos, nomás (no le especifiqué que en total serían ocho: un año de residencia y otro de servicio social. ¿Para qué?). «Tendrás médico de cabecera, mamá. Te conviene, ¿ah?». Sus ojitos hipocondriacos brillaron como solo se los había visto delante de las historias de mi papá. Y así tuve el pase libre para dedicarme a lo que más me apasionaba: la salud.

Pero hacer a Delia a un lado, eso sí que fue pelea dura. No porque me quisiera mucho, no, sino por la misma presión que su papá, igual que el mío, le había impuesto. Con las familias encima de nuestras cabezas no nos quedó de otra que «enamorarnos». Y bueno, tampoco iba a negar que la hembrita tenía lo suyo, era recontraguapa, pues. Al principio me deslumbró su belleza y me encantaba ser la envidia de mis amigos —más de uno la había perseguido desde el colegio—, pero con el tiempo su manera de ser superficial y hueca terminó por fastidiarme: estaba hasta la coronilla de tener que soportar sus desplantes con los camareros en los restaurantes y sus comentarios elitistas: «Pues este *cholo* qué se ha creído, cómo se atreve a mirarme así». Su constante preocupación por no repetir nunca el mismo modelito y esa competencia insana con las «amigas» por ver quién estaba más flaca o tenía la bolsa más nueva. No era mala gente, creo que a veces solo repetía lo que había aprendido en su casa, pero yo me aburría como ostra a su lado. Además, era demasiado insegura a pesar de lo hermosa que era. Nunca me dejó verla desnuda, ni cuando hacíamos el amor; se tapaba por todos lados, no dejaba que la mínima luz entrara en la habitación, ni siquiera para poder guiarme hasta el baño. Una noche me di tal *chancacazo* con la puerta, ya que no alcancé a distinguir si estaba abierta o cerrada, que me aguanté las ganas de orinar, busqué a tientas mi ropa y le dije que no quería volver a verla, igualito que en ese mismo instante, porque en aquella penumbra no sabía si le gritaba al ropero o a ella.

Ahí sí, *al toque*, Delia prendió la luz, y tengo que confesarlo: me deslumbró. Era bellísima, tenía el cuerpo más perfecto que yo hubiera visto nunca. Una cintura breve, que se acomodaba fácilmente en mi antebrazo; unas caderas redondas con forma de manzana y un vientre plano, sin obstáculos; sus senos parecían cincelados en bronce, pero su piel era tan suave y blanca como las plumas de mi almohada, y sus piernas… largas, esbeltas… elásticas. Lógico, me quedé esa noche y muchas más, hasta que la belleza dejó de ser suficiente. Luego vino mi viaje a Houston y durante esos meses fui ¡libre! Y con libertad no me refiero a andar de fiesta en fiesta por ahí, de Romeo. No es que fuera un santurrón tampoco, y sí, una vez le puse el cuerno a Delia, pero es que era casi la única mujer que había conocido desde niño. Nuestros padres se encargaron de mantenernos juntos desde que empezamos a hablar. Cuando aquella alemana se me presentó, tan segura de sí misma, franca y abierta, no, no me resistí. Después me sentí hasta las patas, pero el chistecito ya estaba hecho. Recé para que nadie se enterara, pero lo dicho, las verdades ocultas siempre salen a relucir. Se me armó la de San Quintín…

Mi libertad se vio obstruida cuando a don Emmanuel Velarde y a su hijita se les ocurrió ir de *shopping* a Estados Unidos. Con el pretexto, *of course*, de echarme el ojo. Y con el «pretexto» de los negocios, don Emmanuel, a los dos días, se volvió al Perú.

Para mi sorpresa, aquella semana fue la más chévere que pasé al lado de Delia. Como que los aires norteamericanos y la amplitud de Texas le cambiaron el humor y la personalidad. Era otra. Más ligera, más cariñosa, desenvuelta, hasta desinhibida: ella misma se encargaba de prender todas las luces. Y por primera vez empezó a interesarse en mi carrera, y por primera vez sentí que en verdad me quería. ¿Qué iba a hacer yo?… Era mi novia, iba a casarme con ella, pues; por un momento pensé que la vida a su lado podía resultar buena. Craso error. Cuando regresé a Lima encontré a la misma Delia de siempre: caprichosa, superficial, celosa, insegura: «¿Adónde vas?», «¿Con quién hablas?», «¿A quién miras?», ¡Ufff! No sé, siempre me dio la impresión de que el temor a su papá le trastocaba la personalidad. Regia la cosa. Además, un tiempo después me encontré a Carmina por casualidad en el Facebook. El doctor Quispe le había dado un *like* a su foto de perfil. Me encantó verla en ese ambiente selvático y abrazada a ese perezoso. El corazón se me aceleró. No pude evitarlo y de inmediato le mandé solicitud de amistad. Y de inmediato supe que lo de Delia sí o sí se tenía que acabar, aunque no sabía cómo.

Mi estancia en Houston fue un escape momentáneo de todas mis obligaciones: pude dedicarme de lleno a lo que más me gustaba en la vida: la medicina, y también conocer a Carmina a través de nuestras conversaciones por *chat* sin tener que sentirme culpable: la distancia me daba esa libertad.

Estar rodeado de lo más avanzado de la ciencia, de los médicos más prominentes, no me hacía olvidar —ni quería— mis raíces. Igual que mi padre —o gracias a él—, amaba a mi país y a su gente. Mis intenciones eran aprender lo más posible para ayudar a los menos afortunados. La tecnología de punta estaba muy bien, y qué bueno que la gente de la clase privilegiada como la mía tuviera acceso a los métodos más modernos de curación. Pero yo no podía olvidarme de los millones de personas que vivían en condiciones tan diferentes, donde su día a día, con enfermedades o sin ellas, era llevarse alguna cosita a la boca. Por eso siempre me llamó la atención la herbolaria; en mi misma casa, nuestras nanas, señoras venidas de la selva o de la sierra, montones de veces nos curaron diarreas o vómitos, incluso afecciones respiratorias, con matecitos y remedios que ellas habían aprendido de sus antepasados. No era magia, era ciencia en su más pura expresión.

Con estos pensamientos comencé a investigar la vastísima flora de mi país. Encontré que solo hasta hacía unos cuantos años se había empezado a tomar en serio la gran cantidad de remedios naturales que existían desde milenios atrás. Y ahora hasta se comercializan con un éxito tremendo en muchas partes del mundo. Ahí estaban la maca, la uña de gato, el culen, el camu-camu, incluso la controvertida ayahuasca, entre cientos más. Mi tierra tenía mucho que ofrecer, y después de tantos años sometida por los *terrucos* estaba empezando a despuntar. Esos cambios, el progreso, el alza en la economía, me entusiasmaron de tal manera que decidí que yo no me podía quedar atrás, quería ser parte del cambio, del desarrollo del Perú, de una mejor vida para todos y no para unos cuantos. Una idea comenzó a rondar mi mente: estudiar la medicina desde el punto de vista científico y convencional, conocer esta maquinita llamada cuerpo con todas sus funciones, para después, objetivamente, investigar sobre los mitos y realidades de las plantas de la Amazonía peruana, con el fin de poner al alcance de todos remedios certeros y confiables. Tenía el título de mi tesis cuando aún ni siquiera había puesto un pie en la universidad. Devoré cuanto libro tuve a mi alcance para irme documentando. Pasé muchos ratos cuidando a mi padre enfermo, y mientras este dormía yo aprovechaba para leer. Cuando me preguntaba qué era lo que leía con tanto afán, yo solo le contestaba: «Nada, papá, aventuras del Amazonas». No quería que mi viejo tuviera la mínima sospecha de que mis planes no tenían que ver mucho con los suyos.

Ese verano —invierno en Perú— en Houston fue sensacional. Conocí gente bien interesante, aprendí muchísimo acerca de los padecimientos infantiles, sus causas, tratamientos…, pero sobre todo aprendí de los propios niños. Me enseñaron sobre la honestidad que debe tener el médico; ellos saben que están enfermos, incluso algunos, que van a morir. No quieren que les mientan, quieren disfrutar al máximo sus días con las personas que aman, y no que la muerte los tome desprevenidos y se vayan sin decir adiós. Por lo menos esa fue mi apreciación.

Pero quien llegó a darle un sentido claro al propósito de mi estancia ahí fue el tipo más fascinante que conocí en mi vida, después de mi papá. Era un médico colombiano, nacido en Cartagena, criado en Nueva Delhi y graduado de Oxford. A pesar de esa internacionalidad, hablaba el inglés con un acento muy marcado, aunque eso no le supuso ningún problema para ganarse el respeto y la admiración de todos.

Este hombre de piel morena y ojos vivarachos y yo teníamos mucho en común. Una sola tarde con él, que me tocó ser parte de su grupo que pasaba visita a algunos pacientes, bastó para que me diera cuenta de que nuestras ideas eran muy similares. Nuestra pasión, sin duda, era la medicina, pero el servicio a los demás era lo que nos llenaba el espíritu. Después de pasar visita le pedí que me diera un momento para hablar con él, estaba recontraemocionado: ese tipo no solo era un erudito en la materia, sino que tenía un don muy especial para hacer sentir bien a la gente. Los niños se ponían felices con tan solo verlo; las enfermeras, y el personal en general, se desvivían por saludarlo, ofrecerle un café, un vaso con agua o cualquier cosa para congraciarse con él. Los tenía enamorados a todos. Y yo no me quedé atrás. Cuando estuvimos solos, hasta nervioso me puse, no podía coordinar mis ideas. «Venga, vamos a comer algo que me muero de hambre», rompió el hielo de la manera más informal. Y ahí, comiendo unos *sánguches* horribles en la cafetería del hospital, le conté mi idea, tantos años fraguada, para mi tesis. Le dio un gusto... la cara se le iluminó, se reclinó hacia atrás en su silla y juntó las manos como en un gran aplauso. Augusto Álvarez era ferviente devoto de utilizar lo mejor de aquellos dos mundos que parecían no congeniar: la medicina alópata y la alternativa, sobre todo la que se refería a las hierbas medicinales, pero en especial en los males que se debían a la psique y a la mente. Pensaba que la salud de un ser humano debe ser tratada desde una visión integral: cuerpo, mente, alma y espíritu. Jamás como un hígado, un estómago o un dolor de muelas. Exactamente igual que yo. «Hace treinta años, en Occidente, nadie, o casi nadie, pensaba así. En la práctica médica de hoy en día esto es un poco más común, aunque no es la generalidad. Se necesitan más como usted, doctor Santiago. Enhorabuena».

Podía pasar horas, bobo, platicando con él; fue el mejor maestro que la vida puso en mi camino. No se me hubiera ocurrido pensar que un par de años más adelante sería otro el «maestro» que me llevaría a encontrar mi propio rumbo. Pero Augusto, el gran doctor Augusto Álvarez, fue la pauta, fue el antes y el después. Él me enseñó tanto… aunque su natural humildad no lo hizo ufanarse. No como yo, que me sentí totalmente orgulloso de haber enseñado a este gran hombre a bailar marineras. Sí, señor.

EL MEDIO POLLITO

Algo muy curioso me pasó en el momento en que vi a Carmina por primera vez. No solo porque me pareció relinda, con esos ojazos negros; fue algo más que me hizo darme cuenta de que aquella mujer no había llegado así porque así a mi vida, y que no se iría de mi cabeza, así yo me marchara al norte del continente.

Mi primer año en la Facultad de Medicina fue recontraexcitante; estaba eufórico y sentía tal apasionamiento como pocas veces viví en el pasado. Conocer gente con la que podía pasar horas hablando sobre síntomas y enfermedades sin que bostezaran como marmotas o se murieran del asco era toda una novedad. Rápidamente me hice amigo de un grupo de chicos temerarios, o marcianos, como alguna vez una amiga muy querida llamó a los galenos. Porque, según ella, hay que tener no sé qué en las venas para atreverse a abrir cuerpos, curarlos, cerrarlos, enfrentarse a cuanta secreción extraña e infinidad de olores se presenten en la práctica, y todo mientras se lleva una vida «normal».

Sin embargo, hay quienes confunden la gimnasia con la magnesia y creen que la vocación se lleva en los genes. Tal como pudo pasarme a mí si hubiera cedido a los caprichos de mis viejos, y como, desafortunadamente, le pasó a Carlitos Mora. Era un gran amigo el tipo, pero desde aquel papelón que hizo vomitando en la clase de Anatomía, solo con ver el riñón de res sobre la mesa del laboratorio esperando para ser diseccionado, quedó claro que era demasiado sensible para una carrera como esta. «Se necesita un estómago de forense de CSI para aguantarla», repetía el Carlitos desde las aulas de la Facultad de Filosofía y Letras, adonde fue a dar luego de su fallido intento por seguir los pasos de su padre y de su abuelo.

El Carlitos y yo, aunque pasamos poco tiempo juntos, nos hicimos grandes compas, por lo menos ese año. Más adelante, nuestras respectivas carreras se encargaron de separarnos; hicimos el intento de mantenernos en contacto, pero si no eran sus ocupaciones, eran las mías, hasta que no volvimos a vernos más. Fue una pena.

La noche que conocí a Carmina, mientras la ayudaba a avanzar por aquel pasillo frío del anfiteatro, inesperadamente la imagen de Carlitos Mora se me presentó. Recordé aquella tarde en que nos mantuvo a todos embobados escuchándolo con su peculiar historia. Estábamos en la cafetería de la Facultad, habíamos ido a matar el tiempo mientras esperábamos la siguiente clase, porque algo había pasado con el maestro de turno, lo he olvidado. Nunca fue más cierto aquello de que los hombres seguiremos siempre siendo niños, así tengamos setenta años, nos hagamos los duros y busquemos pretextos para el *chuculún*[11] un minuto sí y otro también. La historia del Carlitos nos llevó corriendo hasta la infancia para traer, *al toque*, al niñito que alguna vez fuimos y que al parecer siempre seremos.

Habíamos terminado de almorzar; yo bostezaba como lobo marino echado en Paracas; Juanjo Asturias —así le decíamos porque siempre hablaba de su abuelo el asturiano— se mecía en la silla, tratando de no irse

[11] El acto sexual.

249

de espaldas; Américo Solís hacía burbujas con la cañita en los restos de la Inca Kola; Paul Yupanqui, el *cholo* gringo, limpiaba compulsivamente la mesa con su servilleta; Eduardo García tarareaba no sé qué canción de moda; estaba fastidiado porque llevaba todo el día con la dichosa cancioncita que ni siquiera le gustaba, hasta le caía gordo el tipo que la cantaba, dijo, pero ahí estaba él, dale que dale sin poder apartársela de la mente. Cuando de pronto, el Carlitos preguntó, sacándonos a todos de nuestro ensimismamiento:

—¿Quieren que les cuente un cuento?

La burla no se hizo esperar.

—Ya pues, Carlitos, y después nos regalas un caramelo también, ¿no? —soltó Eduardo primero.

—'*Tá* loco el huevón —le siguió el Juanjo.

—No jodas, Carlitos, que estamos aburridos, no tarados —repuso el Paul.

Américo y yo nos quedamos viendo, hasta que fui yo quien se atrevió a decir:

—Ya, no jodan, que aquí mi compadre y yo sí queremos oírlo —dije como queriendo abrazar a Américo que estaba a mi lado.

—¿Acaso tienen algo mejor que hacer? —completó el Américo mientras se deshacía de mi abrazo.

Los «Ya, pues. Ya, pues, dale nomás», se dejaron venir. Teníamos razón, no había nada mejor que hacer.

Entonces Carlitos, sacudiéndose las burlas —las que le valieron un comino—, se aclaró la garganta, dio un sorbo a su Coca-Cola y empezó:

Había una vez, en un lugar muy lejano, tan lejano que hasta al mismísimo sol le costaba llegar, una granja a la orilla de un lago. En la granja había muchos animales: caballos percherones, gansos, dos vacas pintas, cabras, borregos, tres perros y dos gatos. También, un montón de gallinas alebrestadas y un gallo que caminaba ufano: celebraban la llegada de los nuevos miembros de la familia: siete bellos pollitos de diferentes colores. Todos en la granja estaban emocionados; los bebes siempre traían regocijo a los habitantes de ese remoto lugar. Sin embargo, en un rinconcito, alguien, pequeñito y menudo, sufría porque nadie había reparado en él. Estaba solito, temblando de frío, aún con restos del cascarón en su frágil cuerpecito. Lo habían abandonado a su suerte, hasta su propia madre había tenido miedo de él. Cuando lo vio, aleteó tan fuerte que lo lanzó hasta ese rincón de donde no podía ni moverse. «¡Ahhh!», gritó la madre. «¡Es un... medio pollo!». «Cloac, cloac, cloac», cacaraqueó mamá gallina y despavorida salió corriendo. El resto de los pollitos se fue corriendo tras ella. El gallo se acercó, arrogante, y mirándolo con desprecio le dijo: «Tú no eres hijo mío». Se dio la media vuelta y se marchó. Y ahí, solito y repudiado quedó el medio pollito. Sí, un medio pollo había nacido aquel día. Todo él era una mitad: tenía solo una pata, una alita, medio cuello, medio torso, media colita, un ojo, la mitad del piquito, por eso, también, hablaba raro: las palabras le salían a medias. Pero increíblemente, aun con medio corazón el medio pollito estaba vivo.

Los días pasaron, y para sorpresa de todos el medio pollito seguía con vida. Seguía creciendo, las mitades de su cuerpecito se fortalecían, con saltitos de su patita se movía de aquí para allá ágilmente. A pesar de estar solito parecía gozar de la vida, aunque nunca faltaba el desgraciado que le arruinara el momento. Una noche, sobándose la colita porque un malvado can le había dado tremendo mordisco, el medio pollito dejó que todas las lágrimas que había contenido salieran de su único ojito. Se lamentó de su suerte, de su vida, se preguntaba por qué a él le había pasado aquello, si él era bueno y no le hacía daño a nadie. Su llanto fue tan profundo y lastimero que el mismo bosque se compadeció de él. Entonces, una bella luz se presentó ante su vista y una voz suave y armoniosa le habló:

—¿Qué te pasa, Medio Pollito? ¿Por qué lloras?
El medio pollito alzó su media cabecita y contempló al hada más bella que hubiera podido imaginar. Había escuchado contar a sus hermanos acerca de las hadas del bosque, pero no les creyó. Reponiéndose, con su media vocecita le contestó:

—Es que soy un medio pollito y nadie me quiere.

El hada lo abrazó con ternura. El medio pollito, que nunca antes había sido abrazado, se acurrucó en esa luz cálida que emanaba del hada y por primera vez desde su nacimiento se sintió tranquilo y feliz.

—Sé lo que quieres, Medio Pollito —le dijo el hada.

—¿En serio lo sabes? —respondió sorprendido.

—Claro. Las hadas del bosque lo sabemos todo. Tú quieres ser un pollito completo, ¿cierto?

—¡Sííí! —Gritó el medio pollito, poniendo una media sonrisa tan grande como una luna menguante—. ¿Tú me ayudarás?

—Desgraciadamente yo no tengo el poder para hacerlo…

El medio pollito cerró su medio piquito y bajó la cabecita.

—Pero hay alguien que sí puede ayudarte —concluyó el hada.

—¿En serio? —preguntó el medio pollito, levantando la carita con emoción.

—Sí, así es. Pero primero tienes que saber que llegar hasta el gran mago que podrá convertirte en un pollo entero será muy, muy peligroso. Y cuando llegues hasta él te pondrá las pruebas más difíciles que cualquier ser sea capaz de vencer. ¿Te arriesgas?

—¡Síííí! —Gritó el medio pollito, entusiasmado. Estaba dispuesto hacer todo lo que fuera por convertirse en un pollo completo.

El hada le dio instrucciones, le dijo que tenía que dirigirse hasta el castillo más lejano del reino, en donde los rayos del sol ya no llegaban. El medio pollito se estremeció al escuchar eso, pero no perdió detalle de lo que el hada le narraba. Estaba decidido.

Aquella noche durmió como nunca, cobijado por la dulce luz del hada. Y al día siguiente el medio pollito partió a la aventura más extraordinaria de su vida...

Cuando Carlitos terminó de narrar la historia, un grupo se había formado detrás de nosotros y los aplausos se dejaron oír. Algunas chicas, y algunos chicos también —entre ellos yo, tengo que confesarlo—, teníamos los ojos hechos agua. La historia había resultado de lo más conmovedora y el Carlitos, tremendo narrador. Nos sorprendió a todos con su talento. Por eso no me extrañó la noticia de que se ganó un premio de literatura infantil. Ahora, además de escribir historias para niños, es todo un cuentacuentos. Tengo el presentimiento de que al amigo le va a ir rebién.

Esa historia del medio pollito vino a mi mente mientras contemplaba, de reojo, el pálido, pero bello rostro de Carmina; mientras sentía su cuerpo junto al mío, como un bobo no podía dejar de notar el rojo extraordinario de sus labios carnosos: el color no se le había esfumado ni siquiera al estar cerca de un síncope.

No puedo explicar cómo, pero de alguna manera supe que ella sería la mujer con la que tendría los hijos a quienes les contaría el cuento que, un día, mi amigo Carlos Mora nos contara para mitigar el tedio: el cuento de *El medio pollito*.

PROMESAS

Las promesas me habían arruinado la vida. Primero la que hice a mi papá y luego a... Esta vez la promesa no solo me comprometía, también era un secreto.

Sin embargo, las vueltas que daba el mundo me devolvieron al mismo punto de partida para abrirme las puertas a nuevas posibilidades, aunque algunas de ellas, cómo decirlo, parecieran salir de una película de ciencia ficción. Los acontecimientos que se sucedieron y que precipitaron el rompimiento con Carmina me brindaron la oportunidad de explorar más allá de mis prejuicios y creencias y de una visión opaca y estrecha que tenía de la vida.

No es que hubiera sido conformista ni que me faltara entusiasmo, pero me habían domesticado bien, me habían moldeado a imagen y semejanza de lo que tenía que ser, no por maldad, tal vez sí por ignorancia y por un apego extremo a la tradición y a las costumbres. Me dejaba guiar dócilmente, «¿Qué podía hacer yo?» era casi mi lema. Pero sí que podía, solo que vine a descubrirlo mucho tiempo después y de una manera poco ortodoxa.

Mi primera rebeldía a ese sistema fue mi obstinación por estudiar Medicina; la segunda, cuando, a pesar de todo, inicié una relación con Carmina; y la tercera... la tercera fue una imposición a la que estaré eternamente agradecido, por la que me vi forzado a desvelar mi verdadero yo y mi propósito de vida.

Este punto decisivo en mi vida comenzó una mañana muy temprano en el Centro de Salud de Belén, en donde realizaba mi servicio social.

Había pasado una noche de lo más mala, por lo que me había levantado muy temprano. A veces me pasaba así, me podía dormir a las tres o cuatro de la madrugada, pero para las seis ya no podía seguir pegando el ojo. Esa mañana preferí levantarme e irme directamente al Centro; era mejor estar ocupado en cosas productivas que dando vueltas en vano y pensando en la inmortalidad del cangrejo.

Cuándo iba a imaginarme que ese día lo empezaría con un extranjero apuntándome con una pistola.

—No diga nada, no puede decir nada. Nadie debe saber nada... —hablaba el hombre con los ojos desorbitados, sin soltar el arma que temblaba en sus manos.

—Pero usted… —quise decir algo, sin conseguirlo. Intenté incorporarme, pero no me lo permitió. Me quedé de rodillas.

—¡Que calles! —me gritó—. He dicho que no diga nada.

Nos quedamos buen rato en silencio. Y de pronto, como si volviera en sí pero sin dejar de apuntar con esa pistola blandengue, el hombre comenzó a suplicar:

—Tiene que ayudarme, por favor, tiene que ayudarme. Estoy desesperado. Sé lo que tengo, yo —hizo una pausa—… también soy médico.

No entendía nada, ¿por qué ese hombre extranjero que decía saber lo que padecía me apuntaba con una pistola? Si era médico, ¿qué hacía ahí en una etapa tan avanzada de la enfermedad?

—Ya, ya… sí, lo ayudo, pero tiene que dejar de apuntarme y contarme qué le ha pasado.

Aproveché su momento de flaqueza para ponerme en pie.

—Lo siento, no es mi intención lastimar, pero no puedo arriesgarme. Tenemos que salir de aquí y tú tienes que venir conmigo.

—¿Yo?, ¿adónde?

—No lo puedo decir. Ahora, toma todo las cosas necesarios, que nos vamos.

Con la pistola sobre mis espaldas guardé cuanta medicina y utensilios médicos cupieron en mi *backpack*. Tenía miedo, sin embargo, de alguna manera sabía que aquel hombre no estaba dispuesto a matarme. Por un momento pasó por mi cabeza la idea de arrebatarle el arma, parecía que hasta por si sola podría caérsele. Pero por muy malogrado que se viera el tipo me imponía respeto: sabía lo que hacía.

—Perdone, pero no nos podemos ir —dije con firmeza.

—No estoy preguntando.

—Si lo que usted tiene es fiebre amarilla sería una irresponsabilidad salir de aquí. Hasta el día de hoy no se ha reportado ningún caso. Si salimos, nos arriesgamos a que algún mosquito lo pique, y entonces, con su sangre infectada, al picar a otros, propague la enfermedad.

El extranjero guardó silencio, seguramente dictaminando su conciencia.

—*Ja*. Tiene razón —suspiré aliviado al escucharlo decir esto—. Pero es más arriesgado quedar aquí. Pronto llegará gente, estamos a tiempo de salir sin que nadie nos vea. ¡Vamos, afuera! —me ordenó.

Caminó tambaleándose todo el recorrido, no sé cómo lo logró. Tampoco entiendo cómo es que no nos topamos con un alma, no hubo nadie a quien hacerle por lo menos alguna seña de lo que me estaba ocurriendo. Parecía que la buena suerte estaba de su lado.

Subimos a un bote a las orillas de Iquitos. Pasamos por enfrente de la refinería; una embarcación de la Marina de Guerra del Perú nos pasó por un lado: nadie se dio cuenta de que ese hombre me apuntaba por la espalda. «No intentes nada», dijo en un susurro, encrespándome los vellos de los brazos. Avanzamos unos metros más, y por un lado de la margen izquierda del río se introdujo en aquello que parecía tan inhóspito como imposible. Atracamos en un muelle improvisado. Ahí continuamos a pie. Llegamos a una cabaña solitaria en medio de la selva. No parecía deshabitada, al contrario, parecía tener todo lo indispensable para vivir cómodamente: una pequeña cocina con una parrilla y un lavabo, estanterías repletas de hierbas y flores secas en frascos de vidrio, la mesa con una canasta de pan y un tarro de miel encima; una sala con un sofá grande y dos sillones de madera con cojines de tela en color turquesa y un librero alto y ancho atiborrado de libros. Había otros dos cuartos en la cabaña, uno era el baño y el otro una recámara. Ahí, el hombre se derrumbó en la cama, no sin antes prevenirme y volverme a suplicar:

—Por favor, ayúdame. Estoy en tus manos. Lo siento, en verdad lo siento: aunque pudieras no conviene irte, es muy fácil perder en esta selva. *Vergeven.*

Pasó tiempo para que pudiera entender esa última palabra que pronunció justo antes de caer inconsciente. Sí, estuve tentado a irme, pero mi ética, mi sentido de lo correcto me lo impidieron. No podía dejarlo morir solo. Había hecho ese recorrido casi moribundo, me impresionó; por poco lógico que parezca sentí el deber de ayudarlo. Tendría que esperar.

Aunque las posibilidades de que yo me contagiara eran mínimas, porque antes de venir a la selva, por reglamentación del Ministerio de Salud me había aplicado todas las vacunas contra las enfermedades propias de la región, entre ellas la fiebre amarilla, pensé que era una lástima que entre los suministros médicos del Centro no hubiera una dotación de vacunas: me hubiera ayudado a sentirme menos intranquilo. Me aseguré de que la malla mosquitera que rodeaba la cabaña no tuviera algún rasguño ni orificio por donde los mosquitos se colaran y arriesgar la salud de las personas de los alrededores.

En la cabaña encontré comida; además del pan y la miel había frutas, verduras, queso, lo que llamó mi atención, pero tenía tanta hambre que solamente agradecí tener qué llevarme a la boca. Mi fuerte nunca fue la cocina, así que hice lo que pude. Me alimenté y lo alimenté a él; me hidraté y cuidé de que no se deshidratara; cada ocho horas le suministraba una inyección de paracetamol para controlar la fiebre y permanecía atento a sus signos vitales: estaba grave, pero parecía que saldría vivo de aquella situación. Durante las siguientes cuarenta y ocho horas hice todo lo que estuvo a mi alcance para aliviar su dolor. La fiebre amarilla es una enfermedad temible porque no tiene cura, solamente se van aliviando los síntomas según se vayan presentando. Si el paciente tiene suerte, esta puede desaparecer de manera espontánea. Yo rogaba para que así sucediera.

Al cuarto día empecé a notar una ligera mejoría en el estado del nórdico. Su respiración se había vuelto más tranquila, ya no vomitaba ni sangraba. Aún era temprano para celebrar, pero seguí confiando en su recuperación.

Las horas en aquel lugar podrían haber sido *aburridazas,* si no hubiera sido por todos aquellos libros que resultaron ser de medicina, principalmente tratados de herbolaria, homeopatía y medicina china. A pesar de las circunstancias, casi puedo decir que disfruté tener todo ese tiempo para estudiar aquel tesoro que había llegado hasta a mí de manera inesperada. Lo que me tenía recontrapreocupado era Carmina. La pila del celular que había llevado conmigo escondido en el bolsillo de mi bata se había descargado desde el mismo día en que llegamos. Aunque tampoco hubiera podido usarlo porque no había señal. Pensaba en ella todo el tiempo; me di cuenta de cuánto la amaba, de que cumplir la promesa a mi papá me sería imposible. Tenía que tomar una decisión, no podía seguir engañándola, pero sobre todo no podía seguir traicionándome a mí mismo. Tampoco era justo para Delia, aunque ella bien sabía de mis sentimientos hacia Carmina y parecía no importarle; el temor a desobedecer a su papá era más grande que sus propias frustraciones. Entonces algo empezó a cambiar en mí: en ese momento no lo tuve muy claro, pero ahora sé que el encierro en esa cabaña, en esas condiciones, fue el preámbulo para mi libertad.

Justo una semana después, en el octavo día de mi «secuestro», por fin pude mantener una conversación con el viejo médico. La suerte seguía de su lado. Aquella mañana había amanecido mucho mejor, sin rastros de fiebre, náuseas o delirios, eso sí, con una fatiga que apenas le permitía hablar.

—No hable, no se esfuerce —le dije cuando me llamó. Con un enorme trabajo logró incorporarse—. Ha tenido mucha suerte. Parece que la enfermedad cedió.

Sonrió con los labios resecos y partidos. Se llevó la mano hacia ellos cuando sintió el jalón.

—Lo siento, no encontré ningún ungüento para hidratarle los labios —dije apenado porque sé lo feo que se siente.

—Gracias, hijo —su voz era apenas un murmullo—. No sé qué hubiera…

El hombre derramó unas lágrimas. No la había tenido nada fácil.

—*Vergeven, vergeven* —repitió nuevamente—. Perdón —Y empezó a toser. Le di un poco de agua, para que se aclarara la garganta.

Desconocía su historia, su nombre, no había estado bien lo que había hecho y, no sé, quizá padecí un poco del síndrome de Estocolmo, pero no le guardaba rencor. Algo dentro de mí me decía que tenía una razón muy poderosa para haber actuado de esa manera. No es que yo sea muy buenita gente, si las circunstancias hubieran sido diferentes, tal vez mi reacción hubiera sido otra. Aunque también me podría haber matado. Estaba agradecido de estar vivo y de que aquel misterioso hombre también lo estuviera.

No me sentí con la calidad moral para decirle que lo perdonaba. ¿Carmina podría perdonarme a mí que la hubiera engañado?… Simplemente me limité a tomarlo de la mano, devolverle la sonrisa y contestarle:

—Ya pasó todo. Ahora estará bien.

—Querrá una explicación —dijo apenado.

—Eso me gustaría, pero antes que nada primero quisiera saber su nombre.

—Me llamo… Nieck Zondervan… soy holandés —contestó con lentitud. Aún le costaba hablar.

—Ah, ¿conque holandés? Bueno, no andaba tan perdido. Yo me llamo Santiago…

Nieck no terminó de escuchar mi nombre, se quedó profundamente dormido.

Dos horas después despertó. Fue ahí cuando aproveché para contarle mi situación: necesitaba urgentemente comunicarme con mi novia. Le prometí que si me indicaba el camino regresaría con provisiones, las que, por cierto, se estaban terminando.

—Lo siento —dijo Nieck casi en un susurro—, todavía no puedes ir.

—Más lo siento yo, Nieck —contesté fastidiado—. Pero eso no puede ser. Necesito hablar con mi novia, debe estar muy preocupada. También mi jefe debe estar buscándome. Y bueno, puedo parecer ingenuo, pero esto no es un secuestro, ¿o sí?

El médico guardó silencio.

—Voy a dar indicaciones precisas de cómo llegar, pero tienes que prometer que no dirá nada —cedió.

El médico me tenía tan intrigado que lo único que quería era ir a llamar a Carmina, reportarme con mi jefe y regresar de inmediato para enterarme ¡ya! del misterio que lo rodeaba y, quizás, entender por qué se había vuelto loco. Otro, en mi caso, tal vez hubiera aprovechado para salir corriendo de ahí y no volver jamás, pero yo intuía algo, no podía precisar qué. Lo que sí sabía era que además de conocer su historia, también necesitaba que me hablara sobre aquellos fantásticos libros que por estar escritos, algunos, en holandés y chino, no pude entender. Por otra parte, tampoco mi juramento hipocrático me hubiera permitido abandonarlo a su suerte: después de ocho días de estar cuidándolo ya había creado un vínculo con él.

Con su voz flaca y reseca, Nieck me indicó el camino a Belén y me dijo que tomara el bote en el que habíamos llegado. Si me apuraba, llegaría antes de que oscureciera.

Dejé a Nieck con todo lo necesario para que pudiera pasar bien el resto del día y la noche. Al salir por la puerta de la cabaña, volteé a verlo y con la mano en el aire, al estilo de los *boy scouts,* le prometí que regresaría al día siguiente.

Para mi asombro, nadie me estaba buscando. Por lo visto, la gente de por ahí estaba acostumbrada al abandono.

—Ah, ¿no se fue? —me preguntó sorprendida doña Acacia, la mujer que vendía carne de mono en el mercado, cuando intentaba abrir la puerta del Centro—. Todos pensamos que el *pituco* no había aguantado la vida de acá.

—No, cómo cree, doña —le respondí sin estar muy seguro de lo que en verdad quería responder.

Entré tan rápido como pude, sin encender luces ni revisar que todo estuviera en orden; la urgencia por llegar al teléfono me tenía descompuesto. Empecé a marcar el número de Carmina, pero colgué precipitadamente: tenía que reportarme con mi jefe. Respiré hondo para calmarme, aclaré las ideas, y entonces le marqué.

—¡Ah, doctorcito! No se marchó —contestó animado el doctor Arreola—, iba a esperar un día más para reportarlo. —Por lo visto, las suposiciones del abandono no habían interferido en las jerarquías.

—No, no me marché, doctor Arreola. Lo que sucedió, bueno, fue que, discúlpeme —empecé a balbucear, sin saber por dónde empezar a mentir.

—Ya, ya. Tiene suerte, ahora voy de salida, ya me dará las explicaciones correspondientes. Es el baile anual de la Casa del Médico de Iquitos y mi esposa me está esperando. Ya sabe cómo son las mujeres de desesperadas… —el doctor, que era todo bonachón, me lanzó un *rollazo*—. Y ya sabe, si quiere asistir, está usted invitado. A lo mejor ahí se consigue una buena hembrita.

«Para hembritas, la mía», pensé, pero agradecí el gesto de mi jefazo (para esas alturas, lo era). No podía creer mi buena suerte; entonces empecé a creer aquello de «haz el bien sin mirar a quién». Un poco más calmado le marqué a Carmina, ¡cómo ansiaba escuchar su voz! A ella sí tuve que darle un poco más de explicaciones, pero estaba tan aliviada de saberme bien, que tampoco ahondó en lo sucedido. Empecé a sentirme abrumado por mi buena suerte, sentí que no la merecía.

Una de las noches más memorables de mi vida la pasé justo esa noche al teléfono con mi amada novia. Sí, amada, para ese momento no había más adjetivos que ese. La amaba, la amaba, la amaba, y no la iba a dejar por nada del mundo, ni por promesas ni por costumbre ni tradiciones ni por la *miss* Perú ni la *miss* Universo. Estaba dispuesto a luchar por ella, por nosotros. Lo tenía decidido. Hablaría con el padre de Delia, me plantaría ante él como el hombre que soy, le diría que no estaba dispuesto a sacrificar mi vida ni a matar las ilusiones de nadie por un acuerdo que se llevó a cabo sin el consentimiento de los afectados. Además, mi vocación no era la de empresario, sino la de salvar vidas —lo había comprobado una vez más al lado de Nieck—; ya no podía ir más contra la corriente. Mi madre también tendría que entender. Y con ese entusiasmo que sentía por tomar el control de mi propia vida hablé hasta la madrugada con mi hermosa y bandida novia, porque como nunca, aquella conversación al teléfono terminó levantándome los ímpetus (y algo más).

Aunque no dormí, cumpliría mi promesa. Antes de salir del Centro de Salud dejé una nota que decía: «Consultas a partir de las 4:00 p.m.». Si me apuraba podría ir y venir y realizar ambas tareas. Y, a pesar de que casi había terminado de hablar por teléfono con Carmina, le volví a llamar. La extrañaba. No me contestó. No me pareció raro, para nada imaginé lo que estaba por venir.

Me dirigí al mercado a comprar algo de pescado, verduras y fruta: mi paciente tenía que alimentarse bien.

Después me fui directamente al embarcadero donde había dejado el bote; cuando llegué a tierra caminé
lo más aprisa que pude, siguiendo los rastros que había dejado a lo Hansel y Gretel para reconocer el camino. Claro, yo no dejé migajas de pan, lo que hice fue un
poco más romántico: con mi navaja suiza fui marcando
en los troncos de ciertos árboles las letras C y S; por supuesto, solamente yo podría entender que esas figuras
amorfas talladas rápidamente correspondían a las ini-
ciales del nombre de Carmina y del mío. Ah, el amor
cómo nos vuelve cursis. Qué remedio.

Llegué pronto a la cabaña de Nieck. Lo encontré des-
pierto y con mejor semblante, aunque aún muy cansado.

—Eres hombre de palabra, muchacho —me dijo el
holandés con cierta sorpresa y con voz fatigada.

—Ya pues, ¿o qué se creía?… ¿Que lo iba a dejar bo-
tado ahí nomás? Aunque tal vez tenga más curiosidad
que palabra —dije esto último en un tono de broma,
mientras acomodaba los víveres en la pequeña cocina.

Le ofrecí algo de comer, pero mencionó que ya había
desayunado. Lo que sí recibió con mucho agrado fue
el jugo de guanábana que le llevé. Yo también lo tomé
agradecido después de la caminata a paso veloz. Como
yo no había probado bocado debido a las prisas tomé un
par de frutas.

—Soy todo oídos, Nieck —le dije mientras me sentaba a la mesa y me disponía a comer.

El holandés, incorporado sobre la cama, con esa voz
que empezaba a recobrar las fuerzas me relató su historia.

—Estoy muerto, Santiago.

Un pedazo de manzana se me atoró en la garganta, y empecé a toser. Nieck esbozó una sonrisa.

—No se espante, no soy un fantasma. Pero para el mundo yo estoy muerto desde hace más —hizo una pausa—... de treinta años. Soy hombre de pocas palabras, chico, pero intentaré contar con detalle lo sucedido, para que pueda comprender y no condenar.

—No soy quien para juzgarlo, Nieck. Dígame lo que quiera contarme.

Aclarándose la garganta, parco y serio como después verifiqué era su personalidad, procedió a contar su historia.

—No me enorgullece la que hice. Ya no hay nada que pueda hacer para cambiar cosas. —Miraba hacia el suelo, me pareció que para esconder la mirada, pero también porque buscaba las palabras para contar eso que había ocultado por tanto tiempo—. Siempre tuve vocación por la ciencia, era mi pasión. Cuando mi novia dijo que estaba embarazada, el mundo me vino abajo, mis planes, mis metas... Por esos días también llegó la respuesta a una beca de estudios que había solicitado tiempo atrás. Había soñado tanto con ir a China y aprender de cerca su cultura, sus métodos de sanación... pero la rechacé. Nos mudamos juntos y tuvimos una niña. Una pelirroja igual a mí, bonita, claro —dijo esto con una sonrisa, pude ver que el recuerdo de su hija lo enorgullecía—. No nos casamos, ninguno de los dos creía en firmar un papel, pero en vida práctica, aquello que teníamos era justo eso: un matrimonio. El primer año estuvo bien, lo de familia no era tan malo, pero al tercero cuando llegó segundo *bebe*, no pude seguir engañando. Amaba a mis hijos, y a mi mujer también, pero sentía que... ¡ahh... no sé! —apretó los puños.

Nieck se quedó viendo al infinito, en silencio, como tratando de encontrar las palabras que explicaran aquel sentimiento. No lo consiguió.

—Un día no aguanté más. Salí al supermercado a comprar pañales, y cuando tenía que dar vuelta para entrar al estacionamiento del lugar seguí recto. Iba ido. Cuando reaccioné y quise regresar, en alto vi un letrero que decía «Ámsterdam». Yo vivía en Haarlem, una pequeña ciudad a 20 kilómetros de ahí. Un impulso, no sé, algo dentro de mí obligó a seguir ese letrero. No paré hasta que llegué. Pero ahí no terminó el asunto, pude haber paseado un rato, pensar y sentir libre por lo menos un momento, pero no, mi necesidad de liberar me llevó aún más lejos. Seguí hasta el aeropuerto y ahí compré un boleto para el primer vuelo que encontré: Nueva York.

Mientras devoraba un sacha mango, una especie de mango salvaje con el que me había obsesionado por su sabor dulce y textura como de mantequilla, mis ojos se salían de sus órbitas escuchando aquella declaración.

—No haré el cuento largo, solo diré que también quería escapar del frío. Después de unas semanas conseguí volar al Cono Sur, primero a Guayana Holandesa (por supuesto), pero justo a los dos semanas de haber llegado declaró formalmente independencia del país, pasando a ser República de Surinam. Todos los que teníamos nacionalidad holandesa tuvimos que marcharnos. La mayoría regresó al Viejo Continente, pero yo me negué. Me ingenié para conseguir un vuelo a Perú. En Lima viví unos años, hasta que llegué aquí.

Yo escuchaba al tipo este con sentimientos encontrados, por un lado me daban ganas de agarrarlo a golpes, de devolverle la fiebre amarilla, ¿cómo era posible que hubiera abandonado a su esposa y a sus hijos de esa manera? Pero por el otro, lo veía con cierta admiración: no podía definir si su acto había sido valiente o cobarde. Lo comparaba conmigo mismo, y mientras narraba su historia me daba cuenta de que bien podía ser la mía: me casaba con Delia, uníamos nuestras fortunas, juntando tanta plata como para alimentar a las próximas tres generaciones sin problemas; teníamos hijos, y, aunque pudiera amar a esos hijos por ser míos también, no los amaría como hubiera podido hacerlo de saberlos hijos de Carmina, de la mujer que amaba. Terminaría detestándola a ella, a mis hijos, a todos, a mi madre, a mi padre, a la empresa, a mí mismo; terminaría amargado y deprimido, queriendo huir al otro extremo del mundo. A Holanda, por ejemplo, a esa ciudad pequeña que había visto nacer a Nieck, en donde nadie me buscaría.

—En Holanda yo practicaba la medicina general —continuó el médico, después de tomar un poco de jugo—, pero la medicina china me atraía sobremanera. Al punto de obsesionarme. A Meike, así se llamaba mi mujer, no le hacía gracia eso de las agujas y las hierbas. Pero el Universo, siempre, de alguna manera nos recompensa. Yo no pude ir a China a realizar estudios; pero China vino a mí a través del doctor Yuan Wong. Era un tipo alto y delgado, de sonrisa y maneras amables. Siempre dispuesto a enseñar. No era muy mayor de mí; siete u ocho años mayor. Nos hicimos buenos amigos. Había llegado al país huyendo de la represión que se vivía en el suyo. Por él dejé medicina convencional, muchacho. Bien, mi práctica médica no viene al cuento ahora. Si interesa saber, ya habrá tiempo para eso. No me justifico, pero era un extraño para aquellos que decía amar. No me entendían ni yo a ellos. Hablábamos distintos idiomas.—Nieck cerró los ojos y se llevó una mano a la frente. Respiró profundamente—… Hui. Hui de mis obligaciones. Pero pienso que luché por mis ideales y mis sueños. No soy ningún héroe, por supuesto, aunque algunos puedan verme así. Y quizá, por ellos, por defender lo único que me ha motivado durante todo este tiempo, es que ahora tú estás aquí.

Seguía sin entender nada. ¿Qué tenía yo que ver con su vida?

—Nieck, no quisiera apurarlo, sé que aún le cuesta hablar y que se siente cansado, pero me tengo que ir pronto. Le agradecería que fuera más explícito en sus comentarios —le comuniqué de la manera más amable que pude: empezaba a impacientarme.

—*Vergeven, vergeven*… Perdón, es que nunca he contado esto a nadie… Fingí mi muerte porque no fui capaz de enfrentar a mi mujer y mis hijos; también porque sabía que no estaba dispuesto a regresar. Buscando por aquí y por allá, contactando a los personas adecuados, logré avisaran a Meike de mi muerte, que la contaran toda una fantástica historia de secuestro y que hicieran llegar un acta de defunción. También ofrecieron hacer llegar un cuerpo, mas ya a eso no atreví; estaba cometiendo un acto terrible, pero tampoco me convertiría en criminal. La pistola con la que te apunté, perdóname, salió de esa etapa oscura; alguien me la hizo llegar, pero yo guardé en el fondo de un baúl. Después la olvidé, hasta ahora.

—Entiendo —dije, por fin colocando las piezas del rompecabezas en su sitio. Terminé de limpiarme las manos con un trapo húmedo.

Aunque creía entenderlo aún tenía muchas incógnitas por resolver: ¿había vivido todo ese tiempo en esa cabaña solitaria?, ¿si su pasión era curar, a quién curaba en medio de esa selva?… ¿a los indios?… ¿por qué no simplemente había adoptado una identidad falsa y se había quedado en Iquitos?…

—¿Entiende?… Para el mundo yo no existo, Santiago, ir a hospital sin poder identificar levantaría muchas sospechas. Sí, ya sé que debe estar pensando que por qué no adopté una identidad falsa, pero es que la historia no termina aún. Pero será mañana, hijo. Ahora estoy muy cansado y tú tienes que ir.

Salí de la cabaña recontraintrigado. La historia que aquel hombre me había contado parecía salida de una película de cine negro. ¿Y todavía había más?... Pronto la larga fila de gente que esperaba afuera del Centro espantó la curiosidad que el tema me causaba; era hora de trabajar. Esas vacaciones forzadas, por lo visto, habían ocasionado que la salud de mis pacientes decayera.

Iban a dar las siete de la tarde y aún me faltaba un par de pacientes por atender. Me asomé al pasillo para ver de quiénes se trataba y calcular cuánto me tardaría. Me alegré cuando vi a Juan con Bertha, su mujer, esperando: solamente venían para que les inyectara su última dosis de complejo B. Pronto estaría libre. Estaba ansioso por llamar a mi novia. No me había devuelto la llamada y eso me tenía intranquilo. En cuanto la pareja salió, cerré la puerta y me dirigí al teléfono; marqué varias veces, pero una tras otra me mandó al buzón de voz. Volví a llamar a medianoche y nada. No quise hacerme historias, aunque empecé a sospechar que algo no andaba bien. Cuando al día siguiente tampoco pude comunicarme con ella, supe que algo importante había ocurrido. Tenía que verla. Sabía, sabía que algo había pasado porque cuando regresé de mi «secuestro» encontré en mi celular varias llamadas perdidas de Delia. No la llamé, no le di importancia, pero no podía seguir ignorando que aquello no era coincidencia.

A pesar de mi preocupación, cumplí con la visita prometida a mi paciente misterioso. Intenté calmarme y entré sonriendo a la cabaña.

—¡Buenos días! ¿Cómo está mi paciente favo...?

Ahí no había nadie. Salí y rodeé la cabaña, tratando de ver si por ahí andaba Nieck, pero no. Volví a entrar, me senté en el sillón turquesa un rato a esperarlo. «Quizá fue a estirar las piernas y a que le diera el aire, después de tanto encierro», pensé, pero nunca llegó. El médico holandés había desaparecido. Lo confirmé cuando al acercarme a la mesa a tomar un poco de agua de la jarra que estaba ahí, descubrí una nota colocada en una pila de libros: «Gracias. Estos son para ti».

Regresé malhumorado a Belén, ¡carajo! ¿cómo se le había ocurrido marcharse, si todavía no estaba del todo repuesto?, además, ¿adónde iría? La selva no era el mejor lugar para convalecer. Pero lo que más me fastidiaba era que me hubiera dejado sin saber toda la verdad. Me la había ganado desde el momento en que me golpeó con aquella pistola. Aunque regalarme los libros fue un buen detalle. Sentí pena, ya me había empezado a encariñar con el viejo loco.

Al día siguiente volé a Lima. Esta vez sí le avisé a mi jefe, aunque también le inventé una mentira.

En mi vida había sido tan impulsivo. Llegar de improviso a casa de Carmina para averiguar cómo estaba me confirmaba una vez más el amor que sentía por ella. No solo estaba preocupado por que pudiera descubrir lo que le había ocultado, estaba angustiado pensando en que ella estuviera mal. El trayecto se me hizo interminable: el tráfico del aeropuerto a su casa fue un suplicio, primero salir del Callao y luego a San Borja

273

con todos aquellos carros que parecían estar atorados en una manifestación; después, un caracol hubiera trepado más rápido que aquel ascensor que parecía meditar si subir o no. Cuando por fin toqué a su puerta y la vi, me conmocioné. Había pasado por mucho esos últimos días. La abracé, la besé, le repetí mil veces cuánto la amaba, cuánto la deseaba, y aunque no pude decírselo en ese momento, pensé una y mil veces en cuánto quería pasar mi vida a su lado. Me di cuenta de que su enojo —o lo que la tenía así— se esfumó en el instante en que la abracé. ¡Me quería!; pero no me di el tiempo de averiguar qué le pasaba. Yo solo sentía el deseo de hacerla sentir amada, que se diera cuenta de todo lo que significaba para mí. Hicimos el amor como nunca, y cuando estaba más seguro de que jamás la dejaría, de que era la mujer de mi vida, me confesó lo que había ocurrido. No tuve cara para seguir mintiendo. Ahí se terminó todo.

¿Que por qué no le conté la historia del secuestro y de Nieck?… Primero, porque había hecho una promesa; segundo, porque desde la perspectiva de ese momento, en las circunstancias en las que nos encontrábamos, parecía un cuento, una historia bien armada pero ingenua. Y tercero, porque a pesar de todo el orgullo me ganó: ¿por qué Carmina no era capaz de creer que realmente la amaba?, ¿porque le había escondido lo que pasaba entre Delia y yo?, ¿porque me había visto entre la espada y la pared? ¿Acaso no le había demostrado lo suficiente el tipo de hombre que era? Por lo visto no creía en mí de la manera en que yo confiaba en ella. Fue una tontería pensar eso, pero así somos los seres humanos, complicados hasta decir basta. Yo quería que confiara en mí ciegamente. Fui un *tontonazo*.

Más adelante, el secreto aquel que no quise desvelar se complicó. Me había involucrado de tal manera que, cuando Carmina me citó en Larcomar meses después, no pude revelárselo. Y aunque ella tenía razón para sentirse como se sentía, me dolió muchísimo que no confiara en mí. Sí, le había fallado, pero no porque fuera un mal hombre, un mujeriego, un vividor; tenía razones de peso, de mucho peso, que me obligaron a actuar de esa manera. Si ella no estaba dispuesta a ceder ni un poquito, a pesar de que le había demostrado que la seguía amando, al no casarme con Delia, al no cumplir la promesa de mi padre ni las exigencias de mi madre, yo tampoco estaba dispuesto a estar con una mujer que no apostaba por mí. Por mucho que la amara, primero estaba yo. Estaba destrozado por no tenerla, pero me había costado mucho lograr mi libertad y mi independencia. Me quedó claro que no podríamos vivir con la desconfianza de por medio. Con el corazón hecho trizas la dejé ir. Y lo mismo hizo ella, por eso no pude guardarle rencor.

Pensé que mi vida de regreso a Iquitos iba a ser recontratriste. Pero una vez más, un giro inesperado me indicó el camino correcto, aunque en ese momento no lo comprendí.

Estaba en pleno duelo por haber roto con Carmina, cuando él apareció. Había pasado las peores noches y los peores días; no podía dormir ni comer, me costaba montones atender eficazmente a mis pacientes; los días eran eternos, raspaban.

Una madrugada de esas en que preferí salir de la cama e irme a trabajar, me esperaba escondido tras el letrero del Centro de Salud.

—Buenos días, Santiago —pronunció con su fluido español, pero con ese acento extranjero que lo delataba. Iba vestido de blanco, como la última vez, pero ahora con la ropa bien limpita.

—¡Nieck! Qué susto me dio.

—Lo siento, muchacho, no era mi intención. ¿Puede abrir pronto la puerta? —miraba para todos lados, las manos le temblaban.

Cuando estuvimos adentro, intenté abrir las ventanas, pero Nieck me detuvo.

—No, por favor. Nadie debe verme… Ya… sabes.

—Ya, sí, sí, pero ¿se encuentra bien? —le pregunté pensando en que la fiebre amarilla no hubiera cedido del todo.

—No estoy delirando, Santiago —contestó como si leyera mi pensamiento—. Gracias a ti estoy perfectamente bien de salud. Pero no puedo descuidar y que alguien me vea.

—Ah, menos mal, ya me estaba preocupando. ¿Y se puede saber cómo demonios se fue así nomás? —lo reprendí con mis brazos en jarra y haciendo una mueca de disgusto; el holandés pareció aflojarse: se sonrió.

276

Nieck se disculpó, no fue muy explícito en los detalles y pronto cambió el tema; ya me daba cuenta de que no era un hombre de explicaciones.

—Lo que vengo a decir es algo que nos puede cambiar la vida para siempre.

«¿Nos» había dicho?... No supe qué contestar; este hombre estaba lleno de misterios. Como notó mi cara de «de qué demonios habla este tipo», siguió hablando.

—Debe estar fastidiado de tanto misterio —tenía toda la razón—, pero antes de contar nada, necesito mostrar algo. ¿Podrías encontrar conmigo el próximo sábado al mediodía en la cabaña?...

«¿Cómo? ¿El misterio duraría todavía unos días más?», pensé.

—Ya pues... no estoy seguro —lo medité un poco. Aquello me intrigaba sobremanera, pero había faltado mucho al trabajo, no podía ausentarme, ni siquiera en sábado—. Haré todo lo posible, ¿podría ser mejor el domingo?...

—Ok, entonces que sea el domingo, pero por la mañana muy temprano, para que alcance el tiempo.

Nos despedimos con un apretón de manos, como dos buenos amigos. La comodidad que sentía junto a ese extraño a quien conocí en circunstancias tan poco comunes, me pareció inusual. «Qué más da», pensé. No dejé que la duda o la sospecha intrigaran en contra de mi presentimiento.

En los árboles seguían aquellas letras amorfas. Verlas fue como un bisturí atravesándome el esternón. Me doblé por el dolor, puse mi mano sobre mi pecho; el corazón no me sangraba, pero el daño tardaría un buen tiempo en sanar: Carmina no se iría así porque sí, aunque me perdiera en las profundidades de la selva. Pero gracias a esas marcas que me hicieron reavivar la pena, di fácilmente con la cabaña.

Nieck me recibió con el desayuno: frutas y jugos de la selva, quesos y pan tipo europeos —me pregunté de dónde los habría sacado.

Comimos al aire libre. La mañana era muy agradable. Ni calor ni frío, solo una brisa muy ligera; seguramente, con las horas el calor aumentaría.

Terminamos de desayunar, y yo aún seguía repleto de dudas. El hombre me tenía bien agarrado. Se dedicó a hablar de los beneficios de la herbolaria, de las propiedades curativas de las plantas del Amazonas, un poco sobre su niñez y otro tanto del paso del tiempo y de la muerte. Pero nada que me diera una pista acerca de lo que haría cambiar el rumbo de mi vida. Por lo menos nada obvio.

Después de lavar los platos sucios y limpiar minuciosamente la mesa y los lugares en donde podría haber restos de comida, supuse que para evitar a las hormigas, anunció: «En marcha, que debemos aprovechar el día», y salió por la puerta. Por supuesto, yo lo seguí sin poner objeción. Mi corazón empezó a latir.

Casi no habló durante el camino; hacía observaciones de vez en cuando sobre las plantas que encontrábamos a nuestro paso. Hablaba sobre unas y otras con un conocimiento tan detallado que parecía que las hubiera estudiado por largo tiempo. Después de más o menos una hora se detuvo.

—Santiago —pronunció mi nombre con su voz grave y seca, mirando alrededor, cerciorándose de que estuviéramos solos—, lo que voy a mostrar es uno de los secretos mejor guardados de esta selva. Tiene que prometer que nunca, nunca lo revelarás.

Sentí un escalofrío. No tenía la menor idea de lo que pudiera estar escondiendo, pero presentí que estaba justo ante el preámbulo del antes y el después.

—Tú salvaste mi vida —puso su índice sobre mi torso y continuó hablando—, y es algo que nunca podré pagar. Eres un hombre honorable, en ti depositaré toda mi confianza y conocimiento. Promete que, pase lo que pase, nunca dirá a nadie lo que está a punto de conocer.

Por supuesto que se lo prometí, el hombre había logrado meterme una curiosidad del tamaño del mismo río Amazonas. Y más allá de eso, su solemnidad me dejaba ver claramente que algo grande estaba por suceder.

Seguimos adentrándonos en la selva, mientras Nieck, me pareció, hacía una especie de introducción:

—Como conté, yo me gradué de médico cirujano; siempre me interesaron los métodos poco convencionales de curación, pero después de que conocí al doctor Yuan Wong, la medicina alternativa fue una obsesión.

Parecía tan lógico que fueran las causas emocionales y psicológicas las causantes de enfermedades... Empecé a estudiar seriamente principios de la herbolaria y acupuntura y comencé a darme cuenta de cuán equivocada estaba la medicina convencional, tratando síntomas y órganos por separado, como si no tuvieran relación entre sí, como si el cuerpo no fuera ya una sola unidad por sí misma —se detuvo un momento buscando el cielo entre la abundante vegetación: parecía que buscaba el pasado...

Llegamos a la orilla del río y subimos a una balsa de madera que se encontraba ahí. Nieck volvió a guardar silencio. El ruido de la balsa deslizándose suavemente por el agua turbia parecía calmarlo; yo también lo disfrutaba. Como nunca, escuché con atención los sonidos de la selva: el canto de las aves, de los monos, de los insectos: era un concierto magnífico. La vegetación cada vez se hacía más espesa y profunda, los árboles a las orillas estaban tan pegados unos a otros que era difícil ver a través de ellos. El olor que despedía la madera de aquellos troncos me recordó el aroma del sándalo: mi cuerpo se aflojó, como si me estuviera preparando para lo que venía. Repentinamente, Nieck se detuvo enfrente de uno de estos árboles. Hizo una oración en no sé qué dialecto, me pidió que ayudara a colocar la barca en posición vertical —como si estuviera por introducirse en alguna entrada—, y con delicadeza empezó a separar las copas de los árboles con sus manos. Otro escalofrío recorrió mi piel. Estos comenzaron a abrirse, no como en un acto de magia, me cuesta explicarlo, sino como en un acto de rendición, de nobleza. Pude sentirlos vivos. Un nuevo camino apareció ante nuestros ojos y cuando por fin avanzamos, al voltear atrás, las «puertas» se habían cerrado. El río Amazonas había desaparecido. Mudo por el asombro, continué admirando el paisaje; un breve río nos conducía a una pequeña playa de arenas tan blancas y finas como el mismo talco. «Bienvenido al Santuario de las Orquídeas». Nieck rompió el silencio, aunque no por ello el encantamiento en el que me hallaba. Aquel lugar era sorprendente, la vegetación verde, cobriza, de aguas oscuras había quedado atrás para dar paso, quién sabe cómo, a una blanca y brillante luz que emanaba de todas aquellas orquídeas, flores y plantas que habitaban en el santuario. Todo era blanco ahí, hasta los pequeños pajarillos que brincaban de rama en rama y sobrevolaban por las cadenciosas olas de aguas transparentes. Aquello era una poesía y yo me sentía un poeta tratando de describir en mi mente aquel fantástico e inverosímil escenario. Una mariposa blanca se posó sobre mi hombro y recordé la película de Blancanieves; me reí. Me hizo bien, habían pasado muchos, demasiados días sin que pudiera esbozar la mínima sonrisa.

Bajamos de la balsa y nos acostamos en la arena. Era tan suave…, la sombra de las palmeras nos protegía del calor. Nieck se levantó y se introdujo en la vegetación; me preocupé por un momento, pero sabía que no podía abandonarme ahí y si lo hacía…, bueno, no era un mal lugar para morir —o para renacer—. Volvió con un termo lleno de agua limpia y pura.

—Anda, toma, muchacho, no quiero que deshidrates. Más tarde llevaré a que conozca el resto del lugar. Ahora es momento de que termine de contar lo que he venido postergando.

Nieck fraguó esa salida para que yo no tuviera la menor duda de que lo que me contaba era tan cierto como aquel lugar que había visto con mis propios ojos y experimentado con todo mi ser. Era listo el tipo.

Nieck, durante casi treinta años, había sido el médico de una aldea *sui generis* escondida del conocimiento del mundo en algún lugar de la selva amazónica del Perú. Yvy mar'e, la Tierra sin mal, dijo que se llamaba. No era una aldea únicamente habitada por nativos, ¡qué va! Era toda una sociedad conformada por diferentes razas y culturas, una especie de mundo ideal. Cuando él decidió refugiarse en ese paraíso lo hizo con la convicción de que entregaría su vida a la verdadera medicina, a la que había nacido en el mismo instante en que el primer hombre se enfermó. Su juventud, su terquedad, su ilusión o cualquier otro pretexto para desechar los avances de la ciencia y la tecnología lo hicieron encerrarse en un mundo estrecho, lleno de misticismo, espiritualidad, de verdad, pero también, de superchería.

Gracias a sus conocimientos, a su práctica médica, a la investigación profunda de las plantas medicinales que su nuevo hogar le ofrecía, se hizo de un buen prestigio, y durante muchos años fue el encargado, junto con la chamana del pueblo, de velar por la salud de sus paisanos.

No fue sino hasta que una terrible enfermedad —la fiebre amarilla— casi lo mata, que se dio cuenta de su error. Necesitó verse a orillas del precipicio de la muerte para dejar de pelear. La medicina es una sola, el fin es preservar la salud y la vida. Las vertientes son muchas, son nobles, no compiten entre ellas, se abrazan. No hay una mejor que otra, son complemento una de la otra.

Pero este razonamiento llegó mucho después del delirio, de los sangrados y los vómitos. Lo primero que se le subió fue el orgullo. No dejaría que nadie lo viera en esas condiciones; no dejaría que nadie supiera que estaba imposibilitado para curarse a sí mismo; no dejaría que nadie supiera que necesitaba otro tipo de medicina, una que actuara más rápido, una que le diera mayores esperanzas de vida. No dejaría que nadie supiera que tenía miedo a morir. Se sintió perdido y solo. Entonces, mientras luchaba por conservar la cordura, entre lapsos lúcidos y casi esquizoides, se dirigió a Iquitos, a Belén, al Centro de Salud más escondido, al que nadie que pudiera reconocerlo tuviera acceso.

Todo había sido una cuestión de orgullo.

«Ahora soy sano de nuevo», Nieck se incorporó, dobló las rodillas y apoyó los brazos en las piernas. Lo imité, y seguimos conversando sentados en esa inverosímil playa. Mientras él hablaba, yo jugaba con la arena entre mis manos: era increíblemente blanca y suave.

—Pero lo que me pasó, hizo darme cuenta de que no duraré para siempre, de que, aunque aún no soy un viejo decrépito (y espero nunca llegar a ser), pronto ya no estaré en la facultad de seguir con mi práctica. Santiago, sé que no tengo derecho a pedir esto, pero ¿te gustaría continuar con mi legado?… No respondas nada —interrumpió mi débil intento por hacer por lo menos una mueca—. Sería el médico ideal para este nuevo mundo, uno que no lucha más por defender ideas o conceptos obsoletos, sino que toma lo mejor de cada práctica y hace con ello una amalgama perfecta.

Aquel diálogo lo sostuve por días en mi cabeza. Jamás me esperé una confesión como esa, ni mucho menos ese tipo de petición. Sin embargo, no supe por qué, era una idea que no podía descartar. Parecía de locos, ¿qué iba a hacer yo enclaustrado en la selva?, ¿alejado del mundo? ¡A mí me encantaba el mundo! Pero había algo que me atraía, que me costaba rechazar. Pasó un buen tiempo para que pudiera dar una respuesta.

Aún no terminaba de superar lo de Carmina, cuando la presencia de Alejo, su papá, llegó para removerme todo.

Nos encontramos frente a frente, un sábado, caminando por el famoso pasaje Paquito del mercado de Belén; por lo visto a los dos se nos había ocurrido ir a buscar remedios naturales ese mismo día. No tuve para dónde hacerme: él, tampoco. Hubiera sido demasiado obvio, y más para mí, ya que justo ese día llevaba puesto un *polo* amarillo con el que no me pierdo ni aunque quiera, así que optamos por saludarnos. De inmediato supe que estaba enterado de mi rompimiento con su hija: educadamente me preguntó por mí, por mi trabajo, por mi salud, pero en ningún momento hizo alusión a Carmina. No sé qué me dolió más. Yo tampoco le pregunté por ella. Conversamos un poco del clima, de las cortezas, plantas y preparados que se podían conseguir ahí, de la sobreabundancia de perros callejeros en la ciudad y nos despedimos con la promesa de que pronto nos volveríamos a ver para llevar a cabo esa tan anunciada parrillada que desde que puse un pie en Iquitos me prometió. Me fui de ahí con un puñetazo en el estómago.

Por días cavilé todas las posibilidades. Me atraía mucho ir a descubrir ese mundo oculto, aprender junto a Nieck todo lo que siempre había querido, y después de toparme con el papá de Carmina pensé que refundirme en ese rincón misterioso y oculto podría ser la solución para olvidarla. Pero inmediatamente me di cuenta de que ni yéndome a Nepal podría dejar de amarla. Regia la cosa.

Si decidía convertirme en el médico de Yvy mar'e, tendría que dejar a todos atrás, desaparecer sin decir nada... era realmente tentador. Pero yo no estaba encolerizado con el mundo, ni siquiera con mi mamá o con Delia. Sin embargo, algo muy fuerte dentro de mí me empujaba a acceder a la petición de Nieck, que más que una petición se convertía, ante mi visión del futuro, en la elección más sabia. Era como una corazonada, un presentimiento. Me daba miedo, por supuesto, pero el miedo nunca fue un factor para detenerme, no lo haría ahora. Y los giros inesperados no paraban de presentarse en mi vida como señales del rumbo que tenía que tomar.

Después de aquella tarde en que nos topamos fortuitamente, Alejo no dejó de pensar en mí y en Carmina. Una semana después se presentó en el Centro de Salud.

—¡Qué tal, muchacho! ¿Cómo estás? Espero no interrumpirte —exclamó el papá de Carmina con entusiasmo en cuanto estuvo junto a mí. A pesar de sus años su jovialidad lo hacía verse bastante menor, y ese día, con aquel *polo* anaranjado lucía aún más joven.

—Don Alejo, por favor, pase —lo invité a sentarse en la silla frente a mi humilde escritorio.

—No quiero fastidiarte, Santiago, solamente quiero conversar un poco contigo. ¿Te parece bien?

Me quedé mudo por unos instantes, no porque no me pareciera conversar con él, sino porque me sorprendía que él quisiera hablar conmigo. Además, tenía miedo: moría por tener noticias de Carmina, pero me mataría saber que ya estaba con alguien más.

—Sí, por supuesto, adelante, don Alejo. ¿En qué le puedo servir?

—Muchacho, sé que mi visita te sorprenderá. Antes que nada, quiero que sepas que vengo por mi propia iniciativa y voluntad. No me manda nadie —carraspeó.

Ese «nadie» sustituyó el nombre de Carmina de la manera más amable. Lo agradecí. Pero el temor y la duda crecieron como plaga en enredadera.

La saliva pasó gruesa por mi manzana de Adán.

—Ya, bueno, la verdad me sorprende un poco su visita, pero también me da gusto.

Y venciendo los temores, el orgullo, sorprendiéndome a mí mismo, pregunté:

—¿Cómo está Carmina, don Alejo?

—Bien, muchacho, está bien. Me alegro que preguntes por ella. Porque es precisamente de ella de quien te quiero hablar. No creas que soy un viejo metiche ¿ah?, y mucho menos que pienses que fue ella quien me mandó a hablar contigo. Si Carmina supiera que estoy aquí le daría una cólera…

—¿Entonces? No lo entiendo.

—Mira, no te voy a hacer el cuento largo, ¿ah? Así como me ves de viejo, un día tuve tu juventud. Nunca hablo de esto con nadie, ni con Carmina, Santiago. Lo hice en su momento, hace ya mucho, mucho tiempo, cuando ni tú ni ella habían nacido, así que entenderás lo que me ha costado venir aquí… Lo que quiero decir es que sé lo que es estar completamente enamorado de una mujer y sé, sobre todo, lo que es vivir amándola sin tenerla —se detuvo un momento, como buscando las palabras adecuadas y continuó—: Me impresionó verte el otro día que nos topamos de casualidad por el mercado. Fue como remontarme más de cuarenta años atrás y verme a mí mismo caminando con la cara lánguida, intentando ser otro, un otro que no tuviera hecho pedazos el corazón. No pude sacarme tu faz de la mente. Esa misma noche hablé con Carmina por teléfono. No me lo dice, pero sé que está triste, aunque intenta disimularlo. El tono de su voz la delata; la conozco tan bien…

«Como hombre, entiendo las razones que tuviste para hacer lo que hiciste. No lo aplaudo ni lo consiento, mas no soy quién para juzgarte. Si he venido aquí es para decirte que no te conformes, pues, que no sea tu orgullo el que te quite las ganas de luchar por tu felicidad. Te lo dice un hombre que ha amado a la misma mujer toda su vida, pero que solo pudo compartir con ella un par de años porque la muerte se interpuso. No sabes lo que daría por tener al menos un instante con ella para decirle todo lo que siento, para abrazarla, para besarla, para… Soy un hombre simple, Santiago, no podría llenarla de poemas y frases que con palabras precisas pudieran explicarle mi amor, simplemente me entregaría a ella para que supiera que, con todo lo que soy, siempre podrá tenerme».

Don Alejo se quedó callado un momento, me parece que tratando de deshacer el nudo que se le había formado en la garganta cuando empezó a recordar a su esposa. Yo seguía callado, pasmado, escuchaba sus palabras repetirse en mi mente. Cuando reaccioné, me paré para ofrecerle una botella de agua que tenía por ahí. La acepté con agrado.

—Los tiempos han cambiado —continuó—. Los jóvenes nos tachan de ridículos a los viejos como yo, a nuestras costumbres. Tienen suerte de que ahora las cosas sean más fáciles, pero han perdido el sentido del compromiso. A la menor provocación se mandan mudar. Se marchan, incluso, sin decir adiós. Sienten pánico de sentir que le «pertenecen» a alguien. No se dan cuenta de que el sentido de pertenencia hace que nunca más te vuelvas a sentir solo. No te conviertes en el objeto del otro, te conviertes en su cómplice. Nosotros lo intentábamos hasta las últimas consecuencias; quizá, la mayoría más por costumbre, educación o cultura que por verdadero amor. Sin embargo, no sabes cuántas parejas terminaron sus días amándose, porque en el camino aprendieron a hacerlo. Carmina está viva, Santiago, ámala ahora que puedes demostrárselo. No pierdas la oportunidad que te brinda la vida.

Sonreí. No pude decirle nada. Solo asentí con la cabeza a la invitación que me hacía para, por fin, hacer aquella parrillada, y apreté fuerte su mano al despedirlo.

Pasaron los días, las semanas y no volví a verlo. Nuestros respectivos compromisos nos lo impidieron, aunque creo que era yo quien lo evitaba: removía demasiadas cosas en mí, cosas que aún no estaba en condiciones de manejar. Un mes después, Nieck volvió a aparecer con su acostumbrado atuendo blanco. En todo ese tiempo no le había dado una respuesta. No había ido hasta la cabaña a buscarlo o a dejarle un mensaje como habíamos quedado.

—Es momento de que conozca Yvy mar'e —me dijo, como si yo le hubiera rogado largo rato.

—No entiendo, Nieck, ¿cómo así?… ¿No dice que está prohibida la entrada a extraños?… Además, tendría que haberse delatado para…

Nieck sonrió e hizo un gesto afirmativo con la cabeza.

—¿Se delató? —pregunté sorprendido.

—*Ja*, sí, lo hice.

—Pero ¿por qué?… Yo aún no me he decidido.

—Y no la hará hasta que conozca Yvy mar'e. Tiene que verlo con tus propios ojos para comprender.

—Sigo sin entender.

—Vine por ti para que me acompañes a la cabaña. Quiero que conozca a alguien.

Una vez más cerré con llave la puerta del Centro de Salud y dejé colgado el letrero de «Consultas después de las cuatro de la tarde».

En esta ocasión el camino hasta la cabaña se me hizo rapidísimo. Estaba tan ansioso que me hubiera comido las uñas de haber tenido. Seguí a Nieck; me negué a voltear a ver las marcas amorfas en los árboles.

Afuera de la cabaña, sentado en una silla de madera, nos esperaba un hombre al que nunca había visto. Parecía extranjero también, pero no caucásico. ¿Casualidad?… Iba vestido totalmente de blanco, igual que Nieck.

El hombre se paró con dificultad de la silla cuando nos vio llegar, su imagen no reflejaba su edad, no obstante, aquel movimiento delataba que llevaba buen tiempo en este mundo.

—Qué tal, chaval. Soy Álvaro González —apretó fuerte mi mano, y de inmediato pude reconocer su acento español.

—Santiago, presento al líder de Yvy mar'e —pronunció Nieck con cierto orgullo y respeto.

—Mucho gusto —dije y respondí igualmente con un apretón fuerte de manos.

—Nieck me ha explicado mucho de ti, chaval. Estoy muy agradecido contigo por haberle salvado la vida. Y te pido una disculpa por la forma en que actuó este bravucón.

Nieck bajó la cara avergonzado, pero Álvaro salvó el momento dándole una palmada en la espalda. Se notaba la camaradería que había entre ellos.

Nos sentamos, nuevamente, ante una mesa puesta: quesos semicurados de cabra; *baguettes, croissants* de chocolate, entre otras ricuras que me transportaron, una vez más, a Europa.

—Chaval, habrás notado que nosotros ya vamos de salida. Aunque aún nos quedaran una buena cantidad de años por vivir, nuestra energía ya no es la misma. Necesitamos sangre nueva para seguir manteniendo en orden y paz nuestro sagrado refugio. Hace ya bastante tiempo que nadie llega a Yvy mar'e —Álvaro estaba sentado con las piernas abiertas, inclinado con los brazos sobre su regazo y las manos las juntaba y las separaba, otorgándole intensidad a sus palabras—, la mayoría ya somos viejos. He empezado a percibir cierta inquietud entre los jóvenes, sobre todo por los que no nacieron aquí. Quienes fueron traídos por sus padres siendo niños aún mantienen ciertos recuerdos, o se rebelan contra lo que consideran que se opone a su derecho a tomar decisiones y hacer valer su libre albedrío. De hecho, unos cuantos decidieron marcharse, entre ellos, mis dos nietos varones. Además, a pesar de la complicidad de la naturaleza, cada día nos cuesta más permanecer escondidos. Hemos hecho malabares para no ser pescados por los tíos de la televisión. Sabemos que en los últimos años la selva amazónica ha llamado la atención de todo el mundo. Nos hemos enterado de los satélites, de las fotografías que se toman desde el espacio… ¡Madre mía! No puedo seguir negándolo: estamos en crisis.

Nieck pareció sorprenderse con la declaración de su amigo, sus ojos azules se abrieron grandes, acentuando las arrugas de su frente.

—Álvaro… yo… pensé que solo eran conjeturas mías, pero veo que no es así.

—Querido amigo, fuiste tú quien me abrió los ojos para ver esa realidad que venía acechándonos. No podemos seguir tapando el sol con un dedo. Por eso no me quedaré sentado a ver cómo nuestra magnífica sociedad que ha perdurado por más de quinientos años se derrumba. Creo que estamos a tiempo. Y tú, Santiago, estoy seguro, podrás ayudarnos. Me hace mucha ilusión contarte entre nosotros.

—No sé qué decirles —estaba realmente confundido. Sus palabras, su emoción reprimida, me conmovían. No había pisado aún el suelo de Yvy mar'e y ya me sentía parte de él.

—No digas nada aún, chaval. Que entendemos tu dilema. Déjanos enseñarte nuestra aldea, a la cual siempre llegaron hombres y mujeres libres.

—No estamos pidiendo que renuncie al mundo —comentó Nieck—. Si decide a aceptar, encontraremos la manera. ¿Sabe que entre nosotros existen dos personas que no viven permanentemente en la aldea?…

—No quiero ser maleducado —interrumpió de pronto Álvaro, dejando sin respuesta la pregunta que acababa de hacerme Nieck—, pero se hace tarde. Ya habrá tiempo para que conozcas los detalles, por ahora es necesario que nos pongamos en marcha. ¡Venga! Andando.

Nos encaminamos por el monte, yo, intentando no parecer un citadino, y ellos, como si caminaran sobre el asfalto, con paso firme a pesar de los años. Durante el recorrido Álvaro me contó la historia de Yvy mar'e, de sus fundadores, de cómo, durante siglos, han desarrollado su propia tecnología para vivir con comodidad, «pero respetando siempre el entorno, muchacho». Los yvymareños sienten una enorme gratitud por aquella selva que los resguarda. Se han preocupado por cuidar cada planta, cada animal; tomaron precauciones para que las especies traídas de fuera no se mezclaran con las nativas; fueron visionarios y previsores. Todo sugería que las mentes más sobresalientes se habían encontrado ahí.

—Las almas —rectificó Álvaro al comentario que hice casi entre dientes—, somos almas gemelas.

—Yo creía que esas eran las que se encontraban por amor.

—El hombre ordinario ha simplificado los conceptos a su mínima expresión: le es más sencillo.

—Cuando conozca a los habitantes de Yvy mar'e comprenderá con exactitud lo que Álvaro quiere decir

—habló Nieck, después de un buen rato de haber estado callado.

El tramo final lo hicimos en silencio; entendí que aquel par de hombres ahorraba energía para llegar a su destino. Guardé silencio, también, en señal de consideración.

Describir cómo es Yvy mar'e no sería suficiente. No es ninguna ciudad sacada de una historia de Aldous Huxley o de Julio Verne; en su simpleza se encuentra su grandeza. No hay letreros que digan «Bienvenido a Yvy mar'e, la Tierra sin mal»; no hay señalamientos ni calles, ni avenidas que indiquen que uno se encuentra en algún asentamiento; la comunidad entera se encuentra resguardada por las plantas, como en un impecable uniforme de camuflaje. De lejos solo se ven árboles y más árboles y una vegetación densa. Pero al acercarse uno se da cuenta de que es posible atravesarla y descubrir que en medio de todo aquello hay una isla: Yvy mar'e. A la isla únicamente se llega en bote.

Cuando por fin estuve en el corazón de aquel sitio, quedé sorprendido por los chalets de distintos tamaños, en su mayoría de estilo europeo, que brindaban hogar a las quinientas veintitrés personas que habitaban la aldea. El plan de urbanización fue trazado casi desde su fundación y los diferentes arquitectos e ingenieros que han pasado por ella aportaron las ideas más brillantes para crear esta sociedad fantasma. Seguramente una fotografía tomada desde la estratósfera mostraría una urbanización perfectamente planificada. Los sistemas de agua, drenaje y electricidad han mostrado soluciones sustentables por décadas, como los que ahora intentan echar a andar las asociaciones ambientalistas. En Yvy mar'e no es novedad el cableado bajo tierra ni la utilización de celdas solares; quizá las fachadas de sus casas no reflejen su progreso y modernidad, pues siempre han preferido manejar el bajo perfil; sin embargo, la tecnología es parte de ellos y del interior de sus hogares. La casa de Álvaro, que fue la primera que conocí, me impresionó: ni una ramita estaba de más en aquel espacio; todo, hasta el rincón que parecía más inútil era recontracreativo. Paredes con plantas de cultivo alineadas verticalmente, que además de servir para dar alimento a la familia lucían como un jardín interior; fuentes que ayudan a reciclar el agua; sistemas de conservación de los alimentos a base de sal y hielo; complejos sistemas de enfriamiento del aire para mantener las casas aisladas del calor y la humedad. Quizás a muchos ya no les parezca la gran cosa, porque en las grandes ciudades, sobre todo en los países del primer mundo, esto está empezando a ser la «moda». Pero en esta tierra escondida se ha vivido así desde muchísimo tiempo atrás. ¿Cómo es que ellos tuvieron la inteligencia, la conciencia y el buen tino de implementarlas? ¿Teníamos que esperar a que el calentamiento global, sequías, inundaciones, tsunamis, nos pusieran sobre aviso?...

No llevaba ni dos horas en aquel sitio y ya me sentía con todo el derecho a preservarlo. Era como si siempre hubiese sabido que en algún lugar de la Tierra existía ese mundo ideal con el que tantas noches soñé. Era casi, casi como descubrir que Papá Noel no era un mito. Recordé la corazonada que tuve desde que conocí a Nieck: la revelación se me había concedido. Estaba recontrafeliz.

Cuando llegamos ya estaba anocheciendo. Me tocó presenciar el atardecer más espectacular que yo hubiera visto: el agua que rodeaba la isla brillaba como un espejo, en él se reflejaba el cielo con los últimos tonos anaranjados de ese día, pero los árboles y las plantas se escondían en la penumbra, como preparándose para dormir y servir de colchón a los cientos de pájaros que esperaban que cayera la noche para dejar de cantar.

Álvaro y Luana me ofrecieron pasar la noche en su casa; ahí conocí a la chamana del pueblo y a su hija: un par de mujeres de piel morena clara, bastante más clara que la de los indígenas, ojos negros, muy parecidos a los de Luana, cabello largo, lacio, oscuro también. Tenían un aire español que no pude pasar desapercibido; eran una mezcla interesante. Iban vestidas, igualmente, de blanco, pero ellas, en lugar de camisa y pantalones, llevaban vestidos a la rodilla. Eran muy bellas, la más joven —calculé que sería más o menos de mi edad— parecía la versión nueva de la mayor. Resultaron ser la hija y la nieta de Álvaro y Luana.

Fue una comida de lo más agradable, y los platillos que sirvieron, buenazos: tantas emociones y la caminata tan larga me habían dejado muerto de hambre. Conversamos un poco de todo, de ellos, de mí.

Se entusiasmaron con mi proyecto de tesis, aunque no se explicaban cómo era que había logrado una prórroga para entregarla. Era poco usual que a un médico le dieran su título antes de haber entregado la tesis. Guiñando un ojo les dije que era un hombre de muchos recursos. Rieron. La verdad es que me había costado años convencer al mismísimo rector de la universidad de que solo podría completar mi propuesta viniendo a la selva y pasando un buen rato en ella para ampliar mi investigación. Al final aceptó que entregara un ensayo, pero con la promesa de que al regresar del servicio social entregaría esa tesis completa y haría un examen con sinodales. Si no lo pasaba, si ellos no aprobaban la tesis, mi título sería revocado. Me la estaba jugando.

Todos me resultaron de lo más simpáticos. Pero me llamó la atención que la chica joven, la nieta, permaneciera callada todo el rato. Más tarde me enteré de que era muda y que, al parecer, tenía ciertos dones por los cuales era muy respetada en la aldea. Aunque en ese momento no pude ni imaginarlos: me pareció una ratoncita asustada.

Cerca de la medianoche, como a un chiquito, mis anfitriones me acompañaron hasta mi habitación. Me sorprendió que tuvieran un cuarto de invitados. «Siempre estamos preparados», comentó Luana con su dulce voz. Inspeccionó que todo estuviera en su lugar, que no me faltara nada; hicieron todo lo posible para que pudiera estar cómodo y descansar. Aquella primera noche en Yvy mar'e jamás la olvidaría. La hospitalidad de esos extraños me abrazó de tal modo que sentí el amor y la compasión que alguna vez escuché predicar a un gran líder espiritual del Tíbet; comencé a entender lo de las almas gemelas.

—Sí —les dije antes de que salieran del cuarto.

Se volvieron para abrazarme.

—Bienvenido, chaval.

—Bienvenido, hijo. No tuve la menor duda de que aceptarías, lo leí en tus ojos.

No llegué a conocerlos a todos, no personalmente. En un enorme palafito, que pude comprobar después que fue construido con fines recreativos y sociales, me presentaron. La sorpresa entre los aldeanos no se hizo esperar. Aunque el impresionado era yo al ver ese grupo de gente que parecía representar a cada una de las razas de nuestro planeta, cada etnia; me sentí en las Naciones Unidas. Desde el estrado al que me habían subido, veía cabecitas de colores: rubias, anaranjadas, negras, blancas, calvas, grises, castañas… en fin, una amplia gama de tonalidades. Eso sí, todos, chicos y grandes, iban vestidos de blanco.

La sorpresa a algunos los tomó desprevenidos y no les agradó. Otros, casi brincaron de la emoción —al final de cuentas, seres humanos que viven la vida desde su perspectiva—. Quienes reaccionaron con negatividad lo hicieron por el miedo de ser descubiertos; quienes se alegraron con mi visita respiraron aliviados: ellos también intuían lo mismo que Álvaro y Nieck. Pero de una u otra manera todos se entregaron con confianza a la propuesta de su líder y a la venia de su médico; jamás había visto tal manifestación de respeto y aceptación del pueblo ante un «superior»; por lo menos no es lo que se ve ahora en nuestros países, sobre todo con la sarta de políticos que tenemos... La gente confiaba ciegamente en la palabra de Álvaro; por supuesto, él se lo había ganado a fuerza de honestidad en todos los años que tenía liderando. Supe más tarde que esta era su quinta reelección. Sí, Yvy mar'e era una sociedad se podría decir que demócrata y «capi-socialista». Pasado el susto, todos me recibieron con abrazos, besos, palmadas en la espalda o fuertes apretones de mano. Hicieron una comilona que recordaré siempre; los más variados platillos lucieron ante una enorme mesa como una muestra más de la perfecta «globalización» que reinaba en la Tierra sin mal. Y como soy medio glotón le entré con gusto a la paella, al chucrut, al tabule y al *cous cous*, al *korokke* y hasta nuestra tradicional papa a la huancaína. Y mientras saboreaba con verdadero placer y apetito esos platos, caía en la cuenta de que nada contenía carne.

—En Yvy mar'e procuramos no matar para alimentarnos —interrumpió Álvaro mis pensamientos, como si los adivinara —para nosotros nuestros animales son sagrados, los amamos, los respetamos y todos los días agradecemos lo que nos proporcionan.

No dije nada, simplemente asentí y continué comiendo. En el fondo podía entender la verdad de aquello, pero había sido carnívoro toda mi vida y hasta ese día no había visto nada de malo en ello. ¿Es que en verdad lo habría?… Una cosa más que venía a romper todos mis esquemas.

Aproveché que era fin de semana para visitar, en calidad de médico, a algunos de sus habitantes, sobre todo a quienes tenían niños pequeños. Noté que la salud, en general, era bastante buena. A los ancianos era difícil calcularles la edad; pensé que había dado con la fuente de la eterna juventud y que Nieck había hecho un excelente trabajo.

El lunes temprano volví a Belén. Me sentí nuevo, renovado. Definitivamente yo era otro.

Regresé a Yvy mar'e cada fin de semana hasta que tuve que volver a Lima. Ellos entendieron que tenía que arreglar mi vida para recuperar mi libertad. Aún tenía pendiente el asunto de Delia y mi supuesto matrimonio; era urgente hablar con ella, su padre y mi mamá. El momento de demostrar que estaba madurando, que era capaz de defender mis ideas sin miedo, era inevitable.

Antes de despedirme recordé que aún no había conocido a esos dos personajes que eran los únicos que no vivían permanentemente en la aldea. «Los conocerás, muchacho», me dijo Nieck, «ahora no están siquiera en Iquitos. Recuerda que tenemos un código que no nos permite desvelar las identidades sin consentimiento», enfatizó Álvaro. «Ellos no han sido informados aún de tu presencia».

Un día antes de partir fui a despedirme del papá de Carmina a su negocio. No quería que pensara que era un grosero, ni que había rechazado su oferta de la parrillada por maleducado. Aunque lo suponía lo suficientemente sabio por su edad para intuir que mi renuencia se debía a la incomodidad de estar con el padre de la mujer que amaba. No lo encontré. La empleada del orquidiario, una charapa a toda vista, pequeña y parlanchina, me informó que el señor Alejo llevaba un tiempo en Lima visitando a su hija. «Vuelva otro día, nomás». Me estremecí.

Yo no la busqué, más bien ella se me adelantó.

Meses atrás la había llamado con tanta insistencia, sin que ella contestara, que pensé que jamás volvería a escuchar su voz. Nunca dejé de pensar en la conversación que tuve con su papá; sus palabras calaron hondo, no porque tuviera dudas sobre mis sentimientos hacia ella, sino porque no había considerado lo frágiles que somos los seres humanos. Mi trabajo todos los días me enfrentaba con la muerte, no obstante, de una manera inconsciente, quizá, nos sentía inmortales. Después de aquella charla quise correr a buscarla en ese impulso por aprovechar cada momento, pero sabía que no podía presentarme ante ella en las mismas condiciones en las que habíamos terminado. Sabía que, por eso, Carmina no quería saber de mí; para qué, no tenía caso: yo no tenía nada que ofrecerle. Primero tendría que arreglar todos mis asuntos y después, con las manos limpitas, ir a buscarla.

No fue fácil plantarme delante de mi mamá y contarle que mis planes habían cambiado. No me armó una escena. Ante todo las apariencias, por supuesto. Pero no me bajó de hijo malagradecido e ingrato. «Qué bueno que tu papá no está aquí para enfrentar semejante disgusto; él, que estaba tan orgulloso de ti», decía con toda la intención de manipularme. Pero como no cedí, empezó a sentirse mal. Por el interfono de su cuarto llamó a una de sus empleadas y con un hilo de voz pidió una ambulancia: estaba sufriendo un infarto. Suspiré profundamente, me acerqué a ella con la intención de auscultarla, pero me rechazó, tajante, poniendo enfrente la palma de su mano.

Dos días nos mantuvo en el hospital: sus síntomas hipocondriacos, aleccionados durante tanto tiempo, se lucieron, y una gastritis aguda se camufló de preinfarto. Después de que la llevé de regreso a la casa permanecí un par de días con ella mientras se recuperaba; luego me fui. Renté mi propio departamento. Sus chantajes y manipulaciones no me frenaron más. Dejó de hablarme por unas semanas y con mis hermanas me hacía llegar mensajes de lo mal que estaba; pero esta vez no caí en su juego. Una tarde, sin avisar, se apareció en mi departamento e hicimos las paces. Por fin me sentí un hombre. No le dije que me iría de Lima: *piano, piano*, como dicen los italianos. La más contenta de todo esto resultó ser Sofía, le valió un comino la opinión de su castrante marido y decidida tomó mi lugar en la empresa: tenía años preparándose para ello. Nunca le dijo nada a nadie, pero me conocía tan bien que sabía que yo ni podría ni querría quedarme con el paquetito.

El padre de Delia me mandó al carajo antes de que pudiera decir yo nada. Me amenazó con quitarme mis acciones, con difamarme. A gritos decía que ninguna cabra loca lo dejaría en vergüenza. «¡Te dejaré en la calle, conchudo de mierda!»... Pero yo había tenido la precaución de consultar a un abogado, sabía muy bien cómo defender mi patrimonio. Y mi hermana, *vivaza*, lo tenía todo bien preparadito. Tal vez sí perdería algunas de las acciones de la empresa de mi papá, así como ciertos derechos, pero no me importaba. El dinero nunca fue la fuente de mi felicidad.

Quien me dejó recontrasorprendido fue Delia. Me deseó suerte, me pidió disculpas por las que me había hecho pasar y me dio un último beso de despedida. Más adelante supe que estaba enamorada de un tipo argentino que había llegado de Mendoza meses atrás. Pero como no era millonario, mantenía oculta su relación. La manera en que me rebelé ante Emmanuel Velarde, su papá, le dio la pauta para imitarme y defender su felicidad. Al viejo no le quedó más que aguantarse y aprender a tomar mate con el yerno. Ante todo, las apariencias.

Fui recontrailusionado a verme con Carmina en Larcomar. Pensaba que podía ser el reinicio de nuestra relación, ¿para qué otra cosita me habría llamado si no? Le pediría mil perdones y bueno, me lavé el coco ideando que no habría necesidad de ahondar tanto en las explicaciones, de que confiaría en mí ciegamente hasta que pudiera revelarle la verdad. No es que subestimara su inteligencia, es que estaba loco por volver con ella. Quise pensar que ella también. Fui un *tontonazo*.

Apenas la tuve enfrente de mí, la abracé todo lo que pude, olí su perfume, su cabello, sentí su corazón latir junto al mío, tenía la esperanza de que no fuera la última vez. Me sentí aliviado cuando dejó de resistirse y correspondió a mi abrazo. No todo estaba perdido. No sé por qué carajos pensé que Carmina caería redondita a mis pies en aquel lugar con vista al mar y aroma a té. Como si el ruido de las olas al chocar contra las rocas pudiera tapar las mentiras.

Todo terminó mal. La amaba con toda mi alma, pero no pude soportar que no creyera en mí. Estaba consciente de los secretos que le guardaba; sin embargo, había hecho una promesa: no podía empezar a hacer una vida en ese mundo idílico rompiéndola. Me quebraba la cabeza pensando en el modo en que, más adelante, Carmina también pudiera ser parte de Yvy mar'e; la conocía muy bien y estaba seguro de que se emocionaría tanto como yo. Aunque no podía apostar por su reacción ante la perspectiva de alejarse del mundo… y de su viejo. Tenía que irme con cautela. Eso sí, lo primero sería convencer a Álvaro y al resto de yvymareños, porque si ellos no estaban de acuerdo, la cosa no iba a pintar nada bien. Lo segundo sería encontrar cómo demonios empatar mi vida en Yvy mar'e y en el mundo.

Que estaba claro que yo no había nacido para monje, ermitaño ni nadita por el estilo.

Pero en ese momento no tenía nada, solo la ilusión de ser parte de un mundo perfecto y de recuperar al amor de mi vida. No conté con que el amor de mi vida me mandaría al carajo. Regia la cosa.

La tesis

Mitos y realidades de las plantas de la Amazonía peruana rezaba la portada de mi tesis. Estaba a punto de entrar al examen final con los sinodales, con el libro empastado en azul y letras doradas en la mano. El pasillo de la Facultad se encontraba vacío; esperaba que abrieran la puerta del pequeño auditorio en donde se llevaría a cabo. Me sentía tranquilo, conocía con profundidad mi investigación. Aflojé un poco el nudo de la corbata: estaba tranquilo, pero un examen de tal magnitud puede poner enfermo hasta al más ecuánime.

La elaboración de mi tesis llegó como nunca en el momento más oportuno. Me distrajo por un rato de todo mi mal rollo con Carmina. Me entregué en cuerpo y alma a ese proyecto con el que tenía años soñando. Además, a esas alturas no podía defraudar también la confianza que mi tutor, el doctor Quispe, y el mismo director de la Facultad de Medicina, habían depositado en mí, cuando los convencí de que me dieran una prórroga para entregarla. Tenía suficiente con haber perdido la confianza de Carmina.

Pasé mis días y mis noches investigando, escribiendo; había juntado tanto material en todo ese año en la Amazonía, que delante de mí se formaba un gran rompecabezas al que no le hallaba ni pico ni rabo. Nada más en jerarquizar la información se me fueron montones de tarros de café y noches que terminaban con el sol en mi cara. Me le pegué a mi tutor como sanguijuela. Un domingo lo desperté cerca de las cuatro de la mañana: había perdido la noción del tiempo. Cuando me gritó un «¡Caracho!», colgué inmediatamente, muy avergonzado: me había pasado de la raya. Al día siguiente tuve que pedirles disculpas a él y a su mujer.

Después de años de preparación, por fin, el momento había llegado. Me parecía increíble.

El tiempo pasó veloz en aquel sitio de pisos y paredes alfombrados e instalaciones perfectas para la proyección de audiovisuales. Expuse mis ideas, al inicio sudando frío, pero después, tomando el control de la situación. Por supuesto que refutaron mis argumentos, pero siempre tuve una respuesta certera que les dejó un mohín en la boca o hasta un gesto de aprobación a aquellos médicos de la vieja escuela. Al finalizar, un silencio unánime se apoderó del auditorio. Tragué grueso. Los sinodales empezaron a cuchichear entre ellos; después, la doctora Yabar, una eminencia en infectología, pero un desastre con su imagen —se había quedado colgada en los ochenta—, me anunció, en un tono de voz sin ápice de emoción, que los esperara, saldrían un momento para deliberar. Me pareció que la idea de «unificar la medicina» les había parecido descabellada.

Ese rato que estuve ahí, solo, pendiendo del hilo de la decisión de tres científicos, fue el momento más horroroso que pasé en mi vida. Ni siquiera el secuestro de Nieck me causó tal estrago. Me di cuenta de que mi destino dependía de la resolución de aquellos maestros: si aprobaban mi tesis, me graduaría de médico, pero si no... ¿qué pasaría entonces?, ¿qué haría?, ¿cómo podría llevar a cabo mis sueños, si en la sociedad en la que vivimos necesitamos de un título que nos avale?

Una especie de terror empezó a cerrar mi garganta. Salí apurado del auditorio. Necesitaba aire. Los pasillos seguían solitarios y silenciosos; a través de los ventanales el cielo lucía tan gris como de costumbre, pero a mí me pareció que se avecinaba una tormenta (aunque eso, en Lima, fuera poco probable).

Cerré los ojos.

El olor de la selva me calmó los nervios; el calor atenuado por la sombra de las palmas gigantes me reconfortó. El canto de unas diminutas aves blancas arrulló mi pensamiento y una luz brillante salida del fondo de las aguas cristalinas del Santuario de las Orquídeas refulgió en mi cerebro. Había encontrado la respuesta. No todo estaba perdido.

Con una sonrisa inmensa y transparente recibí a los desconcertados sinodales que se me acercaron. Uno de ellos venía con cara de palo seco y con una voz igual de seca me dio la noticia.

Abandoné la Facultad flotando. Creo que hasta dejé tiradas algunas plumitas de pavo real. Todos mis esfuerzos habían valido la pena. Me sentí infinitamente agradecido: había tenido suerte, si no hubiera sido por la oportuna aparición del director de la Facultad, que a pesar de sus años tenía una mente mucho más abierta que la de sus colegas, y las recomendaciones del doctor Quispe, la historia habría sido otra.

Por inercia busqué mi celular en el bolsillo de mi terno, quería darle la noticia a Carmina. Me detuve, no había más Carmina en mi vida. Un sabor *amargazo* en mi boca, como de café negro quemado, me hizo salir corriendo a buscar una Inca Kola: no dejaría que nada me arruinara el momento. El día ahora lucía brillantísimo.

Esa tarde festejé con mi madre y mis tres hermanas. Todas se mostraban orgullosas, aunque no entendieron mi tesis. Se las expliqué un par de veces, pero a la segunda explicación ya habían perdido el interés. «Ya, pues, Santi, mejor brindemos», cortó Sabina.«¡Abre la champaña, mami, que esto es para celebrarlo en grande!». Sofi jaló a mi mamá del sillón y se la llevó a traer la botella, mientras Susana me abrazaba por enésima vez... Me sentí arropado por mi familia, y por primera vez aceptado, pero cómo extrañé a Nieck: a él no tenía necesidad de explicarle nada.

Por la noche, un terrible dolor de cabeza me aquejó, tuve que recostarme y tomar un par de analgésicos con un mate de coca. Los últimos días habían sido muy intensos. Al cerrar los ojos, el brillo del Santuario volvió a refulgir en mi mente: al fin había encontrado la solución para vivir en Yvy mar'e y en el mundo.

Después de que me entregaron los resultados de mi examen, volví a Iquitos. Fui directo a Yvy mar'e. Toqué a la puerta de la casa de Álvaro, hubiera preferido pasar primero con Nieck, pero me urgía proponerle mi idea. La sorpresa que me llevé fue la culminación de todos los giros inesperados en mi historia. Entonces sí, la vida me cambió.

—¿Don Alejo?… Pero ¿qué… qué hace usted aquí?

ENTRECAPÍTULO
CINCO

Hoy estás muy callada, Raquelita. No sé qué… me pasa, siento como si la voz se escondiera en mi garganta… como si no tuviera ganas de salir. Está bien, no te apures, hay días en los que preferimos guardar silencio.

TERCERA PARTE

Nana

SU SONRISA DESAPARECIÓ. Lo percibí cuando nos dio la espalda tras despedirse. Me solté de los brazos de mi padre, que me tenía cargada, y corrí tras él: «¡Alejito, Alejito», le grité mientras corría. Volteó a verme. Se quedó parado en el lugar en donde se encontraba, inmóvil y sorprendido. Al acercarme se agachó para ponerse a mi altura; yo me le aventé, le rodeé el cuello y le di un beso en la mejilla. Me abrazó con fuerza. Se soltó llorando. Mis padres y mis abuelos se acercaron, sorprendidos también al ver la escena. Todos lo abrazamos. Lo acompañamos a su casa. Disfrutamos un jugo fresco de cocona en su terraza, conversamos y no nos fuimos hasta que se durmió. O más bien, hasta que yo me quedé profundamente dormida en aquel final de domingo.

Ahí, a mis tres años de edad, me di cuenta de cuánto me gustaba ayudar a las personas, sobre todo, de cuánto me gustaba escucharlas.

En Yvy mar'e no había muchos niños de mi edad, Alvarito y Gonzalo se fueron al cumplir los dieciocho; aunque yo era aún muy pequeña, recuerdo que todo el tiempo hablaban de lo que harían al irse, lo decían con tal entusiasmo que hasta yo quería irme con ellos, pero luego veía cómo la cara de mi abuelo se iba poniendo larga y triste; entonces, cambiaba de idea. Pero a ellos pareció no importarles mucho lo que el abuelo pensara, y el mismo día de su cumpleaños, después del almuerzo se marcharon: no querían desperdiciar ni un día más de su libertad, dijo Alvarito y Gonzalo asintió. Fue un día triste para todos en la aldea.

Sin mis hermanos, mi vida se volvió aún más solitaria. Aunque no por eso triste. Me acostumbré a estar entre adultos y en mi propio mundo. Me aficioné a caminar sola por la aldea. Me gustaba explorar sus rincones y husmear por ahí. No por metiche: me llamaba la atención la manera en que la gente vivía su vida, tan opuesta a la mía. Su lenguaje y costumbres; su comida; los objetos en sus casas; todo llamaba mi atención. Sus gestos, su manera de comunicarse, eran lo que más gracia y curiosidad me causaban: los italianos utilizan mucho las manos al hablar, en cambio, los noruegos son parcos y secos. Los peruanos son melosos y hablan con diminutivos; los japoneses son muy educados y siempre inclinan la cabeza en señal de saludo; los nativos suelen

314

ser desconfiados —aún conservan dudas acerca de la honestidad del hombre blanco—, abren los ojos grandes como tratando de adivinar si lo que dicen los otros es verdad.

Crecer en un lugar así puede ser enriquecedor, pero también confundir a cualquiera. Cuando estaba aprendiendo a hablar lo hacía en todos los idiomas que había a mi alrededor: «Mami, encontré un *joli* pajarito, que cayó del *big tree*. Se quebró *der flügel*», algo así. Además, ceceaba, queriendo imitar a mi abuelo: «Que *dize* mi abuela que vengan a *zenar* y que traigan los platos de la *cozina*». A los mayores esto les parecía gracioso. A mí me molestaba no saber el motivo de sus risas. Aún hoy, aunque trato de mantener un pensamiento neutro —supongo que es como se escucharía mi voz—, de vez en cuando no puedo evitar mezclar los idiomas, incluso a veces combinar las palabras en algo así como el *portoñol* o el *espanglish*. Sin embargo, ya no me es motivo de conflicto, simplemente pienso: «¡Me cachis!, otra vez», y me corrijo a mí misma, aunque esto no tenga sentido porque nadie escucha mis pensamientos. La expresión «me cachis» por supuesto es heredada de mi abuelo. A pesar de que él hace tiempo dejó de decirla; se le quitaron las ganas cuando en mi incipiente vocabulario cosmopolita la repetía para todo, viniera al caso o no. Pero a mí se me quedó grabada en piedra.

El idioma que predomina en Yvy mar'e es el español, se lo he escuchado decir a mi abuelo siempre que llegó gente nueva a la aldea. «El que viene de otras tierras debe aprenderlo en aras de mantener una sana comunicación», enfatiza oscilando su dedo índice. Dentro de sus hogares cada cual puede hablar su propio idioma o con el que se sienta más cómodo. No obstante, quienes nacimos aquí por lo menos hablamos tres. En mi caso concreto, lo correcto sería decir que «pienso en tres idiomas».

Mi afición por inmiscuirme en la vida de los demás estaba más relacionada con una afición antropológica, por llamarla de alguna manera, que por simple falta de quehacer o chismorreo. Pero por andar de curiosa viví el susto más grande de mi vida a mis tan solo cuatro años.

Era una costumbre de familia hacer la siesta después de comer. Esa tarde yo no tenía ganas de dormir; quería seguir por ahí, descubriendo el mundo. Salí a hurtadillas de mi casa sin que mis padres se dieran cuenta. La casa más cercana era la de Alejo. Decidí ir a visitarlo y de paso averiguar qué había en aquel hueco que semanas atrás había descubierto en una pared.

Cuando llegué di unos leves toquecitos a su puerta. Nadie la abrió. Entonces, a sabiendas de que en la aldea las puertas siempre se encontraban abiertas, la abrí. Entré. Alejo no se veía por ninguna parte. Confiada en que él no aparecería, caminé segura, «como Pedro por su casa», como dicen.

No tenía muchas cosas que llamaran mi atención: vivía con austeridad. Me dirigí directamente a poner el ojo en ese hueco que había en una de las paredes. La luz de la tarde se filtraba por las vigas de madera, un destello de luz me cegó de repente: «¡Me cachis!». ¡Había algo dentro de esa pared!, ¡estaba hueca! Como desesperada busqué una puerta o la manera para abrirla. Encontré que por el lado izquierdo una de las maderas que hacía las veces de pared estaba floja. La empujé un poco y esta se cayó. El ruido me cimbró los nervios. Pero inmediatamente me repuse al descubrir el artefacto más increíble que hubiera visto en mi corta vida: un baúl labrado —por supuesto, en ese momento no sabía que aquello era un baúl—. Un destello volvió a cegar mis ojos. El sol se reflejaba en el metal de lo que parecía un herraje. Sin pensarlo fui a él, era como si me pidiera que lo abriera. Y eso fue lo que hice. Si el baúl me pareció un tesoro, el hallazgo del vestido de novia superó todas mis fantasías. Repetí no sé cuantos «me cachis» y recordé las historias del abuelo Álvaro de las princesas de los reinos de Castilla y Aragón. Mi corazón latía apresuradamente, y el vestido brillaba con los hilitos de sol que llegaban hasta él. Era un sueño.

Lo saqué con cuidado. Un aroma a flores con algo dulce, que en ese momento no supe identificar, se desprendió del vestido. Estaba maravillada. Arrastré la prenda fuera de aquel estrecho lugar. Cuando estuve afuera, me lo puse y empecé a danzar como si bailara un vals en la corte de los reyes de España. No había reparado en un espejo de cuerpo entero que había ahí. Al descubrirlo corrí hacia él para verme; el momento era extraordinario, me vi tan hermosa… no me importó que el vestido me quedara enorme, me sentí toda una princesa... cuando de pronto, el rostro de una mujer borró mi imagen. Di la vuelta para comprobar su presencia, pero ahí estaba yo sola. No había nadie. Regresé la mirada al espejo, todo en un segundo: el rostro tampoco estaba ahí. Quise gritar, pero en vez de eso comencé a sentir que me ahogaba. Con desesperación intenté quitarme el vestido pero no pude, la abotonadura y los encajes se me atoraron en el pelo. El pánico de sentir como si alguien me estuviera jalando me invadió. En mi mente veía una y otra vez la imagen de esa mujer pálida, de cabellos rubios, que había movido los labios para pronunciar muy quedamente mi nombre: «Nana». Había sido cuestión de un instante, pero para mí el tiempo se detuvo. En eso, sentí que alguien me tironeaba del vestido y gritaba palabras que no podía entender, «¡Pero qué...! ¡Cómo...!». Era Alejo. Estaba furioso. Jamás lo había visto así. Me aterré. No tenía idea de lo que había hecho, pero era seguro que había sido algo muy grave. Mi madre llegó corriendo, se había dado cuenta de mi desaparición y había salido a buscarme. Alejo jalaba el vestido con fuerza, sin percatarse de que la abotonadura se me había enredado en el pelo. Mi madre llegó justo a tiempo: logró separar a Alejo y con calma quitarme el vestido. Cuando por fin me liberé de él, me abracé fuerte a mi madre y escondí mi cara en su pecho. Alejo me gritaba cosas, algo me preguntaba, pero yo no le respondí. Nunca más pude hacerlo.

No obstante, el tiempo lo cura todo. Alejo volvió a ser el hombre cariñoso y educado que siempre fue.

Nos pidió disculpas, a mí, a mis padres y abuelos, por su comportamiento. Me tomó un tiempo volver a tenerle confianza. Sin embargo, lo superé. Dejé de escabullirme (por un rato) en las casas de los demás. Nunca supe la historia del vestido y nunca lo volví a ver.

Aquella lección me hizo consciente de algo que hasta ese momento había pasado desapercibido. En mi mundo todos los seres habitaban por igual. No distinguía entre lo vivo y lo no vivo. Para mí todos formábamos parte de una misma vida. Pero aquella presencia me tomó desprevenida. Su imagen fugaz en el espejo, su voz apenas audible fueron la revelación de que habitamos en diferentes dimensiones. Entonces, lo que antes había sido natural para mí se convirtió en algo terrorífico. A partir de ahí limité mis capacidades. Solo fui capaz de captar el mundo a través de mis ojos físicos, de todo aquello que los demás también veían.

Callé porque no quise dar explicaciones, no sabía cómo. Me acostumbré al silencio, y me gustó. Más tarde me di cuenta de que podía hablar, pero no quise hacerlo: había ganado mucho aprendiendo a escuchar.

Unos meses después de ocurrido el incidente con el vestido conocí a Carmina, Mina, como la llamaría yo de cariño desde entonces. A ella no le importó que yo no pudiera hablar. Aunque no se percató de mi incapacidad hasta mucho tiempo después. Y es que primero nos conocimos en sueños, y en estos, mi voz sonaba tan normal como si nunca la hubiera perdido —o es que tal vez nos comunicábamos telepáticamente. No podría precisarlo—. Yo pensaba que Carmina era como una hermana nocturna a la que podía visitar cuando cerraba los ojos para dormir. No había nada de extraño en eso.

—¡Hola! Me llamo Carmina, ¿y tú? —me dijo extendiendo su *manito* y colocando una gran sonrisa en su rostro.

—¡Me cachis! ¿Tienes pintados los labios? —fue lo primero que le pregunté porque me llamaron la atención esos labios rojos y grandes que parecían acabados de pintar.

—¡Claro que no! —gritó y salió corriendo por un sendero que se fue difuminando—. ¡Ven! —me animó a seguirla.

La seguí por una espesa nube de humo que parecía ocultar la selva, hasta que esta desapareció. Me encontré en una ciudad de torres gigantes, llena de ruido y gente. Carmina, al ver mi reacción de espanto, regresó y me tomó de la mano.

—Te entiendo, a mí tampoco me gusta. Pero aquí viven mis papás. He venido a buscarlos.

Mientras Carmina yacía en una cama de hospital tratando de salvar su vida después del accidente aéreo que sufrió, ella y yo nos conectábamos en algo que parecía ser una realidad paralela. Pero no fue hasta que Alejo la llevó a Yvy mar'e que nos conocimos de verdad. Entonces mi vida dio un giro de ciento ochenta grados.

Me convertí en *japysaka*.

Desde pequeña tuve claro que tenía una misión de vida. Me tomó tiempo dar con ella, sobre todo porque el evento traumático con el vestido hizo mella en mí. Por un tiempo no fui capaz de volver a verme en un espejo, y desconfiaba de todo lo que veía, así fuera un perro, un mono o una persona. Necesitaba tocarlos para comprobar que eran reales. También observaba fijamente las reacciones de los demás, eso me daba la pauta para saber si lo que mis ojos percibían, los otros también lo hacían. Mi mamá tuvo que disculparse infinidad de veces porque su hijita anduviera de *toquetona* y mirona: a veces la gente se sentía incómoda con mi mirada que los penetraba hasta el tuétano. Supongo que eso no ayudó en mi popularidad, y aunque era una niña agraciada, la gente me rehuía. No fue fácil lidiar con el rechazo. Mi abuela, para consolarme —porque se daba cuenta de la situación—, me decía: «Es que ellos no son capaces de ver ese corazón tan bello que tienes». Sus palabras me animaban, pero luego yo misma me preguntaba cómo era posible ver el corazón. Pasé días y días tratando de ver el corazón de los demás, pero nada. Yo solo veía lo que llevaban puesto. Luego pensé que debía ser imposible ver el corazón de nadie, si yo misma no había visto el mío. Entonces me armé de valor. En una de las paredes de la casa, mi papá había colocado un pequeño espejo de Cajamarca, se sentía muy orgulloso de él, era una de las pocas posesiones que le quedaban de su antigua vida. Le gustaba mucho ese marco rectangular de madera tallada con incrustaciones de vidrio pintado en azul y verde, y laminado en pan de bronce. Me subí a un banquito, lo descolgué sin mirarme en él, y corrí hacia mi pieza. Ahí dentro lo puse frente a mi corazón, evitando que mi rostro se reflejara. Observé por horas, pero no logré ver nada. Al día siguiente repetí la operación. Lo mismo: nada. Una semana después seguía sin entender las palabras de mi abuela. Pero el miedo al espejo lo había perdido. En una ocasión, por descuido, me vi por primera vez después de seis años. Me gustó mucho la imagen que me soltó. Había crecido tanto. ¡Me cachis!... era bonita. Entonces lo colgué en mi habitación y desde ese día es el espejo en el que todas las mañanas me arreglo.

Por sincronía con mi búsqueda, unos días después Carmina y yo tuvimos un encuentro con el viejo Yuma. Ahí, husmeando en sus libros y en sus propias palabras encontré los indicios para las primeras respuestas. «Los secretos de mi mente son los secretos que guarda mi corazón, que es vuestro mismo corazón», dijo. Y una chispita se prendió dentro de mí.

Años después, cuando comprendí la manera en que cumpliría aquella misión de vida que había sentido desde que tenía uso de razón, las revelaciones se me presentaron. Estaba lista. Aunque me parecía un total absurdo.

Sin saber a ciencia cierta el porqué, le pedí a mi papá que me construyera una cabaña en la selva. Lejos de la aldea. Accedió sin hacer averiguaciones. El tiempo le mostraría lo que estaba tramando (aunque ni yo misma lo tenía claro).

Durante varias semanas lo acompañé al lugar en donde se fincaría mi cabaña. Lo ayudé en la construcción pese a su negativa. Yo le parecía muy frágil: tuve que demostrarle lo contrario. No se trataba de hacerme pasar por albañil, sino de colaborar en las empresas que estuvieran a mi alcance.

Pasamos un tiempo... ¿cómo se dice en español?... ¡Ah, sí!: invaluable. No bien terminamos la cabaña, comprendí su función.

Mi padre es un hombre de pocas palabras. Es raro que hable de su pasado. Suele ser bastante serio, pero tiene un corazón de oro. La soledad de la selva y mi compañía le soltaron los pedazos rotos de su alma.

—Nunca conocí a mi vieja —me dijo de repente un día, mientras cargábamos troncos de bambú.

Asentí porque era de mi conocimiento. Pero desconocía el resto de la historia.

—Mi padre fue un buen hombre —continuó—, hizo lo que pudo el viejo, pero jamás me reveló la verdad sobre ella. Creo que, por eso, después de muchos años de incertidumbre dejé Arequipa. Mi tía Zoila en alguna ocasión mencionó el nombre de mi mamá, Ariadna, y algo así como que se había marchado de la ciudad no entendí por qué. Era yo todavía un *bebe*. Sin embargo, jamás olvidé su nombre y que había abandonado la ciudad.

«Tenía diecisiete años cuando me fui. No fue mi intención no regresar ni romperle el corazón a mi papá, pero tenía una necesidad urgente de saber qué le había pasado a la mujer que me dio la vida, y si mi viejo, vaya a Dios a saber por qué, no estaba dispuesto a desvelarme el secreto, entonces yo mismo lo encontraría. Viajé por todo Perú siguiendo pistas falsas y rastros quizás inventados por mi imaginación necesitada de una madre, de un origen. Pasaron dos años, hasta que llegué a Iquitos. Me encontraba en una situación lamentable, perdido y obsesionado, flaco como perro sarnoso, apenas tenía para alimentarme. Un día, me interné en la selva con la intención, no sé, de que me encontraran los jíbaros, de que me devoraran las pirañas o las hormigas carnívoras, cualquier cosa a seguir soportando ese sufrimiento. Entonces apareció Natalia, tu mamá, la mujer más bella que hubiera visto. Pensé que estaba alucinando —mi papá se perdió un momento en sus pensamientos, pero los ojos le brillaron con tal intensidad que reflejaron el inmenso amor que aún después de tantos años le tenía—... Su piel era más clara que la mía y el cabello, lacio y oscuro, muy largo, hasta la cintura, como el tuyo, pues. Llevaba puesto su vestido blanco, que resaltaba su estupenda silueta. Pero lo que más recuerdo fue su sonrisa, me veía con amabilidad, no con compasión o desprecio por mi pinta. Su mirada me invitó a seguirla. Había aparecido de repente, entre la espesa vegetación, entre los mosquitos que me comían, entre la incipiente lluvia que caía. No pronunció palabra alguna, simplemente se dedicó a sonreírme. Yo la seguía como un poseso, no alcanzaba a definir si era una aparición, una presencia divina, porque si de una cosa estaba seguro era de que no formaba parte de una tribu nativa: había conocido antes a los iquitos, a los yaguas y otros indios de la selva. Ella no era uno de ellos. Sus facciones finas, sus ojos grandes, cafés, me recodaron a una amiga española que tuve en la secundaria».

«Claro», pensé, «mi madre es hija de español y nativa, de ahí sus rasgos, y los míos».

—Llegué hasta Yvy mar'e, aunque en ese momento no tenía idea de qué lugar era ese. Me llevó hasta su casa. Sus viejos me recibieron como si estuvieran acostumbrados a recibir a las almas perdidas que su hija les llevaba. Me atendieron, me alimentaron, me cuidaron, después de mucho tiempo sentí que estaba de vuelta en el hogar. Nunca quise irme de ahí. Pero la conciencia me remordía porque había abandonado a mi propio viejo, a ese hombre que se había quedado conmigo, que había velado por mí. Me sentí un ingrato.

«Pasó el tiempo, logré enamorar a tu madre, y nos casamos. No creas que se me la puso fácil, ¿ah?… Era complicada la *chola*. Cuando supimos que venías en camino, una alegría como la que nunca había sentido me embargó, entonces sentí una fuerte necesidad de comunicarme con tu abuelo».

Mi abuelo… la nostalgia me recorrió de arriba abajo. Me pareció que una hoja tierna rozaba suavemente mi rostro y percibí un olor a humo. Tal vez mis habilidades psíquicas empezaban a resurgir.

—Sabía que estaba prohibido mantener contacto con el exterior —continuó mi papá mientras pasaba, de una mano a otra, un martillo y se secaba el sudor—. Irme me resultaba imposible, no podía dejarlas a ti y a tu mamá. Le escribí una carta. Me escabullí al correo de Iquitos y la mandé. Su bondad logró perdonarme en el momento justo en que la recibió. Durante años guardé en secreto que mi padre y yo manteníamos correspondencia. Él supo de ti, estaba tan orgulloso… Yo confié en que no me delataría, hasta le propuse venir a vivir aquí —ya vería yo cómo se lo explicaba a Natalia y a tus abuelos—, pero siempre se negó. Amaba su tierra, sus raíces, era el mayor de siete hermanos, y de alguna manera se sentía el papá de todos. No estaba dispuesto a abandonar el mundo. Se conformó con que yo fuera feliz y que le escribiera de vez en cuando. «Ya, hijo mío, sé feliz tú allá, que acá yo estoy muy bien». Hasta que un día sus cartas no llegaron más. Entonces comprendí que había muerto. Me sentí devastado, fue ahí cuando se lo conté a tu mamá. Ella era la única que lo sabía, hasta entonces. Me consoló como al niño pequeño que me sentí en ese momento; hizo un ritual con flores e incienso para despedirlo. No te puedo explicar cómo, pero lo sentí: olí su aroma entre loción y tabaco, ya que era gran fumador de pipa, y sentí su presencia. También sentí cuando se fue.

Ahora me quedaba claro lo del olor a humo.

Después de que pusimos la última viga de madera y nos bebimos hasta la última gota de la limonada fresca que mi mamá nos había mandado, el propósito de aquella cabaña solitaria se me reveló. Miré hacia el cielo, que había dejado de ser celeste y claro, y agradecí al universo por mi papá.

Aquel lugar, rodeado de cumalas, palmeras, copaibas, cedros y una densa vegetación, se convertiría en un refugio. Un sitio en donde las personas pudieran sentirse cómodas, y tal como mi padre lo había hecho, abrir su corazón. Estarían seguros de que solamente escucharían su propia voz... ¿qué mejor regalo que ese?

Estoy convencida de que las enfermedades son señales de alarma que nos avisan de nuestra falta de coherencia. Pensamos una cosa, pero hacemos otra; vivimos en el pasado o en la incertidumbre del futuro; juzgamos todo y no nos perdonamos ni a nosotros mismos. Para prevenir enfermedades no solo hace falta una dieta sana y ejercicio. Lo más importante para no enfermarse es el equilibrio emocional y psicológico. La mayoría de las veces esto se logra hablando. Así, tan simple como se escucha. Y yo estaba dispuesta a eso, a escuchar.

Cuando supe lo que tenía que hacer, mi típico ¡me cachis! apareció en mi mente. ¿Cómo lograría mi objetivo si para la gente de Yvy mar'e yo era un bicho raro? Y eso ya era mucho decir en un lugar como este.

Pero no me agobié, sabía que de alguna manera las cosas se darían. Simplemente decidí confiar.

A mi familia le conté lo que andaba tramando. Al principio no lo entendieron y se sorprendieron muchísimo con mi iniciativa; Alejo, sin embargo, la aplaudió. Quizá porque recordó esa anécdota de cuando me le aventé en brazos, que le hizo tanto bien. Indirectamente se convirtió en mi cómplice. No obstante, aunque me apoyó, nunca aceptó ir a conversar conmigo, no de ese modo «profesional». La imaginación se le desbordaba de pretextos para no hablar de su pasado. Ni siquiera Carmina estaba enterada de lo que le había ocurrido. Los más viejos de la aldea, incluidos mis padres y abuelos, respetaban su hermetismo y nunca nadie hacía alusión al modo en que había llegado a Yvy mar'e. Lo único que Carmina y yo sabíamos era que alguna vez estuvo casado y que escondía una profunda tristeza.

Lo que sí hizo fue ir regando por ahí, como quien no quiere la cosa, que había conocido un remedio buenazo para liberar la mente. Primero se lo contó a la señora Rubens, aquella mujer blanca y regordeta con unos ojitos pequeños, pero muy vivaces, y sonrisa amable. Fue un domingo de bazar, me dijo, mientras intercambiaba un hermoso jarrón de cristal de Murano decorado a mano por unos pendientes antiguos que habían pertenecido a la bisabuela Rubens. Pronto sería el cumpleaños de Mina, así que de todos modos quería conseguir ese regalo para ella; ¡se pondría recontrafeliz! En esas estaban, convenciendo uno, dejándose la otra, mientras que el tema, mi tema, para ser específica, se colaba en su conversación. La señora Rubens salió feliz del bazar cargando su bello florero y la promesa de que por doce domingos Alejo se lo llenaría de orquídeas de su vivero. Alejito también salió contento, no solo consiguió los zarcillos, logró que la más comunicativa de todo Yvy mar'e pasara la voz acerca de mis dones.

Pero las cosas no resultaron de un día al otro; yo no había sido la más social que digamos, había sido más bien retraída. Y hasta ese momento yo había sido catalogada más bien como la «rarita», la «mirona *toquetona*». Ahora el reto era no solo ganarme la confianza de mis paisanos, sino atreverme a abrirme a ellos.

Pasaron meses para que el primero se animara a visitarme. No es que la señora Rubens no hubiera resultado efectiva, para ese tiempo ya todos conocían lo de mi cabaña solitaria y mi disposición a quién sabe qué; simplemente no estaban interesados.

A pesar del panorama poco optimista nunca me desanimé; todos los días salía orgullosa de mi casa para ir a mi «refugio». Sabía que tarde o temprano alguien, así fuera por curiosidad, llegaría. Y así ocurrió. Mientras tanto aproveché el tiempo. Me dediqué a estudiar sobre la psique humana y el cuerpo. Estudié herbolaria e investigué más profundamente sobre las propiedades de las plantas de la selva. Por herencia, mi legado materno traía intrínseco ya el conocimiento de las plantas medicinales. Era un don genético, por llamarlo de alguna manera, aunque a Luana, mi abuela, le gustaba llamarlo como el don del espíritu de nuestros ancestros. Pero a mí me gustaba investigar, me gustaba enterarme de los nombres científicos de las hierbas y del estudio que hasta ese momento se había hecho de ellas —por lo menos hasta 1978, fecha de los libros más nuevos del repertorio de nuestro querido doctor Nieck Zondervan—. De esa manera, al conocer los compuestos de las plantas, por ejemplo de la abuta, *motelo sanango trompetero sacha Abuta grandifolia,* por su nombre científico, que contiene los alcaloides benzil-izoquinolínico, flavones y taninos, deduzco que puede emplearse para bajar el colesterol alto, la anemia y para controlar hemorragias, no solo de una manera mística, sino basada en hechos científicos. Me gustaba eso de congeniar la «magia» con la ciencia.

Gracias a este don, y a que desde pequeña vi cómo mi madre y abuela utilizaban las plantas, mi percepción sobre el mundo de la botánica se expandió rápidamente.

El doctor Nieck fue muy amable conmigo, no nada más me dejaba curiosear sus libros, él mismo me enseñó muchas cosas y hasta me regaló algunos ejemplares. Estaba tan entusiasmado por tener una pupila… «¡*Ja,* Nana, así es, perfecto! Lo ha entendido todo». Aunque después lo desilusioné un poquito, mis planes eran diferentes: yo no quería curar el cuerpo, yo quería evitar que se enfermara.

Sin saberlo, mi camino para convertirme en *japysaka,* «la que escucha bien» en tupí-guaraní, la lengua ancestral de nuestro pueblo, comenzaba a vislumbrarse. Aunque tenía casi toda mi vida preparándome para ello. Empezó con Alejo y después con Carmina. Por supuesto, el vestido fue pieza clave y también el encuentro con el viejo Yuma, quien me llevó a poner más atención a los deseos de mi alma.

Pero sin duda, la convivencia con mi amiga fue mi primera escuela. Durante años me dediqué a escucharla. No es que Carmina fuera egoísta o no se interesara por mí. Siempre le hice saber que me gustaba escucharla, por lo que ella, segura de que podía confiar en mí y de que yo era de muy «pocas palabras», se dejaba caer con sus monólogos interminables: «Ya, pues sí, como te digo, la maestra de álgebra me puso un cero en el examen; no quiso entender que me sé los resultados, no cómo llegar a ellos. Qué se yo cómo funciona la mente, si lo supiera no estaría ahí, ¿no crees?… Porque, digo yo, si yo supiera… Ah, ¿no te conté?…». Nunca me aburrí a su lado, me hacía reír y viajar con esa imaginación desbordante. Debo aclarar que, aunque yo no utilizaba mi voz para comunicarme con ella, nos entendíamos sin problema. Ya fuera porque de alguna manera nos leíamos los pensamientos o, también, porque cuando necesitaba hacerle saber algo lo anotaba en una libretita que siempre llevaba conmigo. Sin embargo, irse fue el mejor regalo que me pudo dar. Por contradictorio que parezca. Su compañía me hizo falta, por supuesto. La eché de menos, era mi *kypy'y* —como solíamos llamarnos o pensarnos—, mi hermanita, pero el apego que yo había desarrollado hacia ella me alejaba de mi verdadera misión de vida, aunque no tuviera la certeza de cuál fuera esta. Conocía más a Carmina de lo que me conocía a mí misma. Me había dedicado a protegerla; su ausencia me obligó a ver hacia mi interior, a buscar ese sustituto en mi propia existencia, en mi propia alma. Sentirme aceptada por ella me hacía sentirme valiosa. Fue duro perder —o dejar ir— a la única persona, fuera de mi familia, que no me rechazaba.

Después de una larga y profunda crisis existencial, de años de no saber cuál era mi lugar en el mundo, un día, como en una revelación, tras años de haber planteado la pregunta, la respuesta llegó: yo era un ser humano completo, que no necesita de nadie para saber que es valioso por el simple hecho de ser. Entonces experimenté la libertad. Y comprendí que, a veces, eso que llamamos cariño o amor no son más que cadenas que nos atan. El verdadero amor es incondicional y nos deja libres con nuestro libre albedrío.

Así, estuve preparada para hacer a un lado mis propias necesidades, porque ya estaban todas cubiertas, o por lo menos así lo creí.

LA PRIMERA

Me di cuenta de que alguien me seguía, casi desde que dejé la aldea. Fingí no darme por enterada y continué mi camino como siempre. Era tiempo de secas, había que andar mucho. Me detuve a contemplar las enormes raíces de los ficus. Aun en tiempo de lluvias, cuando las aguas cubren casi todo y los caminos se recorren en barca, se siguen asomando. Caminé pausadamente, sin prisa, para poner a prueba el temple y la decisión de quien me seguía. Hasta que por fin, cuando entré a mi cabaña, tocaron a la puerta.

—Ho… hola —dijo la voz tímidamente—. Sé que no puedes contestarme, pero ¿podrías dejarme pasar?

«¡Me cachis! ¿Sería la primera?», pensé y sentí un leve cosquilleo en la garganta. Inspiré profundamente: no dejaría que los nervios me bloquearan.

La voz sonaba angustiada y triste.

Le abrí la puerta, le dediqué una sonrisa y la dejé pasar. Era Cecilia, la actriz italiana, la mamá de los gemelos que Carmina y yo cuidábamos de pequeños.

Ella entró echando un vistazo, sonrió, creo que se sintió segura y confortable.

—*Oh, bello sito*… Bonito sitio, ¿ah?… Lo tienes bien montado.

Agradecí con un movimiento de cabeza y una sonrisa. Extendiendo una mano la invité a tomar asiento. Me dirigí al anaquel de las hierbas y busqué las que la ayudarían a relajarse. Luego puse a calentar agua. Le prepararía una infusión con hojas de maracuyá.

Permaneció en silencio mirando al piso, hasta que el agua empezó a hervir y el ruido de las burbujas en ebullición animaron el ambiente. Pude observarla con detenimiento; era una mujer bella, blanca, de cabello largo, oscuro y ondulado. Las cejas pobladas, bien definidas, labios delgados y ojos negros, expresivos. No era muy alta, tan solo unos pocos centímetros más que yo, pero era espigada. Las pocas arrugas que se insinuaban en su rostro no delataban su edad. Por la edad de sus hijos le calculé unos cuarenta y cinco años.

—No sé bien por qué vine. No sé ni qué debo hacer o decirte —rompió de pronto el silencio.

La miré directamente a los ojos mientras le entregaba su taza de mate. «Solo habla», pensé. Y ella, como si hubiese escuchado mi pensamiento, continuó.

—Supongo que si he venido aquí es porque tengo necesidad de hablar, de contar todo lo que me he tragado por años y que ni en esta bendita, *bellissima* tierra he podido olvidar.

La animé a dar sorbitos a su infusión.

—¡*Ma che cosa!* ¡*é caldo!*... ¡caliente! —se quejó y los ojos se le pusieron llorosos.

Le quité la taza de las manos, me senté frente a ella y empecé a respirar profundamente. Cerré los ojos por un momento e incliné la cabeza para indicarle que hiciera lo mismo. Las lágrimas le escurrieron por debajo de las pestañas, su cuerpo temblaba, su garganta ahogaba gemidos, hasta que poco a poco se fue calmando. Empezó a controlar su respiración, pero sin detener ese llanto almacenado por años. Lloró sin pausa y sin prisa. No pronunció ni una palabra; no la presioné para que lo hiciera. Todo llega a su tiempo.

Cuarenta minutos después abrió los ojos. Tomó la taza y presurosa bebió el contenido: estaba deshidratada, por supuesto. Yo seguí frente a ella, me dedicó una sonrisa, y de la misma manera le contesté. Se levantó y me dijo: «*Vengo domani...* mañana», y se despidió con el que se convertiría su acostumbrado «*Ciao, bella japysaka*».

Al día siguiente partimos juntas, ya no tenía por qué esconderse.

Esta vez le preparé un jugo fresco de camu-camu para que le refrescara la memoria y le endulzara un poco el mal sabor de boca que le provocaría recordar.

—No sé quién es el padre de mis hijos —soltó la frase después de haberle dado un trago a su bebida.

Hubiera querido tener la experiencia necesaria para no reaccionar, pero me tomó por sorpresa: mis ojos se abrieron como dos enormes cocos.

—Sí, entiendo que te sorprendas, quién no lo haría. *Capisci?* ¿Ahora comprendes toda la culpa e incertidumbre que he tenido que guardar por tantos años?...

Moví la cabeza afirmativamente.

—*Amo mio marito,* me enamoré de él casi desde que nos conocimos. Bastaron un par de citas para que me diera cuenta del ser humano que es. Y su voz... y su talento... Lo has escuchado cantar, ¿cierto?

Mis ojos brillaron, era cierto. Arnau tenía una voz extraordinaria. Más de una vez me hizo llorar con su interpretación de Rodolfo en *La Bohème*.

—Ja, ja, ja... *non parlate, ma* tus ojos lo dicen todo, *ragazza* —soltó una risita y continuó—. *Arnau e io* tuvimos un noviazgo corto: a los seis meses nos casamos. Y aunque estábamos muy enamorados, los problemas empezaron casi desde el inicio: trabajábamos mucho y nos veíamos poco, ni siquiera tuvimos una luna de miel. Él era *molto* solicitado fuera de Italia, viajaba constantemente, *e io* era la actriz principal de una obra que, de igual manera, estaba teniendo muchísimo éxito. Una noche los productores organizaron una fiesta para celebrar las primeras cien representaciones. Era una fiesta a la que no podías faltar; estábamos *molto* contentos con la respuesta del público, *ma* estoy segura de que la mayoría de nosotros hubiéramos preferido ir a descansar a nuestras casas. A las once de la noche, aún sin poder irme de ahí, me fui a buscar un rincón en donde esperar que el tiempo pasara. Ya había socializado con quien tenía que hacerlo, le había sonreído a todo el mundo y hasta había firmado autógrafos, pero también se me habían subido las cuatro copas de champán que bebí. Luca, mi pareja romántica en la obra, al parecer tuvo la misma idea que yo, porque me lo encontré solo sentado en el sitio al que yo le había echado el ojo con anterioridad. Estaba mareado, dijo, y quería irse a casa. Me hizo una seña para que me sentara junto a él. Comenzamos a platicar, a reír, quizás a flirtear un poco, y seguimos bebiendo. Entonces, la *notte*… cambió —Cecilia bajó la mirada—. Tenía mucho tiempo de que no pasaba un momento así, ni siquiera con Arnau… Arnau… tenía como tres semanas de gira fuera de Roma y nuestros horarios pocas veces nos permitían coincidir. Estábamos en el mismo continente, *ma che cosa*, parecía que una galaxia entera nos separaba. Con pretextos o no, terminé en casa de Luca. *Capisci?*... Supongo que no tengo que contarte los detalles, ¿cierto?

«Me... cachis...». Me le quedé mirando con la mirada más tranquila y neutra que pude poner. Me daba cuenta, en ese momento, de que «escuchar» no resultaría tan fácil como yo había supuesto. Muchos desahogarían en mí todo. Todo lo que no se habían permitido ni contarse a ellos mismos. Aunque algunos serían cautos o prudentes, quizás otros no. Pero yo no estaba ahí para juzgar ni condenar a nadie. Yo solamente estaba ahí para escuchar lo que cada uno quisiera confiarme: los límites los tendrían que marcar ellos mismos.

—Bien, no te abrumaré con los detalles —dijo para mi buena suerte, cruzó una pierna y continuó con su historia—, no es necesario. Lo único que te diré es que esa noche le fui infiel a mi marido: hice el amor con otro hombre. Dos días después Arnau apareció a la salida del teatro con un enorme ramo de flores: «*Ti extrañé molto, bella*», dijo con su francés italiano que me encantaba, abrazándome fuertemente. «Ya no podía estar más sin ti». Me emocioné tanto... corrimos a nuestro piso y... bueno, *capisci?*... Los detalles me los guardo. Sé que tienes imaginación.

Me levanté para ofrecerle más jugo. Llené su vaso, bebió un poco, miró fijamente al techo, como si en él viera las imágenes de su pasado y siguió.

—Unas semanas después sentí que algo no andaba bien. *Io* era muy irregular, podía pasar meses sin que me viniera la regla; una mañana, al despertarme, me di cuenta de que tenía un leve sangrado. No quise asustar a Arnau, me fui sola a ver al ginecólogo. Cuando salí de la consulta, *io* ya no era la misma. *Era* embarazada.

«Caminé muchas cuadras sin saber qué hacer, adónde ir, con quién hablar. Me sentía completamente perdida. Pensé en huir, en tomar el primer tren e irme a esconder a la Toscana, ¿cómo era posible que eso me estuviera ocurriendo a mí, precisamente a mí, que siempre me consideré una mujer honesta, fiel? Mis amigas se burlaban de mí, me decían que era una santurrona, pero yo creía firmemente en mis convicciones, en los valores, no todos los artistas tenían que ser promiscuos o drogadictos. Arnau y yo éramos la excepción. Me sentía orgullosa de nosotros. Por esos argumentos decidí callar. Aunque mi marido y Luca eran más o menos del mismo tipo, recé para que mis hijos se me parecieran. Gracias al cielo son igualitos a mí», suspiró.

—*Ciao, bella japysaka* —se despidió con un semblante sereno y relajado—. *Ci vediamo domani.*

—Hasta mañana —contesté en mi pensamiento y con una sonrisa. La primera que había confiado en mí.

LO INESPERADO

Han pasado cinco años desde aquella mi primera «visita». Después de Cecilia, uno a uno los habitantes de Yvy mar'e fueron llegando. Son pocos los que no me han visitado. Nieck entre ellos; eso sí, de vez en cuando me pide prestada mi cabaña para realizar alguna práctica y meditar o... curarse solo. Como aquella vez que llegó tan alterado a pedírmela. «Me cachis, pero ¿qué le pasa?», pensé, cuando noté la urgencia en sus ojos amarillos y febriles. No pude negarme a su petición, aunque me quedé muy preocupada. A medias cumplí la promesa que me obligó a hacerle: no avisarle a nadie y no aparecerme por ahí. A los dos días de su desaparición no aguanté más y fui a buscarlo. Entonces lo vi. No quise entrar de golpe, solo me asomé por la ventana. El descubrimiento me hizo esconderme con rapidez. ¿Quién era aquel joven?, ¿por qué estaba con Nieck?, ¿qué era lo que estaba pasando?... Muchas preguntas rondaron por mi mente. Pero sobre todo, la imagen de aquel muchacho alteró los latidos de mi corazón. «Recontracachis». Me asusté y regresé corriendo a mi casa. Al día siguiente volví: la curiosidad me sobrepasaba. Me dediqué a espiarlos, invadida por sentimientos encontrados y desconocidos para mí. Regresé todas las mañanas, cuando el ambiente, a pesar de la brillantez del sol, aún permanecía fresco por la lluvia nocturna. Me di cuenta de la gravedad del doctor y de que aquel joven, por alguna razón, estaba ahí ayudándolo. A mi manera hice lo mismo desde afuera, protegiéndome siempre de no ser descubierta. Seguí cada movimiento del chico. Comprobé lo mucho que le entusiasmaron mis libros: los leía con avidez, y fui testigo de la manera en que cuidaba a Nieck. Me conmovió. Hasta que una mañana, cuando el holandés ya estaba fuera de peligro, lo vi salir muy apurado.

Llevaba el pelo revuelto y la barba crecida. Estuvo a punto de descubrirme, pero logré esconderme a tiempo. En el instante en que lo tuve fuera de mi vista entré a la cabaña.

Nieck seguía acostado en la cama, estaba ojeroso y más flaco. De la sorpresa se levantó en cuanto me vio, fingiendo que estaba bien. Casi a empujones me sacó de mi propia cabaña, cedí porque no quise contrariarlo: su aspecto aún era delicado. No mencionó nada durante el trayecto a la aldea, ni yo tampoco le hice saber que estaba al tanto de lo ocurrido. Cuando llegamos, me hizo prometer de nuevo que no diría nada a nadie. Asentí. Tenía experiencia en guardar los secretos de los otros.

Yo no escribo ni recopilo lo que me cuentan, todo lo retengo en la memoria. Mi intención no es hacer un registro de acontecimientos, sino ayudar a sanar las almas. No hay historias nuevas en la historia de la humanidad. El mundo es tan viejo que ya lo ha visto todo. Somos nosotros, los nuevos, en cada vida nueva, los que experimentamos por primera vez; aunque en lo más recóndito de nuestra memoria, individual y colectiva, se hallen todas las experiencias. Lo que cambia son las eras, las épocas, las circunstancias. Los seres humanos seguimos siendo los mismos, pero por fin, algo está despertando dentro de nosotros y estamos aprendiendo a reaccionar de otras maneras a esas mismas situaciones. A ver si de una vez por todas dejamos de repetir patrones e historias.

Me he ganado la confianza de las personas porque saben que lo que sale de sus bocas no tendrá eco… ni castigo. Y de eso estaba seguro el doctor Nieck.

¡Me cachis! Más tarde recordé que el joven volvería al día siguiente a la cabaña. Corrí hasta ahí, elegí un par de libros, los coloqué sobre la mesa, arranqué una hoja de mi libretita y le dejé un mensaje fugaz. Sería mi primer regalo aunque él no lo supiera.

El matrimonio y los hijos nunca fueron tema de reflexión. Por lo menos no para mí misma. Las relaciones románticas se me hacían cursis y poco interesantes, más bien me parecían pérdida de tiempo. Yo vivía enfocada en otros temas. Tampoco sentía el deseo sexual de estar con un hombre —o con una mujer, si fuera el caso—; me costaba entender cuando Carmina llegaba a contarme sobre tal o cual chico de la secundaria que le quitaban el sueño y el hambre. Pensé que al hacerme mayor eso cambiaría, pero no: a mí eso de los novios y los maridos me tenía sin cuidado. Tuvo que llegar ese chico misterioso, de manera inesperada, para que una chispa de no sé qué recorriera mi cuerpo dejándome, como a mi amiga, sin hambre y sin sueño. Pensaba en él noche y día, en su boca, en sus ojos claros, en su pelo castaño y ondulado, en su piel blanca, en su cuerpo alto y delgado, en sus manos grandes de dedos finos. Soñaba con él —dormida o despierta—, que acariciaba mi pelo, mis brazos y justo cuando sus labios se acercaban a los míos me despertaba. ¡Me cachis! La frustración salía en forma de suspiro desde mi pecho. Como si fuera imposible.

Una tarde, mientras contemplaba el río, en sus aguas turbias claramente nos vi. Estábamos montados sobre elefantes elegantemente adornados, llevaban sobre sus lomos mantas bordadas en rojos y amarillos e hilos de oro y plata; sobre nuestras cabezas lucían dos coronillas incrustadas de piedras preciosas; delante y detrás de nosotros un cortejo nos acompañaba. ¡Nos íbamos a casar! Aquella imagen fue tan vívida... las había tenido antes, pero ninguna tan clara, ni tampoco proyectada fuera de mi mente. ¿Sería mi imaginación o el recuerdo de alguna otra vida?... No lo sabía, lo único que podía sentir era que aquel hombre me recorría por las venas.

Entonces, *capisci!* Comprendí de verdad todo aquello que me habían confiado las mujeres de la aldea acerca del amor. Experimenté todas esas sensaciones y emociones, eso intangible que es tan difícil de expresar con palabras, para entender con profundidad por qué la raza humana ha sufrido tanto por aquello que nombran amor. Pero la lección fue dura para mí.

Y ahí empezó la historia eslabón que conecta todas las piezas de esta gran historia.

Aquel día quedó grabado en piedra. Desperté tarde —algo muy poco usual en mí—. Había pasado gran parte de la madrugada en vela: una pesadilla me mantuvo insomne. La noche anterior mi abuelo nos había revelado un «secreto». Nos informó que las cosas cambiarían muy pronto en la aldea: alguien nuevo iba a llegar a nuestro mundo, un visitante de «afuera». Mi corazón empezó a latir aceleradamente. Nos contó a grandes rasgos la tragedia que vivió el doctor Nieck y su reencuentro con el mundo exterior y con Santiago, el médico que lo salvó.

Tomó mi mano con delicadeza para saludarme y me miró fijamente a los ojos. ¡Me cachis! Nunca había visto una sonrisa tan blanca como la suya. Me estremecí. Saludó a mi madre de igual manera, tomando su mano, pero, tal vez por ser mayor, inclinó la cabeza en señal de respeto. Entonces mi abuelo lo invitó a sentarse entre nosotros y cenar. Nieck también estuvo presente. Entre los tres nos contaron su misteriosa historia. Por supuesto yo ya la conocía, pero las piezas que quedaron fuera se me aclararon esa noche. En algún momento de la velada descubrí a Nieck observándome, como queriendo darme las gracias.

Santiago me miraba.

Me escondí en mi mudez para no tener que mirarlo de frente. De pronto comencé a marearme. Mis manos estaban sudorosas y frías. Mi madre me preguntó, discretamente, si estaba bien. Le respondí con una sonrisa fingida: quería salir corriendo de ahí, pero por ningún motivo podría haberlo hecho. Quería seguir escuchando aquella voz hasta la última hora de la noche.

En un punto Santiago perdió el interés en mí, ya que en ningún momento le devolví sus miradas y sonrisas de cortesía. Me sentí aliviada, pero la tripa empezó a molestarme: una revolución de libélulas parecía haberse desatado en ella.

Esa noche tampoco dormí. No podía entender qué me pasaba. ¿Qué poder tenía aquel hombre sobre mí para hacerme sentir de aquella manera?, ¿por qué tenía aquel poder?, ¿yo se lo había dado?, ¿se había fijado en mí como yo en él?, ¿acaso eso era el amor?, ¿eso era sentirse atraída por un hombre?… ¿eso era la atracción física?… Muchas preguntas para las que no tenía respuestas.

Al día siguiente, durante su presentación oficial, no pude dejar de observarlo. Me impresionaron su porte y soltura. No necesitaba decir nada para llamar la atención, su sola presencia iluminaba el sitio. Paradito ahí, con sus vaqueros azules y su *polo* rojo, contrastando aún más con el resto de nosotros y nuestro atuendo blanco. Me tenía deslumbrada. Por supuesto, en ese momento yo solamente sabía que algo dentro de mí se había roto, quebrado, perdido, fugado o hundido. No lo sé. Me era difícil definir mis emociones y sentimientos. Estaba experimentando algo rarísimo. Creí que era inmune o que en el diseño de mi ser no se había integrado la capacidad de sentir «eso» por el sexo opuesto. Sí, «eso», así le llamé yo a ese ente extraño que entró dentro de mi cuerpo y de mi mente sin mi permiso, y del que no me podía deshacer. ¡Me cachis!

Santiago regresó a Yvy mar'e cada fin de semana desde aquella su primera visita. Yo me arreglaba con esmero, con la esperanza de que se fijara en mí. Sentía que él era el único que podría reparar aquello que se me había roto, fugado o perdido. No obstante, su presencia me provocaba cierta incomodidad. No solo por el hecho de hacerme sentir como una simple mortal con problemas sentimentales; había algo más que me costaba definir. Mi intuición me decía que a Santiago le pasaba algo. Me era imposible leer sus pensamientos —a la única que podía leérselos era a Carmina, y quién sabe si después de tanto tiempo aún lo consiguiera—, pero sí era capaz de sentir la energía que emanaba de ellos. Aunque se mostrara entusiasmado o interesado por aprender todo acerca de nuestro mundo, de nuestra sociedad, lo percibía incompleto, con esa alegría que se esfuma cuando todos se han ido. No quiero decir que me sentí feliz en el momento en que encontré en sus ojos ese dejo de melancolía, pero es que solo entonces pude verlo como a un ser humano común y corriente que, como todos, esconde sus pesares para poder salir adelante. Ahí, dejé de comportarme como una adolescente antisocial y esquiva. Ahí, abrí una puerta para que entrara la amistad. Ya vería yo como aplacaba a «eso». Enfrenté con madurez lo que se avecinaba.

Una bendita mañana nos cruzamos cuando yo iba a mi «refugio» y él, hacia Yvy mar'e. Supongo que por caballerosidad, o quizá por curiosidad, se ofreció a acompañarme. Por primera vez pude sostenerle la mirada y accedí a su ofrecimiento. Habló mucho en aquella ocasión. Lo recuerdo muy bien porque me hizo gracia.

Hablaba de todo y de nada, ¿sería que mi presencia lo ponía nervioso?... ¡Me cachis! Después supe que mi mudez era lo que lo alteraba. Los silencios le eran incómodos: tenía necesidad de llenar el vacío.

—Ya había estado aquí antes —me dijo, ufano, cuando entramos a la cabaña.

Incliné la cabeza para indicarle que estaba enterada.

—Quizá te preguntarás por qué vine a acompañarte —continuó—. He escuchado muchas cosas de ti, ¿sabías que eres el gran orgullo de tu abuelo?... A Álvaro se le llena la boca con tu nombre cada vez que habla de ti, dice que gran parte de que Yvy mar'e continúe siendo un paraíso es gracias a ti, la *japysaka*.

Me ruboricé. No solo por escuchar aquellas palabras que mi propio abuelo nunca repitió delante de mí, sino porque las pronunciaba aquel hombre que había hecho que tomara conciencia de mi feminidad. No podía evitarlo.

—¡Te pusiste roja! —exclamó Santiago para mi mala suerte—. Sí que eres modesta. —Agradecí que interpretara mi acaloramiento como signo de modestia—. Supongo que eso es parte de lo que te hace tan especial y por eso todo el mundo te quiere y confía en ti, porque, aunque seas sabia o avanzada o evolucionada, sigues siendo inocente, ingenua y eso...

Santiago siguió hablando. Mostró su interés por mi «método» de sanación. Externó sus opiniones, me contó sobre su carrera, su tesis... y entre más hablaba, más trabajo me costaba permanecer neutra, como siempre había sido. En el énfasis de su conversación me tocaba un brazo o el hombro. Los vellitos se me erizaban. Su aroma me hacía suspirar. Una oleada de calor me hizo estremecer y unas gotas de sudor aparecieron en mi frente. Santiago tenía el poder de desequilibrarme, pero yo no lo iba a permitir. Me serví un vaso enorme de agua con mucho hielo: la lucha interna apenas comenzaba.

Santiago me visitaba casi todos los fines de semana. Le entusiasmaba «conversar» conmigo. Por supuesto, a mí esas visitas estaban lejos de entusiasmarme nada más. Mi corazón, como perrito que anticipa la llegada de su dueño, empezaba a palpitar con fuerza, y cuando ya lo tenía cerca, ladraba escandalosamente hasta que él, educado y cálido como era, se sentaba en una de las mecedoras de la terraza a observar la selva. Entonces, yo me le unía, intentando acallar los ladridos de mi pecho. Me sentaba a su lado y ponía toda la atención a sus relatos.

Pero en una ocasión, su comportamiento distó mucho de lo usual. Estaba callado, algo pálido y decaído. Aquel presentimiento que tuve al inicio, cuando recién lo conocí, acongojó mi corazón. Fui a mi anaquel de yerbas y busqué las que le ayudarían. La hierbaluisa fue la indicada. Se la preparé en infusión. La tomó a sorbitos, desviando siempre la mirada de mí y perdiéndola en los infinitos troncos de las ceibas. Después de un buen rato habló:

—Eres muy bella, Nana —dijo con la mirada aún fija en las ceibas—. No entiendo por qué no tienes enamorado.

Me quedé pasmada. ¿Acaso intentaba hacer algún tipo de declaración?

—Te admiro. Supongo que la vida es mucho más sencilla cuando no se tienen las complicaciones sentimentales, ¿ah? —Ahí, volteó a verme, sin soltar la taza.

Creo que una sonrisa chueca salió de mi rostro. Meses antes de su llegada esa era mi vida; ahora la tenía muy complicada. No tenía idea de que se complicaría aún más.

—Desde la primera vez que vine aquí contigo, a tu cabaña, he querido decirte algo, pero por alguna razón, no me atreví.

El corazón empezó a ladrar con fuerza. El perrito se había soltado.

—Estoy enamorado —lo lanzó.

¡Me cachis! Una emoción indescriptible me recorrió y las libélulas salieron disparadas por todo mi cuerpo.

—De alguien que no me ama… —soltó un suspiro.

¿Cómo sabía él que no lo amaba?, ¿acaso me lo había preguntado antes?

—Bueno, creo yo que ya no me ama —perdió la mirada en el piso—: le fallé. Fui un *cojudo*…[12]

Santiago se incomodó un poco. No solía hablarme con majaderías.

—Disculpa… yo…

[12] Idiota, baboso.

348

Moví la cabeza e intenté sonreír para darle a entender que no me importunaba su vocabulario, pero sobre todo para que no notara mi terrible confusión.

—Aunque sé que sí me amó —continuó—. Estoy seguro. Pero es que no podía contarle mi secreto ni la promesa que le había hecho a mi padre... me hubiera rechazado desde el principio y... bueno, tampoco podía contarle lo de Nieck, menos de Yvy mar'e...

¿De qué me hablaba ese hombre sentado frente a mí, ese hombre al que le había cambiado el semblante, que parecía sumido en un infinito dolor? Parecía roto, quebrado, hundido...

—Nana, ayúdame a sacarla de mi corazón.

¿A quién?, ¿qué?... Pero sí yo... Mi propio corazón se negaba a terminar de comprender que había una mujer en la vida de Santiago. Y no era yo.

—Por favor, ayúdame —volvió a suplicar.

Era muy difícil ver a un hombre como aquel sufriendo de esa manera. Con el rostro compungido y los ojos irritados, luchando de todas maneras por seguir en su papel de hombre, de macho. Intentando no derrumbarse por el amor de una mujer.

Y mientras él pedía ayuda para sacarse a esa mujer de su corazón, yo pedía ayuda al cielo para sacarlo a él del mío. Y lo peor aún estaba por venir

—Ayúdame a olvidarla... o a recuperarla. ¡No lo sé! Carmina no tiene idea de todo lo que ha pasado, de todo lo que la amo...

¿Carmina?

—Es la mujer más adorable que he conocido en mi vida. Si la conocieras… es tan especial… inteligente, divertida, tierna… y para colmo, ¡estudia Medicina!…

¿Medicina?

—No sabes la sorpresa que me llevé cuando supe que era de ¡Iquitos!… justo el lugar en donde pensaba realizar mi servicio social.

¿Iquitos?… ¿Sería eso posible?… ¿En verdad tan pequeño era el mundo?… Todo parecía indicar que efectivamente el mundo era un pañuelo, un guisante. Mi propio mundo me dio vueltas. Estuve a punto de desmayarme, pero Santiago reaccionó rápido. Me llevó adentro, me acostó sobre un sillón y me dio a beber agua. Se preocupó, pero a señas le hice entender que se fuera y que me dejara sola. No podía reprimir el llanto por un momento más. Las libélulas habían caído fulminadas a mis pies.

Permanecí insomne incontables noches. Inventé pretextos para alejarme de Santiago. Dejé de consultar. Era inverosímil lo que me pasaba. A mí, que nunca me interesó salir de Yvy mar'e, de mi refugio en donde siempre me sentí a salvo, en donde aprendí a ser útil, en donde se despertó mi vocación. Justo aquí en mi paraíso, el mundo de afuera y la vida llegaban para sacudirme, para enseñarme que yo era tan mortal como cualquiera de los mortales que habitan el planeta. Yo, la más sana de todas, me enfermé. Una erupción invadió mi piel no dejando ni una sola parte de mi cuerpo libre de su escozor. Mi rostro, mi cuello, mis brazos, piernas, espalda, torso, todo se llenó de miles de ronchitas que picaban como hormigas carnívoras. El dolor era intenso por dentro y por fuera. Mis padres y mis abuelos estaban sumamente preocupados. Santiago quiso atenderme, pero lo rechacé con todas mis fuerzas; tampoco quise que Nieck me tocara. Solo permití a mi madre estar cerca de mí. Y ella me curó.

Mi madre era sabia por naturaleza. Llevaba el legado de Luana, mi abuela, y su gente en la sangre. En su espíritu convergían siglos de práctica y conocimiento. Los secretos de las Amazonías colombiana, brasileña, peruana y venezolana eran resguardados por ella, la última chamana de su pueblo. Yo estaba destinada a heredar su lugar, a pesar de que hubiera tomado otro rumbo en la práctica de la sanación. Pero para eso faltaba mucho, y en ese momento me encontraba aún más lejos de la sabiduría o la iluminación.

—Mi niña, mi hermosa Nana —me dijo con su dulce voz, mientras me colocaba en los brazos hojas cocinadas de achira—, el ardor que quema tu piel es el ardor que quema tu alma. Pero eso ya lo sabes, ¿no?

Me sorprendí. Mi mamá sabía lo que me sucedía. Después de mucho tiempo por fin respiré aliviada.

—He visto cómo lo miras desde el primer momento que puso un pie en la casa. ¿Pensabas que eras inmune?… Todos lo somos hasta que llega alguien que nos mueve el suelo como los terremotos a las montañas. Pero no debes sentirte mal por experimentar esos sentimientos. No porque seas la «sanadora de almas», la que sabe escuchar, la *japysaka*, estás exenta de que te ocurran cosas; recuerda que tienes ciertos dones, pero no eres mejor ni peor que otros, eres un ser humano. Y a tu edad eso es lo normal.

Yo escuchaba a mi madre y no podía más que darle la razón. Pero algo dentro de mí me hacía rechazar aquella posibilidad: yo no podía ser como todos, yo quería seguir siendo especial, ese ser que es más espíritu que humano. Hasta ese momento no sabía que había cosas que tenía que experimentar aún para por lo menos rozar la sabiduría.

—Además —continuó mi madre—, quién dice que no puedes enamorarte y formar una familia. Ese chico, Santiago, me parece que viene con toda la intención de establecerse en Yvy mar'e… Va a necesitar una mujer…

Ahí no pude más. Me solté llorando. Las lágrimas que rodaban por mis mejillas eran lava ardiente. El dolor interno me consumía hasta convertir mis entrañas en cenizas… Mi mamá trataba de consolarme, no sabía que no solo era porque a través de Santiago me estaba llegando ese aprendizaje; sino porque mi corazón se había roto: mi deseo no tenía remedio.

—¿Qué pasa, mi niña?, ¿por qué ese llanto?, ¿por qué esas lágrimas?… Creo que es hora de que vuelvas a hablar, necesitas contármelo todo, si no te vas a ahogar en tu propio dolor. Sé que puedes hacerlo, siempre lo supe, pero también siempre respeté tu decisión y destino. Si quieres que se cumpla, este es ahora el momento para ti.

Con un hilo de voz, tan tenue como el de un moribundo, le conté a mi madre lo de Santiago y Carmina.

Al terminar, mi madre me abrazó. No pronunció palabra alguna, y yo me refugié en su abrazo hasta que las dos nos dimos cuenta de que las hojas de achira se habían caído y el contacto ya no me producía dolor: la erupción se había desvanecido por completo. Lo otro, el tiempo terminaría también por sanarlo.

Me costaba ver a Santiago como a un amigo. Pero sabía que me necesitaba. Y él mismo no se imaginaba cuánto. Hice un pequeño ritual de perdón. Me urgía deshacerme de la culpa por haberme enamorado del hombre equivocado, del hombre que seguramente mi amiga, mi *kypy'y*, amaba. Por supuesto, estaba consciente de que no había sido algo planeado ni deseado, pero los seres humanos tendemos a sentirnos culpables por todo. Requería aprender a ver a Santiago de otra manera, y asimilar que su amor no sería para mí —no esa clase de amor—. Me fui sola al Santuario de las Orquídeas. Permanecí tres días en meditación profunda, y allí entre aquella belleza y la compañía de los sacharuna, mis espíritus protectores, me perdoné y pedí que me ayudaran a trascender aquel sentimiento. Agradecí la gran enseñanza que se me había otorgado y me reconocí como el ser amoroso que soy. Cuando me sentí lista, liviana y despojada de aquel pesar, regresé. Entonces estuve en condiciones de escuchar entera la historia de Santiago con Carmina. Mi corazón emitía ligeros ladriditos ante su presencia: solo el tiempo me ayudaría a domar a aquel perrito. Y aquello que se había roto, quebrado o hundido, empezó a recomponerse. Él me necesitaba, y yo estaba dispuesta a ayudarlo. De eso se trata el amor incondicional, ¿no?

Por supuesto, no podía enterarlo de mi descubrimiento, pero sabía que tenía al tiempo de aliado: este un día llegó trayendo a Alejo de regreso a la aldea, y con él la mayor sorpresa que Santiago pudiera haber deseado.

EL REENCUENTRO

Yo estuve ahí cuando se encontraron. ¡Me cachis! Uno tan perplejo como el otro, viéndose frente a frente bajo el marco de la puerta. Fui testigo de uno de los acontecimientos más inverosímiles que hubieran sucedido en Yvy mar'e: Alejo, el hombre que llegó dos veces a la Tierra sin mal era el padre adoptivo de la mujer que Santiago amaba, Carmina, mi *kypy'y*. Ninguno de los dos se había enterado aún de la coincidencia, Alejito porque acababa de regresar de pasar una temporada con Mina, y Santiago… bueno, todos sabíamos que había ido a presentar su tesis.

—¿Don Alejo?… pero qué… cómo es… —Santiago no podía pronunciar una oración completa. La sorpresa lo había dejado sin palabras. Cosa rarísima en él.

—Pero ¿qué pasa aquí? —preguntó mi abuelo, acercándose a ellos —¿Acaso vosotros os conocéis?…

—Sí, no… bueno, es una larga historia, Álvaro —contestó Alejo, igual de sorprendido que Santiago.

—Pero pasen, pasen, por favor, sentémonos y hablemos con calma —sugirió mi abuela, tan asertiva como siempre.

—Traeré un licor al estilo español, creo que nos hará bien a todos. —Y mi abuelo, pensativo, se dirigió a la cocina a traer ese licor preparado por él mismo que acompañaría las revelaciones.

Fue una larga noche. La conversación duró hasta el amanecer y un cometido quedó en mi alma: reunir a Carmina con Santiago. ¿Pero cómo lo lograría si nos habíamos dejado de ver desde los catorce años?... *Je ne savais pas*... no sabía. Y de repente, cuando los primeros rayos del sol aparecieron, el foco se me prendió. *Yes!* De la manera más antigua pero efectiva que existía: una carta.

Querida Mina:

Conociéndote, no creo que esta carta te sorprenda. Quizá mi nombre apareció algunas veces en tu pensamiento antes de recibirla como signo premonitorio de que sabrías de mí. ¿O me equivoco?... Pero el mensaje que tengo para darte, ese no lo esperas, y si lo aceptas, podría cambiarte la vida. Believe me.

Mina, primero quiero que sepas que yo nunca te olvidé y nunca dejé de considerarte mi hermana. Mi kypy'y. ¿Lo recuerdas? Sé que tú tampoco me has olvidado. Por eso no encontrarás ni rencor ni reclamos en esta carta; me dejaste en libertad para convertirme en quien soy ahora; te dejé libre para que extendieras tu imaginación y tus deseos hasta donde quisieras. No nos debemos nada. Mi cariño por ti sigue intacto, igual o más grande que cuando te adopté como mi pequeña y frágil hermana aquel día que apareciste en mis sueños. Te recuerdo ahí, acostada en una cama de hospital, con tubos y aparatos conectados a tu maltrecho cuerpecito. «¡Me cachis!», pensé cuando te vi así (esa frasecita la tengo grabada hasta el día de hoy, ¿puedes creerlo?). Y me dediqué a cuidarte en silencio. Hasta que una noche abriste los ojos, te levantaste de la cama y con ese ímpetu que siempre te caracterizó me tendiste la mano. Me animaste a seguirte al lugar en donde habías nacido: buscaríamos a tus padres. Ni en sueños lo conseguimos. Te saqué de ahí y te dije: «¡Vamos! ¡Aquí todo es muy aburrido!», entonces te di mi mano y te aferraste fuerte a ella, como si en esa manito hubieras encontrado una razón para seguir. Recorrimos la selva. Te impregnaste de su exquisito aroma a tierra húmeda, a hierba, a flores, al olor parecido al sándalo que desprenden los troncos de las ceibas y de los ficus; reíste con las monadas de los capuchinos y te acurrucaste junto a un perezoso que con sus ojos tristes te acarició el alma (estoy segura de que por eso te adaptaste sin esfuerzo a la selva). Y así cada noche repetimos la historia hasta que pudiste valerte por ti misma, hasta que tus heridas sanaron y Alejo te llevó ¡por fin! a Yvy mar'e. Recuerdo ese día como si hubiera sido ayer. Mina, tan solo soy mayor que tú por meses, pero me convertí de inmediato en tu protectora: sabía la pena tan grande que se escondía en tu alma. No podía ni imaginar lo que era haberse quedado sin padres, sola, en un país extraño lleno de extraños. Por eso quiero tanto a Alejo. Te quiso como a su hija desde el mismo momento en que te vio. Hasta el día de hoy su amor sigue siendo tan grande que con tal de verte feliz te dejó partir, te regaló tu libertad. Y bien sabes cuánto le costó darte gusto en que te fueras a estudiar Medicina a Lima.

La vida es mágica y sorprendente, kypy'y. No quiero retrasar más el mensaje principal de esta carta, solo quería que supieras cuán importante eres para mí. Aun sin haberla enviado, ya escucho los latidos de tu corazón adelantándose a los hechos.

He conocido a Santiago, sí, tu Santiago. Sería muy largo de contar cómo sucedió. Lo más importante que debes saber es que él te ama profundamente. Es un hombre íntegro, de buen corazón, te lo digo yo que lo he conocido. Y si todavía confías en mí, sabrás que no te miento. Pero deberá ser él mismo quien te cuente la historia completa, porque no me corresponde a mí.

Como podrás suponer, por el remitente de la carta, Alejo está enterado. A él le tocó la tarea de mandarla (¿quién más, si no?). Él mismo podría haberte contado todo, pero quise ser yo la mensajera. Es tiempo de que volvamos a «hablar», Mina. ¿Puedes venir a Yvy mar'e?

Varias sorpresas te aguardan aquí.

Te quiere con el alma

Nana

Una semana. Dos horas de espera. Dos horas de vuelo. Unos minutos de abrazos. Media hora hasta el embarcadero. Una hora y media en bote navegando entre el Nanay y el Amazonas, la cuenca del río y varios kilómetros navegando y caminando por los riachuelos y los caminos en las profundidades de la selva. Ese fue el tiempo que le tomó a Carmina llegar a Yvy mar'e después de que leyó mi carta.

Alejo venía con ella. La había recogido en el aeropuerto de Iquitos. Yo los esperé en otro bote para llevarlos a la aldea. Santiago se quedó en Yvy mar'e, aguardando, impaciente, que le llegara su turno.

Sus labios continuaban siendo inverosímilmente rojos. Sus mejillas, sonrosadas por el calor, su pelo, alborotado por las mismas razones, no escondían la emoción que le provocaba estar otra vez ahí. Sus ojos brillaron cuando me vio. Yo sentí que en el momento en que nos abrazamos éramos de nuevo esas dos chiquillas ideando travesuras en la selva. Las lágrimas salieron sin el menor esfuerzo, sin que ninguna de las dos se opusiera a ellas. Alejo, parado junto a nosotras, reprimía los sollozos.

—*Kypy'y*, qué hermosa estás.

Sonreí y supuse que me sonrojé.

—Y mira tu pelo, tan largo y brillante. Estás regia, mujer.

Yo la señalaba a ella, para indicarle que ella era la que estaba hermosa... y alta; yo me había quedado *petiza*.[13]

[13] Pequeña, chiquita.

—Mira lo que te traje, Nana —Carmina metió la mano a su bolsa. No pudo evitar una sonrisita delatadora.

Me reí mucho. Alejo, también. Mina no se había olvidado de mi afición, casi obsesión —que adquirí por su culpa, por supuesto— a la Inca Kola. Era nuestro más sagrado secreto. Todos los fines de semana, cada vez que venían a Yvy mar'e, me traían una o dos de esa gaseosa. La adoraba. Se me hacía la cosa más fantástica del mundo. Esas burbujas doradas con sabor a durazno y hierbaluisa me hacían la niña más dichosa del universo. Con qué poco se puede alegrar a un niño, ¿no?

Nos abrazamos muchas veces más. No paramos de reír y de llorar, hasta que Alejo nos hizo ver que se avecinaba una lluvia. Navegamos hacia Yvy mar'e.

—¿Y Santiago, dónde está?… —Por fin Carmina se atrevió a preguntar.

—Te está esperando —con una sonrisita mal disimulada, Alejo contestó; y yo, alargando mi brazo hacia el horizonte, señalé hacia nuestra aldea.

—¡Oh, pero no quiero que me vea en estas fachas! —exclamó de repente mi amiga. Alejo y yo nos la quedamos viendo; soltamos la carcajada: hay cosas que nunca cambian.

—No te preocupes, hijita. Lo teníamos previsto, primero iremos a la cabaña a que te acicales.

—¡Ay, papá! Ni que fuera perrito para que me tengan que acicalar.

Nos reímos. Las risas auguraban tiempos buenos, aunque las nubes grises y los relámpagos proclamaran lo contrario.

Llegamos justo a tiempo. Apenas amarramos el bote a la orilla del río la lluvia se dejó caer. Entramos corriendo en la aldea, como si a propósito esta nos quisiera esconder de los ojos curiosos. Como la casa de mis abuelos se encontraba frente a la de Alejo, yo me dirigí hacía ahí, mientras me despedía diciendo adiós con las dos manos. Alejo y Carmina corrieron a la suya, lanzando besos y adioses.

—¡Cuando esté lista, te aviso, Nana! —gritó Alejo.

—¡Nos vemos en un ratito, *kypy'y*! —gritó Carmina, sin enterarse de que en la casa de enfrente, desde la ventana, un Santiago que no podía contener la emoción sonreía de oreja a oreja.

Alejo llegó empapado a casa de mis abuelos. Escurriendo agua avisó a Santiago que Carmina lo esperaba. Mi abuela Luana ya había preparado la cena y una cama para que Alejo pasara esa noche ahí: todos sabíamos que aquella conversación entre los enamorados podía durar horas.

La lluvia no paró en toda la noche. Carmina y Santiago tampoco dejaron de conversar mientras esta duró. Pero fue hasta el día siguiente que yo me enteré de lo ocurrido.

Decidieron empezar de nuevo, desde cero. Comprendieron que mucho de su pasado no los había dejado ser quienes eran en realidad. Cada uno había conocido del otro solamente una parte: aquella que ni ellos mismos tenían claro. Tendrían que aprender a amarse de una manera redonda, completa, no idealizada. Sin secretos.

Estábamos en mi cabaña —Mina había insistido en conocerla—, tomando Inca Kolas a escondidas, por supuesto, mientras compartían conmigo los detalles de su reencuentro. Yo los escuchaba con tanta alegría... Los veía y me daba cuenta de que eran el uno para el otro. Se veían tan bien juntos... Los ojos les brillaban, a pesar de no haber dormido en toda la noche. No podían parar de sonreír. La vida les había cambiado. Por eso me tomó por sorpresa cuando dijeron que empezarían a salir de nuevo... como amigos. Necesitaban recobrar la confianza. Más adelante ya verían.

Me hubiera gustado que ahí mismo se declararan su amor, que se comprometieran a pasar toda la vida juntos, a ser felices por siempre, como sucede en las novelas románticas. Pero me daba más gusto ser testigo de esa decisión. De lejos podía parecer un tanto fría, sin embargo, de cerca, de tan cerca como me encontraba yo de ellos, se veía como la decisión más certera para hacer madurar su amor. Ese «eso» que ellos manifestaron desde el primer momento en que sus miradas se encontraron. La recompensa por la espera bien podría valer la pena. *C'est genial!*

El perrito apenas ladró. Me sentí feliz y liberada. Sabía que pronto dejaría de ladrar. Preferí no contarle nada a Carmina: no era el momento; este llegaría y solo si fuera necesario.

Mis abuelos organizaron un almuerzo como los que solíamos tener cuando éramos niñas. Toda la aldea estuvo invitada. Al mediodía cada una de las familias fueron llegando con diferentes platillos y postres para el festejo. La música surgió, increíblemente, desde la vieja grabadora negra de los tíos Hans y Gunter: aunque los niños eran otros, me pareció que todos nos transportamos a otro tiempo, en el que la vida era mucho más sencilla.

—Santiago, que estamos felices, y todavía incrédulos con lo sucedido entre tú y Carmina, chaval —comentó mi abuelo mientras se servía una gran porción de ensalada de chonta, esas tiras deliciosas de palmito acompañadas de tomate, palta, limón y cebolla—. Pero con todo este embrollo no creas que me he olvidado de que tenemos una conversación pendiente.

Con la sorpresa de haberse encontrado a Alejo y el reencuentro con Carmina, Santiago había olvidado el propósito de su visita aquel día en casa de mis abuelos.

—¡Es cierto, Álvaro! Lo olvidé por completo. Pero ahora les cuento —con una pinza tomó tres piezas de plátano frito y los colocó en el plato de Carmina y después cogió otras tantas y las sirvió en el suyo.

—Y tú, guapa, tienes que contarnos de tus correrías en Lima y la Uni —se dirigió mi abuelo a Carmina, con un tono que no guardaba el mínimo rencor. La hija pródiga era bienvenida de nuevo.

—Ya, tío, ya los pongo al corriente —contestó Carmina con la misma familiaridad de siempre—. *¡Al toque nomás!* —y chasqueó los dedos.

Pasó un buen rato para que nos pudiéramos enterar de la propuesta de Santiago. Todos se acercaban a saludar a la pareja. Los gemelos, los hijos de Cecilia y Arnau, y otros chicos se acercaron a Carmina para preguntarle cómo era vivir lejos de Yvy mar'e. Kiko y María, una pareja muy agradable de españoles, le ofrecieron su apoyo a Santiago. Estaban dispuestos a ayudarle en lo que necesitara. Fue durante la sobremesa que, por fin, nos enteramos.

—Cuando Nieck me propuso suplirlo —comenzó a hablar Santiago, tocando el hombro del holandés que se encontraba sentado a su lado izquierdo (a la derecha se encontraba Carmina, y yo enfrente de los dos)—, pensé que el hombre se había vuelto loco de remate, y luego pensé que yo estaba más loco por considerar la propuesta. Hubo algo dentro de mí, no puedo explicarles qué, que no me permitía rechazar la idea. No me atraía venir a esconderme del mundo, por más que en ese momento justo era lo que necesitaba, sin embargo, no dejé de pensar en el tema. Pero lo que me hizo decidir fue, precisamente, conocerlos a ustedes. Conocer Yvy mar'e.

«Pasé muchas noches meditando el asunto, primero porque no sabía cómo iba Carmina a entrar en la ecuación —dijo esto volteando a verla y guiñándole un ojo—; segundo, para no causarle el disgusto de mi desaparición a mi mamá; tercero, para no poner en peligro el anonimato de Yvy mar'e, y cuarto, para no vivir el resto de mis días escondido del mundo, porque, para ser sinceros, ¡me recontraencanta el mundo!».

Todos reímos.

—Entiendo perfectamente a lo que te refieres, muchacho —comentó Alejo, que hasta ese momento se había mantenido callado. Se salpicó la camisa al servirse ese licor de hierbas de mi abuelo que tanto le gustaba.

—Ahora comprenderás mejor por qué sentí la necesidad de salir de Yvy mar'e —Mina tomó su servilleta de tela, metió una punta en un vaso con agua de manantial y se la pasó a su papá.

—Claro, por supuesto, Carmi. Aunque este es el paraíso, no todos queremos vivir eternamente en un lugar en donde no pasa el tiempo, en donde no hay retos ni contrastes. Creo que a algunos nos gusta la mala vida.

—Ya. Lo dirás en broma, Santiago —Alejo limpiaba su camisa con mucho cuidado—, pero, aunque Yvy mar'e fue mi refugio por muchísimos años, el contacto con la realidad que vivo en Iquitos, en vez de empujarme a vivir una utopía, me jala a llevar ese mundo ideal fuera de esta selva.

Me pareció que mi abuelo se sorprendió con el comentario de Alejo, frunció el ceño y se le quedó viendo con cara de interrogación.

Mi abuela, tan sabia como siempre, intervino, quizás intuyendo las dudas de su esposo:

—Te entiendo, amigo —sus pulseras de semillas pintadas de colores bailaron en su brazo—. Por una parte, todos los que vivimos aquí fuimos un tanto cobardes para enfrentar al mundo y su dualidad y preferimos huir de él y fabricar nuestro mundo de fantasía. Pero por la otra, se ha necesitado de mucha entereza y de convicción para crear una tierra ideal. Entiendo que quisieras reproducir eso en el exterior.

—Exactamehte, Luana, mira que lo has dicho mejor que yo, ¿ah? En mi orquidiario no solo tengo a la venta las mejores orquídeas de la zona, y podría decir que hasta del país —Alejo hizo una mueca de orgullo, llevándose el puño a la barbilla—, también tengo un poquito de Yvy mar'e en cada una de esas plantas.

—¿Cómo así? —preguntó Santiago con interés.

—Yo converso con cada uno de los clientes —empezó a explicar Alejo, acomodándose en la silla e inclinándose hacia delante—, y les hago ver que su flor es única y especial y mientras hablo de la planta, les estoy hablando de ellos mismos. Hay quienes son muy astutos y se dan cuenta de inmediato, hay quienes regresan dos o tres o cinco veces más a continuar esa conversación que de alguna manera les llegó.

—Por eso te quiero tanto, papá —Carmina se aferró al brazo de Alejo que se encontraba a su derecha—. ¿Ya ves, Santiago?, aún no nos has contado tus planes, y ya nos diste tema de conversación.

—Temas que no habíamos comentado nunca —reflexionó mi abuelo—. Creo que el aislamiento en el que hemos permanecido por tanto tiempo nos ha vuelto un poco cabezas duras.

Su comentario jocoso hizo que nos relajáramos. La conversación iba tomando un rumbo desconocido:

todos en Yvy mar'e estábamos conscientes de que las cosas, tarde o temprano, tendrían que cambiar, pero no estábamos listos todavía para enfrentar la realidad.

—Bueno, dejen terminar al chico, que a mí urge saber su plan… que no me hago más joven —protestó en tono de broma, pero con toda seriedad, el doctor Nieck.

Santiago continuó:

—Ya pues, mi plan es el siguiente —se irguió y se aclaró la garganta—: Perú y el mundo están teniendo una gran apertura ante la medicina alternativa y las plantas medicinales del Amazonas. Tengo entendido que en el Santuario de las Orquídeas existen plantas que únicamente crecen ahí y que tienen cualidades curativas impresionantes. Si la gente de Yvy mar'e estuviera dispuesta a cultivarlas para su comercialización, yo podría servir de intermediario entre el mundo y ustedes. Así podría ir y venir sin levantar sospechas.

—Pero ¿y qué pasará cuando alguien quiera saber de dónde sacas esas plantas? —preguntó mi abuelo un tanto preocupado.

—Aún no termino, aquí es donde el asunto agarra color. Trabajaremos con las plantas que ya se conocen: la uña de gato, la maca, el camu-camu, entre las más de cien que se encuentran registradas, pero nosotros le añadiremos nuestra receta secreta: las plantas medicinales del Santuario de las Orquídeas (de las que aún no me sé los nombres y solo he conocido por las referencias que me han hecho Nana y Nieck), eso potencializará sus cualidades y hará que nuestra marca (Yvy mar'e) se posicione sobre las otras. Qué mejor que esconder un secreto sobre otro secreto, ¿*nocierto*?

Nos quedamos pensativos. Y a mi mente vino la historia de nuestros fundadores, que tuvieron que huir cuando fueron descubiertos en el mismo jardín del palacete del propio príncipe. Me le quedé viendo fijamente a Mina, para darle a entender que algo quería decirle.

—Esperen un momento, Nana tiene algo que decir —y como cuando éramos niñas, mi *kypy'y* comprendió mi mensaje sin ningún esfuerzo—. Nana se ha acordado de Mateus y Yara.

Mi madre, poniéndose de pie, deslumbrándonos a todos con su belleza de bronce, respondió.

—Los secretos siempre saldrán a la luz. Yvy mar'e no ha sido descubierto hasta ahora porque nadie lo está buscando, porque a pesar de que nos encontramos tan cerca de la civilización, los ojos de los que pasan por aquí solo ven lo que quieren ver, lo que les han dicho que tienen que ver. Les dijeron: «Es imposible que haya asentamientos en esa zona», y lo creyeron. Y nuestro pacto tácito con todas las tribus de los alrededores, más acostumbradas a los mundos intangibles, respetan y admiran nuestra autonomía, no se meten con nosotros porque para ellos nosotros somos seres de otra dimensión. Sin embargo, tiempos difíciles se acercan. Es hora de irnos preparando.

Todos callaron. Las palabras de mi mamá fueron tan certeras que cada uno, a su modo, tuvo que meditarlas por un rato.

Pero la propuesta de Santiago esperaba sobre la mesa. Mi abuelo retomó la conversación:

—Tenemos que planearlo con cuidado, chaval —*Yes!* Grité para mis adentros, su idea me parecía genial: podríamos ayudar a un montón de gente—. Aunque vosotros tengáis ideas revolucionarias, la mayoría de quienes estamos aquí deseamos que nuestras vidas continúen como hasta ahora. Como lo hablamos aquella vez, sabemos que corremos peligro, pero debemos preservar nuestro anonimato lo más que se pueda.

—¡A mí me encanta la idea, Santiago! Me parece recontrabuena —Mina estaba eufórica—. Entiendo tu preocupación, tío, pero si lo miras bien, esta puede ser la solución.

—¡Estaba seguro de que la idea te encantaría! —Santiago no podía estar más feliz que en ese momento, abrazando a su flaquita, aunque fuera solo como amiga, y exponiendo ideas para salvar al mundo.

—Entiendo vuestro entusiasmo, chavales, vosotros sois jóvenes y pensáis que todo es fácil. No me malinterpretéis, no me estoy rehusando, solamente quiero que planeemos bien las estrategias. ¿Vale?

«¡Vale!», gritamos todos, yo en mi mente y abriendo grandes los ojos. En eso Marita y Alberto sacaron sus percusiones, y al ritmo del cajón, la quijada y el bongó nos pusieron a todos a bailar *El alcatraz*, ese afro peruano que, nunca entendí por qué, fascinaba a Carmina; ya desde chiquita movía las caderas como la mismísima Marita o cualquier otra mulata de Chincha. Fue una tarde inolvidable: Yvy mar'e hasta ese momento seguía siendo el paraíso, la Tierra sin mal.

Pasaron dos meses para que Carmina pudiera regresar a visitarnos. En ese lapso Santiago había ido un par de veces a verla. El resto del tiempo lo pasó en Yvy mar'e, obsesionado estudiando las plantas «milagrosas» del Santuario de las Orquídeas. Necesitaba hechos concretos, evidencia, como él decía, para poder llevar a cabo su plan y convencer a mi abuelo y a algunos de los yvymareños que dudaban de la idea.

Estaba fascinado con el descubrimiento de una planta, prima lejana de las carnívoras, a la que denominó *Genlisea animus:* una especie rarísima de planta semiacuática, con la particularidad de absorber nutrientes del agua, a través de sus raíces; del aire, a través de sus pétalos, procesarlos y convertirlos en una sustancia parecida a la saliva, que es almacenada en un contenedor dentro de sus cilíndricos tallos. Dicha sustancia alimenta eficazmente a colibríes, abejas y otros insectos voladores con trompas o lenguas capaces de introducirlas dentro de los tallos. Cuando estudió los componentes de aquella «saliva» quedó impresionado: una sola gota contenía, además de minerales básicos, todos los aminoácidos esenciales para el cuerpo humano. Santiago caminaba de un lado a otro, manoteando por toda la cabaña, alzaba la voz, se reía, brincaba... sin duda alguna había dado en el clavo. Y yo estaba feliz de compartir esos momentos con él.

Todo parecía estar en orden y paz, como generalmente solía sentirse el ambiente en la aldea.

La calma y el sosiego también regresaron a mi alma. El perrito dejó de ladrar. La experiencia con Santiago había pasado a ser eso: una experiencia. Y volví a ser la misma Nana de siempre. Aunque no igual. De cierta manera el aprendizaje se había integrado a mi ser dotándome de una mayor comprensión para con el prójimo.

La vida fluía sin esfuerzo y en total armonía. Pero los cambios son inevitables. El día que Carmina volvió, regresó con una noticia que derrumbaría los pilotes físicos y metafóricos de Yvy mar'e.

Solo con ver su rostro pude adivinar que algo terrible sucedía. No así pude entender sus pensamientos porque estos iban y venían disparados y sin control. Santiago también estaba descompuesto. Seguramente él ya estaba enterado de la situación, porque había ido a recoger a Carmina al aeropuerto.

Llegaron corriendo, sudando y agitados. Yo los esperaba, como la vez anterior, en un bote para llevarlos a la aldea. Ni siquiera se molestó en saludarme. —¿Qué pasa?, ¿qué pasa? —le pregunté mentalmente—. Rápido, tengo que llegar con tu abuelo Álvaro para avisarle de lo que me acabo de enterar —dijo sin poner atención a mi pregunta—. Discúlpame, Nana. No te he ni saludado, pero cuando te enteres, comprenderás por qué —y me abrazó sin decir nada más.

Sin entender nada, tiré varias veces del cable del motor del bote para encenderlo, e intenté navegar por el río lo más aprisa que pude; no sabía lo que pasaba, pero confiaba en mi amiga.

Alejo, mis abuelos, mis padres, Nieck, Santiago y yo, sentados alrededor de Carmina, escuchábamos atentos sus palabras. El calor a esa hora era insoportable, aun en la sombra. La humedad nos hacía transpirar, pegándonos la ropa al cuerpo. La incomodidad parecía presagiar que la calma, a la que tan acostumbrados estábamos, pronto acabaría.

—Seguro fue una total sincronización del destino —comenzó diciendo Carmina sin que la angustia en su voz hubiera disminuido—. Estaba en la cafetería del aeropuerto de Lima, muy contenta por venir a verlos y tomándome un mate de coca porque a esas horas de la madrugada y con ese frío no me entraba nada más, cuando de pronto un grupo de norteamericanos entró al local: cinco hombres de entre cincuenta y sesenta años y una mujer de cuarenta y tantos. Se sentaron justo enfrente de mí. Nada de raro en el asunto porque a Perú llegan cantidades industriales de extranjeros, sobre todo gringos, todos los días.

Mina contó con lujo de detalles aquel encuentro con ese grupo de «turistas». Había muy pocas personas en la cafetería, dijo, distribuidas por ahí y por allá, por lo que, sin querer ser metiche, le fue inevitable escucharlos. Hablaban en voz alta, aunque de repente, como si quisieran esconder algo, empezaban a cuchichear. En un momento uno sacó un papel, comentó lo que le pareció un mapa; formaron un círculo cerrado que no la dejó ver con claridad lo que habían puesto sobre la mesa. Como no estaba poniendo atención, escuchó palabras aisladas que no parecían tener ninguna importancia: Iquitos, el río Amazonas, los yaguas, los delfines rosados, nada que un grupo de turistas no planeara conocer. Terminó su mate, se fijó en la hora y se dio cuenta de que ya debía ir a la sala de espera para abordar el avión.

—Cual no sería mi sorpresa —Carmina se llevó las dos manos hacia la frente y las deslizó por su pelo— al ver que a los mismos gringos de la cafetería les había tocado sentarse en el avión justo en los asientos que estaban detrás de mí, por lo que pude escuchar su conversación con mayor claridad. Bendije haberme criado aquí y haber aprendido unos cuantos idiomas como quien anda de paseo, nomás.

Mina guardó silencio, tomó aire, como preparándose para dar la mala noticia; los demás ni respirábamos, estábamos atentos a sus palabras:

—No eran turistas. ¡Vienen en busca de Yvy mar'e! «¡Me cachis!».

Las exclamaciones, los «¡no puede ser!», «pero ¿cómo es eso posible?», hasta un «¡carajo!» y un «¡pucha!» se dejaron escuchar por toda la sala. Mi abuelo se levantó de su silla, agarrándose la cabeza, como tratando de entender. Alejo se quedó quieto en su sitio, con las manos en la cara. Nieck, incrédulo, movía la cabeza de un lado al otro, apretando los labios. Mi mamá y mi papá se tomaron de las manos y mi abuela se asomó tras la ventana, como para comprobar que aún la paz en Yvy mar'e seguía ahí. Yo me paré y dando pequeños aplausos, para llamar su atención, pedí que dejaran a Carmina terminar con su relato.

Todos volvimos a nuestros asientos y ella continuó.

—No saben en dónde está exactamente, aunque tienen una idea bastante clara. Resulta que una antropóloga brasileña, mientras examinaba fotos satelitales buscando rastros de antiguas civilizaciones (como las que halló en el 2009 en la frontera de Bolivia con Brasil) descubrió que en esta zona, a pesar de la densa vegetación y lo inaccesible del terreno, se lograban distinguir construcciones que parecían ser casas en medio de una urbanización bien planeada.

Carmina dio algunos detalles más que alcanzó a escuchar, como que la antropóloga y su grupo venían auspiciados por la Universidad de Sao Paulo y la Universidad de Michigan, y que los investigadores se veían buenas gentes, pero que había un tipo que no sabía por qué le resultó chocante.

—Lo que pude deducir —continuó un poco más calmada— es que la brasileña es la líder de la expedición y toda una eminencia. No volaba con ellos, pero la identifiqué cuando llegamos a Iquitos porque ella misma los fue a recibir al aeropuerto.

Ahora comprendía el apuro de Carmina, tenía que llegar cuanto antes a darnos el aviso.

Para ese momento, los investigadores debían de estar ya en Iquitos planeando su estrategia. Aunque mi *kypy'y* se sintió tentada a entrometerse en su conversación y averiguar más, estaba tan nerviosa que con todo y el frío tremendo que hacía en el avión sudaba de la misma manera que cuando nos estaba poniendo al tanto de su descubrimiento en casa de mi abuelo. Lo único que pudo hacer fue abrir bien los ojos y descubrirse las orejas para escuchar lo más posible. Y fue mucho.

—Es cuestión de tiempo: dentro de poco andarán merodeando por acá —finalizó.

Un silencio que pareció enfriar el ambiente sobrevino. Solo se escuchaba el ruido de la selva, el murmullo de la calma. *Il fine era vicino.*

ENTRECAPÍTULO
SEIS

¡Lo destrozó, Alejo! ¡Lo destrozó! ¡¿Qué?! ¿Quién? ¿De qué hablas, Raquelita? Seguro fue otra vez esa pesadilla, ¿nocierto? ¡El vestido, Alejo! ¡El jaguar destrozó el vestido de novia!

El fin de la Tierra sin mal

NO TENÍAN CON qué defenderse, eran un pueblo pacífico, idealista, utópico. Sus almas y cerebros brillantes no llegaron a concebir la idea de un observador que desde el cielo los descubriría con su ojo de cíclope. Impotente, confinada a mis ropas de aire, era testigo del derrumbe. Mi Alejo sufría, Carmina, Santiago, Nana, Álvaro y Luana, Nieck, Natalia y su marido, todos con los ojos desorbitados por la impresión, por la incredulidad de lo que les estaba sucediendo: Yvy mar'e, su Tierra buena, su edén, el refugio en el que aquellas almas gemelas habían encontrado ese hogar de ensueño, podría desaparecer en cuestión de horas. Y si todo se desmoronaba, también las posibilidades de comunicarme con mi esposo se complicaban: aquello que tiempo atrás había descubierto como mi única puerta de conexión podría olvidarse o perderse en las memorias de una selva que se tragaría sin compasión el pasado, aquel que los extranjeros, en aras de la ciencia, estaban dispuestos a desvelar.

—Hay que tomar al toro por las astas —Alejo rompió el silencio con una voz firme y segura.

—¿A qué te refieres, papá?

—¿De qué hostias estás hablando, tío? —preguntó Álvaro alzando bruscamente las manos.

—No tenemos armas para defender nuestro territorio…

—¡Por supuesto que no!… —interrumpió un Álvaro quizás ofendido por la sugerencia.

—Ya, pues, amigo, déjame terminar. No tenemos armas porque no creemos en ellas, porque no hemos defendido este paraíso por medio de la fuerza, sino con nuestras capacidades. ¿*Nocierto*?

—Tiene razón Alejo —comentó Luana, acercándose a su esposo y tomándole con suavidad una mano—. Pero, además, estamos olvidando algo muy importante, no somos nosotros los que mantenemos el anonimato de nuestra aldea, es la misma Yvy mar'e.

El silencio nos hizo uno.

—No estoy sugiriendo que no hagamos nada —continuó la chamana—, simplemente les pido que no se nos olvide la esencia de nuestra Tierra.

—Como siempre, la sabiduría de mi mujer es atinada —comentó Álvaro, un tanto más calmado—. Os pido una disculpa por mi reacción. La sola idea de que

Yvy mar'e pudiera desaparecer me ha hecho perder la cabeza.

—Todos estamos preocupados, papá, no te sientas mal por mostrar tu flaqueza —externó Natalia—. Durante todos estos años has sido el mejor líder que Yvy mar'e pudo tener y todos sabemos cuánto amas y cuánto te has esforzado por esta bendita tierra.

—Agradezco vuestra comprensión. Por favor, Alejo, termina de exponer tu idea, que el tiempo se agota. Con lo que nos ha recordado mi mujer me siento mucho más confiado.

—Gracias, amigo. Y gracias, Luana, por el recordatorio. No podemos actuar sin la certeza de saber que Yvy mar'e tiene su propia sabiduría. ¿Ya? Sin embargo, es momento de que pongamos también de nuestra parte, porque los tiempos son otros, la tecnología nos ha rebasado. Y precisamente porque yo amo esta tierra tanto como ustedes, opino que debemos afrontar la situación como siempre lo hemos hecho, de la única manera que conocemos y por la que, durante tanto tiempo, esta se ha seguido conservando en equilibrio: siendo coherentes.

Escuchar la voz de mi esposo, hablando con tanta convicción y firmeza me trajo recuerdos de París y del día de mi matrimonio; era increíble que a pesar del tiempo y de las circunstancias, de mi ser etérico, yo aún me siguiera estremeciendo.

—No vamos a matar ni a lastimar a nadie, faltaba más —continuó Alejo, poniéndose de pie, mirando a todos y mirando al infinito, como buscando las ideas que lo ayudaran a salvar su mundo—, eso iría en contra de todo lo que somos. No vamos a engañar ni a robar ni a mentir, porque el fin no justifica los medios, eso es lo que hemos aprendido, *¿nocierto?*

—*Ja*. Muy cierto —contestó Nieck, ocultando un poco el rostro, a él le había costado mucho aprender esa lección.

Natalia y su marido se levantaron a traer agua fresca; sirvieron los vasos de cada uno de los ahí presentes: el mediodía había aparecido con su acostumbrado calor. Alejo continuó exponiendo su idea

—Nos escondimos del mundo, huimos una vez de él, por diversos y variados motivos ¿ya?; y no dudo de que esa decisión hubiera lastimado a alguien. Cosa seria, pues. Si nos descubren, muchos se verán en serios problemas con sus antiguas familias, aunque quizás —mi esposo hizo una pausa, se quedó pensando—… ese sería el aprendizaje final para poder emanciparnos y experimentar la verdadera libertad. Pero como muchos no están preparados para ese momento, o simplemente no están dispuestos a salir de sus tumbas ficticias, debemos encontrar el modo de prolongar lo más que se pueda nuestro anonimato.

Alejo tomó un poco de agua, mientras los demás discutían quiénes sí y quiénes no podrían estar preparados para salir al mundo exterior.

—Dicho lo anterior —después de aclararse la garganta, Alejo continuó—, pienso que deberíamos buscar a esos gringos y negociar con ellos. Porque, aceptémoslo, es inevitable, tarde o temprano nos descubrirán. O… no sabemos hasta cuándo nuestra buena tierra quiera seguir ocultándonos.

La idea no fue tomada con entusiasmo. Parecía una locura.

Lo discutieron toda la tarde, toda la noche, sin ponerse de acuerdo. Yo volé hasta la ribera de Iquitos, por sobre los ríos Nanay y Amazonas, buscando a ese grupo de investigadores, pero no lo encontré. Un delfín rosado me comunicó que los había visto pasar, pero no estaba seguro si eran investigadores o no porque se parecían mucho a los turistas que llegaban hasta ahí y esperaban horas para verlos saltar.

Sobrevolé los canales del Sanchicuy y del Yanayacu, los ríos más allegados a Yvy mar'e, pero tampoco los encontré. Regresé a la aldea, los yvymareños dormían. Yo también descansé.

Me sobresaltaron los golpes en la puerta de la cabaña de Alejo que Álvaro propinó cuando el sol mostraba con dificultad las incipientes puntas de sus rayos. Alejo abrió la puerta un tanto amodorrado.

—¡Hala! A levantarse, tío. Que hay un mundo que salvar. —El español entró a la casa con paso firme, se dirigió a la habitación de Carmina. Golpeó a su puerta. —¡Arriba, muchacha! No hay tiempo que perder—. Y con las mismas salió, no sin antes gritar desde afuera que los esperaba listos en veinte minutos.

Su enérgica llamada igualmente me despabiló, y me dispuse a hacer lo que estuviera en mis manos de aire para preservar nuestro hogar. Sí, Yvy mar'e también era mi hogar.

Alejo, Santiago y Carmina serían los encargados de llevar a cabo el plan, puesto que eran los únicos que podían entrar y salir de la aldea. Además, solamente Carmina podía identificar a los sujetos.

Salieron los cuatro rumbo a Iquitos. Álvaro los acompañó hasta la cuenca del río y no se dio vuelta hasta que nos perdió de vista. Aunque él no sabía que yo también era pasajera de ese bote.

Carmina se había enterado del hotel en donde se hospedarían: el Dorado Plaza fue el primer sitio al que nos dirigimos.

Santiago y Carmina se registraron en la recepción simulando ser una pareja de recién casados. Una señorita muy arreglada, con el pelo perfectamente bien peinado en un chongo los recibió con una gran sonrisa detrás de aquella recepción con forma circular. Alejo se fue directamente al restaurante. Yo me fui detrás de él. Se detuvo un momento a contemplar el *lobby* del hotel. Era moderno y muy colorido, hasta tenía una pequeña piscina al centro que lanzaba chorros de agua. Yo nunca había visto algo como aquello.

Era temporada alta, había muchos turistas, la mayoría norteamericanos; era difícil distinguirlos con sus bermudas y camisas diseñadas especialmente para la aventura selvática: parecían uniformados. Alejo se sentó en una mesa de caoba con sillas sin descansabrazos tapizadas en rojo y pidió servicio para cuatro, pero inmediatamente rectificó su error aclarando que solo serían tres los comensales. ¿Habría pensado en mí como en esa cuarta persona?… quise pensar que sí.

Momentos después la pareja se nos unió. Hasta ese rato ninguno había logrado identificar al grupo de investigadores. Eran alrededor de las diez de la mañana y no habían probado bocado; a pesar de los nervios, desayunaron copiosamente del surtido bufé. Al terminar, Carmina quiso servirse un poco más de agua de coco, Santiago se ofreció a ir por él, pero la chica le indicó que estaba bien, que ella iría. Con esa sencilla decisión el destino apuró los acontecimientos. Carmina se acercó a la barra de los jugos; la oferta era amplia y variopinta. Tomó la jarra de agua de coco y mientras se servía desvió un poco la mirada del vaso, para ver a través de los ventanales que daban a la piscina. Y justo ahí, recostada sobre una tumbona floreada encontró lo que buscaba. Carmina dejó rápidamente el vaso sobre su mesa, apurada contó lo que acababa de ver y salió corriendo hacia el exterior.

—¡Hola! ¿Qué tal? —saludó animosamente a la mujer que llevaba puestos un traje de baño negro y lentes de sol del mismo tono sobre la cabeza. Esta abrió un ojo sin mucho ánimo y de la misma manera contestó el saludo—. Disculpe, ¿está ocupado? —Carmina señaló la tumbona de junto. La antropóloga movió negativamente la cabeza.

Dicen que las brasileñas son las mujeres más extrovertidas del mundo, pues justo a Carmina parecía haberle tocado la excepción a la regla. La mujer nada más no soltaba prenda.

Pero mi niña era testaruda, no claudicaría tan fácilmente. Se tumbó a un lado, se quitó el pareo y expuso su blanca piel al sol. Creo que, en ese momento, cuando sintió los rayos que le quemaban, se le ocurrió.

—Ay, me da mucha penita. Olvidé mi bloqueador solar en la habitación y mi marido no está. ¿Sería tan amable de regalarme un poquito del suyo?…

La mujer por toda respuesta alzó el brazo y le pasó el bote. Carmina, para congraciarse, respondió con un acento carioca:

—*Muito obrigada.*

Surtió efecto. La brasileña contestó con una sonrisita.

—*Vocé fala Portugués?*

—No, no… solo sé decir eso —respondió y empezó a untarse la crema solar sobre los brazos—. ¿No me digas que eres brasileña?… lo dije por decir —era buena actriz la Carminita, hasta yo le estaba creyendo—. ¿Hablas español?…

—*Sim, eu sou* de Brasil. Y sí hablo español. Tú no eres de por acá, ¿no?

A Carmina se le iluminó el rostro.

—No, nací en México.

—Ah, pero… tu acento es peruano.

—Ya, es que me crié aquí. Pero —hizo una pausa. Sabía que un poco de suspenso intrigaría a la brasileña—…

mis padres murieron en un accidente de avión que cayó en la selva cuando yo tenía cuatro años.

La mujer, al escuchar esto, se incorporó de inmediato. Carmina había logrado acaparar toda su atención.

—Oh, *sinto muito*… Pero ¿cómo?…

—No te preocupes, fue hace mucho tiempo y todo salió bien. Me adoptó un señor que resultó ser el mejor padre que pude haber pedido. Ahora yo vivo en Lima, ¿sabes? estudio Medicina, igual que mi papá biológico… —a la antropóloga se le empezaron a llenar los ojos de agua—, pero vine a Iquitos de vacaciones con mi marido. Vinimos a visitar a mi papá adoptivo —Carmina contó algunos detalles, sus ojos también se llenaron de agua en algunos momentos, era obvio que recordar su vida le traía muchos recuerdos. Haciendo un esfuerzo para no perder el objetivo, animosa como era, le pidió a la brasileña que le contara sobre ella, sobre los motivos de su visita a Iquitos.

Unos niños entraron corriendo y saltaron a la piscina, salpicándolas. Las dos se rieron: con el calorcito que hacía esas gotas de agua eran para agradecerse.

Entonces, por una especie de empatía hacia la chica que le había abierto el corazón y, quizá, por esa risa compartida, la mujer, sin reparo le contó sus motivos. Le dijo, confirmando lo que Carmina ya sabía, que venía con un grupo de científicos norteamericanos en busca de un asentamiento atípico encontrado a través de fotos satelitales. Justo en ese momento sus colegas se encontraban navegando por el Amazonas buscando esa «tribu» perdida. Ella había tenido que quedarse porque se había intoxicado con la comida de la noche anterior.

La conversación se extendió por una hora más. Terminaron íntimas amigas y quedaron para almorzar juntas. Yo estaba feliz, ni siquiera sospeché que algo podría enturbiar mi regocijo.

A las dos de la tarde los cuatro se encontraron para almorzar, sería ahí mismo en el hotel, debido al delicado estado de salud de la antropóloga.

Carmina hizo las presentaciones. Cuando le llegó el turno a Alejo de tomarle la mano a la señora para darle el saludo, no me pasó desapercibido el brillo en sus miradas. Esos cuatro ojos se iluminaron como si les hubieran encendido bombillas desde adentro. Era una tontería, pero me sentí celosa. La felicidad se me empezó a esfumar.

Los sentimientos no cambian con la forma, sigo siendo la misma Raquel, pero sin un cuerpo físico. Todavía tenía mucho que aprender de la muerte (o en la muerte).

La intimidad en esa mesa se hizo presente casi desde el principio. Me resultaba claro notar cómo los seres se atraen unos a otros por sus iguales. Las almas gemelas se reconocen. Y era algo que no se podía negar: Yvy mar'e tenía más de quinientos años atrayendo solamente a aquellos que, aun sin saberlo, era lo que buscaban.

Entonces comprendí: si el grupo de investigadores no estaba en sintonía con lo que Yvy mar'e emanaba, el riesgo de que lo descubrieran era poco probable

—cuestión que ya se había discutido—. Sin embargo, Carine, la brasileña, parecía tener todo el perfil para llegar por sí sola a nuestra Tierra sin mal. Y no sabíamos qué podría significar eso, qué decisiones podría tomar la mujer.

Cómo deseé en ese momento poder comunicarme con Alejo, con Carmina, pero me era imposible.

El grupo llegó cerca del atardecer. Venían agotados, insolados y muertos de hambre. No habían encontrado más que selva, tribus establecidas y *lodges* económicos y de lujo bien plantados para el servicio turístico. Al día siguiente reanudarían labores. Ese día había sido demasiado largo y todos merecían descansar.

Le ganamos al amanecer. Nuestra salida triunfal se dio justo antes de que los primeros rayos del sol salieran. Carine llamó por la noche a Carmina para invitarlos a unirse a su expedición: «Ustedes conocen la zona, su colaboración nos sería de gran ayuda, ¿qué te parece, linda?». «Si supieran cuánto», musitó Santiago cuando Carmina le pasó el mensaje. Todo estaba saliendo a pedir de boca. Aunque para mis adentros no podía quitarme la idea de que lo que en verdad buscaba esa señora era pasar tiempo con mi Alejo.

Dicho y hecho, la brasileña se sentó junto a mi esposo todo el camino, y no dejaron de conversar. Y yo no tuve más que aguantarme las ganas de convertirme en fantasma chocarrero y espantar a la fulana.

Carmina y Santiago aprovecharon para sondear al resto del grupo. Que Santiago hubiera pasado una temporada en Texas resultaba en ese momento muy beneficioso. Los gringos estuvieron más dispuestos a tratar con alguien que se desenvolvía muy bien en su mismo idioma y que, al igual que ellos, dedicaba su vida a la ciencia. A Carmina también la aceptaron de inmediato, por los mismos motivos, pero como ella aún no había terminado la carrera, se vio un tanto relegada.

Santiago en todo momento se mostró dispuesto a responder a sus preguntas, al contrario de ellos, renuentes a hablar más de la cuenta. A pesar de eso, Chris, Tony, Ringo, Amanda y Glenn se portaron de lo más amables. Pero Gary... algo había en él que no me gustó desde el principio. Ahora podía entender a qué se refería Carmina.

Cuando subieron al bote no dejó que Santiago lo ayudara con su mochila y sus implementos. Lo apartó con una mirada fría y murmurando entre dientes seguramente alguna *lisura*. En un tono demasiado brusco ordenó a Amanda que se quitara del lugar en donde ya se encontraba sentada, excusándose de que necesitaba ese sitio para sus propósitos. En ese momento Carine acababa de subir a la embarcación, se le acercó y mirándolo fijamente, con una voz contenida le dijo que no iba a permitir que hubiera desavenencias en su grupo. Otra grosería de esas y quedaba expulsado. A regañadientes Gary se disculpó con Amanda apelando, nuevamente, a su cargo en la misión. Pero no se movió del lugar. Ringo se acercó a su compañera, algo le dijo, pero no alcancé a escuchar. Seguramente le brindó algún tipo de consuelo por la mala educación de su colega.

Carmina, Santiago y Alejo acordaron mantener el secreto de Yvy mar'e hasta que estuvieran seguros de poder confiar en aquellas personas, o hasta que las circunstancias se los permitieran. Negociar una bomba como esta no iba a ser nada sencillo, no sabían qué intereses de por medio tendría cada uno de los integrantes; ¿quién podía confiar en los deseos de reconocimiento, fama y poder de estos individuos? Habría que calcularles la ambición.

Por lo pronto, se dedicaron a alejarlos lo más posible del camino hacia la aldea. Alejo sugirió ir a Nauta, por la única carretera que comunica a Iquitos con el resto del país, y de ahí navegar de regreso para ver si por ese lado hubiera alguna oportunidad de rodear o verificar lo encontrado en las fotos satelitales. Carine lo apoyó sin discrepar; por ser la líder y por no tener nada que perder, los demás estuvieron de acuerdo. Habíamos ganado un día más.

Carine era una mujer entrada en años, sesenta o sesenta y cinco, llena de energía, curiosa, inquieta, de recia personalidad y voz grave y fuerte. Era alta, de la misma estatura que Alejo (quien a sus setenta y dos se conservaba de maravilla, un poco barrigón, pero regio; cuando la antropóloga se enteró de su edad se quedó perpleja). La brasileña tenía una complexión mediana, no era muy delgada, pero tampoco pasada de peso: debió haber sido una mujer atlética en su juventud. Tenía el cabello corto, por arriba de los hombros, lacio y teñido de castaño rojizo; su piel era clara y los ojos cafés. Usaba poco maquillaje. No era una belleza, pero tenía un aire de no sé qué… yo la veía y la veía tratando de averiguar qué era eso que la hacía tan agradable, eso que yo sentía que me faltaba a mí misma. Y no es que yo no hubiera sido agradable en vida, pero esta mujer emanaba algo diferente. Muy a mi pesar, tenía que reconocer por qué Alejo se había sentido atraído por ella. Sentimientos contrarios me embargaban, por un lado, me dolía que Alejo se fijara en otra, pero al mismo tiempo me sentía feliz por él.

Se notaba que Carine estaba acostumbrada a tratar siempre con hombres, había momentos en que parecía uno más: «*Venha!* ¡Síganme! A ver, usted, dígame cuál es la mejor ruta y el mejor precio, y no porque me vea extranjera y mujer me quiera ver la cara», decía enérgica. Sus movimientos no eran delicados, sin llegar a ser tampoco toscos; soltera de toda la vida, apasionada por su carrera, estaba acostumbrada a resolverlo todo por ella misma. La caballerosidad de Alejo no le pasó desapercibida; era muy atento, y no de manera fingida, sino porque era su forma de ser: «Pase usted, Carine, primero las damas. ¿Me permite ayudarla con su mochila?». Sus compañeros la trataban como a su igual, se habían olvidado de que, dentro de esa mujer fuerte, había una esencia femenina que requería de un trato delicado, de vez en cuando, para aflorar. Eso fue lo que le pasó con Alejo, supuse. La mujer independiente bajó la guardia un momento, se sintió en confianza y se dejó consentir. Se sintió libre para ser quien quería ser.

—Papito, parece que ya te ligaste a la brasilerita.

—Ay, cómo serás, mijita.

—Ya pues, dele «suegro». Que eso nos resulta conveniente. Nos cae como anillo al dedo.

Carmina y Santiago se rieron a su antojo. Alejo se quedó callado y dubitativo: las cosas del amor las tomaba muy en serio.

Cabizbajo, mi entrañable esposo se fue a dormir. Aunque no lo consiguió del todo, daba vueltas en la cama sin poder conciliar el sueño y de vez en cuando pronunciaba mi nombre: «Raquelita» y suspiraba. Podía sentir su confusión, su sentimiento de culpa. Aquella mujer había llegado para removerle el pasado muy profundamente. Le susurré al oído que todo estaba bien, que no me traicionaba, aunque yo misma luchaba con mis sentimientos aún muy terrenales. Sin embargo, no me gustaba verlo sufrir; conociéndolo como lo conocía, supe que se debatía entre la idea de seguir siendo fiel a mi recuerdo o darle vuelta a la página y empezar una nueva, con una nueva mujer. Pero por su insomnio pude darme cuenta de que no me escuchó.

A la mañana siguiente, las cosas cambiaron.

Gary se presentó dando tremendos golpes a la puerta de la habitación de Alejo.

—¿Qué pasa?, ¿qué pasa? —mi esposo abrió alarmado.

—*We need to talk!* —gritó el investigador.

—Lo siento, no entiendo, no hablo inglés.

Gary se jaló del cabello, se dio media vuelta y se fue lanzando groserías anglosajonas. Alejo se quedó parado en el pasillo, intentando comprender lo que había pasado. De la habitación del frente salió Santiago.

—¿Qué fue eso, don Alejo?

—El Gary ese, que no se qué zancudo le picó.

—Vamos, no se apure. Ya averiguaremos. Carmina ya está abajo, nos espera con Carine para tomar el desayuno.

La brasileña se encontraba hablando por el teléfono de la recepción, en inglés. Se notaba muy molesta, su interlocutor no la dejaba pronunciar frases completas, por lo que era imposible interpretar el contenido de aquella llamada. Cuando colgó, se acercó al grupo:

—Era de Michigan, de la Universidad —soltó un profundo suspiro—. Me acaban de... despedir. Y... el grupo se fue sin mí.

Todos se quedaron perplejos; yo tampoco entendía lo que estaba sucediendo.

—¿Estás bien? —Mi esposo se preocupó, la tomó por un hombro y la llevó a sentarse. La mujer se dejó guiar.

—Sí, sí, estoy bien, gracias. Pero... confundida. No entiendo qué pudo haber pasado.

—¿Qué te dijeron, Carine?, ¿quién te llamó?... —preguntó Carmina con un tono de angustia.

—Eso es lo que me tiene más confundida... Fue el mismo director del departamento, dijo que le había llegado una información muy veraz acerca de mi desempeño, y que este no estaba siendo del todo convincente.

La científica se veía realmente preocupada, su rostro lucía desencajado. Alejo, mi querido esposo, le tomó con delicadeza una mano para calmarla. A mí se me hizo un nudo en mi estómago de aire.

—Pero… ¿cuáles fueron sus argumentos?, ¿le dijo quién fue el soplón? —Santiago parecía impaciente por saber los detalles.

—No, no quiso decirme quién fue su informante. Pero tuvo que ser alguno de los varones del equipo…

Carine nos aclaró que Amanda fue la única que estuvo de su lado, que se quedó a esperarla para hablar con ella, porque los otros, *corriendito*, se habían ido a concluir la expedición. Sin embargo, ella había preferido marcharse inmediatamente a Estados Unidos, dijo que ya no aguantaba el calor y los mosquitos, que desde allá podría ayudarla averiguando quién había sido el delator.

—¿Quién crees que te pudo haber delatado? —preguntó Alejo con esa voz cálida y dulce que usaba para consolarme.

—No lo sé… siempre pensé que todos me tenían en buena estima.

Los chicos y Alejo parecieron desinflarse al no recibir respuesta.

—Querida, nos tienes en ascuas… —Carmina, que se encontraba parada, se agachó a la altura de la brasileña y apoyó sus manos sobre las piernas de la mujer.

—Disculpen, es que estoy intentando procesar las palabras del director….

Carine, tratando de hilar ideas, por fin dijo que «el informante» la había acusado de interferir en la localización del área y de la culminación del proyecto; que se había «enredado» con unos peruanos abusivos y aprovechados.

La antropóloga guardó silencio, giró la cabeza hacia la recepción, como si evitara verlos a los ojos.

—Dijo que ustedes me habían embaucado quién sabe con qué razones, y que yo había perdido el juicio por *você*—esto último lo dijo regresando la mirada y dirigiéndola a Alejo con un poco de vergüenza. Sabía que eso no era del todo falso.

Los tres callaron, y en ese silencio intercambiaron miradas.

—¿Qué pasa, Carmina?... ¿Alejo?... —la brasileña soltó la mano de mi marido.

—Querida, tenemos que hablar. Pero no aquí. —Carmina la ayudó a levantarse y la encaminó hacia una de las salas que había en el *lobby*, a la más apartada. La hora de desvelar el secreto había llegado.

Los ojos se le habían vuelto dos canicas marrones gigantes. La mujer no daba crédito a lo que oía. Más de una vez intentó levantarse e irse, indignada por la manipulación de la que había sido objeto, pero entre los tres la convencieron de que terminara de escuchar. Cuando por fin la historia fue revelada, los cuatro guardaron silencio. El *lobby* volvió a llenarse de gente, la hora del almuerzo había llegado; la calma que momentos antes les había dado la oportunidad de soltar la bomba, se deshacía en la efervescencia de un Iquitos cosmopolita.

Momentos después, Carine se levantó del sillón y sin decir nada se dirigió al elevador. Nadie la detuvo. Instantes más tarde Alejo se fue detrás de ella. Y yo con él.

Tocó suavemente en la puerta de su habitación. «¡Vete!», se oyó desde adentro. «Por favor, déjame explicarte», suplicó Alejo. Pasaron muchos minutos, pero la puerta nunca se abrió. Después de una hora, mi esposo fue a reunirse con los chicos.

Carmina intentó llamarla por teléfono, pero apenas reconoció su voz la mujer colgó furiosa. Momentos más tarde Alejo volvió a hacer el intento, pero la brasileña parecía decidida a no pasar por alto esa ofensa.

Mi esposo, temiendo que Carine fuera a abandonar el hotel, permaneció ante su puerta: en cualquier momento tendría que salir. Quince minutos después, la antropóloga salía con intenciones de marcharse: jalaba una maleta morada de buen tamaño. Se sorprendió al verlo ahí. Alejo llevaba una bandeja con el desayuno, que no habían tomado, y una orquídea amarilla en un pequeño florero.

No pronunció palabra, se dio la media vuelta, entró en la habitación, dejando abierta la puerta. Alejo la siguió. Se sentó a la mesita que estaba en una esquina, junto al ventanal. Le hizo la seña a mi marido para que también se sentara. Alejó obedeció y depositó la bandeja con fruta y jugos sobre la mesa. Quedaron frente a frente; y a lo lejos, la vista de la torre con sus picos de la iglesia Matriz.

—Te escucho —dijo Carine con esa voz firme y resuelta.

—Yvy mar'e me salvó de la locura, quizá de la misma muerte o de una vida en muerte, que es peor —Alejo comenzó a relatar con cierta prisa, sin esperar respuesta alguna: no podía darse el lujo de ser interrumpido—. Era yo muy joven aún, lleno de ilusiones y tenía a la esposa más bella…

Alejo siguió hablando sin pausas, pero con una serenidad que me sorprendió, y mientras lo hacía yo recordé y reviví junto a él nuestra historia, aquella que sería contada una vez más, pero con detalle, en un futuro no muy lejano en condiciones muy parecidas: sucesos inesperados que necesitarían de revelaciones y verdades.

—Sé que no merezco implorar tu ayuda, ¿ah? —volteó a verla con ojos suplicantes al terminar—, y que pongo entre la espada y la pared tu nombre, el reconocimiento que significaría para tu carrera ser la descubridora de la Tierra sin mal; cuánto prestigio podría traerte… Pero en estos momentos están en tus manos las vidas de cientos de personas que viven en paz y armonía desde hace mucho tiempo y que lo único que desean es seguir viviendo así, sin hacerle daño a nadie.

—Egoístas —soltó de pronto la mujer haciendo un mohín. Desvió la mirada hacia el televisor apagado. Me di cuenta de que, aunque nuestra historia la había conmovido, el orgullo aún le ganaba.

—Ya, pero tendrías que conocer a cada una de estas personas para poder juzgarlas. Si quieres conocer Yvy mar'e yo mismo te llevo, aunque deberás jurarme que guardarás el secreto, por lo menos hasta que estemos preparados para el fin.

La antropóloga se quedó pensativa, los ojos le brillaron, ¡por supuesto que quería conocer esa Tierra sin mal! Ver con sus propios ojos lo que se encontraba escondido del mundo.

—¿Y qué gano yo con no delatarlos? —Salió a relucir la ambición, aunque más bien me sonó a despecho.

—Entiendo que un hallazgo como este te daría mucha fama y prestigio, como ya lo mencioné, *¿nocierto?* Pero… ¿serías capaz de destruir la vida de estas personas?, ¿nuestras vidas?… Apenas te conozco, Carine, y ya percibo tu gran corazón. Te conmoviste con el relato de mi hija, nuestra historia… me costaría creer que no te importa el destino de mis paisanos.

—¡Mira, Alejo!…

—No, no intento manipularte ni chantajearte emocionalmente —interrumpió mi esposo el sobresalto de la brasileña—. Lo único que intento es tocar tu alma y pedirte tiempo. Si no eres tú, alguien más lo hará, estamos conscientes. Solo danos tiempo ¿ya?… Por favor. Ayúdanos a detener a los de tu equipo antes de que sea demasiado tarde.

Alejo había echado todas sus cartas. Le había contado su secreto, sus secretos a una extraña, había sido totalmente honesto. Se había mostrado como ejemplo de lo que era ser un miembro perteneciente a la Tierra sin mal. No perfecto, con sus debilidades y carencias, pero intentando al extremo rescatar las mejores cualidades de un ser humano. Sentí su deseo: transmitir ese ideal a la ofendida mujer que se encontraba frente a él. En ese momento me acordé mucho de Nana y su papel de escucha, quien se presta como medio para limpiar las impurezas del alma. El ambiente se había descargado.

Lo único que Alejo omitió fue el secreto del Santuario de las Orquídeas; ese es un premio que cada cual debe ganarse.

—*De acordo* —después de un silencio que pareció haber sido rumiado por el tiempo, por fin, Carine respondió, contestando en su idioma natal como para enfatizar que su decisión provenía de su alma, aquella que mi esposo había logrado tocar.

—¿Está bien?, ¿estás de acuerdo? —preguntó Alejo todavía confundido.

—Sí, sí… no sé si me estoy volviendo loca o qué, pero tu historia tiene algo que…

—Te llega al corazón. Lo sé.

Se tomaron las manos, los ojos les brillaron, se quedaron viendo un momento, aparté la mirada. No quería ser testigo de cualquier cosa que sucediera entre ellos: aún no estaba preparada.

—¡Rápido, rápido! —alzó de pronto la voz Carine—. Tenemos que apurarnos para detener al grupo.

Ambos salieron de esa habitación dispuestos a salvar el mundo.

Eran las dos de la tarde cuando subimos a los botes en el embarcadero. No había ni una sola nube en el cielo, los rayos del sol eran flechas expulsadas por el astro cual cerbatana. Yo no los podía sentir, pero lo podía suponer por los rostros de los vivos. La luz de esa hora era casi tan intensa como la que rechacé la noche en que morí. Sudando, con la ropa pegada al cuerpo, se refugiaron en la sombra de la embarcación, que por fortuna era techada. La división entre las aguas negras del Nanay y las marrones del Amazonas resultaba impresionante, como si Dios, con su índice, las hubiera delimitado. Los jacintos solitarios flotaban ajenos a las olas provocadas por las embarcaciones, mostraban orgullosos sus majestuosas flores color lavanda. Una enorme serpiente de agua nos acompañó durante el recorrido, asomando la cabeza como flecha que indica el camino. Sentí miedo cuando la vi acercarse, pero recordé que ya nada podía hacerme. Carmina, Santiago, Alejo y Carine no ponían atención al paisaje, su vista se perdía en reconocer entre los turistas al grupo de investigadores. No aparecían por ningún lado.

Desembarcamos en la comunidad de Santa María del Ojeal, para indagar con los pobladores. «Sí, sí, muchos gringos han pasado», contestaban arrastrando las palabras, sin poder identificar a nuestro grupo específico de gringos. «Pero pasen, pasen a tomarse una Inca Kolita, acá encontrarán donde doña Gume», indicó una señora rolliza, quien se compadeció de los rostros acalorados de los preguntones. Animados por el calor y la sed se compraron su gaseosa en esa casucha de madera pintada de verde limón. Yo recordé su sabor *adurarznado* y sonreí complacida. Con la bebida a medio tomar, embarcamos rápidamente: no había tiempo que perder.

—Debemos ir hacia la ribera del Amazonas, a la entrada del camino hacia Yvy mar'e —dijo Alejo de modo imperativo y se acomodó la gorra azul que le cubría la cara del sol.

—¿Por qué estás tan seguro, papá? —preguntó Carmina, sacudiéndose el frente de su blusa con dos dedos para refrescarse un poco.

—Llámalo presentimiento, si quieres… si estos tipos son tan listos como creo que son, buscarán pistas por los terrenos menos probables…

—Claro —interrumpió Carine, completando la idea de mi Alejo—… están buscando algo que parece imposible, ¿por qué habrían de buscarlo por donde todo mundo conoce?

—Por eso es que no los hemos visto —confirmó Santiago.

—Ya… no se creyeron el cuento que les contamos…, aunque les dijimos que esos terrenos eran imposibles de penetrar…

Carmina terminó de completar la idea. No podían subestimar la inteligencia de aquel grupo de investigadores. No por nada se habían ganado el honor de ir en busca de la Tierra perdida.

Alejo y los chicos decidieron ir hasta la aldea llevando a Carine. La única manera de saber si los científicos habían encontrado Yvy mar'e era yendo hacia allá.

Observando por todos lados, bajamos de la lancha. Habíamos navegado entre los vericuetos de las aguas que los cientos de kilómetros de área inundable y vegetación exuberante no dejan penetrar. Hasta ahí no los habíamos visto. Nadie, ni los nativos se atrevían a entrar a ese enredo de canales, en donde la poca profundidad podía atascar sus canoas. Lo que no sabían es que más adelante, en medio de esa área inundable se encuentra una isla, y en el corazón de la misma se alzan los palafitos de Yvy mar'e. La naturaleza, como buena madre protectora, ha sido la encargada de cubrirla con su manto de plantas y flores, para que los ojos impuros no la vean.

Con los corazones latiendo a mil, por hambre, por sed, por angustia, caminaban estos seres a los que amaba con todas mis fuerzas, y a los que, como esa madre verde, yo también abrazaría. De pronto, unos murmullos se alcanzaron a escuchar.

—Shh, silencio —pidió Santiago, poniendo su índice sobre los labios—. Escuchen.

Los murmullos se dejaban oír por encima de la música de la selva. Las palabras en inglés rompieron la armonía de la orquesta de los insectos.

—¡Son ellos! —susurró Carine emocionada.

Caminaron siguiendo el sonido de las voces. A cada pisada la vegetación se volvía más profusa y densa; era difícil abrirse paso. Había que andar con mucho cuidado para no recibir los arañazos de las ramas y varas. Carine, poco acostumbrada a andar por aquellos parajes, terminó con los brazos llenos de rasguños. Alejo intentaba protegerla, avisándole por dónde caminar, pero la selva acechaba por todos lados. Y los insectos… también había que estar alertas de su presencia. No podíamos distinguir a los norteamericanos, sin embargo, las voces nos llegaban nítidas. Y cuando pensábamos que estábamos a punto de alcanzarlos, las voces menguaban. Veinte minutos, más o menos, les llevó darse cuenta de que por más que caminaban, regresaban siempre al mismo lugar. Aquello era inexplicable.

—Parece que estuviéramos andando en círculos. No entiendo cómo es que…

Alejo lucía desencajado.

—Papá, esto es imposible… conocemos esta Tierra como la palma de nuestras manos…

—Lo sé, hijita, lo sé…

Santiago estaba igualmente sorprendido.

—Yo no he pasado tanto tiempo acá en la selva, pero me sé el camino de memoria… no me explico…

—Alejo, ¿qué sucede? —Carine, pasándose la mano por la frente, se empezó a preocupar.

Mi esposo alzó los hombros, frunció los labios y movió negativamente la cabeza.

—¿Qué vamos a hacer, papá?, ¿qué vamos a hacer?… No podemos permitir que esos investigadores descubran Yvy mar'e… Sería el… final.

402

Mi esposo, tan cariñoso como fue siempre, abrazó a su hija del alma. No le dijo nada, porque... ¿qué podía decir en esta situación tan absolutamente extraña?...

—Carmi... —Santiago intentó decir algo, pero también se quedó sin palabras. Sus ojos recorrieron aquella pletórica vegetación, parecían querer adivinar el camino. De su pecho salió un suspiro hondo. Bajó la vista al suelo.

El grupo calló, extenuado.

Entonces, aunque no pudiera comunicarme con ellos, decidí investigar. Hasta entonces me había mantenido pegada al grupo, casi como una más. Pero era momento de sacarle provecho a mi estado. Sobrevolé la selva en busca de los investigadores. Seguía escuchando sus voces, pero me era imposible distinguirlos: la vegetación se había vuelto impenetrable, como si hubiera crecido y engrosado repentinamente. Descendí hasta el lugar de donde me parecía que provenían las voces, y aunque tuve que atravesar troncos y maleza, tampoco los encontré. Aquello era todo un misterio.

Regresé con el grupo: continuaban azorados, sin saber, siquiera, cómo salir del área.

De pronto, un pensamiento muy intenso me sobrevino. Sin profundizar en él, me dejé llevar. Volé hacia Yvy mar'e.

El instinto me llevó al Santuario de las Orquídeas.

El Santuario era una réplica exacta del Edén, pero ataviado con un ropaje albino. Por la mente de los afortunados seguramente rondaría esa idea después de su contemplación. Al menos eso fue lo que yo pensé la primera vez que lo vi. La paz que ahí reinaba era la manifestación del mismo cielo. El contraste con el paisaje era incomprensible: ¿cómo ese lugar resultaba ser enteramente blanco, si tan solo a unos cuantos metros la selva se presentaba con sus diferentes tonalidades de verdes y el multicolor de sus animales?...

Lo que mis ojos de aire vieron me dejó atónita.

Bajé hasta la playa.

Todas las mujeres de la aldea se hallaban en el corazón del santuario, en medio de las aguas cristalinas, cubriéndoles los tobillos. Las mujeres rodeaban a Luana formando varios círculos —de menor a mayor—, dejándola a ella en el centro. La chamana entonaba una oración: *xecatú, ndecatú; xecatú, ndecatú... che apurahéi, nde reme'ê...* Era una lengua muy dulce, suave, melodiosa, tocaba mi alma, me abrazaba. Las mujeres, ataviadas con sus vestidos blancos y collares de colores vibrantes, repitieron la oración de Luana: *xecatú, ndecatú; xecatú, ndecatú... che apurahéi, nde reme'ê...* Primero lo iniciaron las del círculo cercano a ella, después las de atrás, y así hasta que cada una de las mujeres se unió a una misma voz. Los pajaritos, como colibríes de nieve, zumbaron también; de pronto todo ser vivo en aquel santuario se unió a ese canto. Las piedras vibraron, las hojas se movieron hacia el sur, las mariposas bailaron, todas al unísono, sincronizadas.

La repetición del cántico me produjo una especie de mareo. De pronto sentí unos deseos enormes de...

Una emoción muy extraña recorría mi ser de aire; una amalgama de sensaciones obnubilaba mi pensamiento, mi razón: sentí una necesidad vertiginosa de dilatarme, de ensancharme, de crecer, de esparcirme, sentí una necesidad impetuosa de expansión, de multiplicarme, de... ¿reproducirme?

Pensé en los hombres. Dejé la playa, y mientras me elevaba, de mis pies surgía un pequeño remolino de arena blanca. Un hilillo que se fue conmigo hasta el cielo. Los cantos me tenían absorta y como si las notas se hubieran convertido en las huellas que tenía que seguir, floté sobre ellas, dejando que me manipularan: yo había perdido el control.

La corriente de notas me llevó a la orilla de la isla. Álvaro y el resto de los hombres permanecían parados, como estacas, tomados de los antebrazos, formando una gran valla. Con los ojos cerrados murmuraban algo. Pasé por encima de sus cabezas girando en espiral; aquella corriente me tenía sujeta a sus caprichos, como en una especie de encantamiento. Despeiné suavemente sus cabellos, pero ninguno abrió los ojos. Rezaban el mismo cántico que las mujeres. Mis ansias por quedarme con ellos, por pegarme a sus cuerpos, por satisfacer aquellos deseos se vieron relegadas cuando una ráfaga impetuosa me elevó, convirtiendo el hilillo de arena en un torbellino de arena blanca. La sacudida me hizo reaccionar y por fin pude esclarecer mis pensamientos, aunque no tuve tiempo de llegar a sacar conclusiones, todo ocurrió tan rápido… en un momento me vi envuelta en ese remolino y recorriendo la selva a gran velocidad. De repente la calma regresó; la arena se deslizó por mi cuerpo de éter vertiginosamente, volviendo al estado primigenio de hilillo de talco bajo mis pies. Y cuando pude fijar la vista, abajo, dando vueltas, seguían Alejo, Carmina, Santiago y Carine. En mis oídos, el cántico zumbaba aún: *xecatú, ndecatú; xecatú, ndecatú… che apurahéi, nde reme'ê…* y llevada de nuevo por una corazonada, volé sobre el terreno, sobre sus cabezas. El hilo de arena se fue desprendiendo de mis pies; parecía que nevaba en la selva. En eso recordé a los investigadores, ¿qué había pasado con ellos? Las voces no se escuchaban más. Sin perder tiempo, me elevé lo más alto que pude para contemplar desde arriba el mayor territorio posible; mi vista alcanzó hasta Yvy mar'e: los hombres seguían en su posición. Supuse que esperarían algún tipo de señal para abandonar sus puestos. No encontré ni rastro de los norteamericanos.

Regresé hasta Alejo y los chicos, los cuatro, con ojos que se salían de sus órbitas, miraban al cielo confundidos. El talco blanco caía sobre ellos, sobre las plantas… la expansión, el ensanchamiento, la dilatación que la vegetación había sufrido empezó a desaparecer. La selva volvió a la normalidad. Yo también.

Cuando hubieron recuperado las fuerzas y la conciencia, Alejo, Carmina y Santiago llevaron a Carine a Yvy mar'e. Cuál no sería su sorpresa al encontrarse en el camino con

Amanda. Lucía como recién salida de un manicomio; traía la ropa hecha jirones, rasguños en cara y brazos, balbuceaba palabras ininteligibles. Su pelo negro rebosaba de caspa, pero cuando me acerqué a observarla de cerca, me di cuenta de que aquello que parecía caspa era en realidad arena, cientos de granitos de arena blanca. Todos se sorprendieron enormemente al verla, no solo por su estado, sino porque se suponía que había regresado a su país.

«No hay nada, no hay nada», repetía en inglés y lloraba. Carine la interrogó, pero la mujer parecía haber perdido el juicio. «¿Dónde están los otros, Amanda? Contéstame, por favor»... La mujer, por toda respuesta, la miraba fijamente a las pupilas, como si en ellas pudiera reconocerse.

Yvy mar'e tendría que esperar. Tuvieron que llevarla al hospital en Iquitos.

Fue necesario suministrarle un tranquilizante a Amanda para que pudiera dormir. La conmoción la imposibilitaba para brindar la información que tanto ansiábamos. No nos quedó más que esperar al día siguiente. La antropóloga decidió posponer el reporte del incidente a la Universidad. Dijo que se metería en grandes problemas por haber perdido a su grupo, aunque la hubieran despedido antes del suceso.

Por la mañana, Amanda había recuperado el sentido común. Ahí, rodeando su cama, nos enteramos de que fue ella quien había denunciado a la antropóloga, y no solo eso, sino que logró que el director del departamento cancelara el proyecto también, mandando a todos a casa. «Ya decía yo que esas sonrisitas con el viejo director iban más allá de la simple admiración», dijo Carine entre dientes. Los investigadores nunca aparecieron en la selva porque mientras Yvy mar'e y sus aldeanos se unían para espantar a los extraños, ellos volvían a su país. «Pero… ¿y las voces?», me pregunté.

La mujer hablaba en un susurro, desviando la vista de quienes la interrogaban. Con su pelo oscuro y liso se cubría la mitad del rostro; solo alcanzábamos a verle la punta de su nariz.

Dijo que después de andar mucho, de recorrer ríos, riachuelos, de atravesar una densísima selva, había llegado hasta la orilla de un lago. Del otro lado había una isla…

Todos contuvieron la respiración.

Tomó sus binoculares, pero no vio nada, ahí solamente había vegetación y más vegetación, maldita vegetación. Sin embargo, su curiosidad y la necesidad de reconocimiento y fama la empujaban a ir hacia allá…

Escuché los corazones latir, acelerados, de mi esposo, mi niña, Santiago y Carine.

Pero justo cuando estaba dispuesta a lanzarse al agua turbia, a nadar si era necesario para llegar a la otra orilla, escuchó unas voces… En el aire reconoció la voz grave de Gary, la tos por la alergia de Ringo, y le pareció que Tony, Chris y Glenn mantenían una conversación. Enojada por verse descubierta, porque no hubieran caído en su trampa, se escondió, esperaría a que se fueran para seguir con su objetivo. Pero de pronto algo muy raro pasó. La hierba comenzó a crecer, las plantas, las flores, los árboles, todo, como si de repente hubiera cobrado vida, empezó a ensancharse, parecía que se la querían tragar. Luego escuchó unos cánticos, empezó a nevar arena, entró en pánico. Como desesperada, fue en busca de sus compañeros, pero nunca dio con ellos. Se perdió. Quedó atrapada entre dos ceibas y cientos de lianas. Ahora entendía por qué no pude verla. Lo que seguía sin comprender era lo de las voces…

Amanda tuvo mucha suerte de que la encontraran a tiempo. Quién sabe qué suerte hubiera corrido de lo contrario.

—Hubiera dado un brazo a que Gary había sido quien te denunció —comentó Alejo al salir del hospital.

—¿Por gruñón y mal encarado? —Carine se le quedó viendo con cara de «mira si serás prejuicioso»… o eso me pareció.

—Ya, pues… todo apuntaba a eso.

—Es verdad, Carine, Santiago y yo también lo comentamos… era un tipo muy raro —Carmina salió a la defensa de su papito.

—Las apariencias engañan, queridos —la antropóloga suspiró—. La verdad es que Gary, ahí donde lo ven, tiene un *grande coração*. Supongo que… que… se puso… celoso —concluyó Carine con cierta timidez.

¿Así que la científica resultó ser toda una rompecorazones?… Eso sí que no me lo esperaba.

A mi marido se le subieron los colores. Los chicos se miraron entre ellos y disimularon mal unas risitas.

Una semana después, por fin Carine, con todo el fulgor de sus ojos cafés, descubrió su tesoro en el atardecer más diáfano y entrañable que aquella selva hubiese regalado con anterioridad. Tuvo vista para mirar y corazón para sentir.

La magia fue cómplice de Yvy mar'e, eso es innegable. Pero de la misma manera en que los indígenas de la América no reconocieron los barcos de los españoles a metros de sus costas, Amanda no tuvo la visión para que la Tierra sin mal se dejase ver. Los ojos del hombre no reconocen lo desconocido. Aunque esto siempre será un misterio.

EL VESTIDO DE NOVIA

Continúo siendo una ráfaga de aire helado recorriendo la selva, pero intuyo que pronto llegará el final. Ahora soy feliz. Por fin he comprendido. Disfruto los paseos al lado de mi esposo, aunque este no esté del todo seguro que voy junto a él. Sigue pensando que son alucinaciones suyas, por las ganas inmensas de volverme a ver o por todo lo que me extraña. Mas el fin se acerca: el jaguar está muy meloso conmigo, lo mismo las aves y las mariposas, hasta los árboles y las palmeras brillan distinto para mí. ¿Será su modo de decirme adiós?

Tantos años han pasado que he perdido la cuenta. Vi crecer árboles, morir flores; ayudé a criar cachorros de todas las especies, hasta que esos cachorros tuvieron sus propios cachorros y así… no sé cuántas veces.

Cuidé a mi marido, le di una hija, ayudé a salvar la aldea; mi vida etérea no fue del todo infructuosa. Es hora de marcharse.

Tres años han pasado desde el incidente con los investigadores norteamericanos. No volvimos a saber de ellos.

Cuando, por fin, los chicos y Alejo llevaron a Carine a la aldea, los de aquí y los de allá pudieron llenar los huecos de las respectivas versiones de lo sucedido, y así pude esclarecer el misterio de las voces. Y todo fue gracias a Nana.

La chica, tan intuitiva como silenciosa, empezó a escuchar los pensamientos de Carmina; así de fuerte se había vuelto su conexión. Y como la misma madre de Nana comentara, no es que literalmente leyera sus pensamientos, más bien eran como sensaciones de peligro, de advertencia... Luana, la abuela, tomó cartas en el asunto: confiaba ciegamente en su nieta y en los dones que poseía. Recurrieron a las enseñanzas ancestrales de su pueblo, aquellas tan antiguas como la vida misma del planeta y confiaron en que su Pachamama, su Tierra buena los protegería. Se nos adelantaron. No tenían idea de cómo se llevarían acabo las cosas, no sabían, ni se imaginaban lo que ocurriría. Lo supieron, más tarde, por boca de los afectados. Simplemente se enfocaron en la paz y la armonía en la que vivían y con cantos de gratitud dejaron que la Naturaleza actuara. Lo de las voces no fue más que un juego mental influido por el ritual: Alejo, Carmina, Santiago, Carine, y yo incluida, escuchamos lo que necesitábamos escuchar para lograr nuestros propósitos: Amanda, por el contrario, oyó las voces de las que quería escapar.

Carine viene constantemente a Iquitos y a Yvy mar'e, no quita el dedo del renglón de conquistar a Alejo. Se han hecho buenos amigos, pero mi esposo, por ese sentimiento de fidelidad hacia una muerta que solo vive en sus recuerdos, no se permite volver a sentir. Ahora entiendo por qué todo tiene un momento para suceder, y ahora más que nunca necesito comunicarme con él, necesito liberarlo del peso de la culpa que carga, necesito hacerle entender que el amor que sentimos el uno por el otro en vida seguirá intacto eternamente porque fue así desde el inicio, desde antes de nacer. Pero ahora él está vivo y lo que le quede debe aprender a vivirlo intensamente, amando y dejándose amar. No voy a negar que al principio fue muy difícil ver los coqueteos e insinuaciones de la brasileña, percibir los pensamientos de Alejo y saber que se sentía atraído por ella también. Tantos años apegado únicamente a mí no se desvanecen *al toque nomás* —como diría Carmina—. Fue un proceso en el cual tuve que aprender primero a reconocerme como individuo. Sí, porque mi cuerpo podría ser arena y polvo, pero mi alma, esa será por siempre. Y cuando reconocí quién era yo, una felicidad absoluta me embargó, una que supera todo, que jamás había experimentado: mis labios, aunque de aire, no podían dejar de sonreír; un aroma a rosas empezó a perfumarme día y noche; una luz suave, cálida, pero a la vez intensa, surgió de la nada a mi alrededor. Entonces supe que eso era el cielo. Y ese estado de embriaguez me sigue acompañando hasta este momento, y sé que no se irá, adonde yo tenga que ir se irá conmigo, porque ya es parte de mí. Soy yo. Dejé de ser *tunche*, el alma en pena.

Así es como he podido trascender mis vanidades, mis celos y apegos. Por «amor» me aferré a mi esposo y le coarté su libertad. Fue un camino largo que los dos, aun en lados contrarios, tuvimos que aprender a andar. Ahora he entendido, ahora tengo que soltarlo para que él pueda completar su destino.

Hoy es un gran día. Carmina y Santiago se casan. Después de un tiempo de volver a conocerse, ahora sin máscaras, como amigos, decidieron reanudar su relación amorosa. Se dieron la oportunidad de acompañarse en la vida, de perdonarse mutuamente, de seguir adelante. Comprendieron que lo que ellos llamaban «amor», no era más que infatuación, un refugio para esconder los pesares, los traumas, un otro en quien volcar necesidades, inseguridades, un alguien a quien echar culpas por la infelicidad propia. Con el tiempo llegaron a conocerse como realmente son, y con la conciencia de que todos los días se cambia de parecer. Con la convicción de que los une mucho más que esa palabra imprecisa, abstracta, intangible, efímera llamada amor, decidieron que querían vivir juntos y formar una familia. ¡Qué alegría me da! ¡Voy a ser abuela!… no por lo pronto, pero ya será.

Carmina llegó hace una semana trayendo un hermoso vestido de novia y un júbilo que se le sale por los ojos y hasta por los oídos. El matrimonio se realizará en el Santuario de las Orquídeas —¿dónde más podría llevarse acabo una unión de semejante naturaleza?—; todos están emocionados.

Por supuesto, como toda novia, evitó que Santiago viera el vestido. Dejarlo en la cabaña de Alejo era peligroso, ya que él se hospedaba en la casa de enfrente, la de Álvaro y Luana. Mejor lo llevó al centro de reuniones, en donde después de la ceremonia se llevaría a cabo el banquete. Ahí lo dejó colgando para evitar que se arrugara, a sabiendas de que nadie, en esos días antes del matrimonio, tendría que andar por ahí. Avisó a los encargados de la limpieza y de la decoración, y se fue segura de que dejaba su bella prenda en buenas manos. A Santiago le prohibió rotundamente que asomara las narices por ahí. El chico, con la mano alzada como niño explorador, juró solemnemente no dejar que su nariz lo abandonara para ir a husmear adonde no le correspondía.

Es noche sin luna, el jaguar se pierde entre las sombras, sus ojos amarillos como dos linternas alumbran el camino. Ese olor que no puede desprenderse del hocico lo jala, lo llama; sabe que no se encuentra lejos ya de su presa: el aroma es cada vez más intenso.

Esta madrugada, antes de la puesta del sol, de pronto el recuerdo de un sueño en vida llegó hasta a mí. Dejé mi refugio en el hogar que por tanto tiempo compartí en secreto con Alejo y me adentré en la selva. Ahí busqué esos ojos amarillos brillantes. Sin hacer ruido, con su elegancia y suavidad acostumbradas, llegó hasta mí. Lo acaricié con mis manos invisibles: ronroneó como un gato. Le indiqué que me siguiera. Atravesamos la espesura de la selva casi en la penumbra, llegamos a los límites de la aldea. «Espera», le dije con mi pensamiento. Sola recorrí Yvy mar'e: todos dormían. Regresé con él. «Vamos», y él, cual perro obediente, me siguió. Llegamos al centro de reuniones. Allá adentro, un vestido de novia ajeno a mis planes descansaba sus telas con el vaivén del viento que se colaba por los mosquiteros de las ventanas abiertas. Las puertas se encontraban cerradas. Yo podía entrar, pero ¿el felino?... Tendría que hacerlo entrar de alguna manera. De pronto, el viento se empoderó y soltó una ráfaga abrupta al interior del edificio; el animal percibió la aromática brisa que salió despedida. Comenzó a agitarse, a inhalar profundamente, buscando con el hocico en el aire aquel olor. Caminó de un lado al otro, inquieto, buscando la manera de penetrar. Su desesperación iba en aumento, algo en ese olor lo había perturbado sobremanera, el cazador que llevaba dentro se ponía en acción.

Cuando me di cuenta de que su olfato había reaccionado a cierto estímulo emanado por el vestido, ignoro por qué, lo alenté a que continuara. Su instinto lo llamaba a entrar. Hasta ese día yo no había aprendido a mover objetos, después de la experiencia con Nana fui muy cuidadosa de no causarle un susto a alguien más, por lo que no practiqué ni la telequinesis ni usé mi energía con ese fin. Por más intentos que hice por abrir la puerta no pude. En Yvy mar'e no había candados. Hubiera sido muy fácil abrirla, pero yo estaba imposibilitada. El jaguar tendría que actuar solo. Con mi pensamiento lo animaba a entrar: «Anda, vamos gatito, acá a   dentro te espera un manjar», «Vamos, tú puedes», «Sé que ese olor te está volviendo loco. ¡Ve por él!»… Hasta que la fiera respondió. Se aventó por una de las ventanas, rompiendo la tela mosquitera. Embravecido corrió hasta el vestido de novia: lo dejó hecho jirones. Pero como no encontró nada ahí, pronto se desanimó. El olor que azuzara sus instintos se había esfumado. Lo llamé, lo acaricié de nuevo y le di las gracias. También agradecí al viento; estaba visto que la Naturaleza era mi cómplice. Salimos huyendo de ahí.

Tengo que admitir que me dio mucha pena ver el rostro de Carmina al encontrar, por la mañana, su vestido destrozado. Lo sentí en el alma, pero no tenía otro remedio. Se fue corriendo, con la prenda en las manos y lágrimas en los ojos, a mostrarlo a su papito Alejo. Este la abrazó fuerte, secó su llanto y le dijo que confiara en él. «Espérame aquí, amorcito, ¿ya? No tardo. Confía en mí, todo saldrá bien». Y con esa certeza, sin hacer preguntas, Carmina lo dejó ir. Se quedó aguardando a que su papá la salvara de nuevo.

Alejó se adentró en la selva con una pala al hombro. No muy lejos de ahí, bajo millones de partículas de tierra, se encontraba el baúl con mi vestido de novia. Era hora de desenterrar todos los secretos.

Media hora más tarde, mi esposo entró triunfal a su casa. Tenía tierra hasta en las pestañas, se le habían formado capas de lodo por todo el cuerpo debido al sudor, pero sonreía como pocas veces lo había hecho desde el día de mi muerte.

—Aquí tienes, mijita —se dirigió a Carmina extendiéndole el vestido con rastros de tierra, pero en perfectas condiciones—, ahora es tuyo. Sé que a mi Raquelita le hubiera hecho muy feliz.

Y entonces, Alejo, mi amado esposo, procedió a contarle la historia del vestido de novia a nuestra hija, nuestra historia.

Carmina escucha atenta y conmovida el relato de Alejo. Yo vuelvo a revivir cada uno de esos momentos y me sorprendo con los que desconocía. No tenía idea de que el vestido había sido hechizado. La noche anterior al matrimonio, mientras conversábamos con el padre Pere, Alejo se ausentó un momento para ir al servicio. Cuando pasó por mi habitación, un súbito e intenso aroma a rosas y vainilla lo envolvió. Guiado por una corazonada abrió la puerta sin avisar; adentro se encontraban la señorita Armelle y la mujer más hermosa que hubiesen visto los ojos de cualquiera —supuse que se refería a la bruja que tiempo atrás le había dado la poción a mi abuela para recuperar a su esposo—. El vestido se encontraba sobre la cama rendido ante las mujeres dejándose hacer. Alejo, con una tremenda cólera, se los arrebató y les gritó que la única magia que existía, la única real era el amor verdadero que había entre él y yo, aquel que superaría todas las pruebas. Aquellas no pronunciaron palabra, mi prometido salió del cuarto con el vestido entre las manos, esparciendo su aroma por la mansión. No obstante, el hechizo ya se había llevado a cabo.

A pesar del encantamiento, que entiendo se efectuó de buena fe, nada bastó para evitar que lo que ya estaba escrito se cumpliera. De todas formas, morí prematuramente. Pero ahora comprendo por qué el vestido de novia ha sido un lazo tan sólido para los dos, por qué se ha conservado en perfectas condiciones a pesar del paso del tiempo: ese vestido es el símbolo de la unión eterna, del amor verdadero que ni la muerte ni el tiempo pueden separar. Soñé con él cuando era muy pequeña sin sospechar el mensaje real que se desprendía de aquel sueño: había sido una premonición de lo que sería mi vida.

Sigo escuchando la historia, veo a Carmina emocionada y a Alejo soltándolo todo, estoy tan feliz… Los secretos son los verdaderos fantasmas.

El tiempo apremia, la hora se acerca, el final también. Ahora Carmina sabe de mí. Nana ha venido a ayudarla a vestirse. Un escalofrío la recorre y le enchina la piel cuando ve el vestido. Se contiene para no perturbar a Carmina en el día más feliz de su vida.

Mi niña está bellísima, ha peinado su pelo con caireles y lleva una diadema con diminutas flores blancas de donde se desprende el velo. Su maquillaje es sutil, natural como es ella, solo un poco más acentuado el delineador para intensificar la mirada. Sus labios eternamente carmesíes los ha untado de brillo. Se ha perfumado con agua de rosas y orquídeas.

Está lista, es momento de ponerse el vestido.

Nana la asiste, toma el vestido, estornuda: el aroma a rosas y vainilla le pica la nariz. Carmina mete una pierna al centro abierto y brumoso de tules de la prenda y luego la otra, mientras apoya una mano en el hombro de su hermana del alma para no perder el equilibrio. Nana la rodea, se pone detrás de ella para ayudarla con esa abotonadura impresionante de perlas. Su imagen se refleja completa en el espejo. Parece una princesa. De pronto reacciono, aquella imagen me tenía embelesada, qué madre no perdería la noción al ver a su hija más hermosa que nunca, más bella que siempre… Respiro profundamente. Allá voy.

No quiero hacerle daño, no quiero asustarla, me detengo un momento, pero tengo que apurarme antes de que Nana termine de abotonarle el vestido. Entro en él: suavemente me deslizo por la pierna de Carmina, siento cómo su piel se eriza. «¿Sentiste eso, Nana?», pregunta a su amiga. Nana no responde ni con la mirada. «De repente sentí frío. Cierra la ventana, por favor». Mientras que la chica va a cumplir la petición de su amiga, yo aprovecho. Subo rápidamente hasta el rostro de Carmina, por fin estoy en el vestido. Entonces, mi rostro se refleja en el espejo. Carmina no se ha dado cuenta aún, se acomoda los pliegues del vestido, su mirada está perdida en las cuentas y los encajes. Hasta que por fin desvía la mirada para verse completa, y es ahí, cuando posa sus ojos sobre los míos, que me ve. Grita. Yo le susurró quedamente: «Carmina», y ella… se desmaya. Nana corre y alcanza a tomarla antes de que se golpeé contra el piso. Estoy muy mortificada, pero sigo dentro del vestido, es la única manera. Nana la deposita con suavidad en el suelo y sale de la habitación. Instantes después aparece con Alejo. ¡Por fin!

—Carmina, mijita, ¿qué te pasa? Contesta, pues —Alejo la sacude con suavidad.

Carmina abre los ojos.

—¡Papá, era ella! —Respiro aliviada. Comprendió.

—¿De qué hablas, hijita?, ¿quién es ella?

—Raquel, papá, Raquel.

Alejo enmudece.

Nana no.

—Es la misma mujer que yo vi de niña —dice con una suave y dulce voz pendiente de un hilo.

Carmina y Alejo se quedan perplejos. De pronto, mi niña vestida de novia reacciona.

—Ayúdame, papá. —Alejo la ayuda a incorporarse—. Sé que tiene algo que decirte. Ven.

Y Carmina, alisándose el vestido, sacudiendo su miedo, se para de nuevo frente al espejo.

Mi rostro, el mismo de mis veintidós años, la edad en la que morí, aparece frente a ellos.

A Alejo se le doblan las piernas. Carmina lo sostiene con firmeza. Nana se acerca para brindarle su apoyo.

A mi esposo los ojos se le salen del cuerpo, puedo escuchar claramente los latidos acelerados de su corazón. Tiene miedo, no puede creer lo que ve, pero una emoción que llega hasta a mí me hace sentir segura: él me ama.

—¿Ra-quelita? —titubea—… pero esto… no puede ser—… voltea para todas partes, mas solo encuentra a Nana al lado suyo con los ojos tan desorbitados como los de él, y a Carmina como en un estado de trance.

Unas lágrimas empiezan a rodar entre las arrugas de mi amado.

—Alejo, mi Alejito. Soy yo. No he querido asustarte.

—Raquelita… mi Raquelita —Alejo, un poco más compuesto, no para de repetir mi nombre.

—Mi amado esposo. No cargues más con culpas y remordimientos —me apuro a decir, no sé cuánto tiempo aguantaré—, nada de lo que me pasó fue tu culpa. Fui inmensamente feliz a tu lado, me quedé a cuidarte y cumplí la promesa de darte una hija. Nunca estuviste más cuerdo que aquella vez en que me dejaste guiarte al avión estrellado. Tenías razón cuando pensabas que estaba junto a ti. Así fue todo este tiempo. Pero es hora de decir adiós, de despedirnos, de que te des la oportunidad de ser feliz aquí. Yo ya aprendí a hacerlo. Ya cumplí mi misión. Tú y yo nos volveremos a ver, nunca dudes de eso. Te dejo libre, libérame a mí.

Las aguas corren sin pudor por su rostro. Yo no puedo llorar porque no hay líquido en mí, pero mi alma siente esa humedad como si en verdad hubiera salido de mi cuerpo. La emoción es inmensa.

Guardo silencio un momento. Le doy espacio. Componiéndose, tragando grueso, con la voz quebrada, mi Alejo intenta hablar:

—Raquelita… No puedo expresar… con palabras todo lo que… —un nudo en la garganta le impide seguir hablando.

—No hables, cariño, no es necesario. Tu corazón me lo dice todo.

El silencio reina. Simplemente nos contemplamos: una mujer joven con ojos azules como el cielo, un hombre mayor con una mirada miel enmarcada por el tiempo; nos decimos todo con el alma, aquella vieja amiga que lo sabe todo, que lo esconde todo hasta que se decide despertar. Y nosotros ya no estamos dormidos.

Imágenes de nuestras vidas vienen a nuestra mente: la sombrilla de mariposas revoloteando por el Puente de los Suspiros, nuestro rincón en el jardín de la casa de Lima, la mansión de mi adorada abuela Julienne en París, aquel beso apasionado en el aeropuerto, la travesura a Gaspard y el encuentro con el vestido de novia, el matrimonio, Iquitos, la Casa de Fierro y el restaurante de Thierry, el día en que celebramos que íbamos a ser papás y la noche en que morí.

Repetimos nuestra vida juntos en tan solo un instante, como si se nos hubiera otorgado el regalo de revivir.

Y nos seguimos contemplando con aquellas miradas que hablan más que los poemas más elocuentes. Lo entendemos todo, lo sabemos todo.

—¡Raquelita! —Alejo me llama alarmado cuando mi rostro se empieza a difuminar.

—Es hora… No sufras. Sé feliz… —alcanzo a decir antes de que mi rostro desaparezca por completo de la luna.

Cuando vuelvo a ser aire, escucho sus últimas palabras: «Gracias, gracias por todo». Sonrío. Soy yo quien está agradecida.

El rostro de Carmina vuelve a aparecer en el espejo. Padre e hija se abrazan, lloran profundamente emocionados. Ella también lo ha comprendido todo: ahora sabe que esa mujer de sus sueños era yo, quien le cantó, quien la alimentó, quien la mantuvo viva, custodiada por el jaguar, hasta que Alejo la encontrara en medio de aquel fatídico accidente. Yo, Raquel, su madre adoptiva.

Aquella luz que había aparecido la noche de mi muerte regresa con toda su intensidad. «Por favor, todavía no… el matrimonio», suplico. La luz desaparece.

EL FINAL

Hacia el atardecer catorce canoas se dirigen al Santuario de las Orquídeas. Mujeres vestidas de blanco entonan una suave melodía, tan suave como una oración, como un mantra que se confunde con el roce de las balsas con el agua y el susurro de los insectos: los *sacharuna*, los espíritus protectores, no necesitan más para despertar.

En la canoa que encabeza la procesión va la novia con un vestido emergido de otra época, de otro mundo. Contrasta notoriamente con la selva, pero al mismo tiempo se fusiona con ella, como si le perteneciera desde siempre. Es la hija adoptiva, la hija amada del Amazonas, que sin haber nacido de sus entrañas la protege como si él mismo la hubiera parido. Carmina pertenece a la selva, a sus raíces, a sus fantasmas y espíritus, a sus mitos y leyendas, a su magia, tan real como el sol que nunca se apaga. El Santuario de las Orquídeas, hijo de Gaia, la Tierra, ente vivo y autónomo, ha dado su consentimiento: sus hijos adoptivos podrán celebrar su unión entre la blancura de su flora y fauna, porque ellos han demostrado que así de puro es su amor.

El viento sopla con una leve cadencia, perfumando el aire con su exquisito olor a maderas, flores y yerbas húmedas… a orquídeas. Carmina lo percibe, cierra los ojos, respira profundamente y deja que ese aroma la embriague; vive intensamente cada instante, no quiere perderse uno solo de aquellos mágicos segundos.

Luana y Nana la acompañan, cuidan su cabello, el vestido, no se les pasa ningún detalle para que la novia luzca radiante.

Natalia, la chamana, levanta un brazo, con el que indica a las demás detenerse: han llegado a la entrada del santuario. En la lengua antigua entona la canción de apertura… y los árboles, lentamente, se abren.

Las catorce canoas se introducen en la piel nívea de la selva.

Los hombres ya están ahí.

Sobre la arena un altar ha sido bellamente alzado: un arco de madera decorado con una enredadera de buganvilias blancas. Santiago, vestido con pantalón y camisa de algodón blanco, igual que el resto de los hombres, espera frente al altar. Lo diferencian del resto una orquídea blanca en el bolsillo derecho y una enorme, monumental, sonrisa.

La canoa llega a la orilla. Alejo se acerca para ayudar a descender a la novia. Sus pies descalzos tocan el agua cristalina y la cola del vestido se moja un poco, su rostro se contrae un segundo, después, se relaja; no importa, ya nada importa, nada puede echar a perder ese momento: dos almas se encontraron y por fin hoy se unirán.

Carmina parece flotar, anda ligera tomada del brazo de su padre. Su sonrisa carmesí llena de color aquel paisaje albino. Alejo intenta reprimir las emociones que lo invaden, me doy cuenta porque sus ojos llorosos, sus labios que quisieran explayarse se fruncen en una mueca, lo delatan.

Por fin llegan junto a Santiago.

La novia besa a su padre. Este la abraza, con un abrazo que se prolonga un poco más allá, como cuando ninguno de los dos quería separarse para ir al colegio.

Ríen. Se guiñan un ojo. Son cómplices.

Carmina llega junto a su prometido. Él la recibe con su abrazo eterno, aquel que no deja de sorprenderla:

parece que hubiera pasado tanto tiempo y ya están juntos de nuevo. No hay solemnidad en ese acto tan serio. Todos ríen. La risa nos alimenta el alma. Estamos todos felices.

Luana, la chamana mayor, ya está colocada en medio de los novios para comenzar el ritual que dará inicio a su nueva historia de amor. Entona aquel cántico antiguo, en el que sus antepasados fusionaron el portugués y el tupí-guaraní: *Ama Deus, ama Deus, ñande rekó, ñande rekó marangatá*. «Dios ama nuestro modo de ser, bueno, honrado y virtuoso», escucho que una madre le dice a su pequeño hijo que mira emocionado la escena. Tres hombres la acompañan con una especie de flauta que ejecuta el sonido más dulce que hubiera escuchado, y las plantas y las flores y las pequeñas aves empiezan a danzar: la Sachamama, madre de las plantas, y el Ayaymama, el espíritu de los pájaros, no pueden faltar. Ahora sí todos los invitados están presentes.

—Hoy las almas gemelas seremos testigos de la unión de dos de nuestros hermanos —Luana, ataviada con su vestido blanco y un collar con escamas de paiche en color fucsia y turquesa, empieza su discurso—, Carmina y Santiago vencieron los primeros obstáculos del ego y se entregan hoy el uno al otro para compartirse, para acompañarse, para crecer individualmente, mas apoyando las virtudes del otro en este camino llamado matrimonio. Nosotros, los mayores, estaremos aquí para cuando necesiten de nuestro consejo, porque es bien sabido que el recorrido de la felicidad no es siempre el más llano, pero es siempre la más sabia elección —la chamana hace una pausa y dirige la mirada primero a la novia y luego al novio—. Se han elegido el uno al otro, honren a toda costa esa elección, sobre todo en los momentos difíciles. Recuerden siempre qué los llevó a unirse y sean conscientes de que los cambios serán inevitables: sorpréndanse con lo que les traiga cada día nuevo y así no serán víctimas del tedio y la monotonía. No se acomoden uno en el otro, sean libres y espontáneos, escuchen el llamado de sus almas y aliéntense a seguirlo, no se limiten a ser bastón de apoyo, sean alas para volar. Descifren la palabra amor y vivan sus significados diariamente.

Mientras Luana pronuncia tan bello discurso, yo no puedo dejar de pensar en cada una de sus palabras, tan distintas del día de mi boda, tan vacías por haberse dicho en latín, una lengua que desconocía. Qué diferente el mundo en el que me tocó vivir. Yo fui muy feliz aquel día porque estaba completamente enamorada y llena de ilusiones, pero los conceptos nos alentaban a ser dependientes unos de otros, no a ser los mejores seres humanos que pudiéramos para ser dignos compañeros de nuestros amores. Nos enseñaron a apegarnos, a creer que sin el otro no éramos nada. A las mujeres nos enseñaban a obedecer, a ser sumisas, y a los hombres a ser los amos, a mandar. Qué felicidad me da ser testigo de que el mundo está cambiando.

El ritual continúa con bellísimos cantos, esos que parecen conmover hasta a la misma Pachamama, cantos que invocan la paz, el amor verdadero, a los espíritus nobles para que vengan a llenar de bendiciones a la nueva pareja.

El sol está por retirarse, prenden las antorchas con mucho cuidado para no dañar a la naturaleza. Alejo y Nana colocan un lazo de orquídeas blancas a los novios… ese lazo que los unirá para siempre, mientras ellos lo permitan. Luana camina hacia la orilla de la playa, con un cuenco de madera toma un poco de agua cristalina, una mujer le entrega las hojas níveas recién cortadas de una planta «mágica». Luana canta una oración, un ícaro que solo los chamanes conocen para agradecer a los espíritus de las plantas sus dones. Después se vuelve a colocar entre los novios, quienes no pueden dejar de mirarse y sonreír.

—Beban, queridos míos, este brebaje que les ofrece la Madre Naturaleza para que vivan en salud, para que sean fértiles y críen hijos sanos y buenos, si así lo desean. No teman a la enfermedad, esta no llegará. El espíritu de la orquídea los llenará siempre de buenos pensamientos.

Carmina toma un sorbo de aquella mezcla, me parece que su sabor es bueno porque le brillan los ojos cuando se la pasa a Santiago. Este no puede evitar la emoción, no solo se está uniendo a la mujer que ama, sino que experimentará por primera vez los dones de las plantas mágicas del Santuario.

—La Naturaleza los bendice, el Creador los ama y todos nosotros compartimos su dicha. Carmina y Santiago sean felices todos los días. Pueden besarse.

Los chicos se aproximan uno al otro y se dan un tierno beso. Los invitados aplauden. Luana les indica que ya pueden retirarse. Aún con el lazo de flores encima, ellos tratan de caminar. Nana y Alejo se acercan presurosos y un poco avergonzados porque olvidaron retirarlo. Todos ríen. Sobre todo, los novios.

La procesión de canoas inicia el regreso. Carmina es la primera en subir, ahora ayudada por su flamante marido, y en orden todos esperan su turno para abordar. Me siento llena de dicha y paz, apenas recuerdo que soy un espíritu, una ráfaga de aire. Voy hacia Alejo, quiero compartir esta enorme felicidad que me inunda, pero en ese momento una luz excesivamente intensa me paraliza, me rodea, me impide verlo, ver qué sucede con los mortales. Por un momento me asusto, mas la luz es tan infinitamente amable que me reconforta, dejo de resistir, me entrego. Doy las gracias por esta vida y empiezo a subir. No puedo ver a mi esposo, lo bendigo con mi amor, ya no sufro. No puedo ver a mi niña, mi hija, la bendigo con mi amor, ya no sufro. Ya no puedo ver aquella bendita tierra, la Tierra sin mal, la Tierra buena, la bendigo con mi amor, ya no sufro. El silencio me ilumina con su cálido vaivén, me acurruco en ese abrazo eterno, cierro los ojos para sentirlo todo y de pronto escucho unas risas, escucho mi nombre: *Rachèle*, Raquelina, Raquel... son ellos. Sonrío.

Epílogo

Querida Nana:

Europa es recontralindo. No puedo explicarte lo lindo que es todo aquí. Sus construcciones son impresionantes, sus castillos, su historia, sus idiomas, su comida... nada que ver con nuestra peruana, ¿ah?... pero es buenaza de todos modos. Santiago y yo hemos pasado unos días de lo más bacanes, estupendos, muy «guay», como dicen los españoles. Ah, Barcelona, si un día te decides a salir de Yvy mar'e tienes que conocer Barcelona, es una ciudad que lo tiene todo: edificios tan antiguos como exóticos, gente de todas partes del mundo (mucho paisano, por cierto), diseño, moda, música, y no sabes, aquí hay gente interesantísima que está metidaza en todo el rollo de la medicina alternativa, con terapias revolucionarias, holísticas e integrales. Te encantaría conocerlos, kypy'y. Yo, por supuesto, tengo que morderme la boca para no hablar de ti y de nuestra aldea, de lo adelantados que somos, porque muchos de sus «modernos» tratamientos, en Yvy mar'e se emplean desde siglos atrás. Pero no importa, es un gusto saber que ya

431

somos muchos los que queremos cambiar las cosas. ¿No te parece?

Santiago ya hizo algunos contactos, sí, aprovechamos la luna de miel para posicionar Yvy mar'e, «la marca de productos de la herbolaria amazónica que promete ser la alternativa a muchos de los medicamentos que solo intoxican el cuerpo». Ya sabes, aquel no pierde oportunidades. Y bueno, yo lo apoyo, que también es mi cuento. Lo más sorprendente es que en este mundo «alternativo» hemos conocido médicos convencionales con la mente abierta a expandir sus prácticas a un modo más integral. Un par están muy interesados en la propuesta de tesis de mi marido (mi marido, ¡ay, me encanta llamarlo así!). Pronto nos visitarán por Perú.

Pero no quiero soltarte más choro, el motivo principal de mi carta es contarte algo que no vas a creer, algo insólito que nos ocurrió cuando estuvimos en París.

Un día después de la boda civil y la recepción en Lima, la que, por cierto, se realizó por todo lo alto (imagino que mi papá ya les habrá contado), ya sabrás, para darle gusto a la mamá de Santiago y que no hiciera más berrinche porque su vástago no se casaba por la iglesia, partimos a Nueva York. Volamos toda la noche y llegamos muy temprano. En el aeropuerto John F. Kennedy esperamos dos horas para por fin abordar el avión que nos llevaría a París. No sabes, estaba recontrailusionada, cansada y un poco nerviosa (ya sabes que los aviones siempre me ponen un tanto así), pero feliz al lado de mi maridito. Santiago se ha portado divino, cada día me sorprende más. En fin, ahí estábamos los dos recién matrimoniados, engriéndonos el uno al otro.

Cuando llegamos ya era de noche; no sabes qué lindo es París iluminado. Justo cuando pasamos cerca de la Torre Eiffel esta nos dio la bienvenida parpadeando en azul. ¡Alucinante!, ¡mostrísima![14]

Nos hospedamos en un hotel bellísimo cerca de los Campos Elíseos y la explanada de Trocadero. Desde ahí, cada día y cada noche podíamos contemplar la Torre.

Santiago y yo coincidimos en que nos gusta conocer los sitios a pie, por nuestra cuenta y no con un guía que repetirá de corrido la misma cantaleta de todos los días. Más como viajeros que como turistas, nos dimos a la tarea de recorrer aquella fascinante ciudad francesa. Caminamos incansablemente por cinco días, nos metimos por las callecitas de Montmartre, por el Barrio Latino, nos deslumbramos en el Louvre y el Pompidou, comimos puré de papas, los más finos pescados y panes de su famosa boulangerie hasta hartarnos. No sabes lo buenazos que son los croissants de chocolat. Celebramos una y otra vez con champán y dimos paseos nocturnos tomados de la mano, justo como en las películas. Todo era tan romántico... pero la quinta noche... nos perdimos. Salimos de un restaurante, y en vez de ir hacia el oeste, que era la dirección de nuestro hotel, nos dirigimos al este. Estábamos tan inmersos en nuestro romance, que solo fue varias cuadras adelante que nos empezamos a preguntar si habíamos pasado por aquella avenida, si aquel edificio o plaza nos era conocido, hasta que caímos en la cuenta de que no

---

[14] Sensacional.

teníamos ni michi[15] idea de dónde andábamos. Sin querer nos alejamos bastante de la zona turística, porque las calles empezaron a aparecer desiertas. Ni siquiera pasaban taxis por ahí. Empecé a preocuparme, he visto películas con historias de horror sobre turistas inocentes en París. Pero Santiago, haciéndose el macho, trataba de calmarme: «Ya pues, Carmi, no pasa nada. Al toque nomás verás que estamos de vuelta en el hotel. Tú déjame a mí, que soy buenazo para orientarme». Yo lo dejaba ser, aunque la verdad sabía que él estaba tan asustado como yo. Y seguimos caminando nomás, intentando encontrar una avenida transitada para tomar un taxi. Pero parecía que entre más caminábamos más nos internábamos en aquellas callecitas empedradas, las que parecían hacerse más angostas. Como ya pasaba la medianoche los locales estaban cerrados, cuando de pronto una luz nos llamó la atención, nos pareció que una tienda aún se encontraba abierta. Corrimos hasta ahí, y no vas a creer lo que encontramos, Nana, es que no sé ni cómo contártelo. Mi vestido, chica, mi vestido de novia, ¡el vestido de novia de Raquel estaba en aquel aparador que iluminaba toda la calle! Santiago y yo no lo podíamos creer. «¿Pero estás segura, flaqui?», preguntaba Santiago. «Claro, cómo no voy a estar segura, amor, si yo misma lo llevé puesto por tantas horas», le contestaba. Aunque el lugar estaba totalmente iluminado la tienda se encontraba cerrada. Sin embargo, se podía escuchar al fondo una melodía, una música tipo árabe o

[15] Ninguna.

434

algo así. Y como estábamos perdidos, sugerí tocar y pedir auxilio. Aunque la verdad, lo que quería era explicaciones acerca del vestido de novia.

Tocamos una y otra vez, pero nada. La persona que escuchaba música parecía estar tan perdida en su mundo, como nosotros mismos en aquel momento. Nos sentamos rendidos en la banqueta, cuando de repente se apagó la luz. Nos paramos deprisa y tocamos fuertemente a la puerta de vidrio mientras gritábamos al mismo tiempo. La luz se prendió de nuevo. Dejamos de golpear la puerta. El vestido volvió a aparecer iluminado delante de nuestros ojos.

La silueta de un hombre mayor proveniente del fondo de la tienda se acercó gritando en francés. Por lo visto, no éramos los únicos asustados. Llegó hasta nosotros, y sin abrir la puerta, tras el vidrio preguntó que qué queríamos. «Nous sommes perdus», hablé, tratando de recordar el francés que había aprendido en Yvy mar'e. El rostro del hombre se dulcificó: nos abrió la puerta y nos dejó adentrarnos en aquella tienda de antigüedades exóticas, traídas del Lejano Oriente.

En nuestro precario francés le explicamos la situación al árabe, que resultó ser un turco —aunque eso yo ya lo sabía por la historia que Alejo me contara el día de mi matrimonio, pero hasta ese momento preferimos no mencionar nada del vestido—. Cuando el hombre comprendió que estábamos de luna de miel, que veníamos del Perú, que hablábamos español, una alegría inmensa pareció dominarlo. «Un momentito», dijo en nuestro idioma con un acento muy gracioso y se retiró. Unos diez minutos después apareció acompañado de una mujer, su mujer, una española de grandes ojos negros, envuelta en una bata de seda con un estampado a lo mil y una noches. «Conque os habéis perdío, bonitos», dijo la mujer con un fuerte acento, andaluz, me explicó después Santiago. «Ya, ahora veo el jaleo que se traía este». El «este» nomás se sonrió.

Resultaron ser una pareja muy dispareja, pero que se querían a su modo. Eran la antítesis de los estereotipos de sus razas. Ella era alta y ruda y él bajito y sumiso. No pude evitar pensar para mis adentros que la venganza de España contra los moros se llevaba a cabo en aquella pareja sui generis.

Nos ofrecieron un delicioso té mientras esperábamos que llegara el taxi que nos pidieron. Yo estaba impaciente por saber detalles del vestido, pero no encontraba el momento: la española no dejaba de parlotear y su marido, aunque no entendía ni palabra de lo que hablaba su mujer, le celebraba todo. Hasta que, por fin, me armé de valor (ay, ¡qué dramática soy!... ya sabes, lo llevo en lo mexicano), me levanté y pregunté directamente dirigiendo mi índice hacia él: «¿Y ese vestido de novia?».

Los ojos les brillaron.

Nos contaron exactamente la misma historia que muchísimos años atrás le contaran a Alejo y Raquel. Con paciencia escuchamos el relato. El taxi llegó, pero le pedimos que regresara más tarde. El hombre se fue soltando groserías. Cuando la pareja terminó de narrar la historia, Santiago y yo volteamos a vernos a los ojos. Yo me paré, me acerqué al vestido, lo miré como si hubiera sido la primera vez, haciendo intencionalmente una pausa que los desconcertara, hasta que finalmente hablé: «Así que esta es una pieza única, de procedencia desconocida, ¿ah?». «Y tal… sí, sí», contestó la andaluza. «Pues no me lo creo; Je ne crois pas». Los dos se quedaron desconcertados. «Pero ¿qué me estás contando, tía?», contestó un poco molesta la mujer. «Eso, que no me lo creo, no creo que este vestido sea único, que lo hayan encontrado mágicamente en un cargamento traído de Estambul… porque… ¡yo me casé con este vestido!». Los ojos se les salieron; al tiempo que yo hablaba, la mujer le iba traduciendo mis palabras a su marido. «Así es», confirmó Santiago. «Mi esposa se casó con ese vestido. Pero aún hay más» … Les conté la historia de Raquel, por supuesto omití Yvy mar'e y cualquier detalle que pudiera involucrar su anonimato. Al final, los cuatro callamos. Después de un buen rato, el turco salió. «Un momentito», volvió a decir.

La mujer nos ofreció más té árabe y chebakkias rellenas de almendra. El tipo apareció después de que me comí tres de aquellas delicias. Regresó arrastrando un baúl, igualito al de mi vestido, el vestido de Raquel, pero aquel lucía muy viejo. Cuando estuvo con nosotros lo abrió y sacó un vestido de novia idéntico al del aparador, ¡al mío!, nada más que a este sí se le notaban los años; un olor a naftalina nos hizo estornudar. El hombre comenzó a hablar, le temblaba la voz, parecía conmovido. La mujer fue traduciendo sus palabras y nos contó la siguiente historia:

«El vestido perteneció a una princesa otomana. A esta la querían casar a la fuerza con un primo segundo, como era la costumbre entre la nobleza turca, para seguir viviendo en la opulencia y continuar con el legado, pero la princesa detestaba a su primo, además, ella estaba enamorada de otro. Una noche antes de su matrimonio, la princesa le pidió a Miray, su criada, que le llevara un mensaje a su amante: estaba dispuesta a huir con él. El hombre, que también estaba dispuesto a luchar por el amor de la princesa, acudió al llamado. Ninguno de los dos supo a tiempo que el primo había interceptado la carta y amenazado a Miray. El futuro príncipe mató al amante de su futura esposa. La princesa no pudo aguantar el dolor, intentó quitarse la vida, pero justo cuando estaba por cortarse las venas, su fiel servidora llegó para salvarla. La princesa lloraba desconsolada en el hombro de aquella mujer, fue entonces cuando a esta se le ocurrió. Le preguntó que si estaría dispuesta a huir para evitar el matrimonio con el primo. La princesa contestó que sí. Entonces ella la ayudaría, pero tendría que fingir que se casaría con él. Así lo hizo. Le pidió perdón, se hincó ante él y le juró que consagraría su vida a honrarlo. El hombre, orgulloso y vil, aceptó la ofrenda de la princesa. Eso sí, tendría prohibido salir sola a ninguna parte, un guardia siempre la escoltaría. Aunque eso ya lo habían previsto el par de mujeres.

«A la mañana siguiente, por órdenes de la princesa, Miray pidió al guardia que llevara el baúl del vestido de novia a la Mezquita Azul, donde se realizaría la ceremonia, porque al término de esta la princesa se cambiaría ahí mismo de ropa, y para no maltratar aquella prenda finísima deseaba guardarla lo más pronto en su baúl. El hombre se negó: no podía abandonar su puesto. La misma princesa salió a pedirle, de la manera más encantadora, que le hiciera ese gran favor. Ella le prometió que lo esperaría para que la escoltara hasta el altar. El joven no pudo resistirse a los encantos de la hermosa princesa. Hizo lo que esta le pidió. Jaló el pesado baúl a la mezquita. No se explicaba por qué aquel armatoste pesaba como un demonio, ni siquiera se le ocurrió que podía abrirlo para echar una mirada, porque, además, tenía un gran candado. Se limitó a cumplir órdenes y pidió a Alá que no fuera a meterse en problemas. Cuando regresó tocó temeroso a la puerta de la habitación de la princesa, esperando que esta no hubiera escapado. Pero no, tal cual lo prometió, ella salió enfundada en ese vaporoso y elegantísimo vestido de novia. El velo le cubría la cara, por lo que el joven ya no pudo deleitarse con el rostro dulce de la princesa ni con su encantadora sonrisa. Se limitó a guardar silencio y caminar detrás de ella. Un carruaje la esperaba para llevarla a la mezquita. La mujer, como si fuera a un velorio, no pronunció palabra alguna. Cuando llegó al templo, se dirigió a la habitación destinada donde esperaría el inicio de la ceremonia. Ahí por fin se descubrió el rostro. Era Miray. La princesa había huido en el momento mismo en que había sido liberada del baúl. Por supuesto, contaron con un cómplice: el esposo de Miray, quien amaba profundamente a su mujer, y por quien haría cualquier cosa. Él la esperaba en aquel salón y previamente había ayudado a la princesa a escapar. Rápidamente la ayudó a quitarse el vestido, lo metieron al baúl y lo escondieron bajo las tablas, levantadas con anterioridad, del piso. Echaron la alfombra de vivos colores encima, y salieron con mucho cuidado *para no ser vistos. Se confundieron entre los empleados que llegaban a servir al magno evento».*

¿Y qué pasó con la princesa?, te preguntarás, mi querida Nana. Pues nada, chica, que fue una de las predecesoras de la libertad femenina, una rebelde para su época, sin lugar a dudas. Un tiempo se fue a esconder al pueblo de Miray, pero como temía que el primo segundo fuera a tomar represalias contra ella, aunque nunca pudo probarle que fue su cómplice, la princesa huyó hasta llegar a París. Ahí, por casualidades del destino, conoció a un viejo turco que acaba de enviudar. Este era dueño de una tienda de antigüedades traídas de Oriente. La princesa, sin revelarle su verdadera identidad, le pidió trabajo. El hombre accedió. Pronto el turco se sentiría orgulloso de su decisión, porque aquella muchacha entusiasta, pero un tanto misteriosa, resultó ser muy creativa y tener un don de gentes que hacía que los clientes volvieran una y otra vez. Como los dos estaban solos, porque él no tenía hijos y ella... bueno, ya sabes, se adoptaron el uno al otro, algo así como en padre-abuelo postizo e hija-nieta postiza.

Una tarde, mientras la princesa ordenaba las piezas del aparador que daba hacia la calle, se le ocurrió. Se dio cuenta de que algo faltaba en aquella tienda, algo irresistible, mágico, misterioso... a fin de cuentas una tienda de antigüedades debe tener su propia historia —si lo sabré yo, que justamente en un lugar como esos Santiago y yo nos reencontramos—, entonces decidió confiarle su secreto al turco. El viejo reaccionó como ella lo esperaba: sin grandes alharacas por tener enfrente a una princesa del imperio, aún otomano, que se daba por muerta, pero tampoco sin indiferencia. Sencillamente la siguió tratando igual, porque para él aquella mujer era la chica lista que le llenaba la tienda de clientes, y también su viejo corazón. Pero aquella confesión tenía su razón de ser, no creas que la soltó nada más así porque sí. La soltó porque ya en su mente estaba tramando la historia del vestido de novia y todo el tinglado este que ya conoces. Pidió a su antigua sirvienta que le mandara el baúl con el vestido; ella estaba tan agradecida con aquella «mágica» prenda que le había dado la libertad, era tan feliz que quería que muchas mujeres lo fueran. Primero porque necesitaba seguir guardando su verdadera identidad, y segundo, porque de esa manera le ofrecía un vestido «único» a cada mujer que por «casualidad» estaría destinada a usarlo.

El viejo la hizo su socia, y al morir este, muchos años después, ella se quedó como la única dueña. La princesa nunca se casó, el recuerdo de su amante muerto no le permitió volver a enamorarse... qué penita, ¿no? Sin embargo, no creas que se quedó a vestir santos. Era muy hermosa, pretendientes le sobraban. No nos lo contaron así con todas sus letras, pero nos dieron a entender que la princesa pasaba sus buenos momentos y era feliz siendo empresaria, en una época en donde las mujeres amamantaban un hijo tras otro.

¿Ahora te has de estar preguntando qué relación hay entre el turco que Santiago y yo conocimos y la princesa, cierto?, ¿y cómo es que el vestido (o la historia del vestido) llegó hasta nuestra época?... Pues bien, ¿te acuerdas de Miray?... *Ella y su esposo llegaron a París junto con el baúl y el vestido. La princesa los recibió como a sus propios parientes, y el viejo turco, lo mismo. Ahora tenían su gran pequeña familia. Los hijos de aquella pareja, y los hijos de los hijos de la pareja fueron los que generación tras generación heredaron la tienda de antigüedades y continuaron con la tradición del vestido.*

El vestido se convirtió en un símbolo de libertad y de amor verdadero, de amor fraterno, del amor que se da entre seres que, a pesar de pertenecer a mundos, culturas, razas, ideologías o filosofías diferentes, llegan a tener lazos más fuertes que la misma sangre. Aquella sirvienta turca puso en peligro su propia vida por salvar a la princesa, a quien le prodigaba un especial afecto. Esta nunca olvidó ese acto de amor. Gracias a la valentía de esa mujer ella fue libre y feliz. Como lo serían las mujeres que llegaran a usar el mágico vestido de novia.

Agradecimientos

En el año 2003 surgió la historia de *El olor de las orquídeas*. Nació mientras dormía, es decir de un sueño. En 2006, cuando estudiaba en la Sogem, en Querétaro, comencé a realizar las primeras investigaciones. Fue hasta finales de 2007, en Barcelona, cuando empecé con su escritura. Muchos años han pasado desde entonces. Como bien podrás imaginar, querido lector, muchos eventos y sucesos ocurrieron para que esta historia llegara a su fin y hoy la puedas tener en tus manos. Son muchísimas las personas que, por una u otra razón, por mínima o mayúscula que fuera, contribuyeron para que este sueño se convirtiera en realidad. Gracias desde las profundidades de mi alma a todas ellas, espero no olvidarme de ninguna, y si así lo hago, discúlpame, mi memoria olvida, pero mi corazón no.

Gracias especiales y eternas a mi amado hermano Néstor: con ese vuelo a Barcelona empezó esta historia.

Gracias profundas a Marcia, mi hermosa madre, por todo su apoyo y más.

Gracias, Lluc Berga Espart, porque sin tu exigencia no hubiera podido empezar.

Gracias, Andrea Saga, por todas las horas de tallereo.

Gracias al gran escritor peruano Jeremías Gamboa, quien me recomendó con el también gran escritor peruano Jorge Eduardo Benavides; gracias a él, esta novela tomó el rumbo correcto.

Gracias a Esperanza Buenrostro por sus «sueños»; gracias eternas a mi agente literaria Verónica Flores y su equipo de la agencia VF por haber creído en mí y en mi obra. Gracias a mis editores Edgar Krauss y Daniel Mesino y el gran equipo de HarperCollins.

Y gracias, mil gracias, a ti, donde estés:

Héctor Ulloa, Héctor Cabrera, Teresa Prugue (mi abuela), Mary Ann Luna, Renato Bojanovich, Ninfa Luna Cantú, Laura Luján, Hiram Calderón, Ing. José Francisco García Flores, Billy Martin Wong, Melany Altschuler, Eduardo Sierra Restrepo, Pablo Martínez Ramírez, Nora Castillo Aguirre, Felipe Montes, Jaime Segura, Valentín Muñoz Flores, Orfa Alarcón, Patricia Dyson, María Fernanda García Sada, Noelia del Castillo Solar, Alejandro Salinas Vela, Abril G. Karera, Alfonso Durán, Adriana Hernández de García, Dr. Pedro Hernández Rodríguez, Alberto Sánchez, Dra. Gisselle More, María Gómez Vitoria, Helga Valdés.

Gracias enormes a mis queridos alumnos de mi taller de novela: Brenda Quintero, Edna Martínez, Elva Urdiales, Isabel Soto, Diana Hernández, Mario Treviño García, Emmanuel Montes.

Gracias a ti, que la has leído.

Índice

PRIMERA PARTE

SEGUNDA PARTE